MIRA®

Der Preis dieses Bandes versteht sich einschließlich der
gesetzlichen Mehrwertsteuer.

Umwelthinweis:
Dieses Buch wurde auf chlor- und säurefreiem Papier gedruckt.

Die Handlung und Figuren dieses Romans sind frei erfunden.
Ähnlichkeiten mit lebenden oder verstorbenen Personen
sind nicht beabsichtigt und wären rein zufällig.

Heather Gudenkauf

Ein Atemzug entfernt

Roman

Aus dem Amerikanischen von
Ivonne Senn

MIRA®

MIRA® TASCHENBUCH
Band 25661
1. Auflage: Mai 2013

MIRA® TASCHENBÜCHER
erscheinen in der Harlequin Enterprises GmbH,
Valentinskamp 24, 20354 Hamburg
Geschäftsführer: Thomas Beckmann

Published by arrangement with
HARLEQUIN ENTERPRISES II B.V./S.àr.l.

Konzeption/Reihengestaltung: fredebold&partner gmbh, Köln
Umschlaggestaltung: pecher und soiron, Köln
Redaktion: Thorben Buttke
Titelabbildung: Thinkstock/Getty Images, München
Autorenfoto: © Harlequin Enterprises S.A., Schweiz
Satz: GGP Media GmbH, Pößneck
Druck und Bindearbeiten: CPI – Ebner & Spiegel, Ulm
Printed in Germany
Dieses Buch wurde auf FSC®-zertifiziertem Papier gedruckt.
ISBN 978-3-86278-717-3

www.mira-taschenbuch.de

Für Alex, Anna und Grace,
meine drei Wünsche.

Ich befinde mich in dem angenehmen Schwebezustand zwischen Wachen und Schlafen. Dank der Morphiumpumpe empfinde ich keine Schmerzen, und beinahe kann ich glauben, dass die Muskeln, Sehnen und Hautschichten meines linken Armes sich selber zusammengeflickt haben, sodass meine Haut wieder weich und hell aussieht. Meine lockigen braunen Haare fallen mir wieder weich über den Rücken, meine Lieblingsohrringe baumeln an meinen Ohren, und ich kann beim Gedanken an meine Kinder beide Mundwinkel ohne Schmerzen zu einem breiten Lächeln verziehen. Ja, Medikamente sind etwas Wunderbares. Das Problem ist nur, die sorgfältig verschriebenen und mir von den Krankenschwestern verabreichten Betäubungsmittel lassen die Ecken und Kanten meines Albtraums zwar nicht mehr so scharf und schroff erscheinen, doch ich weiß trotzdem, dass dieses benommene, angenehme Gefühl bald verschwinden wird und ich mit Schmerzen und dem Wissen zurückbleibe, dass Augie und P. J. tausend Meilen von mir entfernt sind. Sie sind an den Ort geschickt worden, an dem ich aufgewachsen bin, in die Stadt, der ich geschworen habe, nie wieder zu ihr zurückzukehren, in das Haus, in das ich keinen Fuß mehr setzen wollte, zu dem Mann, den sie nie kennenlernen sollten.

Die blecherne Melodie des Klingeltons, den Augie, meine dreizehnjährige Tochter, in meinem Handy eingestellt hat, zieht mich aus dem Schlaf. Ich öffne ein Auge, das, welches nicht dick mit Salbe bedeckt und verkrustet ist, und rufe nach meiner Mutter, die irgendwann das Zimmer verlassen haben muss. Ich strecke meine Hand nach dem Telefon aus, das auf dem Tischchen neben meinem Bett liegt, und die Nervenenden in meinem bandagierten linken Arm protestieren vehement gegen die Bewegung. Vorsichtig verlagere ich mein Gewicht, um das Telefon mit meiner unversehrten Hand zu nehmen, und drücke es an mein übrig gebliebenes Ohr.

„Hallo." Das Wort kommt halb ausgesprochen heraus, atemlos und rau, als wären meine Lungen immer noch mit Rauch gefüllt.

„Mom?“ Augies Stimme klingt zittrig, unsicher. Gar nicht wie meine Tochter. Augie ist selbstbewusst, klug, ein Mädchen, das Verantwortung übernimmt und sich von niemandem die Butter vom Brot nehmen lässt.

„Augie? Was ist los?“ Ich versuche, gegen die Benommenheit anzublinzeln, die das Morphium in mir verursacht. Meine Zunge ist trocken und klebt an meinem Gaumen. Ich würde gerne einen Schluck Wasser aus dem Glas trinken, das auf dem Nachttisch steht, aber meine funktionierende Hand hält das Telefon. Die andere liegt nutzlos an meiner Seite. „Geht es dir gut? Wo bist du?“

Ein paar Sekunden herrscht Schweigen, dann sagt Augie: „Ich liebe dich, Mom.“ Ihr Flüstern endet in einem leisen Schluchzen.

Mit einem Mal bin ich hellwach und setze mich im Bett auf. Schmerz schießt durch meinen bandagierten Arm, meinen Hals hinauf und bis in mein Gesicht. „Augie, was ist los?“

„Ich bin in der Schule.“ Sie weint, so wie sie es tut, wenn sie sich größte Mühe gibt, es nicht zu tun. Ich sehe sie förmlich vor mir, den Kopf gesenkt, ihr langes braunes Haar fällt ihr übers Gesicht, ihre Lider sind zusammengepresst, sie ist fest entschlossen, die Tränen vom Fallen abzuhalten. Ihr Atem füllt mein Ohr mit kurzen, hohlen Zügen. „Er hat eine Pistole. Er hat P. J., und er hat eine Pistole.“

„Wer hat P. J.?“ Panik schnürt mir die Kehle zu. „Erzähl es mir, Augie. Wo bist du? Wer hat eine Pistole?“

„Ich bin in einem Schrank. Er hat mich in einen Schrank gesperrt.“

In meinem Kopf dreht sich alles. Wer könnte so etwas tun? Wer könnte meinen Kindern so etwas antun? „Leg auf“, sage ich zu ihr. „Leg auf und rufe sofort die Polizei an, Augie. Dann ruf mich zurück. Schaffst du das?“ Ich höre ihr Schluchzen. „Augie“, sage ich etwas schärfer. „Schaffst du das?“

„Ja“, sagt sie endlich. „Ich liebe dich, Mom“, sagt sie leise.

„Ich liebe dich auch." Meine Augen füllen sich mit Tränen, und ich spüre, wie sich die Flüssigkeit unter dem Verband sammelt, der mein verletztes Auge bedeckt.

Während ich darauf warte, dass Augie auflegt, höre ich drei Schüsse schnell hintereinander, denen zwei weitere folgen, und Augies durchdringenden Schrei.

Ich spüre, wie der Verband, der die linke Seite meines Gesichts bedeckt, sich lockert, wie mein eigener Schrei die Klebestreifen löst, die ihn an Ort und Stelle halten. Ich spüre, wie die zarte, frisch transplantierte Haut sich auflöst. Ich bin mir nur am Rande bewusst, dass die Krankenschwestern und meine Mutter an meine Seite eilen und mir das Telefon aus den verkrampften Fingern nehmen.

Meine Hose ist immer noch feucht. Nachdem wir heute Morgen aus dem Schulbus gestiegen waren, hat Noah Plum mich von dem geräumten Fußweg in eine Schneewehe geschubst. Noah Plum ist das größte Arschloch in der achten Klasse, aber aus irgendeinem Grund bin ich die Einzige, die bisher dahintergekommen ist, dabei wohne ich hier erst seit acht Wochen und die anderen schon ihr ganzes Leben. Abgesehen vielleicht von Milana Nevara, deren Dad aus Mexiko stammt und der hier der örtliche Tierarzt ist. Sie ist hergezogen, als sie zwei war, also könnte sie eigentlich genauso gut hier geboren worden sein.

Im Klassenzimmer ist es so kalt, dass meine Finger ganz taub sind. Mr Ellery sagt, das liegt daran, dass es Ende März nicht mehr unter null Grad sein sollte und die Heizungsanlage schon abgeschaltet worden sei. Mr Ellery, mein Lehrer und eine der wenigen guten Sachen an dieser Schule, sitzt an seinem Tisch und korrigiert Arbeiten. Abgesehen von Noah schreiben alle in ihre Hefte. Jeden Tag nach dem Mittagessen beginnen wir diese Stunde damit, in unsere Tagebücher zu schreiben. Während dieser ersten zehn Minuten können wir über alles schreiben, was wir wollen. Mr Ellery sagte, wir können sogar die ganze Zeit über immer nur das gleiche Wort wiederholen, und Noah fragte: „Was, wenn es ein schlimmes Wort ist?"

„Tu, was du nicht lassen kannst", hat Mr Ellery geantwortet, und alle lachten. Mr Ellery gewährt uns auch immer ein paar Minuten, um das, was wir geschrieben haben, laut vorzulesen, wenn wir es wollen. Ich will das nie. Auf gar keinen Fall werde ich diese Schwachköpfe an meinen Gedanken teilhaben lassen. Ich habe „Harriet, die kleine Detektivin" gelesen und trage mein Tagebuch dementsprechend immer bei mir. Nie lasse ich es aus den Augen.

In meiner alten Schule in Arizona gab es über zweihundert Achtklässler in meiner Stufe, und für jedes Fach hatten wir einen anderen Lehrer. In Broken Branch sind wir nur zweiundzwanzig und haben fast jedes Fach bei Mr Ellery. Abgesehen davon, dass er ziemlich süß ist, ist Mr Ellery auch der beste Lehrer, den ich je gehabt habe. Er ist witzig, macht sich aber nie über andere lustig, und er ist auch nicht so sarkastisch wie andere Lehrer, die das urkomisch finden. Er lässt auch nicht zu, dass andere Kinder gemobbt werden. Er muss den Übeltäter nur streng angucken, und sofort herrscht Ruhe. Das funktioniert selbst bei Noah Plum.

Für den Fall, dass wir nicht wissen, was wir in unser Tagebuch schreiben sollen, schreibt Mr Ellery immer ein Thema an die Tafel. Heute steht da: „Während der Frühlingsferien werde ich …"

Heute funktioniert Mr Ellerys Blick nicht; alle flüstern und kichern, weil sie wegen der bevorstehenden Ferien so aufgeregt sind. „Okay, Leute", sagt Mr Ellery. „Macht euch an die Arbeit. Wenn wir nachher noch ein wenig Zeit übrig haben, spielen wir Pictionary."

„Jaaa!", jubeln die Kinder um mich herum. Großartig. Ich schlage mein Tagebuch auf der nächsten leeren Seite auf und beginne zu schreiben.

„Während der Frühjahrsferien werden wir nach Arizona fliegen, um unsere Mutter zu besuchen." Die einzigen Geräusche im Raum sind das Kratzen der Stifte auf Papier und Erikas nervtötendes Schniefen. Sie hat immer eine laufende Nase und steht zwanzigmal am Tag auf, um sich ein Taschentuch zu holen. „Es ist mir egal, ob ich jemals wieder Schnee oder Kühe sehen werde. Es ist mir auch egal, ob ich meinen Großvater jemals wiedersehe." Ich hoffe mit aller Macht, dass es meiner Mutter wieder so gut geht, dass wir nach den Ferien nicht nach Broken Branch zurückkehren müssen. Mein Großvater sagt immer, das wird nicht passieren. Meine Mutter ist noch lange nicht so weit, aus dem Krankenhaus entlassen zu werden. Sie wird in Arizona bleiben, bis es ihr gut genug geht, um mit dem Flugzeug hierherzukommen, damit Grandma und Grandpa, die ich vor ein paar Monaten zum ersten Mal in meinem Leben gesehen habe, sich um uns alle kümmern können. Aber mir ist egal, was Grandpa sagt – nach den Ferien werde ich nicht nach Broken Branch zurückkehren.

Ein scharfes Knacken, wie ein brechender Zweig während eines Eissturms, lässt mich von meinem Heft aufschauen. Mr Ellery hat es auch gehört und steht hinter seinem Tisch auf. Er geht zur Tür, tritt in den Korridor hinaus und kommt mit einem Schulterzucken wieder herein. „Sieht so aus, als hätte jemand am Ende des Flurs ein Fenster zerbrochen. Ich werde mal nachsehen. Ihr bleibt auf euren Plätzen, ich bin gleich wieder zurück."

Bevor er jedoch das Klassenzimmer verlassen kann, ertönt die zittrige Stimme von Mrs Lowell, der Schulsekretärin, durch die Lautsprecheranlage. „An alle Lehrer: Wir haben Alarmstufe Rot. Bitte begeben Sie sich alle an die sicheren Orte."

Noah schnaubt. „Begeben Sie sich an die sicheren Orte", macht er Mrs Lowell nach. Niemand sonst sagt etwas. Wir alle starren Mr Ellery an und warten darauf, dass er uns sagt, was wir als Nächstes tun sollen. Ich bin noch nicht lange genug hier, um zu wissen, was Alarmstufe Rot bedeutet. Aber ich ahne, dass es nichts Gutes ist.

MRS OLIVER

An dem Morgen, an dem der Mann mit der Pistole Evelyn Olivers Klassenzimmer betrat, trug sie zwei Sachen, von denen sie in ihrer dreiundvierzigjährigen Karriere als Lehrerin geschworen hatte, sie niemals zu tragen: Jeans und Strasssteine. Mrs Oliver war der festen Überzeugung, dass eine Lehrerin wie eine Lehrerin aussehen sollte. Gepflegt, Blusen mit Kragen, Röcke oder Hosenanzüge mit scharfer Bügelfalte, blank geputzte Schuhe. Nichts von diesem Unsinn, den die jüngeren Lehrerinnen heutzutage trugen. Miniröcke, Turnschuhe, tiefe Ausschnitte. Sogar Tätowierungen, um Himmels willen. Mr Ellery zum Beispiel, der junge Lehrer der achten Klasse, hatte eine Tätowierung auf dem rechten Arm. Eine Reihe kräftiger schwarzer Striche und Bögen, die Mrs Oliver als asiatischen Ursprungs identifiziert hatte. „Das heißt *Lehrer* auf Chinesisch", hatte Mr Ellery ihr erklärt, nachdem er sie dabei ertappt hatte, wie sie eines heißen Augustnachmittags auf seinen Deltamuskel starrte, während die Lehrer ihre Klassenräume für das neue Schuljahr vorbereiteten. Mrs Oliver hatte nur verächtlich geschnaubt, aber sich heimlich gefragt, wie schmerzhaft es wohl gewesen sein musste, sich von jemandem so sorgfältig und methodisch Tinte unter die Haut ritzen zu lassen.

Die Casual Fridays waren am schlimmsten. Freitags trugen selbst die älteren Lehrer Jeans und Sweatshirts mit Namen und Logo des Sportteams der Schule – *Broken Branch Consolidated School Hornets.*

Aber an diesem ungewöhnlich bitterkalten Märztag, dem letzten Schultag vor den Frühjahrsferien, trug Mrs Oliver das Jeanskleid, in dem sie sterben würde, das wusste sie. Es war beschämend, fand sie, nach all den Jahren in rasiermesserscharfen Bügelfalten und kratzigen Stützstrumpfhosen.

Letzte Woche, nachdem alle anderen Drittklässler gegangen waren, hatte Mrs Oliver zögernd die zerknitterte, rosagelb gestreifte Geschenktüte geöffnet, die ihr Charlotte überreicht hatte, ein dünnes, zerzaustes Mädchen von acht Jahren mit schulterlangem glänzend schwarzem Haar, in dem sich eine besonders hartnäckige Lausfamilie niedergelassen hatte.

„Was ist das, Charlotte?“, fragte Mrs Oliver überrascht. „Mein Geburtstag ist doch erst im Sommer.“

„Ich weiß.“ Charlotte hatte sie zahnlückig angegrinst. „Aber meine Mom und ich dachten, Sie hätten mehr davon, wenn ich es Ihnen jetzt schon gebe.“

Mrs Oliver dachte, sie würde eine Kerze mit Apfelduft finden oder ein paar selbst gebackene Kekse; vielleicht sogar ein handbemaltes Vogelhäuschen. Doch stattdessen zog sie das Kleid aus Jeansstoff heraus, auf dessen Vorderseite mit Strasssteinen ein glitzernder Regenbogen gestickt war. Charlotte hatte Mrs Oliver erwartungsvoll durch den dichten Vorhang ihres Ponys angeschaut, der ihre normalerweise keck blickenden grauen Augen verbarg.

„Ich habe es ganz allein verziert. Na ja, fast“, erklärte Charlotte. „Meine Mom hat mir mit dem Regenbogen geholfen.“ Sie legte einen schmuddeligen Finger auf den bunten Bogen. „Rot, Orange, Gelb, Violett, Hellblau, Indigo und Grün. Genau wie Sie es uns beigebracht haben.“ Charlotte lächelte breit und zeigte dabei ihre kleinen, geraden Milchzähne, die alle immer noch vorhanden waren.

Mrs Oliver brachte es nicht über sich, Charlotte zu sagen, dass sie die Plätze von Violett und Grün vertauscht hatte. Wenigstens wusste das Mädchen alle Farben, wenn auch nicht in der richtigen Reihenfolge. „Das ist ganz bezaubernd, Charlotte.“ Mrs Oliver hielt sich das Kleid an. „Ich sehe, dass du dir damit sehr viel Mühe gegeben hast.“

„Das stimmt“, erklärte Charlotte ernst. „Es hat zwei Wochen gedauert. Erst wollte ich vorne eine Geburtstagstorte draufmachen, aber dann meinte meine Mom, dass Sie es dann nur an Ihrem Geburtstag tragen. Beinahe hatte ich nicht genügend Steine. Mein kleiner Bruder dachte, es sind *Skittles*.“

„Ich werde es sicher oft tragen. Vielen Dank, Charlotte.“ Mrs Oliver streckte eine Hand aus, um Charlottes Schulter zu tätschelnd. Sofort lehnte Charlotte sich vor und schlang ihre

Arme um Mrs Olivers rundliche Mitte, um ihr Gesicht gegen die Knöpfe ihrer weißen Bluse zu drücken. Mrs Oliver spürte ein leichtes Kribbeln unter ihren eisengrauen Haaren und unterdrücke den Drang, sich zu kratzen.

Es war schließlich Cal, Mrs Olivers Ehemann, der sie davon überzeugte, das Kleid zu tragen. „Was kann schon passieren?“, hatte er sie heute Morgen gefragt, als er sah, wie sie vor ihrem offenen Kleiderschrank stand und das Kleid anschaute, das ihr grell zuzwinkerte.

„Ich trage in der Schule niemals etwas aus Jeansstoff, und ich werde damit bestimmt nicht kurz vor meiner Pensionierung anfangen.“ Sie schaute ihm nicht in die Augen, weil sie sich daran erinnerte, wie aufgeregt Charlotte Anfang der Woche ins Klassenzimmer gestürmt war, ganz aufgeregt, ob ihre Lehrerin das Kleid wohl trug.

„Sie hat zwei Wochen daran gearbeitet“, erinnerte Cal sie beim Frühstück.

„Das ist nicht professionell“, hatte sie kurz angebunden zurückgegeben, wobei sie wieder vor sich sah, wie Charlottes Schultern jeden Tag ein wenig mehr zusammengesackt waren, an dem sie ihre Lehrerin in den üblichen Wollhosen, Blusen und Strickjacken gesehen hatte.

„Ihre Finger haben *geblutet*“, sagte Cal, den Mund voller Haferbrei.

„Heute soll es weit unter null Grad werden. Das ist zu kalt, um ein Kleid zu tragen“, hatte Mrs Oliver erwidert, wobei sie das Bild nicht aus dem Kopf bekam, wie Charlotte gestern nicht einmal in ihre Richtung hatte schauen wollen und sich mit trotzig geschürzten Lippen geweigert hatte, auch nur eine Frage zu beantworten.

„Dann trag eine dicke Strumpfhose und einen Rollkragenpullover darunter“, schlug ihr Mann sanft vor, bevor er hinter ihren Stuhl trat und sie auf eine Weise auf den Hals küsste, die ihr selbst nach fünfundvierzig Jahren Ehe noch köstliche Schauer über den Rücken jagte.

Weil er recht hatte – Cal hatte immer recht –, hatte sie ihn irritiert von sich geschoben und ihm gesagt, dass sie noch zu spät zur Schule käme, wenn sie sich nicht sofort anzöge. Mit dem Jeanskleid an, ließ sie ihn mit seinem Haferbrei am Frühstückstisch sitzen, wo er Kaffee trank und seine Zeitung las. Sie hatte ihm nicht gesagt, dass sie ihn liebte, sie hatte ihm keinen Abschiedskuss auf die faltige Wange gegeben. „Vergiss nicht, den Schmortopf anzustellen", hatte sie ihm zugerufen, als sie in den hellgrauen Morgen hinausgetreten war. Die Sonne war noch nicht aufgegangen, aber die Höchsttemperatur war schon erreicht und würde im Laufe des Tages nur immer weiter sinken. Als sie in ihren Wagen stieg, um die fünfundzwanzigminütige Fahrt von ihrem Zuhause in Dalsing zur Schule in Broken Branch zurückzulegen, ahnte sie nicht, dass es das letzte Mal sein könnte, dass sie diese Fahrt antrat.

Über ihren Schatten zu springen und das Kleid anzuziehen war das Richtige gewesen, vermutete sie, nachdem sie sah, wie sich Charlottes Miene von erschöpfter Enttäuschung zu purer Freude verwandelte, als das Mädchen erkannte, dass Mrs Oliver tatsächlich das Kleid anhatte. Dieses unpraktische, grelle Ding zu tragen tat niemandem weh – sie würde die hochgezogenen Augenbrauen im Lehrerzimmer ertragen müssen, aber das war nichts Neues. Und offensichtlich bedeutete es Charlotte eine Menge, die nun genau wie jeder andere der fünfzehn Drittklässler an ihrem Tisch saß und den Mann mit der Pistole anstarrte. Wenn er mir in die Brust schießt, kann ich in dem verdammten Ding wenigstens nicht begraben werden, dachte Mrs Oliver und erschreckte sich selber mit dieser unangebrachten Überlegung.

Während ich müßig mit meinem Streifenwagen durch Broken Branch fahre, überlege ich, was ich mit der ganzen freien Zeit anfangen soll, die in den nächsten vier Tagen auf mich wartet. Es ist das erste Mal, dass Maria in den Frühjahrsferien nicht bei mir ist. So wie es aussieht, wird der Frühling sich auch nicht allzu bald blicken lassen, obwohl er laut Kalender schon vor zwei Tagen angefangen hat.

Von Rechts wegen hat Tim ein Anrecht darauf, dass Maria diese Ferien bei ihm verbringt; die letzten zwei Ferien ist sie bei mir gewesen. Aber ich hatte schon alles für meinen morgigen freien Tag geplant. Wir würden sogenannte Dutch Letters backen, mit Mandelcreme gefüllte Blätterteigkekse – die einzige Familientradition, die ich aus meiner Kindheit übernommen habe. Danach wollte ich mit ihr ein gutes, altmodisches Zeltlager im Wohnzimmer aufbauen. Wir wollten den Schneesturm nutzen, um am Ox-Eye Bluff Schneewandern zu gehen, inklusive heißer Schokolade mit Marshmallows, und zu Hause sollte es dann Austernsuppe geben. Ich habe sogar Kevin Jarrow, den Teilzeitpolizisten in unserer Truppe, überredet, meine Samstagsschicht zu übernehmen, damit ich den Tag mit Maria verbringen kann. Aber dieses Mal hat Tim darauf beharrt, dass er an der Reihe ist. Er hatte es sogar geschafft, sich fünf Tage von seinem Job als Rettungssanitäter in Waterloo freizunehmen, wo wir beide aufgewachsen sind.

„Hör zu, Meg“, hat er gesagt, als er mich vorgestern anrief. „Ich bitte dich normalerweise um nichts, aber ich möchte Maria diese Schulferien wirklich gerne haben …“

„Sie ist doch kein Punkt auf deiner Einkaufsliste“, habe ich streitlustig erwidert. „Ich dachte, wir hätten das alles geklärt.“

„*Du* hattest alles geklärt“, widersprach er. Was auch stimmte. „Ich möchte ein paar Tage mit ihr verbringen, das ist doch nicht zu viel verlangt.“

„Woher kommt dieser plötzliche Wunsch?“, fragte ich nach.

„Hey, ich nehme jede Minute, die ich mit Maria kriegen kann, das weißt du. Außerdem hattest du sie die letzten beiden Ferien." Er wurde langsam böse. Ich stellte mir vor, wie er in dem Doppelhaus sitzt, das wir uns einst geteilt haben, und sich die Stirn reibt, wie er es immer tut, wenn er frustriert ist.

„Ich weiß", sagte ich sanft. „Ich hatte nur schon alles geplant."

„Du kannst gerne herkommen und etwas Zeit mit uns gemeinsam verbringen", schlug er vorsichtig vor. Ich seufzte. Ich war zu müde, um diese Unterhaltung zu führen. „Meg, du weißt, dass ich die Sachen nie getan habe, von denen du glaubst, ich hätte sie gemacht." Da sind wir wieder, dachte ich. Alle paar Monate behauptet Tim, dass er keine Affäre mit seiner Kollegin gehabt hat, dass sie eine Lügnerin sei, die mehr von ihm gewollt, er sie jedoch zurückgewiesen hatte. An manchen Tagen glaubte ich ihm beinahe. Heute war keiner davon.

„Du kannst sie Mittwoch nach der Schule abholen", sagte ich.

„Ich hatte gehofft, es ginge schon morgen nach der Arbeit. Also so gegen Mittag."

„Dann verpasst sie ihren letzten Schultag vor den Ferien. Das ist der Tag, an dem sie die ganzen Sachen machen, die Spaß bringen." Das war ein lahmes Argument, und ich wusste es, aber mehr hatte ich nicht.

„Meg", sagte er auf seine ganz bestimmte Art. „Meg, bitte …"

„Fein", gab ich zickig zurück.

Und so habe ich gestern meiner wunderschönen, lustigen, süßen, perfekten sieben Jahre alten Tochter Auf Wiedersehen gesagt. „Ich rufe dich jeden Tag an", versprach ich ihr. Ich fühlte mich, als wäre es ein Abschied für immer. „Zwei Mal."

„Tschüss, Mom", sagte sie und hauchte mir einen Kuss auf die Wange, bevor sie in Tims Auto krabbelte.

„Wir werden morgen Abend zum Essen bei meiner Familie sein und am Sonntag bei meiner Schwester." Seine Miene war ernst geworden. „Ich bin letzte Woche deiner Mom über den Weg gelaufen."

„Oh", sagte ich, als mache mir das nichts aus.

„Ja. Sie würden Maria wirklich gerne sehen."

„Das kann ich mir vorstellen", murmelte ich.

„Ist es okay, wenn ich sie mit ihr besuchen gehe?"

Ich zuckte mit den Schultern. „Ich schätze schon." Meine Eltern waren keine schlechten Menschen, aber auch keine besonders guten. „Versprich mir, dass du sie nicht allein in ihrem Trailer lässt. Der ist die reinste Todesfalle. Und versichere dich, dass Travis nicht da ist, wenn du zu ihnen fährst." Mein Bruder Travis ist einer der Hauptgründe, warum ich Polizistin geworden bin. In seiner Jugend hat er meinen Eltern das Leben vermiest und es mir zur reinsten Hölle gemacht. Es war mir immer vorgekommen, als wenn jede Woche ein Polizist mit Travis im Schlepptau an die Tür unseres Trailers geklopft hätte. Sie haben ihm mehr als genug Chancen gegeben, sein Leben auf die Reihe zu bekommen, und er hat es wieder und wieder vermasselt. Erst als er in dem Sommer, in dem ich dreizehn und Travis sechzehn war, meinen Vater mit einem Küchenmesser bedroht, meiner Mutter ins Gesicht geschlagen und mir ein Büschel Haare ausgerissen hatte, als ich versuchte, mich von ihm zu befreien, ergriff die Polizei endlich ernsthafte Maßnahmen.

„Was wollen Sie tun?", fragte Officer Stepanich, ein häufiger Besucher bei uns, erschöpft. Seine junge Partnerin, Officer Demelo, stand schweigend dabei und ließ ihren Blick über die Glasscherben, die umgeworfenen Stühle, die kahle Stelle auf meinem Kopf gleiten. Willkommen in unserem gemütlichen Zuhause, hatte ich sagen wollen, doch stattdessen brannten meine Wangen vor Scham.

Ich war damals felsenfest davon überzeugt, dass meine Eltern sagen würden, genug ist genug, Travis möge bitte wegen des körperlichen Übergriffs verhaftet werden. Doch wieder einmal weigerten sie sich, Anzeige zu erstatten.

„Was willst du tun?", fragte Officer Demelo, und ich schaute auf, überrascht, dass sie zu mir und nur zu mir gesprochen hatte.

„Na, na", hatte Officer Stepanich sich eingeschaltet. „Das ist eine Entscheidung, die die Eltern zu treffen haben."

„Ich denke nicht, dass dieses Büschel Haare von allein auf

dem Fußboden gelandet ist, und ich kann mir schwer vorstellen, dass Meg sie sich selbst ausgerissen hat.“ Während Officer Demelo sprach, schaute sie mir unverwandt in die Augen. Ich war überrascht, dass sie sich an meinen Namen erinnerte. Noch beeindruckender fand ich nur, dass sie die offensichtliche Anweisung ihres erfahreneren Kollegen einfach ignorierte. „Hören wir uns doch also an, was sie nun tun will“, schloss Officer Demelo.

Travis verzog den Mund zu einem gehässigen Grinsen. Er war gute fünfzehn Zentimeter größer und ungefähr vierzig Kilo schwerer als ich, aber in dem Moment, in dem ich wusste, dass nur ein ignoranter Feigling seine Familie so zusammenschlagen würde, wie er es getan hatte, fühlte ich mich stärker und mächtiger als er. Er glaubte, unbesiegbar zu sein. Aber in diesem winzigen Augenblick wusste ich, dass es für meine Familie einen Ausweg gab.

„Ich will Anzeige erstatten“, sagte ich an Officer Demelo gewandt, die aussah, als wäre sie nicht viel älter als ich, aber dabei ein Selbstbewusstsein ausstrahlte, das ich auch gerne besessen hätte.

„Bist du dir da sicher?“, fragte Officer Stepanich.

„Ja“, sagte ich entschlossen. „Das bin ich.“ Officer Stepanich wandte sich an meine Eltern, die verwirrt wirkten, aber dennoch zustimmend nickten. Travis wurde in Handschellen abgeführt. Ein paar Tage später kehrte er nach Hause zurück. Ich erwartete, dass er sich irgendwie an mir rächen würde, doch er hielt sich von mir fern und rührte mich nicht mit dem kleinen Finger an. Das hielt ihn allerdings nicht davon ab, sich gleich wieder in Schwierigkeiten zu bringen. Über die Jahre landete er immer wieder im Gefängnis, das letzte Mal wegen Drogenbesitzes. Die Verhaftung vor zwanzig Jahren hat Travis nicht verändert, aber in meinen Gedanken hat sie mir das Leben gerettet.

„Travis wird nicht in die Nähe von Maria kommen“, hat Tim mir versprochen. Er wirkte, als wolle er noch mehr sagen, aber dann begnügte er sich doch mit einem einfachen „Wir telefonieren, Meg." Er fuhr davon, und Maria winkte mir zum Abschied fröhlich zu.

Meine Scheibenwischer können kaum mit den dicken Schneeflocken mithalten, die unaufhörlich fallen. Großartig, denke ich. Nach Ende meiner Zehnstundenschicht um drei Uhr nachmittags würde ich dann noch Schneeschippen müssen. Ich bin mir mit mir nicht ganz einig, ob ich die *Dutch Letters* morgen trotzdem backen soll oder nicht, und verwerfe die Idee schließlich. Ich werde stattdessen ausschlafen, fernsehen, mir bei Casey's eine Pizza holen und mir selber leidtun.

Mein Handy vibriert in der Innentasche meiner Jacke. Ich hole es heraus und schaue auf das Display. Vielleicht ist es Maria. Nein. Stuart. *Mist.* Ich stecke das Handy zurück in die Tasche. Stuart, ein Reporter, der für den *Des Moines Observer* schreibt und ungefähr anderthalb Stunden von Broken Branch entfernt wohnt, und ich haben uns vor ungefähr einem Monat getrennt, als ich herausfand, dass er gar nicht in Scheidung von seiner Frau lebte, wie er es mir erzählt hatte. Nein, sie wohnten immer noch unter dem gleichen Dach und waren – zumindest aus meiner Perspektive – glücklich verheiratet. Ja, die Ironie entgeht mir nicht. Ich habe mich von meinem Mann getrennt, weil er mich betrogen hat, und nun bin ich „die Andere" in den Albträumen irgendeiner armen Ehefrau. Stuart hat das Übliche gesagt: *Ich liebe dich, es ist eine Ehe ohne Liebe, ich verlasse sie, bla, bla, bla.* Dann war da noch dieser kleine Vorfall, in dem Stuart mich für die größte Geschichte seiner Karriere benutzt hat. Ich habe ihm gesagt, wenn er nicht endlich den Mund hält, würde ich ihn mit meiner Glock erschießen. Das war nicht gänzlich als Witz gemeint.

Ich hole das unaufhörlich vibrierende Handy wieder hervor und klappe es auf. „Ich arbeite, Stuart", sage ich kurz angebunden.

„Warte, warte", sagt er. „Das hier ist beruflich."

„Noch ein Grund mehr für mich, gleich wieder aufzulegen", gebe ich zurück.

„Ich habe gehört, in eurer Schule befindet sich ein Eindringling“, sagt Stuart auf seine fröhliche, selbstbewusste Art. *Arschloch.*

„Wo hast du das gehört?“, frage ich vorsichtig nach. Er soll nicht merken, dass ich noch nichts davon weiß.

„Es ist auf allen Kanälen, Meg. Unser Telefon in der Redaktion steht nicht mehr still. Die Kinder twittern darüber und posten es im Internet. Also, was ist da los?“

„Ich kann mich nicht zu laufenden Ermittlungen äußern“, sage ich mit fester Stimme, während Gedanken durch meinen Kopf rasen. Ein Eindringling in der Schule? Nein. Wenn da etwas los wäre, wüsste ich davon.

„Wie steht es mit Maria? Ist sie okay?“

„Das geht dich nichts an“, sage ich leise. Ich bin nicht die Einzige, der Stuart wehgetan hat.

„Warte“, sagt er, bevor ich auflegen kann. „Vielleicht kann ich dir helfen.“

„Und zwar wie?“, frage ich misstrauisch nach.

„Ich kann dich über alles auf dem Laufenden halten, was wir hier so hören, und dir alles direkt übermitteln, was wichtig klingt.“

„Stuart.“ Ich schüttle den Kopf. „Ehrlich, nichts, was du mir sagen könntest, ist noch wichtig.“

WILL

An diesem Morgen, als Will Thwaite zusah, wie seine Enkel in den Schulbus stiegen, der Horizont noch nicht in das zarte Blütenrosa getaucht, das den Sonnenaufgang ankündigt, erkannte er, wie so oft an solchen Morgen, an denen die Dunkelheit noch in den Ecken lauerte, wie sehr er seine Frau vermisste. Er war so daran gewöhnt, Marlys an seiner Seite zu haben und gemeinsam mit ihr die Farm zu bewirtschaften. Sie ist diejenige gewesen, die ihn jeden Morgen um fünf Uhr wachrüttelte, die ihm eine Thermoskanne mit heißem Kaffee in die Hand drückte und ihn mit dem Versprechen auf ein warmes Frühstück nach seiner Rückkehr zum Füttern der Kühe hinausschickte. Er spürte ihre Abwesenheit, wie man eine fehlende Gliedmaße spürte. Diesen Herbst wären sie fünfzig Jahre lang verheiratet gewesen. Er versuchte sich zu erinnern, wann sie das letzte Mal über Nacht fort gewesen war, und dachte, dass es vor elf Jahren gewesen sein musste, als sie ihren vierten Sohn Jeffery, seine Frau und deren neugeborene Tochter in Omaha besucht hatte. Mit Gepäck für vier Tage war sie in den Cadillac geklettert, hatte ihm durchs offene Fenster zugerufen, dass im Gefrierschrank Mahlzeiten auf ihn warteten, die er nur in der Mikrowelle auftauen müsste, und war in einer Wolke aus dichtem braunem Iowastaub verschwunden.

Er nippte an seinem Kaffee, zuckte unter dem bitteren Geschmack zusammen, der so ganz anders war, als wenn Marlys ihn kochte. Er verstand, wieso sie dieses Mal so viel länger fortbleiben musste. Es waren bereits zwei Monate, und immer noch konnte sie ihm kein Datum nennen, an dem sie heimkehren würde. Ihr jüngstes Kind, die einzige Tochter, brauchte so viel Pflege und erlitt seit dem Unfall so viele Rückschläge, dass es gut und gerne April werden könnte, bevor er seine Frau wiedersah. Viele Jahre lang hatte Will gedacht, dass er Holly nie wiedersehen würde, so sehr hatte sie sich gegen ihn gewandt. Er nahm an, wenn er versuchen würde, Holly darauf festzunageln, wieso genau sie ihn so sehr hasste, würde sie es nicht sagen können, obwohl es ihr schon gelungen war, seine Enkelkinder ebenfalls gegen ihn einzunehmen. Wenigstens der Junge, P. J., ein stilles Kind mit braunen Augen, einer runden Brille mit dicken Gläsern und der Seele eines alten Mannes, war ihm gegenüber ziemlich schnell aufgetaut. Das Mädchen, Augustine – Augie – war allerdings ein ganz anderes Kaliber. Als Will ins Krankenhaus gegangen war, dessen kühle, saubere Luft nach der trockenen, unerträglichen Hitze Arizonas eine willkommene Atempause bot, hatte er beim Einbiegen in den Flur, der zur Abteilung für Brandopfer führte, gespürt, wie sein Pulsschlag sich beschleunigte. Zusammengesackt in einem unbequemen Stuhl hatte seine Tochter gesessen. Aber natürlich war es nicht Holly, konnte es gar nicht sein. Holly lag in einem Krankenhausbett und erholte sich von Verbrennungen dritten Grades. Außerdem war die verlorene Kreatur vor seinen Augen viel zu jung, um Holly zu sein. Aber sie hatte dieselbe blasse Haut, dieselben braunen Haare und auch die leichte Molligkeit. Weit entfernt davon, dick zu sein, war sie kompakt, wie ein gesundes Mädchen vom Land. Bei dem Gedanken musste er lächeln. Das hier war seine Enkelin, und einen Moment lang hatte Will gedacht, das hier wäre seine Chance, die Gelegenheit, seine widerspenstige Tochter zurückzugewinnen, die ihm die letzten fünfzehn Jahre aus dem Weg gegangen war, aus Gründen, die er bis heute nicht kannte.

Seine Hoffnungen lösten sich schnell in Luft auf, als Marlys, stets in den unangebrachtesten Augenblicken emotional und laut, beim ersten Anblick ihrer Enkelkinder vor Freude anfing zu quietschten.

„Augustine? P. J.?“, hatte sie so laut gefragt, dass die Köpfe der anderen Besucher zu ihr herumschnellten. Sie hatte die Arme ausgebreitet, damit die Kinder – so vermutete Will – von ihren Stühlen springen und sich in sie hineinwerfen könnten. Doch die beiden schauten nur mit großen Augen zu ihrer Großmutter, die, wie Will zugeben musste, schon ein Anblick war. Die Sorge um Holly, das hektische Packen, das Herumtelefonieren, um sicherzugehen, dass die Tiere auf der Farm versorgt wurden, hatten Marlys schon erschöpft, bevor sie Broken Branch überhaupt verlassen hatten. Dann der Flug, der allererste für Marlys, und die unbekannten Vorgänge hatten sie sich klein und unfähig fühlen lassen. Nachdem sie endlich in Revelation angekommen waren und sie das erste Mal ihre Enkelkinder sah, konnte Marlys ihre Gefühle nicht länger zurückhalten. Sie zog die erstarrten Kinder in ihre Arme, hielt sie dann auf Armeslänge von sich, um sie von oben bis unten zu mustern, und zog sie dann wieder an sich.

„Wir sind eure Großeltern", rief sie durch ihre Tränen. „Oh, sieh nur an, wie hübsch du bist", sagte sie zu Augie, deren Mund sich zu einem kleinen Lächeln verzog. „Du siehst genauso aus, wie deine Mutter in deinem Alter ausgesehen hat. Und du." Marlys wandte sich an P. J. und hob sein Kinn mit einem ledrigen Finger. „Was für ein attraktiver junger Mann du bist." Tränen rannen über ihre runzeligen Wangen und fielen auf P. J.s nach oben gewandtes Gesicht. Der Junge zuckte nicht zurück und wischte sich auch nicht die Feuchtigkeit von der Stirn, sondern schaute seine Großmutter nur staunend an und warf dann einen unsicheren Blick zu seinem Großvater, der nur mit den Schultern zuckte, als wolle er sagen: „Ich weiß auch nicht, was mit ihr los ist." Dann wandte Will seinen Blick zu Augie in der Hoffnung, diesen erhebenden Moment mit ihr zu teilen, doch ihn empfing nur ein anschuldigender, misstrauischer Blick. Holly hatte seine Enkelin bereits mit den Geschichten ihrer Kindheit gefüttert. Die anstrengende Arbeit, die Einsamkeit auf der Farm, die Diskussionen über Ausgehzeiten, die Ungerechtigkeit von alledem. Während Marlys die Kinder bemutterte, die die ihnen zuteilwerdende Aufmerksamkeit genießen zu schienen, trat Will ein paar Schritte zurück und machte sich auf die Suche nach einer Krankenschwester, die ihm etwas über den Zustand seiner Tochter sagen konnte.

Jetzt, zwei Monate später, war er kein Stück weitergekommen, die Wand zu durchbrechen, die ihn von seiner Enkelin trennte. Und bei Gott, er hatte es versucht. Er verstand, wie schwer es für Augie sein musste, von ihrer Mutter getrennt zu sein, also hatte er ihr ausreichend Freiraum gegeben. Er hatte eine ganze Woche gewartet, bevor er ihr erklärte, dass die tägliche Arbeit ein wichtiger Teil des Farmlebens war und dass auch Augie dazu beitragen musste. Mit P. J. war es ganz leicht gewesen, er folgte seinem Großvater mit gespannter Aufmerksamkeit überallhin. Augie hingegen zog sich jeden Tag nach der Schule in ihr Zimmer zurück, das einst Hollys Kinderzimmer gewesen war, und kam erst am nächsten Morgen wieder heraus. Sie beantwortete Fragen mit einsilbigen Grunzlauten und weigerte sich, mit ihnen zusammen zu essen. Sie behauptete, Vegetarierin zu sein, und verachtete und verspottete ihn dafür, dass er ein Rinderzüchter war und Tiere zum Schlachten aufzog. Er ließ sich auf diese kleinen Scharmützel mit ihr gar nicht erst ein und versuchte, Geduld mit ihr zu haben. Obwohl er manchmal meinte, gleich aus Frustration zu platzen, schwor er sich, zu versuchen, sie langsam und freundlich zu erziehen. Allerdings machte sie es ihm wirklich nicht leicht. Wenn sie ihn anschaute, funkelte in ihrem Blick immer noch Verachtung, und sie nahm jede Gelegenheit wahr, mit ihm zu streiten und ihm zu widersprechen. Es war, als würde er Holly noch einmal aufwachsen sehen. Aber die Sache war die: Über die Jahre, nachdem die Beziehung zu seiner Tochter sich in weit entfernte Erinnerungen aufgelöst hatte, die aus der Zeit stammten, als sie noch klein gewesen war und dachte, ihr Dad wäre der tollste Mann auf Erden, hatte er geschworen, wenn er noch einmal die Chance bekäme, würde er es anders machen. Jetzt war die Gelegenheit in Form von Augie gekommen, ein Klon seiner Tochter, und er sollte verdammt sein, wenn er es wieder nicht richtig machen sollte.

HOLLY

Wieder einmal erwache ich an einem neuen Tag im Krankenhaus. Langsam fange ich an zu glauben, dass ich diesen Ort niemals verlassen werde. Ich will mir den Tropf vom Arm reißen und schreiend weglaufen. Mein ganzes Leben lang habe ich versucht, mich zu befreien. Erst von meiner Familie und Broken Branch mit seiner kleinstädtischen Verlogenheit. Dann von meiner Ehe mit David und dem einengenden Gefühl, an einen Menschen, vielleicht auch speziell David, gebunden zu sein. Also habe ich zuerst alle meine Bindungen zu meiner Familie in Iowa gekappt, ließ sie ohne eine Umarmung oder einen Kuss zurück, nur ein „Ich muss hier raus, sonst sterbe ich", und ich habe es seitdem nicht ein einziges Mal bereut. Ich bin nach Colorado durchgebrannt, mit einem Jungen, mit dem ich zusammen aufgewachsen bin. Nach nur einem Jahr hatten wir die Schnauze voneinander voll, also zog ich weiter nach Arizona, wo ich schließlich die Kosmetikschule besuchte. Da habe ich David kennengelernt; wir heirateten und bekamen Augie. Das Fiasko dauerte sieben ganze Jahre. Er hat versucht, mich zum Bleiben zu überreden, hat gesagt, er will ein weiteres Baby, will mit mir zusammen alt werden. Ich sagte ihm, dass ich so nicht mehr leben könnte, dass ich sterben würde, wenn ich noch einen einzigen weiteren Morgen aufwachen und die gleiche gottverdammte Tapete sehen oder noch ein einziges Mal unsere Nachbarn darüber klagen höre, dass unser Viertel den Bach runtergeht.

„Dann nehmen wir die Tapete ab", hatte David gesagt. „Wir können auch umziehen", versprach er. Also nahmen wir die Tapete runter, und ich wurde schwanger. Aber er wusste es. Er verstand, dass es nicht an der Tapete oder den Nachbarn lag. Es lag an uns. Besser gesagt, an mir, die es nicht ertrug, dort zu sein, verheiratet zu sein, in den Vororten gefangen zu sein, die sich nicht groß von den Kleinstädten in Iowa unterscheiden. David sah so verletzt aus, so leidend, wenn er P. J. betrachtete. Menschen neigten dazu, mich auf diese Weise zu betrachten, wenn sie etwas länger Zeit mit mir verbracht hatten. Zuerst meine Mutter und mein Vater. Vor allem mein Vater. Wie sehr es mich innerlich gefreut hat, seinen Gesichtsausdruck zu sehen, als ich ihm sagte, dass das Leben auf einer Farm für mich die Hölle auf Erden war, dass jede Minute länger, die ich in Broken Branch verbrachte, eine vergeudete Minute wäre, weggeworfen und nie wieder zurückzuholen. Meine älteren Brüder beschimpften mich als egoistisch und undankbar. Meine Mutter weinte. Ich fühlte mich deswegen schlecht, aber es reichte nicht, um mich davon zu überzeugen, zu bleiben. Mein Vater half mir sogar, meinen Koffer zu dem alten Plymouth Arrow zu tragen, für den ich mir das Geld seit meinem dreizehnten Lebensjahr durch das Putzen von Mais zusammengespart hatte.

„Du bist siebzehn Jahre alt, Holly", hatte mein Vater gesagt. „Und ich weiß, du glaubst, alle Antworten zu kennen. Aber was du deiner Mutter antust, ist nicht zu entschuldigen."

„Ich halte es nicht einen einzigen weiteren Tag hier aus." Ich hatte es nicht über mich gebracht, ihm in die Augen zu schauen, und stattdessen über seine Schulter hinweg auf die unendlichen Felder mit den knöchelhoch stehenden Maissetzlingen gestarrt. „Ich kann es nicht erklären."

Mein Vater schwieg einen Moment. Sein grünes John-Deere-Cap hatte er so tief in die Stirn gezogen, dass seine Augen im Schatten lagen. Aber ich wusste auch so, dass er mich missbilligend ansah. Er lehnte sich gegen die Heckklappe des Plymouths, die von der Sonne gebräunten Arme vor der Brust verschränkt. „Du schämst dich, die Tochter eines Farmers zu sein? Du glaubst, zu gut für dieses Leben zu sein? Ist es das?"

Beschämt schüttelte ich den Kopf. „Nein! Das ist es nicht."

„Nun, für mich sieht es aber verdammt danach aus. Ich verstehe, dass du reisen willst, die Welt sehen, aber es gibt keinen Grund, auf diese Weise zu gehen, als wenn du es dein ganzes Leben lang kaum hast erwarten können, deine Mutter und mich zu verlassen."

Aber genauso ist es, hatte ich sagen wollen, schluckte die Worte aber doch hinunter. „Ich fühle mich in meiner Haut nicht wohl, wenn ich hier bin“, versuchte ich zu erklären, erkannte aber, dass es mir kläglich misslang.

„Du meinst, das wird sich ändern, wenn du wegfährst? Du glaubst, dann passt dir deine Haut besser?“

„Ja, das glaube ich tatsächlich.“ Ich war erschüttert, dass er den Nagel so auf den Kopf getroffen hatte. Denn ich hatte Angst, dass ich mich, wo auch immer ich landen würde, noch genauso fühlen würde. Dass ich dort auch wieder fortgehen müsste.

„Du kommst zurück“, sagte mein Vater mit einer Sicherheit, die Wut in mir hochkochen ließ. „Du wirst zurückkommen, und dann schuldest du deiner Mutter eine Entschuldigung.“

„Ich werde nicht zurückkommen.“ Ich spuckte ihm die Worte förmlich vor die Füße. „Ich werde nie wieder hierher zurückkehren.“

Mein Vater schüttelte den Kopf und lachte leise. „Oh doch, du kommst zurück.“ Er streckte die Hände aus, um mich in eine Umarmung zu ziehen, doch ich wich ihm aus. „Nun, ich schätze, du hattest schon so ungefähr jeden Jungen und Mann im Landkreis, da gibt es nicht mehr viel, was dich hier hält.“ Ich stieg in den Wagen, ohne Auf Wiedersehen zu sagen. Als ich von der Farm wegfuhr, schaute ich in den Rückspiegel und sah meinen Vater, der sich bereits von mir abgewendet hatte und in einer Wolke aus Staub und Kies, die meine Reifen aufwirbelten, in Richtung seiner Rinder ging, die ihn niemals enttäuschten und nie Widerworte gaben.

Ich habe mein Wort gehalten. In den achtzehn Jahren seit meinem Weggang bin ich nie nach Broken Branch zurückgekehrt. Aber ich frage mich, ob es nicht fast genauso schlimm war, dass ich meine Kinder dorthin geschickt habe.

MRS OLIVER

Mrs Oliver traute sich kaum, ihren Blick von dem vor ihr stehenden Fremden zu lösen, aber die Schreie ihrer Schüler sorgten dafür, dass sie den Kopf von dem Mann abwandte, der ihr irgendwie vage bekannt vorkam.

Sechzehn der siebzehn Kinder starrten Mrs Oliver hilflos an, einige mit Tränen in den Augen, alle auf Anweisungen wartend, was sie tun sollten. Die monatlichen Tornado- und Feuerübungen hatten sie nicht auf diese Situation vorbereitet. Nicht einmal die Übungen zur Alarmstufe Rot hätten sie auf den überraschend ruhig, wenn auch ein wenig manisch aussehenden Mann vorbereiten können, der eine Pistole locker in der Hand hielt. Nur ein Kind, P. J. Thwaite, der Sohn ihrer ehemaligen Schülerin Holly Thwaite, starrte den Mann unverwandt an, musterte sein Gesicht ganz genau, nicht so, als wenn er ihn kennen würde, sondern als wenn er ihn irgendwo zuvor schon einmal gesehen hätte. Der Mann starrte zurück, seine Miene ausdruckslos, was Mrs Oliver nur noch mehr verunsicherte.

Mrs Oliver wusste nicht mehr, wie oft sie als Klassenlehrerin schon gelassen und kontrolliert hatte wirken müssen, obwohl ihr gar nicht danach zumute gewesen war. Da war das eine Mal, in ihrem ersten Jahr als Lehrerin, als der siebenjährige Bert Gorse sich entschied, auf die große metallene Rutsche zu klettern und zu versuchen, von dort mit einem beherzten Sprung nach einem Ast des nahe stehenden Ahorns zu greifen. Mrs Oliver erinnerte sich, wie sie mit Entsetzen von der anderen Seite des Spielplatzes hatte zuschauen müssen, wie Bert in die Luft sprang, seine Hände nach dem Ast ausstreckte und mit den Fingernägeln über die raue Borke kratzte. „Um Himmels willen!“, hatte sie geschrien. „Mach die Augen auf!“ Bert hatte es nicht geschafft, den Ast zu greifen, und war knapp vier Meter hinab auf die harte Erde gefallen. Ganz ruhig hatte Mrs Oliver daraufhin dem jungen Mädchen, das neben ihr stand, aufgetragen, so schnell sie konnte in die Schule zu laufen und Hilfe zu holen.

„Sie haben geflucht“, hauchte das Mädchen ungläubig.

Mrs Oliver beugte sich so weit zu ihr herunter, dass sie das Erdnussbutter-Sandwich riechen konnte, welches das Kind zum Mittagessen gehabt hatte, und sagte mit der leisen, ruhigen Stimme, die allen Kindern in den kommenden vierzig Jahren deutlich machen würde, dass sie es ernst meinte: „Lauf." Dann versuchte sie, in ihren neuen Pumps möglichst anmutig den Spielplatz zu überqueren und zu Bert zu gelangen, der mit ausgestreckten Armen und Beinen reglos auf dem Bauch lag. Bei ihrem Näherkommen löste sich die Gruppe verängstigter Jungen, die sich um Bert versammelt hatte, auf. „Stellt euch da drüben neben dem Gebäude auf", befahl sie, und die Jungen gehorchten ihr sofort. Mrs Oliver kniete sich nieder, der Stoff ihrer brandneuen Polyesterhose grub sich in den Boden. Berts Augen standen offen, waren aber glasig, wie unter Schock oder großen Schmerzen. „Du lebst!", stellte Mrs Oliver fröhlich fest, und die Kinder hinter ihr stießen kollektiv erleichtert den Atem aus. „Geht es dir gut, Bert?", fragte sie, aber Berts Mund öffnete und schloss sich nur stumm wie bei einem Fisch an Land. „Der Aufprall hat dir den Atem verschlagen, hm?" Sie sprach mit der weichen, leisen Stimme, die die Kinder immer so tröstlich fanden. Mrs Oliver legte sich ebenfalls auf den Bauch, um Berts blasses, schmerzverzerrtes Gesicht besser sehen zu können und damit er ihre ruhige, unbesorgte Miene sah. „Alles wird gut, Bert. Lieg einfach nur still, bis Hilfe kommt", sagte sie beruhigend.

Bert ging es einigermaßen gut. Er hatte jedoch zwei gebrochene Arme und eine kollabierte Lunge. Nachdem er seine Hände wieder benutzen konnte, hatte er seiner Lehrerin in seiner grauenhaft krakeligen Handschrift einen bezaubernden Brief geschrieben, in dem er ihr dafür dankte, dass sie mit ihm auf die Ankunft des Krankenwagens gewartet hatte. Den Brief besaß Mrs Oliver immer noch, er hing jetzt gerahmt in dem Zimmer, das ihre erwachsene Tochter Georgiana den „Schrein für Mrs Oliver" nannte. Bert Gorse war jetzt fünfundfünfzig Jahre alt, Banker und lebte mit seiner Frau und drei Kindern in Des Moines. Über die Jahre war Mrs Oliver nicht einen Deut von ihrer Überzeugung abgerückt, dass eine Lehrerin unter allen Umständen ruhig und kontrolliert wirken musste. Ganz anders als Gretchen Small, die junge Klassenlehrerin der Fünften, die schon anfing zu hyperventilieren, wenn der Feueralarm aus Versehen anging.

Mrs Oliver straffte die Schultern, räusperte sich und zwang ihre Stimme, stark und klar zu klingen. „Was wollen Sie?", fragte sie und trat zwischen P. J. und den Mann mit der Pistole.

Ich hadere, ob ich Stuarts Behauptung, ein Bewaffneter sei in die Schule eingedrungen, überhaupt Glauben schenken und deshalb die Zentrale anrufen soll, als sich mein Funkgerät meldet.

Es ist Randall Diehl, unser Einsatzleiter. „Du musst sofort zur Schule. Wir haben sie abgeriegelt."

Marias Schule. Verdammt. Stuart hatte recht.

„Was ist los?", frage ich. Seitdem ich hier wohne, hat es erst zwei Vorfälle in der Schule gegeben, einem Gebäude, das von der Vorschule bis zur zwölften Klasse alle Kinder beherbergt. Damit ist sie eine der letzten ihrer Art. Am Ende dieses Schuljahres wird Broken Branchs einzige Schule geschlossen werden; sie ist zu teuer und zu aufwendig im Unterhalt. Der Superintendent und die Schulbehörde sind übereingekommen, sich mit den drei Nachbarorten zusammenzuschließen. Zukünftig wird Marias Schuldistrikt unter dem Namen Dalsing-Conway-Bohr-Broken Branch Consolidated Schools firmieren.

Das erste Mal, dass die Schule abgeriegelt werden musste, war vor zwei Jahren, als zwei Insassen aus dem Staatsgefängnis in Anamosa geflüchtet waren und man sie in unserer Gegend vermutete. Da waren sie jedoch nicht. Beim zweiten Mal hatten zwei Schüler mit einer Bombe gedroht, die es nicht gab. Sie hatten nicht für ihre Abschlussprüfungen geübt und hielten dies für einen cleveren Weg, um die Tests nicht schreiben zu müssen. Das mussten sie dann auch nicht. Allerdings wurden sie dafür der Schule verwiesen.

„Wir haben einen möglichen Eindringling in der Schule. Fahr einfach hin", sagt Randall ungeduldig, was so gar nicht seine Art ist. „Der Chief erwartet dich dort und wird dich über alles Weitere informieren. Der Informationsaustausch ist derzeit das reinste Chaos. Die Notrufnummern werden mit Anrufen von Schülern, Lehrern und panischen Eltern blockiert."

„Okay, ich mach mich gleich auf den Weg." Ich schalte den Scheibenwischer ein, um die Flocken wegzuwischen. Interessant, dass Chief McKinney bereits vor Ort ist. Ich sehe auf die

Uhr. Kurz nach Mittag. Vielleicht nur ein Missverständnis, ein Streich von Kindern, die es nicht erwarten können, in die Frühlingsferien zu gehen. Maria wird enttäuscht sein, die ganze Aufregung verpasst zu haben.

Ich wende meinen Streifenwagen und fahre die Hickory Street in Richtung Schule hoch. Ich bin froh, mich mit etwas beschäftigen zu können, das meine Gedanken von den vier freien Tagen ablenkt, die ohne Maria endlos lang vor mir liegen und in mir ein Gefühl der Leere entstehen lassen. Tim sagt immer, er kann sich nicht vorstellen, wie ich als Kind war. Die wenigen Bilder, die ich von mir aus dieser Zeit besitze, zeigen mich als ernste, nicht lächelnde Gestalt mit ungekämmten Haaren und in einer alten Jeans meines Bruders Travis.

„Hattest du jemals Spaß?", hatte Tim mich aufgezogen, als er die Fotos zum ersten Mal gesehen hatte.

„Ja, ich hatte Spaß", hatte ich protestierend erwidert, obwohl das gelogen war. Meine Kindheit bestand darin, mich um meine Eltern zu kümmern – die, aus mir immer noch unbekannten Gründen, komplett vom Leben bezwungen worden waren – und zu versuchen, meinem gewalttätigen Bruder aus dem Weg zu gehen. Als Tim und ich Maria bekamen, war ich entschlossen, ihre Kindheit so sorgenfrei und fröhlich zu gestalten, wie es meine niemals gewesen war. Ich glaube, das haben wir ganz gut hinbekommen, zumindest bis zur Scheidung, und selbst danach haben Tim und ich immer versucht, Maria zu beschützen. Wir haben nicht vor ihr gestritten, wir haben nicht schlecht über den anderen geredet, aber sie wusste es trotzdem. Wie auch nicht? Selbst wenn wir aus dem Ende unserer Ehe kein großes Spektakel gemacht haben, musste sie meine roten, geschwollenen Augen gesehen und Tims angestrengtes, gezwungenes Lachen gehört haben.

Innerhalb weniger Minuten bin ich an der Schule und sehe Chief McKinney und Aaron Gritz – was komisch ist, weil er heute gar keinen Dienst hat –, die sich bemühen, eine kleine, wütend aussehende Menschengruppe vom Eingang fernzuhalten. Chief McKinneys tiefer Bariton dröhnt über den Hof.

„Steigen Sie wieder in Ihre Autos, sonst erfrieren Sie noch hier draußen. Wir müssen erst einmal herausfinden, was genau los ist, und das können wir nicht, wenn wir uns um Sie kümmern müssen …"

Eine Frau tritt vor, winkt mit ihrem Handy und unterbricht den Chief mit zittriger Stimme. „Mein Sohn hat mich gerade aus dem Inneren der Schule angerufen. Er sagt, da ist ein Mann mit einer Pistole. Können Sie die Kinder nicht da rausholen?"

„Aufgrund der uns vorliegenden Informationen", erwidert Chief McKinney geduldig, „haben wir beschlossen, dass es am besten ist, das Gebäude zu umstellen und zu diesem Zeitpunkt noch keine Officer in die Schule zu schicken."

„Aber mein Sohn hat angerufen und gesagt, es sind zwei Männer", schaltet sich eine andere Frau ein.

Ein Mann in Hemd und Krawatte, aber ohne Mantel drängt sich vor. „Ich habe gehört, es hat eine Bombendrohung gegeben. Evakuieren Sie die Schule?"

„Das ist genau das Problem", sagt Chief McKinney mit leiser Stimme zu mir und zeigt dabei erst auf die Schule und dann auf die Menschen. Schneeflocken sammeln sich in seinem struppigen grauen Schnurrbart. „Wir können nicht anfangen, herauszufinden, was da drinnen vor sich geht, solange wir hier draußen Gerüchten nachjagen." Er dreht der Menge den Rücken zu und senkt seine Stimme zu einem Flüstern. „Meg, die Zentrale hat einen Anruf von einem Mann erhalten, der behauptet, sich mit einer Waffe im Gebäude zu befinden. Er sagt, alle sollen draußen bleiben, sonst fängt er an zu schießen. Ich will, dass die gesamte Schule mit Absperrgittern und Flatterband abgeriegelt wird." Er wendet sich an Gritz. „Aaron, sorg dafür, dass alle gut hundert Meter zurückgehen."

„Okay, Leute", sagt er dann mit fester, beherrschter Stimme. „Bitte folgen Sie Officer Gritz' Anweisungen. Wir müssen uns an die Arbeit machen. Ich verspreche, wenn es Neuigkeiten gibt, werden wir Sie sofort darüber in Kenntnis setzen."

Ich weiß, woran all diese Eltern denken. An das Attentat in Columbine. Das ist mir auch schon in den Sinn gekommen. Columbine hat die Reaktion der Polizeikräfte auf derartige Vorfälle von Grund auf verändert. Wenn wir Beweise dafür hätten, dass der Eindringling in der Schule bereits angefangen hat zu schießen, hätte der Chief sofort eine Sondereinheit hineingeschickt. Zum Glück ist das bisher nicht der Fall. Da der Verdächtige in der Zentrale angerufen und gedroht hat, die Schüler und jeden, der das Gebäude betritt, zu erschießen, behandeln wir das Ganze wie eine Geiselnahme. Das bedeutet, wir werden versuchen, Kontakt mit dem Eindringling aufzunehmen, um herauszufinden, was er will, und ihn langsam, aber sicher von seinem Vorhaben abzubringen. In der Sekunde, in der es einen Beweis dafür gibt, dass es eine Schießerei gibt, werden wir stürmen. Aber im Moment benötigen wir erst einmal weitere Informationen.

„Hast du keine Angst, dass eine Panik ausbricht, wenn du die Eltern jetzt wegschickst?“, frage ich Aaron leise, damit niemand es hört.

„Ich denke, die sind bereits panisch“, erwidert er. Er trägt eine mit Kaninchenfell gefütterte Fliegermütze mit Ohrenklappen, seine Nase ist von der Kälte ganz rot.

Direkt nachdem meine Scheidung endgültig war, habe ich die Stelle als Police Officer im Polizeirevier von Broken Branch bekommen. Aaron war in dem Team, bei dem ich mein Vorstellungsgespräch hatte. Er ist um die vierzig, geschieden, hat zwei Kinder und ist ziemlich attraktiv. In dem Vorstellungsgespräch hat er mich gefragt, wieso ich in eine so kleine Gemeinde wie Broken Branch ziehen wollte, wo ich doch in einer größeren Stadt wie Waterloo gewohnt war. „Die Tatsache, dass Broken Branch eine kleine, ländliche Gemeinde ist, ist genau das, was mich anzieht. Es ist der perfekte Ort, um meine Tochter großzuziehen.“ Was ich ihm in dem Gespräch verschwiegen habe, war, dass ich Abstand von Tim und der Scheidung brauchte. Waterloo war keine allzu große Stadt. Jedes Mal, wenn ich um eine Ecke bog, traf ich auf jemanden, der meinen Exmann kannte, meine Eltern oder der von meinem Bruder über den Tisch gezogen worden war. Außerdem waren die Dienstzeiten bei der Waterloo Police Force für eine alleinerziehende Mutter die Hölle. Broken Branch lag mit dem Auto nur eine gute Stunde von Waterloo entfernt, also nah genug, dass Tim unsere Tochter problemlos besuchen konnte.

Ich habe mich vor Jahren in Broken Branch verliebt, als Tim und ich auf dem Weg nach Des Moines einmal hier durchkamen. Wir hielten an, um Honig von einem alten Mann zu kaufen, der die Gläser mit der bernsteinfarbenen Flüssigkeit von der Ladefläche seines Pick-ups verkaufte.

„Broken Branch ist so ein ungewöhnlicher Name. Woher kommt er?", hatte ich gefragt.

„Oh, das ist eine tolle Geschichte", hatte der Mann geantwortet, während er vorsichtig ein großes Glas Kleehonig, ein paar dünne Honigsticks und einige hausgemachte Bienenwachskerzen in eine Plastiktüte steckte, die er dann Tim reichte. „Die meisten Leute behaupten, er kommt daher, weil die armen Leute, die sich hier zuerst niedergelassen haben, einen riesigen gefallenen Baum entdeckten, der über zwanzig Meter lang war und einen enormen Bienenstock beherbergte. Tausende von Bienen summten in dem Baum und um ihn herum. Da die Menschen an den Honig heranwollten, riefen sie eine alte Frau zu Hilfe, die für ihren guten Umgang mit Bienen bekannt war. Die Geschichte besagt, dass die alte Frau zu dem ausgehöhlten Baumstamm ging und anfing, ein fremdes Lied zu singen. Alle Bienen schwiegen still und folgten ihr, als sie singend davonging. Sie hatte Bienen im Haar und auf ihren Armen, aber sie ging und sang immer weiter. Nicht eine Biene stach sie. Sie führte die Bienen zu einem anderen umgefallenen Baum am Fluss, wo sie sich ein neues Zuhause aufbauten. Die Siedler, die arm und am Verhungern waren, sammelten den ganzen Honig aus einem gebrochenen Ast des Baumes und lebten den ganzen Winter davon. Sie waren der alten Dame so dankbar, dass sie ihr anboten, das Dorf nach ihr zu benennen, aber sie sagte, der Dank gebühre den Bienen und dem Baum, der sie beherbergt hat. Und so respektierte man ihren Wunsch und nannte das Dorf Broken Branch."

Die Geschichte hatte mich vollkommen verzaubert, und als Tim und ich die friedlichen Straßen erkundeten, die von einfachen Häusern und hoch aufragenden Bäumen gesäumt wurden, wusste ich, dass ich nach Broken Branch zurückkehren würde. Ich wusste allerdings nicht, dass es für immer sein sollte.

Glücklicherweise habe ich damals Chief McKinney, Aaron und den Rest des Teams ausreichend genug beeindruckt, sodass sie mir einen Job anboten.

Ein paar Monate später fand ich mich nach dem Broken Branch Softball-Turnier, bei dem ich an der ersten Base gespielt hatte, allein mit Aaron in einer örtlichen Bar wieder. Ich hatte zu viel Sonne abbekommen, zu wenig Essen und zwei schale Biere, und in dem peinlichsten Moment meines Lebens machte ich einen halbherzigen Annäherungsversuch. Aaron hat mich sanft von sich geschoben und gesagt, dass er nicht an mir interessiert sei.

„Ich bin langweilig und viel zu ernst, oder?“, fragte ich. Er schaute mich eine lange Zeit einfach nur an.

„Nein, Meg, du bist nicht langweilig, du bist toll. Es wäre nur einfach keine gute Idee.“ Mit diesen Worten ließ er mich damals einfach stehen. Obwohl seit diesem unfassbar peinlichen Vorfall einige Jahre vergangen waren, in denen Aaron das Thema nicht ein einziges Mal mehr zur Sprache gebracht hatte, wurde ich beim Gedanken an diese Nacht immer noch rot.

Auf dem Weg zu meinem Auto, um eine Rolle Absperrband zu holen, spüre ich mein Telefon erneut vibrieren. *Stuart.* Er gibt einfach nicht auf. Dieses Mal ist es eine SMS. Ich entscheide mich, sie zu ignorieren, und fange an, das Absperrband zu spannen.

Ich habe Stuart letzten Winter beim Skilanglauf getroffen, als Maria und ich am Ox-Eye Bluff waren. Maria, eine Anfängerin in dem Sport, fiel immer wieder hin. Das Fass zum Überlaufen brachte der letzte von unzähligen Stürzen, bei dem sich Marias Skier in einem dornigen Gestrüpp am Wegesrand verfingen. Als ich sie endlich daraus befreit hatte, hatte Maria sich in einen solch hysterischen Anfall hineingesteigert, dass sie sich sowohl weigerte, ihre Ski wieder unterzuschnallen, als auch zu Fuß das Tal zu verlassen. Wir saßen zwanzig Minuten da, Marias Tränen froren auf ihren Wangen, da kam ein Skifahrer die Loipe heruntergeglitten. Er blieb direkt vor uns stehen. „Alles in Ordnung?", fragte er.

„Ja, alles gut", erwiderte ich. „Nur ein kleiner Materialfehler. Wir ruhen uns ein paar Minuten aus."

„Deine Mutter kommt nicht hinterher, was?", sagte der Mann zu Maria und entlockte ihr damit das erste Lächeln des Tages. „Das passiert, wenn man älter wird." Er lächelte ihr konspirativ zu. „Dann kann man mit dem schnellen Schritt der Jugend nicht mehr mithalten."

„Was glauben Sie eigentlich, wie alt ich bin?", fragte ich ihn und schaute ihn aus zusammengekniffenen Augen an.

„Es ist sehr unhöflich, über das Alter einer Dame zu spekulieren." Er schüttelte gespielt pikiert den Kopf und schenkte mir ein freches Lächeln. „Warum hilfst du mir nicht, sie wieder auf die Beine zu stellen", sagte er zu Maria. „Wenn wir sie noch länger hier herumsitzen lassen, werden uns bald die Wölfe einkreisen."

Ich wollte ihm gerade sagen, dass ich offensichtlich mindestens fünfzehn Jahre jünger war als er und ein wildes Tier mit geschlossenen Augen auf hundert Meter erschießen könnte, da rappelte sich Maria zu meiner großen Überraschung auf und hielt mir eine Hand hin, um mir beim Aufstehen zu helfen. „Komm schon, Mom", sagte sie. „Ich glaube, ich höre sie schon heulen."

„Im Ox-Eye Bluff gibt es keine Wölfe", erklärte ich, streckte aber trotzdem meine Hände zu dem Mann und Maria aus, damit sie mir aufhalfen. „Ich glaube nicht, dass es überhaupt irgendwo in Iowa noch Wölfe gibt. Kojoten, ja. Wölfe, nein." Der Mann war groß, mindestens ein Meter neunzig, schlank, mit einem schmalen Gesicht und kurzen, grau gesprenkelten Haaren.

Er ertappte mich dabei, wie ich ihn musterte, und errötete leicht. „Ich bin frühzeitig ergraut."

„Ja, klar." Ich schaute ihn unter erhobenen Augenbrauen an.

Gemeinsam fuhren wir drei bis zum Ende der Loipe und gingen dann zu Fuß weiter zu der Stelle, an der mein Auto stand. Wir sprachen nicht viel, aber ich erfuhr, dass der Mann Stuart Moore hieß und Redakteur beim *Des Moines Observer* war, der größten Zeitung im Bundesstaat. Er flocht außerdem in die Unterhaltung ein, dass er drei erwachsene Kinder hatte und in Trennung lebte; seine Frau zögere die Scheidung hinaus.

„Sie sehen noch gar nicht alt genug aus, um drei erwachsene Kinder zu haben", sagte ich gespielt ungläubig.

„Nun ja, Kinderehe, Sie wissen schon", sagte er und befestigte meine Ski auf dem Dach meines Wagens.

„Wie alt waren Sie damals. Zwölf?" Ich ging auf das Spiel ein.

„So ungefähr." Er lachte.

„Was bringt sie hierher? Des Moines ist über anderthalb Stunden von hier entfernt."

„Ich lebe nördlich von Des Moines, also ist es für mich nicht ganz so weit. Ich bin schon überall in Iowa, Minnesota und Wisconsin Ski gefahren. Ox-Eye hat einige der besten Loipen, was aber kaum jemand zu wissen scheint. Hier habe ich die Strecken meistens für mich allein", erklärte er.

„Bis heute", warf Maria ein.

„Bis heute", stimmte Stuart zu.

Stuart und ich ließen es langsam angehen. Zumindest am Anfang. Ich war immer noch verletzt von der Scheidung und der Abweisung durch Aaron, außerdem musste ich auch an Maria denken. In diesem Winter liefen Stuart und ich uns im Ox-Eye Bluff immer wieder über den Weg und fuhren dann gemeinsam Ski oder gingen Schneeschuhwandern. Im Frühling und Sommer bestand die unausgesprochene Übereinkunft, dass wir uns am Ox-Eye trafen, um dort zu wandern. Manchmal begleitete Maria uns, manchmal nicht.

Es ist erst ungefähr zwei Monate her, dass Stuart und ich das erste Mal zusammen geschlafen haben. Maria verbrachte das Wochenende bei Tim. Es lag nicht mehr genügend Schnee, um langlaufen zu gehen, also lud ich Stuart das erste Mal zu mir nach Hause ein. Mit ihm zusammen zu sein, die Art, wie er mich berührte, mir eine Haarsträhne hinters Ohr strich, weckte in mir ein Gefühl der Sicherheit, des Gebrauchtwerdens. Er gestand mir, dass seine zukünftige Exfrau eine Affäre mit einem seiner Kollegen gehabt habe und wie sehr das ihn und die Familie zerrissen hätte. Er sagte auch, dass die Scheidung nun endlich auf dem Weg wäre. Ich erzählte ihm von meiner Arbeit als Polizistin in einer Kleinstadt, von Tim und davon, wie unsere Ehe langsam ausgebrannt war. Wir tranken zu viel Wein, und drei Stunden lang dachte ich weder an Fahrten unter Alkoholeinfluss noch an Meth-Labore oder Nachbarschaftsstreitigkeiten wegen falsch gesetzter Zäune. Ich dachte nicht an Tim und auch nicht an Maria. Ich führte Stuart in mein Schlafzimmer und schloss den Rest der Welt aus. Eine Weile dachte ich, dass Stuart und ich vielleicht, ganz vielleicht, ein Paar werden würden. Wie sehr ich mich geirrt hatte. Innerhalb von wenigen Tagen lernte ich zwei entscheidende Dinge über Stuart: Erstens, er war relativ glücklich verheiratet. Und zweitens, er würde alles tun, um an eine gute Story zu kommen. Ich glaube nicht, dass er von Anfang an den Plan hatte, mich für seinen großen Coup auszunutzen. Aber als sich die Gelegenheit bot, ergriff er sie, ohne zu zögern.

Ich habe das Absperrband vollständig abgerollt. Gelb hebt es sich vom Weiß des Schnees ab, und wären da nicht die schwarzen Buchstaben, *Police Line Do Not Cross*, würde es beinahe fröhlich wirken.

WILL

An diesem Morgen hatte Will seinen wärmsten Overall angezogen. Seine siebzig Jahre alten Gelenke hatten laut protestiert. Er hatte seine Arbeitsstiefel aus braunem Leder fest geschnürt, die schwarz-gelbe Wintermütze übergezogen, die Marlys ihm vor Jahren gestrickt hatte, und die großen rauen Hände in seine gefütterten Handschuhe aus Schweinsleder gesteckt. Dann war er vor die Tür getreten und an den mit Mais und Sojabohnen gefüllten Stahlbehältern und dem Betonsilo vorbei in Richtung Stall gelaufen. Es war ein ruhiger Morgen gewesen; die Sonne hatte als kalte, dumpfe Scheibe am grauen Himmel gestanden und nur schwaches Licht von sich gegeben. Leicht außer Atem war er in Richtung Futterplatz und Kälberstall gegangen. Sein Herz hatte unter der Anstrengung heftig geklopft. Er wusste, sobald Marlys nach Hause käme, würde sie versuchen, ihn zu einem Arztbesuch zu überreden, doch er würde sich weigern.

Die Angusrinder waren erwartungsvoll auf ihn zugekommen und hatten ihn aus großen, sanften Augen angesehen. Und als Will sich vorbeugte, sah er, dass die Futtertröge blank geleckt waren. Ganz offensichtlich hatten seine Mädchen Hunger. Im Stierstall bot sich ihm das gleiche Bild. Er hatte auf die Uhr geschaut. Schon wieder war er zu spät dran gewesen. Mit schleppenden Schritten war er zum Stallgebäude hinübergegangen und hatte das Futter zubereitet, eine Mischung aus Heu, Mais, Maisstängeln und Maisgluten. Gott sei gedankt für Daniel, ihren Helfer, der bereits die Koppeln gesäubert und frisches Heu auf dem gefrorenen Boden verteilt hatte.

Seine alltäglichen Arbeiten auf der Farm zu vernachlässigen entsprach so gar nicht seiner Art, aber ohne Marlys fehlte ihm die gewohnte Routine.

Jetzt war es beinahe ein Uhr, und Will machte seine übliche Mittagsrunde, bei der er nach den Kühen sah, die kurz vorm Kalben standen. Diese Aufgabe konnte er auf keinen Fall nicht verschieben; ansonsten lief er Gefahr, auf einmal mit toten

Kühen und Kälbern dazustehen.

Die allabendlichen Telefonate, immer um halb acht Iowa-Zeit und halb sechs Arizona-Zeit, waren die schlimmsten. Als Erstes war immer P. J. dran, erzählte, wie sehr er die Farm liebte, den Schnee, Schlitten zu fahren, seine neue Schule, bis Will ihm sanft den Hörer aus den Fingern nahm und ihn an Augie weiterreichte, die nervös danebenstand und auf den Fingernägeln kaute.

„Hey Mom", sagte sie immer, die Stimme heiser von unterdrückten Tränen und mehr, vielleicht Bedauern, vielleicht Schuldgefühlen. Dann folgte eine Reihe von Jas und Neins und Okays. Keine Geschichten über ihr neues Leben in Broken Branch, sondern nur kurze, höfliche Antworten. Augie gab das Telefon dann immer an Will zurück und eilte aus dem Haus, vollkommen unpassend gekleidet mit einem Kapuzensweatshirt und Turnschuhen. Will war sich nicht sicher, wohin sie lief, aber er nahm an, zu dem alten Heuboden im südlich gelegenen Stall. Da hatte sich zumindest ihre Mutter immer versteckt, wenn sie traurig gewesen war.

Dann war es an Will, zu versuchen, eine Unterhaltung zu führen. „Wie geht es dir?", fragte er jedes Mal. „Fühlst du dich heute schon besser?"

„Gut, ja", erwiderte Holly mit belegter Stimme, als wenn ihre Zunge geschwollen wäre oder sie unter Medikamenten stünde. Was beides im Bereich des Möglichen lag.

„P. J. hat wirklich Gefallen am Farmleben gefunden. Wer hätte das gedacht? Er ist mir eine große Hilfe und stellt sehr viele Fragen."

„Oh, das ist schön."

„Augie ist hingegen ein echtes Großstadtmädchen. Sie erinnert mich sehr an dich." Will lachte leise. Keine Reaktion. „Sie vermissen dich, aber ich kümmere mich gut um sie. Mach dir also keine Sorgen, hörst du?"

„Okay."

„Werde schnell wieder gesund, Hol. Ich liebe dich."

„Bye."

Er war kein Mann, der seine Gefühle öffentlich zur Schau stellte. Er umarmte auch nicht gerne. Aber wenn seine Kinder unter seinem Dach weilten, verging nicht ein einziger Abend, an dem er ihnen nicht sagte, dass er sie liebte. Er hatte in Vietnam als Lieutenant genügend Männer fallen sehen. Jungen, die alles dafür gegeben hätten, ihren Frauen, ihren Kindern, ihrer Familie noch ein letztes Mal zu sagen, dass sie sie liebten. Jeden Abend war Will in die Zimmer seiner Kinder gegangen und hatte einem nach dem anderen erzählt, dass er es liebte. Als sie klein gewesen waren, hatten sie sich in seine Arme geworfen, sogar Holly, hatten ihre frisch geschrubbten Gesichter an seinem Hals vergraben und die vielschichtige, erdige Mischung der Gerüche der Farm in sich aufgesogen, die aus seinen Poren strömte. Als die Jungen älter gewesen waren, gaben sie ein lockeres „Lieb dich auch, Dad" zurück, und mehr brauchte Will nicht. Sobald diese Worte ausgesprochen waren, konnte er nachts gut schlafen. Mit Holly hingegen war es eine andere Geschichte. Als sie zwölf gewesen war, hatte sich irgendetwas verändert. Sie betrachtete ihn nicht mehr länger mit dem Blick eines kleinen Mädchens, das seinen Vater bewundert, sondern beinahe misstrauisch, die Augen zu ablehnenden kleinen Schlitzen verengt. *Ich lieb dich, Hol,* hatte er von der Türschwelle ihres Zimmers aus gesagt, ohne ihr Reich aus Nagellackflaschen und Kleiderbergen zu betreten.

„Gute Nacht", erwiderte sie, ohne ihn direkt anzuschauen, sondern weiter in den Seiten eines Modemagazins blätternd.

„Ich liebe dich, Holly", wiederholte er etwas lauter.

„Hm-mh", erwiderte sie abwesend, was unweigerlich einen Funken der Wut in seiner Brust entzündete.

Irgendwann machte er sich nicht mehr die Mühe, ihre Zimmertür zu öffnen, um ihr Gute Nacht zu sagen. Er klopfte einfach zweimal. „Gute Nacht, Holly. Ich liebe dich", rief er durch die geschlossene Tür und ging schnellen Schrittes davon. Er ertrug es nicht, die Verachtung auf ihrem Gesicht zu sehen, sie die drei kleinen Worte nicht erwidern zu hören. Und nun, achtzehn Jahre später, sagte er *Ich liebe dich* zu einer Tochter, die immer noch keinen Grund zu haben schien, die Worte zu erwidern.

Nachdem er die Rinder gefüttert hatte, ging er zum großen Stall, in den er Anfang der Woche gemeinsam mit Daniel vier trächtige Kühe gebracht hatte. Bis Mitte Mai würden über einhundert Kälber geboren. Trotz des Schutzes durch die Stallwände war die Kälte eingedrungen, und Will sorgte sich, dass einige der Kälber bei den eisigen Temperaturen umkommen könnten.

Im Stall angekommen tätschelte er den seidigen Rumpf einer der Kühe. Er würde in der Nähe bleiben und über den Tag immer wieder nach ihnen sehen müssen. Das Kalb erwartete er noch vor Einbruch der Dämmerung. Als er einen Ruf hörte, schaute er auf. Durch die breite Tür sah er Daniel wild winkend auf sich zulaufen. Daniel Tucker war ein gleichmütiger, systematischer Mann um die dreißig, unverheiratet und ganz den Tieren und dem Land ergeben. Mit seiner ruhigen, sanften Art war er Will im Umgang mit den Rindern eine große Hilfe. Zudem war er ein verlässlicher und harter Arbeiter, der Will nicht nur bei der täglichen Arbeit half, sondern auch ein Stück Land von Will gepachtet hatte, auf dem er Gemüse und Getreide anbaute, um eines Tages, so hoffte er, ein eigenes Stück Land in Iowa erwerben zu können. Als Daniel näher kam, sah Will, dass seine normalerweise gelassene Miene einem Ausdruck der Sorge gewichen war. Will wusste sofort, dass irgendetwas nicht stimmte.

„Die Schule“, sagte Daniel atemlos, seine Wangen rot, seine Nase lief dank der beißenden Kälte. „Irgendetwas ist an der Schule los.“ Er wischte sich mit dem Ärmel die Nase ab.

„Was ist passiert?“ Wills Herz schlug schneller, und schuldbewusst erkannte er, dass seine Gedanken zuerst zu P. J. geeilt waren; Augie fiel ihm erst einen Augenblick später ein.

„Irgendwas mit einem bewaffneten Mann.“ Daniel nahm seine Mütze ab. „Meine Schwester hat mich gerade angerufen. Meine Nichte und mein Neffe gehen auf die Schule – sie ist vollkommen panisch. Sie meint, eine große Gruppe Eltern wäre an der Schule und versucht herauszufinden, was vor sich geht."

„Meine Schwiegertochter unterrichtet die vierte Klasse." Nun nahm Will auch seine Mütze ab. „Ich muss meinen Sohn anrufen. Willst du zu deiner Schwester fahren?", fragte er und biss sich auf die Unterlippe.

„Ich dachte, du willst vielleicht nach P. J. und Augie sehen", erwiderte Daniel. Er griff in seine Tasche und holte ein Taschentuch heraus, mit dem er sich die Nase putzte. „Und natürlich nach Todds Frau."

„Danke, das weiß ich sehr zu schätzen, Dan", erwiderte Will dankbar. „Nummer siebenundachtzig und Nummer hundertvierunddreißig werden heute noch kalben. Kannst du in der Nähe bleiben?" Er zeigte auf eine breitschultrige Schwarzbunte, deren Euter und die geschwollenen Flanken aussahen, als wollten sie jeden Moment platzen.

„Verlass dich auf mich", erwiderte Daniel und klopfte seinem Boss auf die Schulter. „Wenn du etwas Neues hörst, lass es mich wissen."

Die beiden gingen schnell, aber schweigend zurück zum Haus. Die einzigen Geräusche waren der Wind, der zwischen den Außengebäuden hindurchpfiff, und das sanfte Muhen der Rinder, die sich nun satt und zufrieden zusammendrängten, um sich gegenseitig zu wärmen.

„Wer würde so etwas tun?", brach Daniel schließlich das Schweigen und zog sich seine Mütze fester über die Ohren.

Will schüttelte überfragt den Kopf. Er kannte jeden Menschen in Broken Branch, und auch wenn es ein paar Verrückte gab, konnte er sich nicht vorstellen, dass einer von ihnen bewaffnet in eine Schule eindringen würde. „Ich weiß es nicht, Daniel. Ich werde hinfahren und sehen, was ich in Erfahrung bringen kann." Er ging ins Haus und machte sich gar nicht erst die Mühe, seinen Overall oder die Arbeitsschuhe auszuziehen. Er nahm sich lediglich das Handy, das er selten benutzte, und durchquerte das Wohnzimmer, ohne darauf zu achten, dass seine Stiefel Dreck und Kuhdung auf Marlys gutem Teppich verteilten. In seinem kleinen Büro öffnete er das Schloss seines Waffenschranks, holte seine Mossberg 500 Pump Action Flinte heraus und steckte sich eine Schachtel Patronen in die Jackentasche. Nur für den Fall.

Mr Ellery tritt auf den Flur hinaus, und Noah und Justin folgen ihm bis zur Tür. „Setzt euch wieder hin. Sofort", befiehlt er. Seine Stimme ist so ernst, dass selbst Noah ihm sofort gehorcht.

„Was geht hier vor?", fragt Beth Cragg nervös und kaut auf ihren Fingernägeln. Beth ist für mich in Broken Branch das, was einer Freundin am nächsten kommt. Unsere Großmütter sind Freundinnen und haben vergeblich versucht, unsere Mütter zu Freundinnen zu machen, als sie in unserem Alter waren. Ich schätze, sie dachten, das hier wäre ihre zweite Chance, denn keine zehn Minuten, nachdem P. J. und ich auf der Farm angekommen waren, tauchten Beth und ihre Großmutter mit einer Platte Zitronenschnitten auf. Aber ich war diejenige, die aussah, als hätte sie an einer Zitrone geleckt, als ich Beth das erste Mal traf. Wir schienen so verschieden zu sein. Beth ist das totale Farmmädchen. Sie trägt jeden Tag Levi's und John-Deere-Sweatshirts oder T-Shirts mit Werbung für den McGee Futterladen. Sie ist eines dieser Mädchen, die von Natur aus hübsch sind, es aber nicht wissen. Sie hat Sommersprossen und trägt ihr seidiges braunes Haar entweder in einem Pferdeschwanz oder zu einem dicken Zopf geflochten, der ihr wie ein Seil über die Schulter fällt. Wenn ich versuche, meine Haare zu einem Zopf zu flechten, sieht es immer aus wie der Schwanz einer magersüchtigen Ratte. Die Jungen in der achten Klasse lieben sie, weil sie immer noch Spaß daran hat, Kröten zu fangen und Steine über den Fluss springen zu lassen, und weil sie Mitglied bei 4-H ist, der Organisation für Jugendliche auf dem Land, und Kälber aufzieht, die sie jeden Sommer auf landwirtschaftlichen Jahrmärkten vorführt. Sie kann sich über Nutzpflanzen und Waffen unterhalten und geht mit ihrem Vater auf Fasanen- und Hirschjagd. Abgesehen von diesem Jahr, weil ihre Eltern sich scheiden lassen. In den vergangenen zwei Monaten sind wir aber tatsächlich Freundinnen geworden. Beth ist nett und kann sehr gut zuhören. Außerdem war sie der einzige Mensch abgesehen von P. J. und meinem Großvater, der sich nicht über meine rot gefärbten Haare lustig gemacht hat. Das nenne ich eine echte Freundin. Und wir haben auch was gemeinsam. Unsere Eltern. Meine sind geschieden, und Beths Mom und Dad stehen kurz davor, sich scheiden zu lassen. Sie hört mir zu, wenn ich mich darüber beschwere, dass ich Arizona verlassen musste, um bei meinem Großvater zu leben, und sie beklagt die Traurigkeit ihrer Mom und die Versuche ihres Dads, ihr Schuldgefühle zu machen, weil sie zu ihrer Mutter hält.

„Was ist los?", fragt Beth erneut; ihre Stimme zittert. Ich spüre, wie mein Magen sich besorgt zusammenzieht, und denke an P. J. Dann denke ich an meine Mutter, und der Wunsch, mit ihr zu sprechen, ist größer als alles andere. Mein Handy ist in meiner Büchertasche, die in meinem Spind auf dem Flur steckt. Ich frage mich, ob Mr Ellery mir erlauben würde, es zu holen.

„Wir haben hier einen Ernstfall", sagt Mr Ellery mit ernster Miene, als er ins Klassenzimmer zurückkehrt. „Das ist keine Übung." Er fährt sich mit der Hand durchs schwarze Haar und zupft an seinem Kinnbart. Dann schließt er die Tür zum Klassenraum und drückt den Knopf, der sie verriegelt. So viel zum Thema, mein Handy zu holen.

„Hey, was machen Sie da?", fragt Noah überrascht.

„Pst, ich denke nach." Mr Ellery kaut auf seiner Unterlippe und schaut aus dem kleinen Fenster, das in die Tür eingelassen ist. Dann dreht er sich zu uns um. „Versammeln wir uns alle in der Ecke da hinten." Er zeigt auf den Platz hinter seinem Schreibtisch, der von Tür und Fenstern am weitesten entfernt ist.

„Hat da jemand eine Pistole?", fragt Felicia mit weit aufgerissenen Augen.

„Oh mein Gott", flüstert jemand hinter mir.

„Das wissen wir noch nicht", beeilt Mr Ellery sich zu erklären.

„Wir können nicht hier drinbleiben und darauf warten, dass jemand hereinkommt und uns alle wegpustet", protestiert Noah wütend, und ich erkenne wieder einmal, was für ein absoluter Volltrottel er ist.

„Doch, wir bleiben", sagt Mr Ellery fest. „Und zwar so lange, bis wir eine Entwarnung bekommen."

Noah sieht aus, als wolle er etwas sagen, doch als ein Schüler nach dem anderen aufsteht und in die hintere Ecke des Raumes geht, um sich zwischen Lehrerpult und die Wand zu quetschen, entschließt er sich, der Anweisung ebenfalls zu folgen.

„Die Jungs sollten außen sitzen", sagt Savannah.

„Leck mich." Noah funkelt sie wütend an. „Ich werde für niemanden hier den Schutzschild spielen. Ich will so nah am Fenster sitzen, wie ich nur kann. Bei der erstbesten Gelegenheit bin ich hier weg."

„Hey, Noah, halt dich ein bisschen zurück." So wie Mr Ellery das sagt, habe ich den Eindruck, er hätte selber nichts dagegen, aus einem Fenster zu klettern. „Niemand wird für irgendjemanden Schutzschild spielen. Gibt es irgendwen, dem es nichts ausmacht, am Rand zu sitzen?" Fünf Hände werden gereckt, darunter die von Beth und Drew. Langsam hebe ich auch meine. „Okay, danke." Mr Ellery nickt uns zu. „Alle setzen sich. Und kein Getuschel." Er schaltet das Licht aus, und der Raum färbt sich grau, was zu dem Himmel draußen passt.

Ich setze mich auf den harten Linoleumboden und lehne mich gegen die Seitenwand von Mr Ellerys Tisch. Beth sitzt auf der einen Seite von mir, Drew auf der anderen. Mr Ellery geht zum Fenster und lässt die Jalousien herunter, dann geht er zum Telefon, das auf seinem Tisch steht, nimmt den Hörer ab, hält ihn sich ans Ohr und legt schließlich wieder auf. Er setzt sich auf den Tisch; trotz seiner langen Beine berühren seine Füße den Boden nicht. „Das Telefon funktioniert nicht", sagt er. Nach einer Minute holt er sein Handy aus der Hosentasche und drückt drei Tasten.

Nach einigen weiteren Versuchen sagt er schließlich: „Hier ist Jason Ellery, ich melde mich aus der Schule. Hier scheint irgendetwas los zu sein." Er hört einen Augenblick zu. „Ja, meine Klasse ist vollzählig und in Sicherheit." Er hört erneut zu und greift dann nach dem Klassenbuch, das auf dem Pult liegt. Nacheinander liest er alle Namen in alphabetischer Reihenfolge vor. Mein Name kommt als Letztes, ich nehme an, das liegt daran, dass ich erst mitten im Schuljahr dazugestoßen bin. „Augustine Baker“, sagt er, und ich höre, wie Noah ein Lachen unterdrückt. „Will Thwaites Enkelin.“ Wieder Schweigen auf seiner Seite, während er zuhört. „Die Telefone in den Klassenzimmern funktionieren nicht, und der Akku meines Handys ist halb leer.“ Er nimmt das Handy herunter und fragt in lautem Flüstern: „Hat einer von euch sein Handy dabei?“ Niemand sagt etwas. Wir sollen unsere Handys in unseren Spinden lassen und nicht mit in die Klassenräume bringen. Angeblich haben einige Kids ihre Handys dazu benutzt, Prüfungsfragen im Internet nachzuschauen und während des Unterrichts SMS zu schreiben, deshalb hat der Rektor sie aus den Klassenräumen verbannt. „Kommt schon“, sagt er etwas lauter. „Für so etwas haben wir keine Zeit. Hat irgendjemand hier und jetzt sein Handy zur Hand?“ Drei Hände werden zögerlich gehoben, darunter auch die von Noah Plum. Welche Überraschung. „Schaltet sie aus und gebt sie mir.“

„Auf gar keinen Fall“, schnaubt Noah. „Das ist mein Telefon.“

„Noah, das hier ist kein Spaß.“ Mr Ellerys Ton ist ungewohnt scharf. „Wir wissen nicht, wie lange wir hier festsitzen werden. Das Schultelefon funktioniert nicht, und wir müssen die Akkus der Telefone, die wir haben, schonen.“

„Ich will meine Mom anrufen“, sagt Beth mit leiser Stimme. „Kann ich meine Mom anrufen?“

„Ich auch“, sagt jemand, und dann ist es ein ganzer Chor, und auch ich stimme mit ein. In diesem Augenblick will ich nichts mehr, als mit meiner Mutter zu sprechen. Ich würde sie nicht auf Abstand halten wie in den letzten beiden Monaten, in denen ich ihre Fragen nur mit drei Wörtern oder weniger beantwortet habe. *Okay, denke ich. Ich weiß nicht. Kann sein.*

„Ich kann es euch nicht verbieten, aber wir könnten für längere Zeit hier festsitzen. Die Notrufzentrale weiß, dass es allen gut geht, und wird eure Familien entsprechend informieren. Sobald sie mehr Informationen haben, werden sie uns zurückrufen.“ Mr Ellery zuckt mit den Schultern und wartet.

Noah fängt sofort an, Zahlen in sein Handy zu tippen, und bevor ich mich zurückhalten kann, flüstere ich laut: „Was für ein Idiot.“

„Halt die Klappe, *Augustine*“, zischt er, klappt aber sein Handy zu und legt es neben Mr Ellery auf den Tisch. Die anderen tun es ihm mit ihren Telefonen gleich.

„Danke, Jungs“, sagt Mr Ellery. „Ihr könnt sie jederzeit zurückhaben. Für den Augenblick warten wir einfach ab.“ Er sitzt auf dem Tisch und hält den langen, schmalen Zeigestab aus Holz in der Hand, den er immer benutzt, um uns auf der Weltkarte die Hauptstädte von Ländern zu zeigen, die vermutlich keiner von uns je besuchen wird, und ich frage mich, ob er wirklich glaubt, dieser einfache Stock könnte uns vor dem beschützen, was auch immer da draußen ist. Aber ich bin trotzdem froh, dass er hier ist. Mr Ellery wird nicht zulassen, dass uns etwas Schlimmes passiert.

Als ich zum Parkplatz zurückgehe, sehe ich Dorothy Jones, Eigentümerin von *Knitting and Notions*, einem örtlichen Handarbeitsladen, und Vorsitzende des Elternrats der Schule, auf mich zukommen.

„Hey Dorothy. Ich habe noch keine Informationen. Du musst bitte auch hinter das Absperrband zurücktreten."

„Bitte, Meg", fleht sie. „Ich brauche nur ein paar Minuten deiner Zeit. Es ist wichtig." Ich lade sie ein, sich mit mir in den Streifenwagen zu setzen. Sie geht auf die Beifahrerseite, öffnet die Tür und steigt ein.

Dorothy ist um die fünfzig mit mittenachtschwarzen Haaren, die zu einem strengen, kinnlangen Bob geschnitten sind, und auf eine vielseitige, modische Art attraktiv. Normalerweise trägt sie roten Lippenstift und kunstvoll zerfetzte Jeans mit Chucks, aber heute ist kein Hauch von Make-up auf ihrem Gesicht zu sehen, und unter ihrem dünnen Übergangsmantel blitzt eine Jogginghose hervor. Sie lebt erst seit knapp zwei Jahren in Broken Branch, hat in der kurzen Zeit aber viel erreicht. Als alleinerziehende Mutter zweier Teenager, die auf diese Schule gehen, hat Dorothy *Knitting and Notions* eröffnet, ein altes Farmhaus im Süden des Ortes renoviert und es geschafft, zur Vorsitzenden des örtlichen Elternrats gewählt zu werden – wobei sie Clement Heitzman hinter sich gelassen hat, der diesen Posten die letzten zwölf Jahre innegehabt hat. Dorothy hat außerdem eine wichtige Rolle in der Konsolidierung der verschiedenen Schulbezirke gespielt, die dazu führt, dass nun die Schule in Broken Branch geschlossen wird und alle Highschool-Schüler ins nahe gelegene Conway geschickt werden, die von der Middleschool nach Bohr und die von der Elementaryschool nach Dalsing oder Broken Branch, je nachdem, wo sie wohnen. Der Umbau der Grundschule in Broken Branch soll in diesem Juli fertiggestellt sein, rechtzeitig zum Start des neuen Schuljahres Ende August. Viele hier in der Stadt waren wegen der Schließung ihrer geliebten Schule sauer auf Dorothy, denn immerhin hatten die meisten Einwohner ihre gesamte Schulzeit zwischen diesen Wänden verbracht. Als Zugezogene und somit irgendwie Außenstehende kann ich die Gründe für die Schließung der Schule gut nachvollziehen. Sie ist eine wahre Monstrosität, im Winter unmöglich zu heizen und im Sommer drückend heiß. Die Heizungsanlage und die Möbel sind uralt, und ich bin sicher, dass die Decken voller Asbest stecken. Dorothy und der Schul-Superintendent haben es irgendwie geschafft, den Rest des Vorstandes davon zu überzeugen, dass die Kinder auch nach der Konsolidierung der vier Schulen der Umgebung noch eine gute Bildung erhalten werden.

Dorothy zieht ihren Mantel enger um sich. „Ich hätte meinen Wintermantel noch nicht wegräumen sollen. Dieser kleine Anflug von Frühling letzte Woche hat mich getäuscht." Sie schenkt mir ein gequältes Lächeln. Ich versuche, mir meine Ungeduld nicht anmerken zu lassen, aber ich habe definitiv keine Zeit, mit der Vorsitzenden des Elternrats über das Wetter zu plaudern. Dorothy atmet tief durch und schaut mich ruhig an. „Ich bin mir nicht ganz sicher, aber ich will, dass du ein paar Dinge weißt, die in der Schule vorgefallen sind. Dinge, die vielleicht einen Bezug zu dem haben, was hier gerade passiert."

„Was meinst du?"

„Technisch gesehen, darf ich dir darüber nichts erzählen. Die Unterhaltung, die wir darüber hatten, fand in einer geschlossenen Vorstandssitzung statt."

Jetzt werde ich langsam ungeduldig. „Dorothy", sage ich. „Wenn du Informationen hast, die uns helfen, herauszufinden, was da drinnen vor sich geht, musst du sie mir geben."

„Ich könnte mir dafür großen Ärger einhandeln. Es geht um rechtliche Sachen, und es sind Anwälte involviert."

„Dorothy", sage ich warnend.

„Ich weiß, ich weiß." Sie beißt sich auf die Unterlippe. „Letztes Jahr gab es einen Vorfall mit einem Lehrer. Er ist beschuldigt worden, einen Schüler angegriffen zu haben."

„Ja, Rick Wilbreicht." Ich erinnere mich. „Ich dachte, er

wäre nach Sioux City gezogen, aber wir werden das definitiv überprüfen lassen. Danke." Ich tätschele ihre Schulter und warte darauf, dass Dorothy aus dem Wagen aussteigt. Sie bleibt sitzen.

„Dorothy, ich muss wirklich weitermachen."

„Okay." Sie atmet geräuschvoll aus. „Mir ist eine Situation mit einem der hiesigen Schüler zu Ohren gekommen. Ein ernsthafter Fall von Mobbing. Inklusive Beschimpfen, Herumschubsen, Schlagen."

„Wirklich?", frage ich überrascht. Ich bin nicht so naiv zu glauben, an dieser Schule gäbe es so etwas nicht, aber ich hätte gedacht, die Schulverwaltung würde uns Fälle von körperlichen Übergriffen melden. Trotzdem habe ich keine Zeit dafür, wenn es nicht unmittelbar mit unserem aktuellen Fall zusammenhängt. „Dorothy, führt dieses Gespräch irgendwohin?"

„Der Schüler hat die Übergriffe mehrmals bei seinen Lehrern gemeldet, aber nichts hat sich geändert."

„Also glaubst du, der Schüler ist so wütend, dass er aus Rache mit einer Waffe in die Schule gehen würde? Wurde er so stark tyrannisiert?"

„Er sagte, es wäre ständig und dauernd. Im Internet sind Gerüchte über seine sexuelle Orientierung gepostet worden. Außerdem gibt es ein Video online, in dem sich über ihn lustig gemacht und gezeigt wird, wie Kinder ihn herumschubsen." In ihren blauen Augen sammeln sich Tränen, und sie fängt an zu zittern, obwohl es im Auto warm ist und heiße Luft aus der Lüftung bläst. Wie ein Stromschlag fährt es durch mich hindurch. Vielleicht haben wir hier den Durchbruch.

„Dorothy, wer ist der Junge? Hat er Zugang zu einer Waffe?"

Sie schüttelt kläglich den Kopf. „Ich kann mir allerdings nicht vorstellen, dass es schwer für ihn wäre, eine zu kriegen. In jedem Haus in dieser Gegend liegt mindestens eine Flinte im Waffenschrank."

„Dorothy, sag mir seinen Namen", fordere ich mit scharfer Stimme.

Sie schaut mich verzweifelt an, Tränen rinnen über ihre Wangen. „Ich fürchte, es könnte mein Sohn sein. Ich habe heute Morgen einen Anruf von der Schule erhalten. Blake ist nicht zum Unterricht erschienen. Und ich kann ihn nirgendwo finden."

Ich weiß, dass es elf Uhr ist, weil um diese Zeit meine Mutter jeden Tag zum zweiten Mal an meiner Krankenzimmertür auftaucht. Sie kommt immer gleich morgens um acht, geht um zehn Uhr auf einen Kaffee in die Krankenhauscafeteria und kommt pünktlich um elf Uhr zurück. Sie klopft an, steckt ihren Kopf durch den Türspalt und ruft mit fröhlicher Stimme: „Ist das ein guter Zeitpunkt für einen Besuch?" In der ersten Woche habe ich mir gar nicht erst die Mühe gemacht, zu antworten. Jede Bewegung, selbst das Bilden von Worten, hat mich vollkommen erschöpft. Meine Mutter ist trotzdem immer hereingekommen und hat sich einen Stuhl an mein Bett gezogen. Sie hat Zeitschriften und ihr Strickzeug mitgebracht und die nächsten drei Stunden einfach nur dagesessen. Sie hat kein Wort gesagt, außer wenn ich mein gutes Auge geöffnet habe. Und wenn sie dann sprach, legte sich die vertraute Stimme meiner Kindheit wie ein gestärktes, von der Sonne gewärmtes und frisch von der Leine kommendes Laken über mich.

„Weißt du noch", fängt meine Mutter heute an, „als du einmal allein zu Hause warst und irgendetwas die Kühe erschreckt hat und sie aus der Weide ausgebrochen sind?" Ich versuche, nicht zu lächeln; die Muskeln in meinem Gesicht schreien unter der kleinsten Bewegung auf. Ich spüre die Entzündung unter meiner Haut blubbern und frage mich, welches neue Antibiotikum sie einsetzen werden, um diesen erneuten Rückschlag zu bekämpfen.

Bis zu diesem Augenblick habe ich diesen schwülen Augusttag vollkommen vergessen, an dem die Kühe ausgebrochen waren. Meine Eltern befanden sich gemeinsam mit meinen Brüdern Wayne, Pete, Jeff und Todd auf einem Tagesausflug nach Linden Falls, wo sie eine Landwirtschaftsauktion besuchten. Ich hatte keine Lust gehabt, meinen Tag damit zu verbringen, mir alte, rostige Geräte anzusehen, also hatte ich vorgegeben, krank zu sein, und war zu Hause geblieben.

Ich hatte den Luxus genossen, noch lange nach ihrer Abfahrt im Bett liegen zu bleiben, da hörte ich auf einmal einen Radau unter meinem Fenster. Ich war mit dem Muhen der Rinder durchaus vertraut, doch das hier klang viel zu nah. Ich schoss von meinem Bett hoch, befreite mich aus den Laken und schob meinen weißen Leinenvorhang zur Seite, der schwer in der feuchten Luft hing. Unter mir trotteten zwei Dutzend oder mehr Schwarzbunte gemütlich durch den Garten. Ich zog meine Stallstiefel über und versuchte die nächsten vier Stunden, die Kühe zurück auf die Weide zu treiben. Ich rief und schob und drückte und flehte sie an, in ihren Pferch zurückzukehren. Unsere sechs Monate alte blau getüpfelte Australian Shepherd Roo versuchte, mir zu helfen, aber nach dreißig Minuten sackte sie erschöpft unter dem Holzapfelbaum in unserem Vorgarten zusammen.

„Oh." Meine Mutter lacht bei der Erinnerung an den Tag. „Als wir wieder nach Hause kamen, hattest du einen Sonnenbrand, blaue Flecken und Muskelkater, aber alle Tiere waren wieder da, wo sie hingehörten." Die strickenden Hände meiner Mutter halten einen Moment inne. „Ich erinnere mich, dass dein Vater jedem, den er kannte, erzählt hat, wie verantwortungsvoll du an diesem Tag gewesen bist. ‚Ein echtes Cowgirl', hat er gesagt. Er war so stolz auf dich."

Ich erinnere mich an jeden einzelnen schmerzenden Muskel, an die Wärme, die von meiner sonnenverbrannten Haut aufgestiegen war, das Gefühl, wie die Eiscreme, die mein Vater extra für mich mit dem Auto aus Broken Branch geholt hatte, kalt und sacht meine Speiseröhre hinunterglitt. Ich spüre die Hand meiner Mutter an meiner unverletzten Wange. „Was möchtest du heute gerne zu Mittag essen, Holly?", fragt Mom. „Eiscreme klingt doch ganz gut, findest du nicht?"

Ich nicke, meine Wange saugt die Kühle ihrer Haut förmlich auf. Ich denke an Augie und P. J., die so weit weg sind, und obwohl ich weiß, dass es den Heilungsprozess verzögern wird, fange ich an zu weinen. Ich vermisse sie fürchterlich. Ich, der Mensch, der ohne einen Blick zurück einfach so fortgehen kann. „Zuhause", gebe ich krächzend von mir.

Meine Mutter sieht einen Moment verwirrt aus, und eine Sekunde lang weiß ich, dass sie denkt, ich will nach Broken Branch zurück, aber dann klärt sich ihr Blick. „Dein Haus ist durch Rauch und Feuer zu sehr beschädigt. Wenn du hier entlassen wirst, kannst du ein paar Tage mit in meinem Hotel wohnen. Dann kommst du eine Weile mit mir auf die Farm, bis du wieder ganz auf den Beinen bist. Wir finden ein neues Haus für dich. Ich habe bereits angefangen, mir die Zeitungsanzeigen anzusehen." Sie versteht nicht, was ich wirklich meine, aber ich bin zu müde, es ihr zu erklären. Das Fieber hat mein Gehirn benebelt, sodass ich sowieso nicht die richtigen Worte finden würde. Und auch wenn die meisten meiner Verbrennungen langsam heilen, weiß ich, dass es mir nicht wirklich besser geht, denn keiner spricht mehr über den Tag, an dem ich hier entlassen werde. Manchmal ist das Zuhause nicht ein Haus, will ich sagen, es sind die Menschen. Augie und P. J. sind mein Zuhause, und ich vermisse sie fürchterlich.

„Setzen. Dorthin", befahl der Mann und zeigte auf einen leeren Stuhl in der ersten Reihe. Das war der Platz von Lily Reese. Sie war eine der fehlenden Schülerinnen. Windpocken.

„Wie viele Schüler fehlen heute?", fragte er.

Mrs Oliver hatte bedauert, dass Lily und Maria Barrett diesen letzten Tag vor den Frühjahrsferien verpassten. Jetzt war sie dafür dankbar. Sie wünschte, es hätte eine Epidemie von Windpocken, Grippe und Maul- und Klauenseuche gegeben. Alles, nur nicht das hier. Sie blieb stumm, wollte nicht das kleinste Bisschen über ihre Schüler preisgeben.

„Wie viele", wiederholte er scharf. Mrs Oliver zuckte zusammen.

„Nun, nun", sie hob die Hände in einer beruhigenden Geste. „Zwei. Zwei Schüler fehlen heute", sagte sie schnell. Der Blick des Mannes glitt erneut suchend durch den Raum. „Was wollen Sie? Ich bin sicher, dass diese Kinder nichts damit zu tun haben ..."

„Ich habe gesagt, Sie sollen sich setzen", sagte er. Mrs Oliver setzte sich überrascht auf Lilys Stuhl. Sie hatte immer gedacht, nur Lehrer und Footballtrainer würden diesen Ton beherrschen. Diesen Ton, der bedeutete, *ich meine es ernst*.

„Wenn ihr alle einfach ruhig sitzen bleibt und tut, was ich euch sage, wird niemandem etwas geschehen."

Mrs Oliver schlug die Hand vor den Mund und hoffte, dass niemand ihr Lächeln sah. Sie konnte nicht anders. Das waren genau die Worte, die der Böse in Cals Lieblingskrimiserie im Fernsehen gestern Abend gesagt hatte. Sie fragte sich, ob dieser Mann die Serie auch schaute. Vielleicht saß er abends mit einer Flasche Bier und einer Schüssel Popcorn vor dem Fernseher und machte sich Notizen, was man in einer solchen Situation sagen könnte. Mrs Oliver schien immer in den unpassendsten Situationen von Lachanfällen übermannt zu werden. Als der Pastor sich bei der Beerdigung ihrer Cousine Bette trompetend geschnäuzt hatte, hatte sie vergeblich versucht, ihr rot angelaufenes Gesicht hinter einem Taschentuch zu verbergen und war schließlich aufgestanden und hatte die Kirche verlassen. Dann war da das eine Mal, als Cal sie während des Liebesspiels „Love Muffin“ nannte und sie einen so hysterischen Lachanfall bekam, dass Cal zwei Tage nicht mehr mit ihr gesprochen hatte.

Mrs Oliver schaute auf solche Vorfälle immer mit einer Mischung aus Scham und Verwunderung zurück. Sie betrachtete sich selber gerne als eine verantwortungsvolle, ernste, respektvolle Person. Cal hatte gesagt, sie könne mit wirklich emotionalen Situationen nicht umgehen, und zu lachen und zu spotten wäre ihre Art, diese Unfähigkeit zu verbergen. Sie hatte ihn daraufhin gefragt, ob sein Abschlusszeugnis der achten Klasse und seine zweiundfünfzig Jahre in der Waschmaschinenfabrik ihn als Psychiater qualifizierten. Danach hatte er vier Tage nicht mit ihr gesprochen. Sie hatte sich nicht über seine Bildung lustig machen wollen. Im Gegenteil, Cal war einer der klügsten Menschen, die sie je getroffen hatte. Er konnte beinahe alles reparieren. Er war gut im Umgang mit ihren Finanzen, und in Sachen Beziehungsfragen wandten sich ihre Kinder grundsätzlich an ihn, nicht an sie. Seine Arbeit in der Waschmaschinenfabrik hatte geholfen, ihr Lehramtsstudium zu bezahlen und für sie beide ein hervorragendes Renten- und Versicherungspaket zu schnüren.

Er hatte recht.

Aus irgendeinem Grund, den sie sich nicht erklären konnte, war sie nicht besonders gut darin, mit den emotionalen Momenten, die einem das Leben so reichte, umzugehen. Oder vielleicht konnte sie zu gut damit umgehen. Cal war derjenige, der bei den Geburten ihrer Kinder geweint hatte, auf deren Hochzeiten, als Georgianas erste Schwangerschaft mit einer Fehlgeburt endete. Es war nicht so, dass Mrs Oliver gar nicht weinte. Das tat sie schon. Aber nur allein, zurückgezogen ins Badezimmer bei voll aufgedrehtem Wasserhahn und laufendem Deckenventilator.

Sie schaute zu P. J. Thwaite hinüber, der den Fremden immer noch unverwandt anschaute. Der Mann schien die Anzahl der Menschen im Klassenzimmer zu zählen oder nach jemandem

Bestimmtes Ausschau zu halten. Vielleicht ist er wegen einer meiner Schüler hier, fragte sie sich. Der einzige Familienstreit, von dem sie wusste, war die Scheidung von Natalie Craggs Eltern. Sie hatte Mr Cragg seit Jahren nicht gesehen und wusste nicht, ob sie ihn wiedererkennen würde. Mrs Oliver schaute zu Natalie Cragg, die leise weinend den Blick auf die Tischplatte gesenkt hielt. Als Mrs Oliver wieder zu P. J. schaute, hatte er seinen Blick nicht für eine Sekunde vom ernsten Gesicht des Mannes genommen.

„P. J.“ Sie versuchte flüsternd, seine Aufmerksamkeit zu erregen. Er fuhr einfach fort, den Mann anzustarren. Nicht seine Waffe oder den Rucksack, den er mit Gott weiß was gefüllt hatte. Nein, P. J. prägte sich sein Gesicht genau ein, und das machte Mrs Oliver mehr Angst als alles andere. Früher oder später würde dem Fremden P. J.s Interesse an ihm auffallen, und sie fürchtete, dass er dann im Gegenzug seine Aufmerksamkeit auf P. J. richten würde. „P. J.“, sagte sie etwas lauter, und P. J. wandte sich widerstrebend von dem Mann ab. Seine dichten schwarzen Haare, immer noch zerzaust von der Wollmütze, die er auf dem Schulweg getragen hatte, fielen ihm in die Augen. Er sah seine Lehrerin verwirrt an. P. J. hatte ihr einmal erzählt, dass er sich von niemandem außer seiner Mutter die Haare schneiden ließ und sie so lange wachsen lassen würde, bis sie käme, um ihn abzuholen.

„P. J., starr ihn nicht so an“, flüsterte sie eindringlich.

„Was haben Sie zu ihm gesagt? Was erzählen Sie ihm da?“, wollte der Mann wissen und richtete den Lauf seiner Pistole auf Mrs Oliver.

„Ich habe ihm gesagt, dass er keine Angst haben muss“, log Mrs Oliver.

„Ich habe keine Angst“, warf P. J. ein.

Der Mann senkte seinen Blick auf P. J., und Mrs Oliver zitterte. Das ist ein kalter, gemeiner Mann mit toten Augen, dachte sie. Er würde jeden Einzelnen von ihnen ohne mit der Wimper zu zucken töten.

„Warum hast du keine Angst?“, fragte der Mann P. J.

P. J. biss sich zögernd auf die Unterlippe, bevor er antwortete. „Weil Sie gesagt haben, dass Sie uns nichts tun. Zumindest nicht, wenn wir machen, was Sie sagen."

„Kluges Kind", erwiderte der Fremde mit einem bitteren Lächeln.

Ich versichere Dorothy, dass wir der Möglichkeit nachgehen werden, dass Blake der Eindringling sein könnte, und schicke sie mit der Anordnung nach Hause, mich sofort anzurufen, sobald sie etwas von ihrem Sohn hört. Ich bin frustriert. Wir haben nicht genügend Personal, um allen Hinweisen nachzugehen, die sich uns präsentieren, und das Wetter wird mit jeder Minute schlechter.

Mein Handy vibriert erneut. Eine weitere SMS von Stuart. Ich lese diesen neuesten Text zuerst.

Komm schon, Meg. Um der alten Zeiten willen. Nur ein winziger Kommentar?

Ich schüttle den Kopf und klappe das Handy zu, ohne die erste Nachricht zu lesen. Ich weiß bereits, was darin steht. Stuart würde alles tun, um Insiderinformationen für eine Story zu bekommen, selbst wenn er dafür jemanden erpressen müsste, und der Vorfall in der Schule könnte die größte Geschichte seiner Karriere werden. Bis zum Merritt-Fall waren Stuarts Reportagen über den Krieg in Afghanistan die Pfauenfeder an seinem Hut. Sie hatten ihm sogar den Pritchard-Say-Preis für investigativen Journalismus eingebracht. Dann kam die Merritt-Story, die, abgesehen von der Tatsache, dass er noch verheiratet war, der letzte Nagel in dem Sarg unserer Beziehung wurde. Jetzt ist Stuart zurück. Er kann dem Geruch einer großen Story nicht widerstehen. Ich sehe förmlich vor mir, wie er die Vorstellung, seinen Namen als Verfasser eines Artikels über ein weiteres Columbine- oder Virginia-Tech-Massaker zu sehen, genießt.

Als ich damit fertig bin, die Schule mit Flatterband abzusperren, hat der Chief die anderen nicht im Dienst befindlichen Officer und die Reserveofficer zusammengetrommelt – bei Letzteren handelt es sich um Einwohner der Stadt, die eine achtzigstündige Ausbildung und vierzig Stunden als Begleitung der örtlichen Polizei hinter sich haben. Ich kann mich nur an ein einziges Mal erinnern, an dem wir die Reservisten gerufen haben. Das war vor ein paar Jahren, als ein Tornado durch die

Stadt Parkersburg gefegt war und wir gebeten wurden, zu helfen. Die Tatsache, dass der Chief sie jetzt gerufen hat, verrät mir, dass die Situation ernst ist.

Auf dem Hauptparkplatz hat sich eine große Menschenmenge versammelt. Ich berichte Chief McKinney, was Dorothy mir erzählt hat. Er verdaut die Informationen schweigend.

„Irgendwelche Neuigkeiten von Ihrer Seite?“, frage ich ihn.

„Nein, nichts. Abgesehen von dem Mann, der angerufen hat und sagt, er sei in der Schule und hätte eine Waffe.“ Er schüttelt den Kopf, und die Schneeflocken, die sich in seinen Haaren niedergelassen haben, fliegen umher. „Abgesehen davon haben wir viele Informationen, die alles nur noch verwirrter erscheinen lassen. Ich schwöre bei Gott, ich verstehe nicht, warum zum Teufel in der Schule Handys erlaubt sind? Man würde doch meinen, darüber solide Informationen über das zu erhalten, was da drinnen vor sich geht, aber alles, was wir haben, sind ein blockierter Notruf und normalerweise geistig gesunde Leute, die langsam durchdrehen.“

„Bis jetzt hat niemand etwas gesehen?“, frage ich ungläubig. „Wir wissen nicht, warum er in der Schule ist, was er will?“

„Laut den Anrufen, die wir aus der Schule bekommen, wissen wir im Moment Folgendes.“ McKinney zieht einen seiner Lederhandschuhe aus und zählt die Punkte an den Fingern ab. „Wir haben einen bewaffneten Mann. Wir haben drei bewaffnete Männer. Wir haben einen Mann mit einer Machete. Wir haben jemanden – schwer zu sagen, ob Mann oder Frau – mit einer Bombe. Wir haben nichts. Das ist alles, was wir haben.“ Er fährt sich mit der Hand über den Mund. Sein vereister Schnurrbart knistert unter seinen Fingern.

„Also warten wir einfach ab? Wir gehen nicht rein?“ Ich frage, obwohl ich die Antwort bereits kenne.

„Wir tun genau das, was wir im Moment machen. Wir sperren weiträumig ab und halten uns zurück. Wenn wir mit dem Eindringling Kontakt aufnehmen können, können wir die Kinder und Lehrer sicher da rausbringen. Ich mache mir im Moment mehr Sorgen wegen des Wetters.“ McKinney hebt den

Blick zum eisengrauen Himmel. Ich tue es ihm gleich; sofort trübt sich mein Blick, als die Schneeflocken auf meine Augäpfel fallen. „Die Interstates und Highways sind im ganzen Staat bereits geschlossen. Ich habe alle Officers zusammengerufen, die dienstfrei haben, sowie die Reservisten und die Jungs aus der Zentrale. Außerdem habe ich Sheriff Hester gebeten, uns seine nicht diensthabenden Männer zu leihen. Sie bewachen jede Ecke des Gebäudes."

Ich schaue in die Richtung, in die er zeigt, und sehe die Deputies des Sheriffs herumlaufen, die M4-Sturmkarabiner über den Rücken geschlungen. „Glaubst du, dass wir ein Tac-Team brauchen?", frage ich. Eine taktische Einheit – von uns Tac-Team genannt – ist eine Gruppe von Officers, die aus dem ganzen Staat kommen und extra dafür ausgebildet wurden, Situationen wie diese zu handhaben.

„Sieht im Moment so aus", erwidert McKinney. „Aber wenn es weiter so schneit, werden wir keins kriegen. Dann sind wir das Tac-Team."

Hinter einem der Bürofenster sehe ich eine Bewegung und lege eine Hand auf McKinneys Arm. „Schau mal", sage ich und spähe durch den Vorhang aus Schneeflocken, während ich mit meiner anderen Hand meine Pistole berühre, als wäre sie ein Talisman.

Die Kälte des Fußbodens kriecht langsam durch meine Hose. Es fühlt sich an, als säßen wir hier schon ewig, dabei ist es maximal eine halbe Stunde. Alles, woran ich gerade denke, ist, dass ich nach allem, was hier passiert, meine Mom nicht sehen werde. Wir sollen eigentlich morgen nach Arizona fliegen und die Ferienwoche dort verbringen.

Ich frage mich, wie sie jetzt aussieht. Das letzte Mal, als ich sie gesehen habe, waren ihre Hände bandagiert, ihr Haar war angesengt, und ihr Gesicht war hellrot, als wenn sie ohne Hut durch die Wüste gelaufen wäre. Ihre Wimpern waren weg, und die Krankenschwester hatte ihre Arme mit einer dicken, glänzenden Creme eingeschmiert. P. J. und ich sprechen jeden Abend mit ihr, aber normalerweise nur für eine oder zwei Minuten. Sie ist meist zu müde oder zu zugedröhnt von den Schmerzmitteln, um länger zu sprechen, aber ich finde, meistens klingt sie einfach nur traurig. Ich weiß, sie fühlt sich schrecklich, weil P. J. und ich weggehen mussten, noch dazu nach Broken Branch, der Ort, von dem sie uns immer erzählt, dass sie es die ersten siebzehn Jahre ihres Lebens gar nicht hatte erwarten können, ihn endlich hinter sich zu lassen.

Von irgendwo außerhalb des Klassenzimmers hören wir ein klopfendes und krachendes Geräusch, und ich bin mir sicher, jetzt kommt er zu uns. Beth, die neben mir sitzt, hält sich die Ohren zu und fängt an, mit dem Oberkörper vor und zurück zu wippen. Ich lege ihr einen Arm um die Schultern. Ich weiß nicht, was mit Beth los ist. Sie ist der Wildfang in unserer Klasse, sie fährt Quad und geht auf Hirschjagd, und jetzt ist sie nur noch ein Häufchen Elend.

„Ich gehe“, sagt Noah. Er steht auf und geht in Richtung Fenster.

„Setz dich, Noah“, sagt Mr Ellery streng.

„Auf gar keinen Fall.“ Noah versucht, stark zu klingen, als wäre er ein harter Typ. Aber die Worte kommen so quietschend heraus, dass er mir beinahe leidtut.

„Noah, setz dich. Sollte da draußen jemand sein, wird er an uns vorbeigehen, wenn wir nur ganz still sind. Die Tür ist abgeschlossen. Er kommt hier nicht rein."

„Als wenn man das Schloss nicht aufschießen könnte", erwidert Noah zickig und versucht, ein Fenster zu öffnen, das auf den Parkplatz der Lehrer hinausgeht. Ein weiteres Krachen hallt durch die Korridore, dann das Rieseln von gebrochenem Glas, weit entfernte Schreie. Noah lässt sich zu Boden fallen. Wenn ich nicht genauso viel Angst hätte wie er, würde ich mich über ihn lustig machen. Eine Minute lang hört man nur den schweren Atem aller Anwesenden und Beths klappernde Zähne.

„Wer, glaubst du, ist das?", flüstert mir Drew ins Ohr. Ich schüttele den Kopf. Ich kann nicht sprechen. Beth zieht an meinem Ärmel, und ich schaue zu ihr hinüber.

Mein Dad, sagt sie lautlos und bedeckt ihr Gesicht mit den Händen.

Mrs Oliver drehte sich immer wieder auf ihrem Stuhl herum, um zu sehen, wie es ihren Schülern ging. Die meisten hielten sich tapfer, saßen schweigend da, aber Lucy Shelton machte ihr Sorgen. Das Mädchen hatte leicht autistische Tendenzen und kam nicht gut mit Veränderungen in ihrem üblichen Tagesablauf zurecht. Die Schulbusse sollten wegen des Ferienbeginns heute um zwanzig nach eins kommen, zwei Stunden früher als sonst. Es wirkte jedoch nicht so, als wenn ihr Geiselnehmer bald mit ihnen fertig wäre, und zwanzig nach eins rückte immer näher.

Sie machte sich auch Sorgen um Wesley, dessen Blase die Größe eines Fingerhuts hatte. Die Toiletten lagen direkt nebenan, aber Mrs Oliver bezweifelte, dass den Kindern erlaubt würde, den Raum zu verlassen. Jedes Mal, wenn sie sich auf ihrem Stuhl umdrehte, um nach ihren Schäfchen zu sehen, befahl der Mann ihr, nach vorne zu schauen. Nun weiß ich, wie sich Bobby Latham gefühlt hat, dachte sie trocken. Bobby hatte unter der schlimmsten Form von Aufmerksamkeitsstörung gelitten, die sie in ihren dreiundvierzig Jahren als Lehrerin je erlebt hatte. „Bobby, sieh nach vorne", hatte sie ihn immer und immer wieder ermahnt, bis sie schließlich aufgegeben und ihm einen Platz in der letzten Reihe zugewiesen hatte, wo er aufstehen, sich umdrehen, von ihr aus sogar Räder schlagen konnte, solange er die anderen Schüler in der Klasse nicht ablenkte. Das war lange vor der Zeit gewesen, als man angefangen hat, Ritalin und ähnliche Medikamente zur Behandlung von ADHS wie Lutschbonbons zu verschreiben. Oh, sie wusste die Effekte dieser Medikamente auf ihre Schüler mit Aufmerksamkeitsstörungen durchaus zu schätzen, aber ihr gefiel nicht, dass viele Lehrer und Eltern es für ein Allheilmittel hielten. Setz das Kind unter Medikamente und mach weiter. Doch so funktionierte es nicht. Schüler wie Bobby mussten Strategien lernen, die ihnen halfen, sich zu konzentrieren; sie brauchten Tipps, um sich besser organisieren zu können. Die Medikamente sollten nur ein Mittel sein, ihre Gehirnaktivitäten lange genug zu verlangsamen, damit ihre Lehrer ihnen diese Fähigkeiten beibringen konnten.

Mrs Oliver atmete tief durch und versuchte, ihr eigenes Gehirn zu verlangsamen. Solche Entspannungstechniken setzte sie bei ihren Schülern oft vor Diktaten ein oder vor dem verhassten *Iowa Test des Schulischen Grundwissens.* Jetzt fing sie jedoch an, die Effektivität dieser Strategie zu bezweifeln, die sie ihren Schülern immer so sehr ans Herz legte. Sie merkte, wie die Panik in ihrer Brust aufblühte, spürte ihr Herz so heftig schlagen, dass sie fürchtete, die Strasssteine würden gleich von ihrem Kleid abplatzen. Sie versuchte, ihren tiefen Atem mit Gedanken an Cal zu kombinieren. Cal hatte immer einen beruhigenden Effekt auf sie.

Überraschenderweise war Mrs Oliver nicht immer Mrs Oliver gewesen, obwohl die meisten das glaubten. Die ersten siebzehn Jahre ihres Lebens war sie Evelyn Schnickle gewesen. Danach wurde sie Mrs George Ford.

George war genauso groß gewesen wie sie, sehr gut aussehend, lustig und mit den schönsten grünen Augen der Welt. Er war der erste Junge, den Evelyn je geküsst hatte, und in der Minute, in der seine Lippen ihre berührten, hatte sie beschlossen, diesen Mann zu heiraten. Die Hochzeit fand am Wochenende nach ihrem Highschoolabschluss statt. Es war ein verregneter Juninachmittag. Auf dem Empfang zog George sie damit auf, dass sie ihn nur wegen seines Nachnamens geheiratet hätte. Doch obwohl sie zugeben musste, dass Evelyn Ford viel besser klang als Evelyn Schnickle, war das definitiv nicht der Grund für diese Ehe, was sie mit einem wagemutigen Blick nach unten deutlich machte, der George sofort zum Erröten brachte. Zwei Monate nach ihrer Hochzeit wurde George nach Vietnam geschickt, und Evelyn wohnte bei seinen Eltern in Cedar Falls und besuchte das College, um sich zur Lehrerin ausbilden zu lassen. Drei Monate später standen zwei uniformierte Soldaten vor der Haustür und brachten die Nachricht, dass ihr Ehemann mit einem Drittel seines Bataillons in Plei Mei gefallen war. Als sie die fürchterliche Neuigkeit erfuhr, erbrach Evelyn sich über die auf Hochglanz polierten schwarzen Schuhe des einen Soldaten. Danach versuchte sie, das Malheur mit Mrs Fords Lieblingsdecke wieder wegzuwischen. Nach also nur fünf Monaten Ehe war Evelyn im zarten Alter von achtzehn Jahren schon Witwe. Und schwanger.

Evelyn wusste nicht, wie man eine Witwe war. Sie hatte ja nicht einmal ausreichend Zeit gehabt, herauszufinden, wie man eine Ehefrau war. Wenn sie allein war, beweinte sie den Verlust von George. Sie konnte nicht schlafen, weil sie immer daran denken musste, wie er alleine im dunstigen Dschungel gestorben war. Ihre Schwiegereltern waren von dem gebrochenen Herzen ihrer Schwiegertochter gerührt und versuchten ihr Bestes, um sie zu trösten. Sie sagten ihr, dass sie so lange bei ihnen bleiben könne, wie sie wolle. Doch das war genau das Problem: Sie glaubte, verrückt zu werden, wenn sie länger als unbedingt nötig mit den Fords zusammenwohnen müsste. Die Traurigkeit im Haus drohte sie zu ersticken, und wenn sie ehrlich war, fürchtete sie sich davor, Mutter zu werden.

All das änderte sich, als sie Cal Oliver traf. Jetzt, fünfundvierzig Jahre später, fragte sie sich, ob es dieses Mal Cal wäre, der einen Besuch von einem Uniformierten bekommen würde, einem Polizisten, der ihm erzählte, dass seine Ehefrau tot sei. Getötet von einem verrückten Mann mit einer Pistole, während eines Schneesturms Mitte März, in einem Klassenzimmer der Schule einer Kleinstadt in Iowa. Wer hätte gedacht, dass es so enden würde? Sie war immer davon ausgegangen, wie ihr Vater an einem Schlaganfall zu sterben oder an Brustkrebs wie ihre Tanten. Aber nicht durch die Hand eines mörderischen Kretins. Sie fragte sich, ob Cal wohl weinen würde, und schniefte bei dem Gedanken daran, dass er trockenen Auges auf ihrer Beerdigung stehen könnte. Natürlich würde er weinen; er war der Emotionale in ihrer Beziehung. Sie dachte darüber nach, wie er es ihren Kindern erklären würde. Er telefonierte nicht gern. Wann immer sie ihm den Hörer in die Hand drückte, verließ ihn seine Sprache. Der Mann konnte stundenlang mit jemandem reden, der sich mit ihm in einem Raum befand, aber nicht am Telefon.

„Ich möchte ihre Gesichter sehen, wenn ich mit ihnen spreche", hatte er versucht, es zu erklären. Evelyn hatte nur mit der Zunge geschnalzt und ihm den Hörer aus der Hand genommen. Nun bereute sie, mit Cal so ungeduldig gewesen zu sein. Wenn sie die Chance bekäme, würde sie einiges anders machen. Sie würde sich nie wieder darüber beklagen, dass er einfach in die Küche kam, sich aus dem Schrank eine Tüte Cracker oder Chips nahm und wieder ging, wobei er die Schranktür weit offen stehen ließ, sodass der Nächste, der die Küche betrat, sich den Kopf daran stieß. Sie würde sich nicht mehr darüber beschweren, dass er peinlich genau darauf achtete, die Garage sauber und aufgeräumt zu halten, im Haus aber nicht den kleinsten Papierschnipsel wegwerfen konnte, ohne sich vorher stundenlang den Kopf darüber zu zerbrechen.

Nein, Mrs Schnickle-Ford-Oliver würde heute nicht sterben. Sie würde heute Nachmittag nach Hause gehen und ihren Ehemann küssen. Und zwar leidenschaftlich. Sie würde ihre Kinder und Enkel anrufen und dann endlich das regenbogenverzierte Kleid ausziehen.

Während Will in seinen Pick-up stieg, überlegte er, ob er Marlys anrufen und ihr erzählen sollte, dass in der Schule der Kinder irgendetwas vor sich ging. Doch schnell verwarf er die Idee wieder. Er hatte keine Ahnung, was los war, aber er wusste, dass Marlys ihm viele Fragen stellen würde, die er nicht beantworten könnte. Außerdem ließe er sie dann mit der Bürde zurück, zu entscheiden, ob sie es Holly erzählen sollte oder nicht. Nein, das wäre nicht fair. Es gab sowieso nichts, was Marlys drüben in Revelation, Arizona, tun könnte, um ihm in dieser Situation zu helfen. Ihre Aufgabe war es, sich um Holly zu kümmern, der es einfach nicht besser gehen wollte. Der letzte Rückschlag war eine Infektion, die irgendwie in ihren Blutkreislauf gelangt war, obwohl man sie seit der Minute, in der sie im Krankenhaus angekommen war, mit Antibiotika vollpumpte. Nein, Will würde keinen Ton über die Vorgänge an der Schule verlieren, bis er nicht solide Informationen hatte – und selbst dann würde er es vielleicht für sich behalten. Marlys war erschöpft. Holly musste sich darauf konzentrieren, gesund zu werden. Sich um P. J. und Augie zu sorgen wäre da nicht hilfreich. Also rief er seinen Sohn Todd an, dessen Frau die Lehrerin der vierten Klasse an der Schule war.

„Ich bin schon hier", sagte Todd, als Will erwähnte, er sei auf dem Weg. Sie verabredeten, sich vor der Schule zu treffen.

Zur Broken Branch School war es eine zwanzigminütige Fahrt über Schotter- und Landstraßen, doch Will schaffte die Strecke in weniger als zwölf Minuten. Als er auf den Parkplatz einbog, sah er die Menschenmenge, die sich bereits gebildet hatte. Unhörbare Rufe erhoben sie aus der Gruppe und wurden vom Wind davongetragen. Will schaute zu seiner Mossberg, die auf dem Beifahrersitz neben ihm lag, und versuchte zu entscheiden, ob er sie mit rausnehmen sollte oder nicht. Ohrenbetäubende Rap-Musik dröhnte aus seinem Handy – Augie hatte sie als Klingelton installiert. Sie fand es lustig, wenn der Sturzbach an von Musik untermalten Flüchen mitten beim Abendessen losging oder, schlimmer noch, in der Öffentlichkeit, zum Beispiel im Café oder im Supermarkt. „Verdammt, Augie", sagte er dann immer und drückte hektisch auf alle möglichen Knöpfe, um das Telefon zum Schweigen zu bringen.

„Was denn?", erwiderte sie jedes Mal unschuldig. „Du sagst diese Wörter doch andauernd."

P. J. nickte dazu ernst. „Das stimmt", sagte er meistens.

„Hallo?", bellte Will ins Handy.

„Will?" Die dünne Stimme klang so gar nicht nach Marlys. „Geht es dir gut?"

„Ja, ja. Wie geht es dir? Was macht Holly?" Während er sprach, schaute Will durch die Windschutzscheibe zu den vier Polizisten des Broken Branch Reviers, die versuchten, die wachsende Menschenmenge unter Kontrolle zu halten.

„Sie hat immer noch Fieber und isst nicht", erklärte Marlys mit zitternder Stimme. „Wie geht es den Kindern?"

„Gut, gut", sagte Will. „P. J. war mir eine große Hilfe beim Kalben. Er ist der geborene Rinderzüchter."

„Und Augie?"

„Augie ist …" Will brachte es nicht über sich, etwas Schlechtes über seine Enkelin zu sagen, nicht im Moment, da er um ihre Sicherheit fürchtete. „Augie gibt sich Mühe", beendete er seinen Satz schließlich. Was stimmte. Sie war vor ein paar Tagen sogar zu ihm und P. J. in den Stall gekommen, als Nummer hundertfünfunddreißig, eine prächtige Herfordkuh mit rot-weißem Fell, gekalbt hatte. Sie hatte mit großen Augen zugesehen, wie das Kälbchen aus dem Uterus seiner Mutter geplumpst war, noch ganz glitschig von der Nachgeburt, aber schon unverkennbar wunderschön.

„Ohhh", hatte Augie mit glänzenden Augen gehaucht, und ein Lächeln hatte ihre normalerweise finstere Miene erhellt.

Ein weiterer Pick-up parkte neben ihm, und Will erkannte seine Nachbarn Neal und Ned Vinson. Will nickte ihnen zu und sah, dass die Brüder ebenfalls schwer bewaffnet gekommen waren.

„Will?", fragte Marlys zögernd. „Du klingst seltsam. Was ist los?"

„Nichts.“ Sofort bereute Will den scharfen Unterton.

„Nimmst du deine Tabletten?“, fragte sie und meinte damit die blutdrucksenkenden Medikamente, die er ständig zu nehmen vergaß.

„Ja, ja, ich nehme meine Pillen.“ Wills Blick folgte den Vinson-Brüdern, die sich mit den Gewehren unterm Arm entschlossenen Schrittes in Richtung Schulgebäude aufmachten.

„Was ist dann los?“, fragte Marlys, den Tränen nahe. „Ich ertrage es nicht, mir Sorgen um Holly zu machen *und* um dich und die Kinder. Das ist einfach zu viel.“

„Es gibt hier nichts, worüber du dir Sorgen machen müsstest.“ Will versuchte, seiner Stimme einen leichten, lockeren Tonfall zu verleihen. „Augie hat sich ihre Haare rot gefärbt. Sie sieht jetzt aus wie ein gottverdammter Hahn. Ich hatte einfach nur vergessen, was es heißt, einen Teenager im Haus zu haben.“

„Will, ich weiß, dass noch irgendetwas anderes los ist“, sagte Marlys ernst. „Aber ich bin zu müde, um mich im Moment mit dir darüber zu streiten. Außerdem muss ich zu Holly zurück. Ich rufe dich heute Abend an, und dann bist du besser ehrlich zu mir, okay?“

„Okay“, stimmte Will zu. Alles andere, was er jetzt sagen könnte, wäre eine Lüge. Früher oder später würde Marlys sowieso herausfinden, was in der Schule vor sich ging. Es war besser, wenn sie es von ihm erfuhr. Nur nicht gerade jetzt.

„Das ist alles so schwer.“ Marlys schniefte.

„Ich weiß“, stimmte er zu, auch wenn er wusste, dass sie über zwei vollkommen verschiedene Dinge sprachen.

„Welcher Tag ist heute?“, frage ich meine Mutter, zwischen deren flinken Fingern die Stricknadeln nur so fliegen. Vielleicht der Anfang eines Pullovers. Seltsam, weil es draußen sonnig und um die dreißig Grad ist, wie beinahe jeden Tag.

„Es ist Donnerstag, der zweiundzwanzigste März.“

Ich bin also seit beinahe acht Wochen im Krankenhaus. Auf eine Weise klingt das wie eine Ewigkeit, aber die Tage sind irgendwie ineinandergeflossen, einer ging nahtlos in den anderen über. Schmerzen, Medikamente, Therapie, Operation. Ein konstanter Kreislauf der Heilung. Meine Mutter schaut zur Uhr an der Wand, ihre Finger halten nicht inne, das Klappern der Nadeln ist ein tröstendes Geräusch, an das ich mich aus meiner Kindheit erinnere. „Ich habe vorhin deinen Vater angerufen. Er sagt, es geht allen gut. P. J. freut sich darauf, seinem Großvater mit den kalbenden Kühen zu helfen.“

Wenn meine Mutter sich früher zum Stricken hingesetzt hat, war das ihre stille Ruhezeit. Ich habe nie einen Menschen so hart arbeiten sehen wie meine Mutter. Morgens stand sie vor allen anderen auf, unser Wecker war der Geruch nach Kaffee, Bacon und Eiern. Nach dem Frühstück spülte sie das Geschirr und ging dann mit nach draußen, um meinem Vater mit den Kühen zu helfen, sie zu füttern, ihnen Wasser zu bringen, die Zäune nach losen Drähten oder hervorstehenden Nägeln abzusuchen, an denen die Rinder sich verletzen könnten. Dann kehrte sie ins Haus zurück, machte die Wäsche, kochte Mittagessen, fuhr zum Supermarkt, kümmerte sich um die Nöte ihrer fünf fordernden Kinder und ihres nicht minder fordernden Ehemannes, bereitete das Abendessen zu, spülte das Geschirr, half mit den Hausaufgaben, und endlich, völlig erschöpft, konnte sie sich für ein paar Minuten hinsetzen und stricken. Sicher, wir halfen unserer Mutter, aber es gab so viel zu tun und niemals genügend Zeit. Obwohl meine Mutter sich nie beschwerte, sah ich, wie abgespannt sie war, und schwor mir, dass mein Leben nicht so werden würde. Ich wusste, dass ich Broken Branch verlassen würde, sobald ich alt genug war.

„Ein Uhr in Iowa“, sage ich. „Ich frage mich, was die Kinder in diesem Augenblick gerade tun.“

Mrs Oliver schaute den Mann genauer an. Es war nicht leicht, sich ein klares Bild von ihm zu verschaffen. Er hatte die graue Baseballkappe tief ins Gesicht gezogen. Dunkle, lockige Haare schauten hinter seinen Ohren hervor. Er trug eine schwarze Jacke, deren Reißverschluss er bis zum Kinn hochgezogen hatte, und Glattlederhandschuhe. Die Falten um seine Augen ließen sie vermuten, dass er schon über vierzig war. Er schien übermäßig besorgt darüber, dass zwei Schüler fehlten. Lily und Maria. War eine von ihnen sein Ziel? Und wenn ja, warum ging er dann nicht einfach, um sie zu suchen, anstatt hier im Klassenzimmer zu verweilen? Steckte er schon zu tief drin? Hatte er das Gefühl, nichts mehr zu verlieren zu haben?

P. J. schaute den Mann immer noch unverfroren an, und Mrs Oliver hatte das Gefühl, dass der Junge ihn vielleicht kannte oder zumindest schon mal vorher gesehen hatte.

Sie fragte sich kurz, ob das hier vielleicht Bobby Latham war, ihr ehemaliger Schüler, der sie aus Rache für alte Zeiten zwang, eine unerträglich lange Zeit still zu sitzen. Sie und Bobby hatten einander gemocht. Sie waren zu einer Übereinkunft gekommen. Sie hatte ihm versprochen, ihm nie wieder zu sagen, er solle nach vorne schauen, solange er aufhörte, die Seiten seines Mathebuchs dazu zu nutzen, feuchte kleine Papierkugeln herzustellen, die er durch den Schaft seines Kugelschreibers gegen Kitty Rawlings Hinterkopf pustete. Nein, das hier war nicht Bobby Latham. Aber vielleicht ein anderer ehemaliger Schüler.

In Gedanken ging sie all die Kinder durch, die sie im Laufe der Jahre unterrichtet hatte. Es könnte Walter Spanksi sein, der einzige Schüler, der bei ihr je sitzen geblieben war. Er müsste jetzt Anfang fünfzig sein. Was das damals für eine Aufregung gegeben hatte, als sie darauf bestand, Walter die dritte Klasse wiederholen zu lassen. Egal, wie viel Mühe sie sich gegeben hatte, um ihm das Multiplizieren und das Lesen der einfachsten Sätze beizubringen, er hatte es einfach nicht verstanden. Sie hatte ihn nicht guten Gewissens in die vierte Klasse schicken können, wenn er nicht einmal ein Verb von einem Hauptwort unterscheiden konnte und bei den wöchentlichen Diktaten regelmäßig siebzehn der zwanzig Wörter ausließ oder falsch schrieb. Es war in ihrem zweiten Jahr als Lehrerin gewesen, und sie erinnerte sich noch lebhaft dran, Mr und Mrs Spanksi gegenübergesessen zu haben – im dritten Monat schwanger mit ihrem zweiten Kind – und sie darüber zu unterrichten, dass Walter, der ein guter Junge war, nicht mit den anderen in die vierte Klasse versetzt würde. Mr Spanksi hielt seinen Hut in den großen, abgearbeiteten Händen und bettelte darum, seinem Jungen noch eine Chance zu geben. Über den Sommer konnte so viel passieren. Sie würden jeden Tag mit ihm üben, ihm einen Nachhilfelehrer besorgen. Mrs Spanksi sagte kein Wort, sondern weinte nur lautlos in ihr Taschentuch. „Es tut mir sehr leid, Mr und Mrs Spanksi", hatte Mrs Oliver gesagt und betrübt den Kopf geschüttelt. „Ich kann Walter nicht guten Gewissens in die vierte Klasse versetzen. Ich bin mir aber sicher, dass ein weiteres Jahr in der dritten Klasse genau das ist, was er braucht, um nächstes Jahr mithalten zu können", hatte sie fröhlich gesagt. Nun ja, sie hatte ein weiteres Jahr mit Walter gehabt, und wie sich herausstellte, tat ihm der erneute Besuch der dritten Klasse überhaupt nicht gut. Im Laufe der neun zusätzlichen Monate, die Mrs Oliver mit Walter hatte, musste sie mit ansehen, wie er sich von einem netten Jungen in einen sehr wütenden Jungen verwandelte, dessen Noten am Ende des Schuljahrs keine wesentlichen Verbesserungen aufwiesen. Aber der Mann mit der Pistole war auf keinen Fall Walter Spanksi, obwohl sie durchaus verstehen könnte, wieso er versucht sein könnte, in seinen alten Klassenraum zurückzukehren, in dem eine dreiundzwanzig Jahre alte Lehrerin die Frechheit besessen hatte, ihn durchfallen zu lassen, und ihr eine Waffe an den Kopf zu halten. Wie befriedigend das wohl sein musste. Aber Walter war zu alt, um dieser Mann zu sein.

Über die Jahre hatte sie Schüler beim Schummeln erwischt, beim Kämpfen, beim Rauchen, Stehlen und vielen anderen Vergehen. Aber keiner ihrer Schüler hatte sie je gehasst. Sie bildete sich etwas darauf ein, als fair und mitfühlend zu gelten; sie hatte gelernt, dass ein Schüler so viel mehr war als die Noten in seinem Zeugnis. Er war ein menschliches Wesen, jung und noch nicht ganz ausgereift, und genau da kam sie ins Spiel. Nach dem grauenhaften zweiten Jahr mit Walter hatte sie erkannt, dass sie die Macht, nein, die *Hoheit* darüber hatte, ein Kind zum Lernen zu bringen, ihm das Lernen schmackhaft zu machen. Und in ihren dreiundvierzig Jahren als Lehrerin hatte es nur einen anderen Schüler neben Walter gegeben, bei dem sie das Gefühl gehabt hatte, versagt zu haben. Mrs Oliver kniff die Augen zusammen, versuchte, an der Baseballkappe und den Handschuhen und den Jahren, die seitdem vergangen waren, vorbei zu sehen. Er könnte es sein, dachte sie. Es wäre durchaus möglich.

Kenny Bingley. Er war ein hoch aufgeschossenes Kind gewesen mit langen Beinen und überproportional kurzen Armen. Wie Bohnenkraut, hatte ihre Mutter immer gesagt. Ja, der Mann könnte durchaus Kenny Bingley sein. Er hatte das richtige Alter – um die vierzig. Dazu braune Haare und gemeine Augen. Kenny Bingley war vermutlich der Schüler, der sie am meisten um den Schlaf gebracht hatte. Er kam jeden Tag zu spät zum Unterricht – wenn er überhaupt erschien. Ein leicht muffiger, feuchter Geruch hing an seiner blassen Haut, als wenn seine Kleidung einfach in eine Ecke geworfen und dort vergessen wurde, bis er sie wieder anziehen musste. Egal, wie ein Kind war, wo es herkam, unter welchen Umständen es lebte, Mrs Oliver war es immer gelungen, einen Funken der Neugierde und des Staunens in den Augen ihrer Schützlinge zu finden. Doch beim achtjährigen Kenny gab es in den Augen, die über blauen Schatten lagen, keinen Funken, kein Interesse und keine Begeisterung für die Welt. In ihnen sah sie nichts. Nur eine unheimliche Ruhe. Er störte den Unterricht nicht aktiv, aber der Ärger schien sein steter Schatten zu sein, wohin er auch ging. Fußballspiele in den Pausen endeten mit blutigen Nasen, Geld fürs Mittagessen verschwand, Klassenhaustiere starben unter verdächtigen Umständen. Aber nie hatte sie Kenny irgendetwas davon nachweisen können. Sie nahm an, dass er von seiner Mutter misshandelt wurde, doch es gab nie blaue Flecken, keine Beweise, nur diese Aura der Unnahbarkeit und seinen leeren Gesichtsausdruck.

In der Woche, in der Kenny der Schule verwiesen wurde, geschahen zwei Sachen. Auf den Stufen vor dem Eingang der Schule wurde eine Ohrenlerche gefunden, der beide Beine gebrochen worden waren. Wieder einmal hatte Mrs Oliver keinerlei handfeste Beweise dafür gehabt, dass Kenny derjenige gewesen war, der diesen schönen Vogel tödlich verwundet hatte. Doch sie war diejenige gewesen, die ihn mit unnatürlich verdrehten Beinen gefunden hatte. Sie war auch die Einzige, die das angestrengte, hohe Fiepen des Vogels gehört zu haben glaubte.

Der zweite Vorfall drehte sich um eine Schere und ein sehr hübsches Mädchen aus der dritten Klasse namens Cornelia Patts. Sie war für einen Moment ein Stück auf den Korridor hinausgetreten, hatte den Klassenraum noch nicht einmal ganz verlassen. Der Rektor, Mr Graczyk, hatte eine Frage an sie und sie dafür zur Tür gerufen. Ehe sie sich versah, schrie die arme Cornelia laut auf und umklammerte ihre blutige Hand. „Er hat auf mich eingestochen“, rief sie ungläubig. Mr Graczyk stürmte in den Klassenraum und zerrte Kenny von seinem Stuhl. Die blutige Schere lag vor ihm auf dem Tisch. Während Mrs Oliver die Wunde mit einem sauberen Stofftaschentuch verband, herrschte im Raum vollkommene Stille. Nur das leise Schluchzen von Cornelia war zu hören.

Kenny wurde von Mr Graczyk aus dem Klassenzimmer geführt. Er hatte seine dünnen, blassen Lippen fest zusammengepresst, seine Schultern waren gebeugt wie Schilfgras im Wind, und er pfiff eine hohe, schiefe Melodie, die dem Todesgesang der Lerche ähnelte, die Mrs Oliver auf den Stufen der Schule gefunden hatte.

Der Mann mit der Waffe vor ihr konnte durchaus Kenny Bingley sein. Er war nach diesem Tag nie wieder in die Schule zurückgekehrt, man hatte ihn sofort suspendiert, und Mrs Oliver hatte nie erfahren, was aus ihm geworden war, obwohl sie oft nach ihm fragte. Sie beschloss, ihre Theorie zu testen, und fing an, die Melodie der sterbenden Lerche zu pfeifen. Erst unsicher und leise, dann immer lauter. Der Mann, der mit der Pistole auf dem Schoß auf einem hohen Stuhl im vorderen Teil des Klassenzimmers saß, schaute sie aus kalten, emotionslosen Augen an. „Kenny Bingley“, sagte sie fest. „Du musst jetzt sofort mit diesem Unsinn aufhören.“

Schreie erheben sich aus der Menge, als ein Stuhl krachend durch ein Fenster fliegt. Genau wie meine Kollegen ziehe ich sofort meine Waffe und schaue voller Staunen zu, wie eine rosafarbene Gestalt aus dem Fenster purzelt. Ich weiß sofort, dass es nicht der Bewaffnete ist. Es ist Gail Lowell, die ältliche Sekretärin der Schule. Sie trägt keinen Mantel, sondern nur ihren pinkfarbenen Pullover und klobigen Schmuck. Ihre Kette und die Armbänder klimpern fröhlich vor sich hin, während sie sich vorsichtig einen Weg durch den Schnee sucht. Ihre Handtasche baumelt an ihrem Arm. Als sie näher kommt, prasseln die Fragen aus der Menge auf sie ein. *Was ist da drin los? Geht es den Kindern gut? Ist da wirklich ein bewaffneter Mann drin?*

„Wie viele Eindringlinge sind in der Schule?", frage ich sie leise, als sie näher kommt. Sie sieht aus, als hätte sie geweint, aber das ist in der beißenden Kälte und dem Schnee schwer zu sagen. „Hast du jemanden mit einer Waffe gesehen? Ist irgendwer verletzt?" Gail schaut hilflos von mir zu Chief McKinney, dann verzieht sie ihr Gesicht.

„Das ist alles meine Schuld", sagt sie weinend.

„Gail, das ist wichtig. Sag uns, was genau da drin los ist", sage ich schärfer als beabsichtigt.

„Nun, nun, Gail", versucht McKinney sie zu beruhigen. „Bist du verletzt?" Ich stehe neben ihnen, scharre mit den Füßen und gebe leise, ungeduldige Laute von mir, bis McKinney mich strafend ansieht.

Gail schnieft laut. „Nein. Nein, ich bin nicht verletzt."

„Komm, wir sehen erst einmal zu, dass wir dich aufwärmen, und dann kannst du uns erzählen, was da drin los ist." Er führt sie zu einem Streifenwagen, der mit laufendem Motor in der Nähe steht, öffnet die Tür und hilft ihr sanft, auf dem Beifahrersitz Platz zu nehmen. Dann setzt er sich auf den Fahrersitz, und ich mache es mir auf der Rückbank bequem. Einen Moment lang ist nur Gails leises Weinen zu hören. Sie zittert. McKinney fummelt einen Moment lang an der Heizung herum, und bald strömt warme Luft durch den Wagen.

„Gail“, sage ich durch die Abtrennung zwischen Vorder- und Rücksitzen. „Ich weiß, wie schwer das für dich sein muss. Welch fürchterliche Angst du hast.“ Ich schaue den Chief an, und er nickt mir zu. „Wir müssen jetzt drei Dinge wissen, dann können wir dich nach Hause bringen oder wohin auch immer du willst. Okay?“ Sie nickt heftig und drückt ihre Finger in die inneren Augenwinkel. „Erstens, ist irgendjemand verletzt?“

Ihr Kinn zittert. „Ich weiß es nicht“, sagt sie leise. „Ich weiß es nicht. Er ist den Flur hinuntergegangen und dann verschwunden.“

„Ein Eindringling, Gail? Kennst du ihn? Willst du das damit sagen? Dass es nur eine Person war? Jung oder alt?“ Ich denke an Dorothy Jones' Sohn Blake.

Gail schließt die Augen und schüttelt den Kopf, als versuche sie, ein genaueres Bild heraufzubeschwören. „Ich habe ihn nicht erkannt. Es war ein Mann, und ja, nur einer. Um die vierzig, schätze ich.“ Ihre Stimme ist nur noch ein Flüstern.

Chief McKinney und ich sehen einander erleichtert an. Wenigstens können wir Dorothy die Sorge nehmen, dass ihr Sohn der Geiselnehmer ist. Wir werden sie ermutigen, ihm die Hilfe zu besorgen, die er benötigt, und zwar schnell.

„Ich habe ihn hereinkommen sehen“, berichtet Gail weinend. „Oh Gott, er ist direkt an meiner Bürotür vorbeigegangen; ich konnte ihn durch die Scheibe sehen. Er hatte einen Werkzeuggürtel um. Ich dachte, er wollte den Boiler reparieren – das Ding geht alle naselang kaputt, und heute ist es so fürchterlich kalt. Ich habe keinen weiteren Gedanken an ihn verschwendet. Er ist einfach an mir vorbeigegangen. Hat mir sogar noch zugewinkt.“ Erneut bricht sie in Schluchzen aus, und der Chief tätschelt ihr Knie. „Mir hätte auffallen müssen, dass er nicht wie ein Handwerker angezogen ist. Er hat Anzugschuhe getragen. Keine Arbeitsstiefel.“ Sie nimmt ihre Hände von den Augen. Ihre Finger sind von der Wimperntusche ganz verschmiert. „Kann ich meinen Mann anrufen? Bitte?“

„Gut Gail, du machst das fabelhaft. Nur eine Frage noch,

dann sind wir für den Moment erst einmal fertig." Ich warte auf ihr Nicken, bevor ich fortfahre. „Okay, ein Mann. Hast du ihn erkannt?" Sie schüttelt den Kopf. „Hatte er eine Waffe? Eine Pistole, ein Messer, hast du irgendetwas gesehen?"

„Erst als er in mein Büro kam. Er hat uns eingesperrt und dann gewinkt, als wolle er sich verabschieden. Aber er hatte eine Pistole." Sie stößt zitternd den Atem aus. „Er hatte eine Pistole."

Will beendete sein Telefonat mit Marlys, ohne mit Holly gesprochen zu haben. Sie hatte Fieber und in der letzten Nacht nicht gut geschlafen. Holly hatte so viel durchgemacht. Die Verbrennungen, die schmerzhaften Therapien. Als Marlys eines Abends die Prozedur am Telefon beschrieb, hatte Will sich erst einmal setzen müssen.

„Es ist fürchterlich", hatte Marlys mit zitternder Stimme gesagt. „Sie muss in einen Whirlpool steigen. Das Wasser löst die verbrannte Haut, und sie benutzen dann eine Bürste, um sie abzuschrubben."

„Kann ich mit Mom sprechen?", hatte P. J. gefragt und ungeduldig an Wills Ärmel gezogen. „Ich will ihr erzählen, dass Nummer dreiundsechzig ausgebrochen ist und wie Daniel und ich sie wieder eingefangen haben."

„Nicht heute, P. J.", hatte Will ihm gesagt. „Deine Mom fühlt sich heute nicht so gut."

„Aber ich will es ihr erzählen. Das muntert sie bestimmt auf." P. J. war auf- und abgesprungen und hatte versucht, Will den Hörer aus der Hand zu nehmen.

„Ich habe Nein gesagt." Das war schärfer herausgekommen als beabsichtigt. P. J. hatte seinen Großvater mit großen Augen angeschaut, in denen sich Schmerz und Verwirrung spiegelten, und war mit hängenden Schultern aus dem Zimmer geschlurft.

An dem Abend hatte Will lange am Küchentisch gesessen, den Kopf in die Hände gestützt, und hatte bei dem Gedanken an die Schmerzen, die seine Tochter erleiden musste, haltlos geweint. Ihm ging die ganze Zeit nur ein Gedanke durch den Kopf: Wenn sie eine bessere Beziehung miteinander gehabt hätten, wenn er geduldiger mit ihr gewesen wäre, verständnisvoller, hätte Holly Broken Branch niemals verlassen, und nichts von all dem wäre je passiert. Irgendwann kam Augie in die Küche und legte ihm eine Hand auf die Schulter. „Ist mit Mom alles in Ordnung?", hatte sie mit angsterfüllter Stimme gefragt.

Will war unter der unerwarteten Berührung zusammengezuckt, was Augie veranlasste, zwei Schritte zurückzutreten. Er beeilte sich, sich mit dem Handrücken die Tränen abzuwischen. „Es wird alles wieder gut", sagte er brüsk und vermied es, Augie in die Augen zu sehen.

„Okay", erwiderte sie mit dünner, zögernder Stimme. Dann nahm sie allen Mut zusammen und fragte: „Geht es dir gut, Grandpa?"

„Ja, ja, alles gut." Er schob den Stuhl nach hinten und stand auf. „Ich muss nach den Kühen schauen", sagte er und ging mit großen Schritten zur Tür.

„Tut mir leid, dass ich gefragt habe", rief Augie ihm hinterher. „Ich wollte nur nett sein. Mein Fehler."

„Weißt du, Augie, es dreht sich nicht immer alles um dich", hatte er geantwortet, ohne sich auch nur zu ihr umzudrehen.

Jetzt saß er in seinem Pick-up und beobachtete die panischen Eltern, die sich aus Sorge um ihre Kinder an der Schule versammelten, und schämte sich. Augie, so stur und unvernünftig sie auch meistens war, hatte eine Hand nach ihm ausgestreckt, hatte ihm eine Liebenswürdigkeit entgegengebracht, die er nicht anerkannt hatte. Obwohl keiner von ihnen den Vorfall jemals wieder erwähnt hatte, war an diesem Abend eine neue Distanz zwischen ihnen entstanden. Augie benahm sich niemals unhöflich oder respektlos ihm gegenüber, verschwendete aber gleichzeitig nur so wenig Worte wie eben nötig an Will. Es war, als hätte sie entschieden, dass er die Mühe nicht wert wäre, und manchmal fragte Will sich, ob sie damit nicht recht hatte.

Er schaute zu dem Gewehr auf dem Beifahrersitz und schüttelte beschämt den Kopf. Er benahm sich wie ein lächerlicher alter Hitzkopf. Eine Waffe mit an einen Tatort zu bringen. Gute Gelegenheit, erschossen zu werden, dachte er. Die Polizei brauchte seine Hilfe vielleicht nicht, obwohl er Lieutenant bei den Marines und in Vietnam gewesen war. Aber sobald er ein klares Bild davon hatte, was in der Schule vor sich ging, würde er Unmengen an Vorschlägen und Ideen haben, was die Polizei tun könnte. Und er hätte auch kein Problem damit, ihnen zu sagen, wie genau sie dabei vorgehen sollten.

Ich habe Beths Dad nie kennengelernt. Zu dem Zeitpunkt, als P. J. und ich nach Broken Branch kamen, hatte Beth mit ihrer Mutter und ihren Schwestern bereits die Farm verlassen und war in ein kleines Haus ein paar Straßen von der Schule entfernt gezogen. Beth sprach nicht viel über das, was zwischen ihren Eltern vorgefallen war, aber ich wusste, es musste ziemlich heftig gewesen sein. Eines habe ich sehr schnell über das Leben in einer Kleinstadt gelernt: Die Männer sind genauso große Klatschbasen wie die Frauen; abgesehen von meinem Grandpa. Das ist vielleicht das einzig Gute an ihm – er spricht niemals schlecht über andere Leute. An unserem zweiten Tag in Broken Branch hat er P. J. und mich mit zur Tankstelle genommen, wo sich morgens die ganzen alten Farmer treffen. Sie standen um den Ständer mit den Kartoffelchips herum, tranken Kaffee und sprachen über einen Mann namens Ray und eine Frau namens Darlene.

„Ich habe gehört, dass sie ein Kontaktverbot erwirkt hat“, sagte ein alter Mann mit einem runzeligen roten Gesicht und einer schuppigen Stelle auf der Nasenspitze. „Und das nach allem, was Ray Cragg für sie getan hat.“

„Sie lässt ihn nicht mal seine eigenen Mädchen sehen“, warf ein Mann im Overall ein. Sie schüttelten die Köpfe, als wäre es das Traurigste, was sie je gehört hatten, doch ich sah das Lächeln in ihren Augen. Sie waren genauso schlimm wie die Achtklässlerinnen aus meiner Schule daheim in Revelation, als sie herausfanden, dass Cleo Gavin schwanger war und angeblich nicht wusste, von wem.

„Nun, nun“, hatte mein Grandpa gesagt. „Wir wissen nicht wirklich, was da vorgefallen ist. Macht die Sache nicht schlimmer, als sie sowieso schon ist.“ Die Männer hatten schuldbewusst auf ihre dreckigen Schuhe gestarrt, und dann hatte jemand angefangen, darüber zu reden, wie feucht der Frühling dieses Jahr werden sollte. In dem Moment wusste ich, dass mein Grandpa ein wichtiger Mann in Broken Branch war, auch wenn das nicht dazu führte, dass ich ihn mehr mochte.

„Das ist er bestimmt nicht", flüstere ich Beth ins Ohr, ohne zu wissen, ob es stimmte oder nicht. „So etwas würde dein Dad nie tun."

Sie leckt sich über die rauen Lippen und schaut sich um, ob uns irgendjemand belauscht. „Ich denke, er wäre durchaus dazu in der Lage", sagt sie traurig. „Ja, ich glaube, er ist es."

Mrs Oliver wartete auf eine Reaktion des Mannes. Sie beugte sich auf ihrem Stuhl vor und suchte in seinem Gesicht nach einem Hinweis darauf, dass sie richtig lag.

„Wer zum Teufel ist Kenny Bingley?", fragte der Mann. „Glauben Sie etwa, ich war einer Ihrer Schüler?" Er klang ungläubig. „Tut mir leid, dass ich Sie enttäuschen muss, Ma'am, aber Ihre Beteiligung an dem Ganzen hier ist reiner Zufall. Das alles hat absolut nichts mit Ihnen zu tun."

Mrs Oliver sackte unglücklich auf ihrem Stuhl zusammen und war sich mit einem Mal der Tatsache nur zu bewusst, dass ihr fünfundsechzig Jahre altes Hinterteil nichts auf einem Stuhl für Drittklässler zu suchen hatte. Immerhin hatte sie jetzt zwei Hinweise auf die Identität des Mannes. Zum einen war er höchstwahrscheinlich wirklich keiner ihrer ehemaligen Schüler. Und zum anderen war er definitiv an einem der Kinder in der Klasse interessiert. Wieder und wieder musterte er ihre Gesichter, als wenn er nach jemandem suchte. Ja, eines der Kinder in diesem Raum war der Schlüssel zu allem. Dieses Wissen machte sie mutig. „Dann sagen Sie mir, was Sie wollen", drängte sie ihn. „Warum um alles in der Welt müssen Sie eine Klasse voller Achtjähriger als Geiseln nehmen? Wie können wir Ihnen zu irgendetwas nütze sein?"

Der Mann schaute auf seine Uhr. „Das werden Sie schon bald genug sehen", erwiderte er.

„Was, wenn ich es errate?", fragte Mrs Oliver, der plötzlich eine Idee gekommen war.

„Was erraten?", gab der Mann zurück, während er abwesend sein Handy betrachtete.

„Wenn ich errate, wieso Sie hier sind, werden Sie die Kinder dann gehen lassen? Sie brauchen doch ganz bestimmt keine achtzehn Geiseln, oder? Eine sollte doch reichen."

Für Mrs Oliver war das kein neues Spiel. Seit vierzehn Jahren wusste nicht ein einziger ihrer Schüler, dass ihr Vorname Evelyn lautete. Eher durch Zufall war das zu einem Wettkampf zwischen ihnen geworden. Im Laufe der Jahre hatten sie immer wieder versucht, ihren Namen zu erraten, wie eine moderne Version von Rumpelstilzchen, aber ohne die schöne Prinzessin oder den ulkigen kleinen Mann, zumindest, wenn man Russell Franco nicht mitzählte, der fest entschlossen war, das Geheimnis zu lüften.

„Gertrude?", hatte er gesagt, wenn sie die Klasse betrat. „Shirley, Margaret, Sally, Diana, Inger, Raquel?" Mrs Oliver schüttelte immer nur den Kopf und bedeutete Russell, sich zu setzen. Eines Frühlingstages gegen Ende des Schuljahres – kaum zu glauben, dass das schon dreißig Jahre her war – stolzierte Russell vor allen anderen Schülern in das Klassenzimmer und sagte überheblich: „Guten Morgen, *Evelyn*." Mrs Oliver war fix und fertig. Es machte ihr nichts aus, dass ihre Schüler ihren Vornamen wussten; sie mochte es nur einfach nicht, zu verlieren.

„Guten Morgen, Russell *Hubert*", hatte sie leichthin erwidert. Russell war erstarrt und hatte sie angeschaut, als wolle er sagen: „Das wagen Sie nicht."

Und Mrs Oliver hatte nur gelächelt und ihn dadurch wissen lassen, dass sie es sehr wohl wagen würde. Die verbleibenden Wochen des Schuljahres hatte Russell sein Spiel fortgesetzt, als wäre nichts geschehen. „Guten Morgen, Delores, Lorraine, Ramona?" Und Mrs Oliver hatte immer nur geheimnisvoll gelächelt.

Sie war also mehr als gewillt, das Ratespiel mit diesem Mann aufzunehmen, vor allem wenn das bedeutete, dass sie ihre Schüler heil hier heraus und zu ihren Familien schicken könnte. Sie hatte ein hervorragendes Gedächtnis. Wenn sie nur lange genug darüber nachdachte, konnte sie sich an jeden einzelnen ihrer früheren Schüler und deren Eltern erinnern. Ganz sicher war das hier kein zufälliger Überfall.

„Sicher, raten Sie drauflos", sagte der Bewaffnete und schaute sie aus seinen leblosen Augen an.

„Und wenn ich richtig liege, lassen Sie die Kinder gehen?", fragte sie hoffnungsvoll.

„Ja, und für jede falsche Antwort darf ich eines erschießen."

Jemand klopft gegen die Scheibe des Streifenwagens und wischt dann die dünne Schneeschicht, die das Glas bedeckt, fort. Ein runzeliges, besorgt aussehendes Gesicht spähte in den Wagen. Gail fängt erneut an zu weinen. „Kann ich jetzt gehen?", fragt sie und greift nach dem Türgriff. Ihr Ehemann Merle, der mindestens fünfzehn Jahre älter ist als sie, steht neben dem Auto und wartet darauf, dass sie zu ihm kommt.

Ich schaue den Chief an, der den Kopf schüttelt. „Noch nicht, Gail, aber wir werden jemanden organisieren, der dich und Merle aufs Revier bringt. Wir benötigen eine Beschreibung des Mannes, den du gesehen hast. Danach kannst du nach Hause gehen."

„Ich fühle mich so schlecht", sagt Gail mit brechender Stimme. „Ich müsste mit allen anderen da drinnen sein, aber Mrs Brightman hat mir gesagt, ich sollte weglaufen, solange ich noch die Möglichkeit dazu habe."

„Mrs Brightman hat dir gesagt, du sollst gehen?", hakt Chief McKinney nach. Margaret Brightman ist die Schulrektorin. „Was hat sie gerade gemacht, als du gegangen bist?"

„Sie war es, die den Stuhl durchs Fenster geworfen hat. Es gab keine andere Möglichkeit, aus dem Bürotrakt herauszukommen – er hat die Tür mit einer Kette versperrt oder auf andere Weise blockiert." Ich sehe den Chief überrascht an. Margaret Brightman ist definitiv nicht der Typ, der mit Stühlen wirft. Gail fährt schniefend fort. „Als ich aus dem Fenster geklettert bin, hat sie sich geweigert, mitzukommen. Sie hat immer noch verzweifelt versucht, den Notruf zu erreichen. Aber die Telefone in der Schule funktionieren nicht. Ich schätze, deshalb war der Mann im Keller, um die Leitungen durchzuschneiden. Margaret hat ihr danach Handy benutzt und ist das erste Mal aus der Leitung geworfen worden. Als sie es dann noch einmal versucht hat, war ständig besetzt." Gail schüttelt den Kopf. „Ich wusste nicht, dass das überhaupt geht. Sie hat gesagt, sie würde nicht eher aus der Schule kommen, bis alle ihre Schüler und

Mitarbeiter in Sicherheit wären."

„Was ist mit dem Hausmeister?"

Mrs Lowell zupft an ihrer Halskette und setzt sich gerade hin. „Harlan. Harlan Jones. Sein Büro ist unten, direkt neben dem Heizungsraum." Sie schaut den Chief besorgt an. „Glaubst du, er hat Harlan etwas angetan?"

Ich versuche, die Unterhaltung voranzubringen, bevor die Enormität dessen, was geschehen ist, bei ihr sacken kann. „Gail, war außer dir und Mrs Brightman noch jemand im Bürotrakt? Irgendwelche Lehrer oder Schüler? Ist die Schulkrankenschwester noch da?"

„Nein, sie ist heute in der Schule in Dalsing. Es waren nur Margaret und ich. Ich hatte gerade eine Vorschülerin zurück in ihre Klasse geschickt. Sie hatte über Magenschmerzen geklagt, und ich habe sie *zurück*geschickt."

Mein Handy vibriert. Ich werfe einen Blick auf das Display, für den Fall, dass es Maria oder Tim sind. Aber es ist wieder Stuart. Er hört einfach nicht auf. Als ich vor zwei Wochen die Sonntagsausgabe des *Des Moines Observer* aus dem Briefkasten geholt und die Titelseite gesehen habe, hat mein Magen sich schmerzhaft zusammengezogen. Ich weiß nicht, wie genau Stuart an das Vergewaltigungsopfer herangekommen ist, wie er sie mit dem mächtigsten Mann in Stark County in Verbindung gebracht hat, aber ich weiß, dass er die Information von mir hat, wenn auch unwissentlich und ganz sicher unfreiwillig.

Eines späten Abends im Januar wurde ich zum Haus von Martha und Nick Crosby gerufen. Ihre neunzehn Jahre alte Tochter Jamie war an dem Abend vollkommen aufgelöst und mit einem verdächtig aussehenden blauen Fleck im Gesicht nach Hause gekommen.

„Sie will uns einfach nicht erzählen, was passiert ist", hatte Martha mir mit tränenerstickter Stimme gesagt. „Sie hat sich in ihrem Zimmer eingeschlossen und weigert sich, herauszukommen." Nick Crosby war mit zu Fäusten geballten Händen im Wohnzimmer auf und ab getigert. Die beiden jüngeren Kinder der Crosbys, die ihrem Vater wie aus dem Gesicht geschnitten waren, standen in ihren Schlafanzügen und mit nackten Füßen dabei und sahen zu Tode erschrocken aus.

„Lass es mich mal versuchen“, sagte ich und schickte die Familie in die Küche.

Vorsichtig klopfte ich an Jamies Zimmertür. „Jamie, ich bin’s, Meg Barrett.“ Meinen Titel als Police Officer ließ ich extra weg. Sie wusste, welchen Beruf ich hatte, aber ich wollte sie nicht noch mehr verschrecken, als sie es ohnehin schon war. „Deine Mom und dein Dad machen sich große Sorgen um dich.“ Ich hielt inne, wartete auf eine Antwort. Nichts. Nur der schwere Atem von jemandem, der versucht, sein Schluchzen zu unterdrücken. „Warum machst du mir nicht die Tür auf, Jamie, damit wir uns unterhalten können? Nur du und ich? Die anderen habe ich in die Küche geschickt.“

Ich hörte das Rascheln von Schritten auf der anderen Seite der Tür. „Bitte gehen Sie weg“, kam Jamies brüchige, raue Stimme.

Ich lehnte mich gegen den Türrahmen und sprach in leisem, beruhigendem Ton. „Ich will nur sichergehen, dass du keinen Arzt brauchst, Jamie. Du musst nichts sagen, wenn du nicht willst. Versprochen.“

Nach fünf Minuten des Schweigens wurde die Tür langsam geöffnet und ein weit aufgerissenes, angsterfülltes braunes Auge schaute mich an. Ich wartete, bis Jamie nickte und einen Schritt zur Seite machte, bevor ich den Raum betrat. Es war das typische Zimmer eines Teenagers. Überall lagen Klamotten herum, an den Pinnwänden hingen Fotos von Freunden, blaue Schleifen, die sie bei Pferdeturnieren gewonnen hatte, Konzerttickets und ein Kampagnenfoto von Greta Merritt, einer örtlichen Geschäftsfrau, die als jüngste und heißeste Anwärterin auf den Posten der Gouverneurin von Iowa ins Rennen ging. Als Jamie sah, dass ich das Foto anschaute, brach sie schluchzend zusammen. Ich wusste, dass Jamie als Babysitter für die beiden Kinder der Merritts arbeitete und auch bei der Kampagnenarbeit half.

Ich musterte sie sorgfältig, denn mir war klar, dass sie sich bei einer falschen Bewegung von mir sofort wieder verschließen würde. Ihr linkes Auge war leicht geschwollen und fing schon an, sich lila zu verfärben. Ihren rechten Arm hielt sie ganz nah an ihrem Körper. Ich wartete und schaute mich auf der Suche nach einem Hinweis in ihrem Zimmer um. Ein Foto von einem Freund oder Ähnliches. Mein Blick blieb an einer Pinnwand hängen. Sie hing voller Krimskrams von Merritts Kampagne – Buttons, Schnappschüsse, Aufkleber. Ein Foto weckte meine Aufmerksamkeit. Greta Merritt mit ihrem Tausend-Watt-Lächeln, den Arm um die Taille ihres attraktiven Ehemannes Matthew geschlungen. Zwischen den beiden blonden Kindern stand Jamie Crosby und lächelte schüchtern in die Kamera.

„Jemand hat dir wehgetan", sagte ich, ohne meinen Blick von dem Foto zu nehmen.

„Ja", flüsterte sie.

„Du hast uns sehr geholfen, Gail", sagt der Chief und öffnet ihr die Autotür. Der Schwall kalte Luft bringt mich in die Gegenwart zurück.

Gail sieht nicht sonderlich überzeugt aus, also beuge ich mich vor. „Er hat recht. Wir brauchten dich hier draußen, um uns die ganzen Informationen zu geben. Jetzt wissen wir, mit wem wir es zu tun haben, und können den Menschen da drinnen helfen."

Gail nickt und drückt die Tür weiter auf. Merle ist sofort zur Stelle und hilft ihr, aus dem Wagen auszusteigen. Er zieht sie in seine Arme. Mit gesenktem Kopf, um den beiden etwas Privatsphäre zu geben, gehe ich schnellen Schrittes an ihnen vorbei. Ein Mann und eine Pistole. Das ist nicht viel, aber mehr, als wir bisher gewusst haben.

Beth schaukelt sanft vor und zurück, ihre Schulter streift meine. Sie hat die Hände immer noch vors Gesicht geschlagen und murmelt irgendetwas vor sich hin. Ich brauche ein paar Minuten, um zu erkennen, dass sie betet. Sie spricht ein Gebet, das ich einmal beim Zappen im Fernsehen gehört habe. Es wurde von einer Frau vorgetragen, die viel zu stark geschminkt war und vor einer riesigen Menschenmenge stand. Viele der Leute hatten ihre Augen geschlossen, bei einigen glitzerten Tränen auf den Wangen, sie hatten die Arme gen Himmel gestreckt, und ihre Körper schwankten im Rhythmus der Worte, die die Frau sprach. *Amen, Schwester*, hätte ich beinahe laut gesagt, halte mich aber gerade noch zurück.

An unserem ersten Sonntag in Broken Branch hat Grandpa mich und P. J. gezwungen, mit ihm in die Kirche zu gehen. Ich lag im Bett, vergraben unter der dicken Decke in dem Zimmer, das einst meiner Mutter gehört hatte. Er klopfte an die Zimmertür, und ich hörte, wie sie quietschend geöffnet wurde. Ich spürte, dass er im Türrahmen stand. Ich versuchte, so tief und regelmäßig zu atmen, als würde ich schlafen.

„Augie“, flüsterte er, seine Stimme leise und tief wie die der Kühe, die er in seiner großen Scheune hielt. „Augie, es ist Zeit, aufzustehen. Wir fahren in dreißig Minuten zur Kirche.“ Ich hielt vollkommen still, hoffte, dass er aufgeben und ohne mich gehen würde. Aber keine Chance. „Augie.“ Dieses Mal dröhnte seine Stimme durch das Zimmer. „Wir fahren in einer halben Stunde los.“

Ich blinzelte unter der Decke hervor; in der kalten Luft wurde meine Nasenspitze sofort taub. „Ich fühle mich nicht gut“, murmelte ich und vergrub mein Gesicht in dem weichen Kissen, das so schlimm Federn verlor, dass ich am ersten Morgen im Farmhaus erwachte und beim Blick in den Spiegel dachte, die weißen Daunen wären Schneeflocken.

„Du hast fünfundzwanzig Minuten“, sagte er ungeduldig. Dann drehte er sich um und schloss die Tür hinter sich.

Zu dem Zeitpunkt kannte ich meinen Großvater noch nicht gut genug, um zu wissen, wie weit ich bei ihm gehen konnte, also kletterte ich aus dem Bett und zog die Jeans und das langärmelige T-Shirt vom Vortag an. Ich dachte wirklich, wenn er mich in diesem Outfit sähe, würde er mich sofort wieder zum Umziehen nach oben schicken, aber er trug selber Jeans. „Zieh besser einen Wintermantel über", sagte er und hielt mir einen roten Mantel hin, der leicht muffig roch und einst meiner Mutter gehört haben musste. Ich hatte die Hand schon ausgestreckt, um ihn zu nehmen, doch dann zog ich sie schnell wieder zurück.

„Mir ist nicht kalt", behauptete ich und ging einfach an ihm vorbei und setzte mich neben P. J. in den Truck. Mein Bruder trug einen Mantel, der genauso muffig roch und ihm ungefähr vier Nummern zu groß war.

„Ich weiß", sagte er, als er meinen Blick bemerkte. „Der gehörte Onkel Todd. Aber wenigstens ist mir nicht kalt. Du wirst dich zu Tode frieren."

„Dafür sehe ich nicht aus wie der letzte Dorftrottel." Ich zog die Ärmel meines T-Shirts über die Hände und versuchte, sie so zu wärmen. Grandpa kletterte auf den Fahrersitz, wodurch der Truck sich zur linken Seite neigte. Schweigend fuhren wir zur Kirche, die kleiner war, als ich erwartet hatte, aber auch hübscher. Ich dachte, Grandpa würde mit uns direkt nach vorne durchmarschieren, doch das tat er nicht. Er führte uns zu einer Reihe auf der rechten Seite in der Mitte der Kirche. Ich setzte mich auf die harte Bank, während Grandpa sich auf das untere Brett kniete. Ich beobachtete ihn aus dem Augenwinkel, um zu sehen, ob er sich hier wie so eine Art Oberheiliger aufspielen würde, doch auch das tat er nicht. Er sang jedoch mit, laut und klar. Und seine Stimme klang besser als die von dem Chorleiter meiner Schule in Revelation.

Mom ist nie mit mir und P. J. in die Kirche gegangen. Ich habe sie nie gefragt, warum nicht, mich aber manchmal schon darüber gewundert. P. J. hingegen hat sie danach gefragt. Das war eine Woche vor dem Feuer. Wir saßen an dem kleinen Tisch in der Essecke der Küche und aßen alle Hühnchen mit Reis, das ich uns zum Abendessen gemacht hatte.

„Warum gehen wir nie in die Kirche?“, fragte er und schaufelte sich ein riesiges Stück Huhn in den Mund.

Wenn man unsere Mom nicht kennt, würde man denken, dass sie uns vollkommen ignorierte. Wie sie sich Zeit nahm, um ein Stück Baguette zu essen, einen Schluck Wasser zu trinken, sich den Mund mit der Serviette abzuwischen, aufzustehen und ihren Teller zur Spüle zu tragen. Aber das war ihre Art, sorgfältig darüber nachzudenken, was sie sagen wollte, bevor sie uns antwortete.

„Mein Vater hat mich siebzehn Jahre lang gezwungen, jeden Sonntag in die Kirche zu gehen, P. J., und das hat mir nicht gutgetan.“ Sie ließ ihr Besteck ins Spülbecken fallen und drehte sich zu uns um. „Ich finde, ein Mensch muss nicht in einer Kirche sein, um sich Gott nahe zu fühlen. Die Wüste funktioniert genauso gut.“ Ich saß am Tisch und dachte nur: Pst, sag nicht so etwas. Ich fühlte mich stellvertretend für sie schuldig. „Gott führt keine Anwesenheitsliste, und selbst wenn jemand jeden Tag in die Kirche geht, macht ihn das noch lange nicht zu einem Heiligen.“

Ich beobachtete sie, wie sie da an der Spüle stand und den Reis von ihrem Teller in den Mülleimer kratzte. Es war die gleiche Spüle, an der sie eine Woche später stehen würde, an der die verbrannte Haut sich von ihren Armen lösen und den Abfluss hinunterwirbeln würde. Manchmal frage ich mich, ob ihre Verbrennungen eine Strafe für ihre Worte waren, obwohl ich tief im Inneren weiß, dass das keinen Sinn ergibt, dass Gott nicht so gemein ist.

Ich schaue auf die Uhr an der Wand. Wir sitzen hier noch keine Stunde, doch es kommt mir wie eine Ewigkeit vor. Mr Ellery rutscht von seinem Pult, greift in seine Tasche, holt sein Handy heraus, schaut es eine Minute lang an und steckt es wieder zurück.

„Warum hat noch keiner angerufen?“, fragt Beth plötzlich. „Warum ist noch keiner gekommen, um uns hier herauszuholen?“

Mr Ellery schüttelt den Kopf. Ich frage mich das Gleiche. Ich kann nicht glauben, dass wir immer noch keine Polizeisirenen oder Helikopter oder so gehört haben. Zu Hause in Arizona wurden wir alle paar Monate in unserer Schule eingeschlossen, aber nie ist etwas Schlimmes passiert. Es handelte sich immer um Vorfälle in der Nachbarschaft, nie direkt in der Schule. Ich fragte mich auch, wie es P. J. wohl geht. Er ist so eine Heulsuse. Vermutlich hockt er in diesem Moment unter irgendeinem Tisch.

Als Mom sich verbrannt hat, hat P. J. nicht geholfen, sondern ist stattdessen in sein Zimmer gerannt und hat sich unter der Bettdecke versteckt. Was ich irgendwie verstehen kann. Es war unglaublich gruselig, zu sehen, wie unsere Küchenvorhänge in Flammen aufgingen und Mom sie mit bloßen Händen herunterriss, wobei das Feuer an ihren Armen leckte, bis es aussah, als hielte sie einen Ball aus Flammen in den Händen. Es war schlimm genug, zu versuchen, Mom aus dem Haus zu kriegen. Ich musste sie von der Spüle wegzerren und durch die Haustür schieben, während sie die ganze Zeit rief: „P. J., P. J.!" Aber P. J. rauszukriegen war nahezu unmöglich. Er kam einfach nicht hervor, sodass ich schließlich die Decke packen und ihn wie einen Sack Müll hinter mir herziehen musste. Der Rauch hing dicht und schwarz in der Luft; meine Lungen fühlten sich gequetscht an, und mit jedem Atemzug meinte ich, gemahlene Kohle zu schlucken. P. J. durch den rauchgeschwängerten Flur zu zerren war anstrengend, und meine Arme taten nach kurzer Zeit höllisch weh. Ich konnte kaum etwas sehen, daher suchte ich mir meinen Weg allein mit den Füßen. Als ich endlich die Haustür fand und von der obersten Stufe in die helle Sonne blinzelte, kniete meine Mutter auf der Erde, eine Gruppe Nachbarn beugte sich über sie. Neben mir versuchte P. J., sich aus der Decke zu befreien. Seine Haare standen ab wie bei einem Stachelschwein, und seine Brille hing ihm schief auf der Nase.

Die Sirenen der Feuerwehr und des Krankenwagens übertönten seine Stimme. „Mom?", rief er und stolperte die Treppen hinunter, aber bevor er sie erreichte, rannten die Feuerwehrmänner auf uns zu und hoben uns hoch und trugen uns von dem Haus weg, aus dem immer noch grauer Rauch quoll.

Ich kann mir genau vorstellen, wie P. J. jetzt in seinem Klassenzimmer hockt, Arme und Kopf im Sweatshirt verborgen wie eine Schildkröte, und bei sich denkt: *Wenn ich es nicht sehe, ist es auch nicht da.* „Dumme Heulsuse", sage ich aus Versehen laut, und Noah stößt mir hart mit dem Ellbogen in die Rippen.

Unsere Nachbarin Mrs Florio hatte unseren Vater angerufen und ihm erklärt, was geschehen war. Schweigend fuhren wir auf dem Rücksitz ihres rostigen Kombis zu dem Krankenhaus, in dem mein Dad auf uns wartete.

„Meinst du, sie wird wieder gesund?", fragte P. J. Seine braunen, verängstigt schauenden Augen wirkten noch größer durch die Brille, die vom Ruß des Feuers ganz schmutzig war.

„Ich weiß es nicht", antwortete ich ehrlich. Die Verbrennungen an den Händen meiner Mutter hatten so schlimm ausgesehen. An einer Seite ihres Kopfes waren die Haare weggebrannt, ihr Gesicht war ganz rot und ein Ohr voller Blasen und nässend. Bevor der Rauch sich in meinen Klamotten und meinen Haaren festgesetzt hatte, wodurch ich wie ein Lagerfeuer roch, hatte ich ihre verbrannte Haut riechen können: ein süßlicher und zugleich scharfer Geruch. Ich schluckte hart und versuchte, mich beim Gedanken daran nicht zu übergeben.

„Meinst du, sie kann heute Abend wieder nach Hause kommen?", fragte P. J. „Meinst du, wir können alle wieder nach Hause gehen?"

„Ich weiß es nicht", erwiderte ich und rieb meine Nase, um den ekligen Geruch loszuwerden.

„Was sollen wir anziehen? Wo werden wir heute Nacht schlafen? Oh mein Gott." P. J. stöhnte. „Meine Hausaufgaben. Meinst du, die sind auch verbrannt? Man muss die Bücher bezahlen, wenn man sie kaputtmacht."

„Halt die Klappe, P. J.", sagte ich wütend. „Ich weiß auch nicht mehr als du." Ich rutschte ganz nah an die Tür auf meiner Seite, lehnte meinen Kopf aus dem Fenster und sog die frische Luft in tiefen Atemzügen ein.

„Bei so was kannst du geköpft werden“, ereiferte sich P. J. „Wobei, du brauchst deinen Kopf ja sowieso nicht.“ Er wartete darauf, dass ich fragte, wieso um alles in der Welt ich meinen Kopf nicht brauchen würde, aber die Befriedigung gab ich ihm nicht, sondern streckte mein Gesicht nur noch mehr in den Wind. „Weil du gar kein Gehirn hast“, beendete er seinen Satz stolz.

„Ha, ha“, machte ich.

„Na, na, ihr zwei“, sagte Mrs Florio mit ihrem spanischen Akzent. „Ihr müsst aufeinander achtgeben, nicht miteinander streiten.“ Ich mochte den Klang ihrer Stimme. Manchmal schloss ich mich im Badezimmer ein, stellte mich vor den Spiegel und versuchte, ihre raue Stimme nachzuahmen, die ganz tief aus ihrer Kehle zu kommen schien, wie das Schnurren einer Katze. Ich stellte mir vor, ihr schwarzes, glattes, glänzendes Haar zu haben anstatt meiner mausbraunen Haare, die einfach nur an mir herunterhingen. Ich bin mir nicht sicher, warum wir sie Mrs nannten. Sie schien keinen Ehemann zu haben, aber es gab verschiedene, gefährlich aussehende Freunde, die abends mit dröhnenden Motoren vor ihrem Haus vorfuhren und morgens vor Sonnenaufgang wieder verschwanden.

„Augie.“ Mein Vater kam auf mich zu und zog mich in seine Arme. Ich vergrub mein Gesicht an seiner Brust und atmete tief ein. Er roch wie immer, nach dem dicken Ledergürtel, den er um die Hüfte trug, und seinem Rasierschaum. „Geht es dir gut?“ Er trat einen Schritt zurück und schaute mich von oben bis unten an. „Was ist passiert?“

„Es gab ein Feuer und Mom hat sich verbrannt und das Haus roch nach Rauch und Augie musste mich in meiner Decke nach draußen ziehen und dann kam die Feuerwehr und der Krankenwagen“, sagte P. J. in einem Atemzug.

Ich beobachtete die Miene meines Vaters. Er gab sich wirklich Mühe, wenn es um P. J. ging, aber er konnte seine Gefühle ihm gegenüber nicht immer verbergen – Irritation, Eifersucht, Hass. Ich weiß es nicht. „Geht es dir gut, P. J.?“, fragte mein Vater sehr nett, und ich entspannte mich.

„Ja, ich bin okay." P. J. sah unseren Dad an, als wäre er Gott oder so. „Und wie geht es dir?" Ich verdrehte die Augen. Typisch Dad. Bevor mein Vater etwas erwidern konnte, kam eine uralt aussehende Frau mit kurzen, dauergewellten grauen Haaren und in einem weißen Kittel auf uns zu.

„Ich bin Dr. Ahern", stellte sie sich vor und schüttelte uns allen die Hand. „Sind Sie die Familie von Holly Baker?"

„Ja", sagte mein Vater. „Ich bin Hollys Exmann, und das sind unsere Kinder Augie und P. J."

Dr. Ahern nickte verständnisvoll. „Die Verbrennungen an Hollys Händen und Armen sind sehr schwerwiegend. Über einen Tropf bekommt sie ein Antibiotikum, um eine Entzündung zu verhindern. Außerdem haben wir sie unter starke Beruhigungsmittel gesetzt, um die Schmerzen zu lindern. Die Verbrennungen an Gesicht und Ohr scheinen weniger schlimm zu sein, aber wir werden sie trotzdem sorgfältig unter Beobachtung halten."

„Kommt sie heute Abend nach Hause?" P. J.s Unterlippe zitterte, und seine Augen füllten sich mit Tränen.

Die Ärztin schüttelte den Kopf. „Tut mir leid, deine Mutter wird noch einige Tage im Krankenhaus bleiben müssen. Unsere Spezialisten für Brandwunden werden ihre Verletzungen genau untersuchen, aber ich schätze, sie wird uns so schnell nicht wieder verlassen."

Eine dicke Träne rollte über P. J.s Gesicht und hinterließ eine schmutzige Spur auf seiner Wange. Er schaute mich an. „Wo sollen wir denn jetzt hin?" Ich fragte mich das Gleiche und sah zu meinem Dad, der sich große Mühe gab, meinem Blick auszuweichen.

„Können wir zu ihr?", fragte ich schniefend. Ich versuchte, meine Tränen zurückzuhalten. Wenn ich nicht so dumm gewesen wäre, würde meine Mom jetzt nicht im Krankenhaus liegen.

Dr. Ahern schüttelte den Kopf. „Nein, noch nicht. Wir werden uns jetzt weiter um sie kümmern und regelmäßig Bericht erstatten. Wenn ihr euch erst einmal frisch machen wollt, lasst eure Nummer einfach beim Empfang, und wir rufen an, sobald eure Mutter in der Lage ist, Besuch zu empfangen."

P. J. und ich schauten unseren Dad an. „Ich nehme euch mit nach Haus, damit ihr duschen und euch umziehen könnt." Er zog mich an sich, und es fühlte sich so gut an, aber dennoch fiel mir auf, dass P. J. ein wenig allein und verloren dabeistand. Für ihn gab es keine Umarmung.

„P. J. auch?", fragte ich.

„Natürlich", erwiderte mein Vater, als wäre das eine dumme Frage.

Bevor ich Mr Ellery sagen kann, dass ich dringend meinen Bruder finden muss, rutscht er erneut von seinem Tisch. „Bleibt genau hier sitzen", befiehlt er. „Ich werde mal einen kurzen Blick nach draußen werfen."

„Ich denke, das sollten Sie nicht tun." Beth rappelt sich auf und greift nach seinem Ärmel.

„Ist schon okay, Beth", beruhigt er sie. „Ich schaue nur in den Flur." Er geht zur Tür und drückt seine Stirn gegen das Fenster. Er rollt den Kopf nach links, dann nach rechts und versucht, auf dem langen Korridor etwas zu sehen.

Dann dreht er den Knauf und öffnet die Tür ganz langsam und leise, wobei er darauf achtet, dass sie nicht quietscht.

„Wo wollen Sie hin?", fragt Beth panisch. „Sie können uns nicht alleine lassen."

„Pst, Beth", sagt Mr Ellery. „Geh zu den anderen und setz dich wieder hin."

„Nein, gehen Sie da nicht raus." Die Panik in ihrer Stimme überrascht mich. Normalerweise ist Beth so ruhig und gelassen.

Ich stehe auf, gehe zu ihr und versuche, sie an ihrem Ellbogen von Mr Ellery wegzuziehen. „Komm schon", flüstere ich ihr leise ins Ohr.

„Was, wenn er hier reinkommt?", fragt Beth mit zittriger Stimme. „Was, wenn er hier ist, um mich zu holen?"

„Wer?" Mr Ellery sieht Beth scharf an. „Weißt du irgendetwas über das, was hier vor sich geht?"

„Sie glaubt, es könnte ihr Dad sein", erkläre ich flüsternd, damit niemand uns hört. „Sie fürchtet, er ist nur deshalb hergekommen, um sie zu holen.“

Beth starrt mich an. Ihre eben noch ängstlich dreinschauenden Augen funkeln jetzt hart und wütend. Das war's wohl mit meiner einzigen Freundschaft in Broken Branch.

Ich höre ein leises Klicken, als Mr Ellery die Tür schließt. Er führt Beth von der Tür weg, weg von den anderen Schülern in eine andere Ecke des Raumes. Ich will mit ihnen gehen, will das mit Beth wieder in Ordnung bringen, aber Mr Ellery schüttelt nur kurz den Kopf. Also kehre ich an meinen Platz auf dem kalten Fußboden zurück.

„Was zum Teufel soll das alles?“, fragt Noah. Ich zucke mit den Schultern und spüre, wie ich rot anlaufe, weil mein Magen laut knurrt. Ich wünschte, ich hätte etwas zum Frühstück gegessen, aber in „echter Augie-Manier“, wie meine Mom immer sagt, hatte ich mich heute Morgen selber ausgetrickst. Ich bin wütend auf meinen Grandpa gewesen, weil er mir gesagt hat, ich solle etwas essen, bevor ich in den Schulbus steige, und habe gesagt, dass ich nicht hungrig bin. Und zum Mittag hatte ich nur eine kleine Tüte Chips. Deshalb bin ich jetzt hungrig, obwohl ich Angst habe und mir schlecht ist.

Beth weint, und Mr Ellery versucht, sie zu trösten, indem er ihr die Schulter tätschelt. Er wirkt unbehaglich und signalisiert mir mit einem Kopfnicken, dass ich zu ihnen kommen soll. Ich habe allerdings das Gefühl, dadurch würde die Sache nur schlimmer, also lege ich meinen Kopf auf meine angezogenen Knie und wende mein Gesicht ab, tue so, als würde ich seine Zeichen nicht sehen.

Die Ärztin kommt herein, schaut sich die transplantierte Haut an meinen Armen an sowie die Stelle an meinem Oberschenkel, von wo sie die Haut entnommen hat. Viele Wochen lang war der Schmerz so überwältigend gewesen, dass ich überhaupt keine Energie gehabt habe, mir Gedanken darüber zu machen, wie ich wohl aussehe. Aber jetzt kann ich nicht anders, als meine beschädigte Haut anzusehen und mich zu fragen, wie es wohl sein wird, wenn alles vollständig verheilt ist. „Es wird eine Zeit dauern, bis mit Sicherheit feststeht, dass die Operationen erfolgreich waren, aber die Transplantate machen den Eindruck, als verheilten sie sehr gut, Holly“, sagt sie. „Unsere größte Sorge gilt im Moment der Sekundärinfektion und der Frage, wieso sie so langsam auf das Antibiotikum anspricht.“

Ich nicke. Infektionen waren schon immer das größte Problem. „Was ist mit meinen Händen?“, frage ich. Die machen mir am meisten Sorgen. Nicht das Fieber oder mein Gesicht und meine Arme, sondern meine Hände. Aus irgendeinem Grund sind sie in dem Feuer nicht so schlimm verbrannt worden, aber sie haben immer noch Verbrennungen zweiten Grades erlitten. Ohne meine Hände wieder vollständig benutzen zu können, kann ich meinem Job als Friseurin nicht mehr nachgehen. Manch einer mag das nicht für einen tollen Beruf halten, aber ich liebe ihn. Ich liebe es, wenn eine Kundin mit schüchterner Zufriedenheit lächelt, sobald sie ihre neue Frisur oder die neue Haarfarbe im Spiegel sieht. Ich liebe es, zukünftigen Bräuten die Haare hochzustecken und Teenager für den Abschlussball schick zu machen. Ich bin vielleicht nicht eine Minute länger als nötig auf der Farm geblieben, aber trotzdem habe ich etwas von meinen Eltern gelernt, nämlich hart zu arbeiten. Und genau das tue ich. Die Bezahlung ist nicht gerade toll, aber ich verdiene genug, um für Augie und P. J. sorgen zu können.

„Machen Sie fleißig weiter mit der Therapie“, versichert mir die Ärztin, „dann sehe ich keinen Grund, warum sich Ihre Hände nicht wieder vollkommen erholen sollten.“ Ich lasse mich ins Kissen zurücksinken. Mit einem Mal bin ich sehr müde, aber auch erleichtert. „Sie kommen aus Iowa, oder?“, fragt die Ärztin im Weggehen. Meine Mutter und ich nicken beide. „Da ist irgendetwas über einen bewaffneten Eindringling in einer Schule in Iowa in den Nachrichten.“

„Oh mein Gott, das ist ja fürchterlich“, ruft meine Mutter. In dem Moment steckt eine Schwester den Kopf zur Tür herein.

„Bereit fürs tägliche Eincremen?“ Sie hält eine Tube mit Creme hoch, mit der sie die transplantierten Stellen einreibt, um zu verhindern, dass die Haut austrocknet und reißt.

„Immer her damit“, sage ich. Ich bin endlich bereit, gesund zu werden und das Krankenhaus zu verlassen. Je eher, desto besser.

Mrs Oliver wusste nicht so recht, was sie zu dem Mann mit der Pistole nach seiner Erklärung, er würde für jede falsche Antwort von ihr einen ihrer Schüler erschießen, sagen sollte. Sie glaubte nicht wirklich, dass er seine Drohung wahr machen würde, aber ganz sicher konnte sie sich auch nicht sein. Er wirkte immer abgelenkter und sah alle paar Minuten auf das Display seines Handys. Es war genau das gleiche Modell, das sie sich hatte von Cal kaufen lassen. Man konnte damit telefonieren, etwas im Internet kaufen und eine E-Mail verschicken – und zwar alles gleichzeitig.

Erneut ließ Mrs Oliver ihren Blick über die Schüler gleiten; die meisten hielten sich erstaunlich tapfer. Sogar Austin, der normalerweise keine dreißig Sekunden am Stück sitzen bleiben konnte und ständig aufstand und umherlief, hatte sich noch nicht von der Stelle gerührt. Natalies Wangen hatten langsam wieder eine normale Farbe angenommen – sie war beim Anblick des Mannes so blass geworden, dass Mrs Oliver befürchtet hatte, das Mädchen würde gleich in Ohnmacht fallen. Nun wünschte Mrs Oliver sich, der Mann würde sie Bücher lesen oder malen lassen, irgendetwas, das die Kinder ein wenig entspannte und ihnen half, die Zeit totzuschlagen.

Was Mrs Oliver am meisten Sorgen machte – abgesehen davon, dass eines der Kinder verletzt wurde –, war, wie die Kinder sich fühlen würden, wenn sie in die Schule zurückkehrten, nachdem das hier alles vorbei war. Die Broken Branch School, ihr Klassenzimmer, war als Ort gedacht, an dem die Schüler sich willkommen und sicher fühlten. Ein zweites Zuhause für viele, und wenn man wirklich beobachtete und zuhörte, fanden viele Schüler hier die Fürsorge und Zuwendung, die ihnen zu Hause fehlte. Zum Beispiel Andrew Pippin. Mrs Oliver konnte es nicht beweisen, aber sie war sicher, dass der Junge von seinem Stiefvater misshandelt wurde. Er hatte ständig irgendwelche blauen Flecken, für die er immer eine Erklärung parat hatte, doch da war noch mehr. Eine gewisse Angespanntheit in Andrews Augen, wenn sich der Schultag dem Ende näherte. Dann wurde der Junge noch unruhiger, störte den Unterricht noch mehr, während sein Blick immer häufiger zur Wanduhr glitt, je näher fünfzehn Uhr zwanzig rückte.

Dieses Gefühl der Sicherheit würde Andrew jetzt verlieren. Genau wie alle anderen Kinder. Die ganze Arbeit, die sie investiert hatte, um eine warme, willkommen heißende Umgebung zu schaffen, war von diesem Mann auf einen Schlag zerstört worden. Je mehr sie darüber nachdachte, desto mehr empörte sie sich. Würden die Kinder Albträume haben? Würden sie anfangen zu schwitzen und zu zittern, wenn die Busse sich morgens dem Schulgelände näherten? Würden ihre Mägen sich zusammenziehen und wie Feuer brennen, wenn sie über die Treppen und durch die Korridore des Schulgebäudes zu ihrem Klassenraum liefen? Posttraumatisches Stresssyndrom nannte man das heute, und es handelte sich um eine anerkannte psychologische Störung. Ihr würde das Herz brechen, wenn das alles war, was diese Kinder als Erinnerung an ihre dritte Klasse behalten würden. *„Wie hieß deine Lehrerin in der dritten Klasse?“*, würden die Leute fragen, und die Kinder würden antworten: *„Ich erinnere mich nicht mehr an ihren Namen, aber ich weiß noch zu gut, wie eines Tages dieser bewaffnete Mann in unseren Klassenraum eindrang.“*

„Bewaffnet?“, würde die andere Person fragen. *„Was hat eure Lehrerin da gemacht?“*

Bei dieser Frage würden ihre ehemaligen Schüler nur traurig den Kopf schütteln, die Hände tief in den Taschen vergraben und sagen: *„Nichts. Rein gar nichts.“*

Mrs Oliver wusste, dass sie langsam ein gewisses Alter erreicht hatte. Sie hatte schon öfter als sie zugeben wollte auf die Frage antworten müssen, wann sie denn endlich in den Ruhestand gehen und anfangen würde, ihr Leben zu genießen. Sie wusste, dass es ihr an manchen Tagen schwerfiel, mit ihren Schülern mitzuhalten, dass sie sich mehr als einmal dabei ertappt hatte, vorne an ihrem Pult einzunicken. Einmal, während Jillie Quinns Referat über Pinguine, hatte sie sogar leise geschnarcht. Zum Glück war P. J. Thwaite der Einzige, der es bemerkt und ihr zugeflüstert hatte, sein Großvater würde sonntagmorgens vier Tassen starken Kaffee trinken, um zu verhindern, dass ihm im Gottesdienst das Gleiche passierte.

Auf gar keinen Fall würde Mrs Oliver auf diese Weise gehen. Sie würde nicht im kommenden Juni in Rente gehen als die Lehrerin, die nichts getan hatte. Sie wollte nicht, dass die letzten Erinnerungen ihrer Schüler, bevor die Schule geschlossen wurde und sie auf die umliegenden Schulen verteilt wurden, Erinnerungen an Terror und Schrecken waren. Lieber würde sie sterben. In ihrem Kopf konnte sie Cals Stimme hören, der versuchte, sie zur Vernunft zu bringen. „*Aber Evie*“, würde er beruhigend sagen; sie spürte beinahe seine Hand auf ihrem Arm. „*Glaubst du wirklich, es wäre besser für die Kinder, wenn sie mit ansehen müssten, wie ihre Lehrerin erschossen wird?*“

Damit hatte er natürlich recht, wie meistens, aber etwas zu unternehmen hieß ja nicht gleich, dass sie sterben musste. Sie ging in Gedanken die potenziellen Waffen durch, die ihr zur Verfügung standen – Scheren, Tacker, Reißzwecken. Es musste doch einen Weg geben, den Mann lange genug handlungsunfähig zu machen, um die Kinder in Sicherheit zu bringen.

Der Mann schaute von seinem Telefon auf und ertappte Mrs Oliver dabei, wie sie ihn anstarrte. „Was ist?“, fragte er. „Haben Sie noch nie ein Handy gesehen?“

Sie beschloss, sich dumm zu stellen. Das tat sie zwar nicht gerne, aber vielleicht würde ihre vermeintliche Begriffsstutzigkeit ihnen allen später noch zugutekommen.

„Mein Mann glaubt nicht daran“, sagte sie zurückhaltend.

„Wie? Das ist doch nicht der Osterhase.“ Einige Köpfe schossen hoch, und ihre Schüler schauten Hilfe suchend in ihre Richtung.

Sie starrte den Mann an. Es war nicht nötig, den Kindern alle Illusionen zu rauben. Der Mann schien es jedoch nicht zu bemerken und widmete sich wieder seinem Telefon. Wenn sie ehrlich war, hielt Mrs Oliver sich sogar für technisch sehr begabt. Sie verbrachte Stunden damit, die neuesten Programme zu lernen, und wenn ihre Kollegen beim Erstellen von PowerPoint-Präsentationen oder Tabellenblättern Hilfe brauchten, wandten sie sich oft an Mrs Oliver. Cal war auch ein großer Freund von Handys und hatte darauf bestanden, dass Mrs Oliver sich aus Sicherheitsgründen eines zulegte. Es steckte in der Reißverschlusstasche ihrer schwarzen Lederhandtasche, die wiederum in der unteren linken Schublade ihres Schreibtischs lag. Wenn es irgendeine Möglichkeit gäbe, an ihr Telefon zu kommen, könnte sie der Polizei sagen, dass der Mann hier, in ihrem Klassenraum, war, und mit seiner Pistole herumwedelte. Sie würde weiter abwarten. Wenn es drauf ankam, konnte Mrs Oliver eine sehr geduldige Frau sein.

Chief McKinney und ich sehen dem Wagen hinterher, mit dem ein Officer der Reserve Gail und ihren Ehemann wegbringt. „Was nun?“, frage ich.

Er schaut mich mit ruhigem Blick an. „Nun will ich erst mal wissen, ob es dir gut geht.“

„Was?“, frage ich verwirrt. „Wie meinst du das?“

„Deine Tochter geht auf diese Schule.“

„Ja, aber sie ist heute nicht hier. Sie ist bei Tim …“

„Kommst du damit klar, Meg? Fühlst du dich in der Lage, damit umzugehen, dass die Klassenkameraden deiner Tochter und ihr Lehrer erschossen werden könnten?“

Meine Antwort kommt ohne Zögern. „Verdammt, Chief, du kennst mich besser. Ich war bei der Hälfte der Kinder schon aus dem einen oder anderen Grund zu Hause und habe mich immer professionell verhalten.“

„Ach Meg, das weiß ich doch. Ich musste dich aber fragen. Wir sind bei dieser Sache ziemlich auf uns alleingestellt.“

„Das Tac-Team schafft es nicht?“, frage ich.

„Nein, die Highways sind dicht. Ich habe versucht, die Jungs in Waterloo und Cedar Falls anzurufen in der Hoffnung, dass sie ein paar Officer vorbeischicken können, die uns helfen, die Menschenmenge zurückzuhalten. Aber die Straßen sind in einem fürchterlichen Zustand. Es kann Stunden dauern, bis Hilfe eintrifft. Südlich von uns toben Eisstürme, im Norden sind es Blizzards. Wir werden es mit den Leuten schaffen müssen, die hier sind. In der Zwischenzeit folgen wir dem festgelegten Abriegelungsplan. Wir müssen in Erfahrung bringen, wer genau sich im Gebäude befindet. Lehrer, Schüler, Kantinenmitarbeiter. Ich habe Donna gebeten, uns eine aktuelle Schülerliste mit Notfallrufnummern zu besorgen, damit wir die Namen abhaken und die Kinder in die Hände der richtigen Erwachsenen übergeben können, sobald sie rauskommen.“

Ich nicke in Richtung der Menschenmenge. „Wenn die Kinder nicht bald rauskommen, fürchte ich, dass einige von denen versuchen werden, ins Gebäude einzudringen."

„Das darf nicht passieren." McKinneys Stimme ist hart wie Granit. Er schüttelt den Kopf. „Verdammt, wenn diese Leute uns nicht unseren Job machen lassen und irgendjemandem etwas zustößt ... Was zum Teufel soll das?" Irgendetwas hinter mir hat seine Aufmerksamkeit erregt, und ich erkenne an der Art, wie sein Schnurrbart nach unten sackt, dass es kein angenehmer Anblick ist. Eine Gruppe Männer. Farmer, nehme ich aufgrund ihrer schlammbraunen Carhartt-Overalls, ihrer Baseballkappen mit Schriftzügen bekannter Futtermittelhersteller drauf und ihrer Schrotflinten an. „Jesus, Maria und Josef", stößt McKinney zwischen zusammengepressten Zähnen aus.

Will sah zu, wie die Vinson-Brüder mit ihren Flinten aus dem Truck ausstiegen und durch den Schnee auf die Gruppe wartender Eltern zugingen. Er öffnete seine Tür, um sich zu ihnen zu gesellen.

„Hey Jungs", sagte er als Gruß. Die beiden Brüder wirbelten zu ihm herum.

„Morgen, Will", sagte Neal und nickte dem älteren Mann zu. „Das ist vielleicht 'n Ding, was hier los ist, wie?", fügte er hinzu und drehte den Kopf in Richtung Schule. Neal und sein Bruder waren zwei Jahre auseinander, sahen aber aus wie Zwillinge. Sie hatten beide lange, pferdeartige Gesichter auf schmalen Schultern. Sie waren außerdem für ihr aufbrausendes Temperament bekannt. Gerüchte besagten, dass Neal seinen preisgekrönten Angusbullen erschossen hat, weil der es gewagt hatte, ihn zu Boden zu schubsen. Der Neuntausend-Dollar-Bulle war mitten auf der Weide verblutet. In Neds Version hatte der Bulle Rindertuberkulose und musste erschossen werden, bevor er noch den Rest der Herde ansteckte.

„Was habt ihr mit den Flinten vor?", fragte Will unschuldig, obwohl er wusste, dass die Brüder den gleichen Gedanken hegten, der auch ihn bewogen hatte, seine Waffe von zu Hause mitzunehmen.

„Es ist immer besser, auf alles vorbereitet zu sein. Wir wussten ja nicht, was uns hier oben erwarten würde." Neal räusperte sich und spuckte einen dicken Schleimklumpen in den Schnee hinter sich.

„Sieht zum Glück so aus, als hätten Chief McKinney und seine Leute hier alles unter Kontrolle", erwiderte Will, obwohl die Menge immer lauter und unruhiger wurde.

„Na ja, deshalb sind wir ja hier", fügte Neal hinzu. „Um zu sehen, was los ist."

„Ich denke, es wäre eine gute Idee, wenn ihr eure Gewehre wieder in den Truck bringen würdet", schlug Will vor. „McKinney scheint Verstärkung aus anderen Städten erhalten zu haben.

Es wäre doch blöd, wenn jemand unnötig verletzt würde."

„Sind deine Enkel da drin?", wollte Ned wissen.

„Sind sie." Will nickte.

„Und du willst einfach nur dastehen und zulassen, dass irgendein Verrückter sie als Geiseln hält?"

Will zuckte mit den Schultern. „Ich denke, noch wissen wir nichts Genaues. Könnte sich auch um ein großes Missverständnis handeln. Vielleicht ist es ein Neunjähriger mit einer Spielzeugpistole."

„Komm schon, Ned", drängte Neal. „Mir wird langsam kalt. Lass uns mit McKinney reden und herausfinden, was hier wirklich los ist." Von der anderen Seite des Parkplatzes löste sich eine weitere Gruppe Männer, Gewehre in der Hand, die Schultern gegen den beißenden Wind hochgezogen. Sie kamen direkt auf McKinney und die Brüder zu. „Guter Gott", sagte Will und hob abwehrend die Hände. „Ich hoffe, ihr erschießt euch nicht gegenseitig", murmelte er unterdrückt. Er erkannte Verna Fraise in der Menge und ging auf sie zu. Verna und Marlys waren seit Jahren beste Freundinnen. Beinahe wäre Verna statt Will mit Marlys nach Arizona geflogen. „Sie ist deine Tochter, Will", hatte Marlys fassungslos erwidert, als Will ihr den Vorschlag unterbreitete, sie nicht zu begleiten.

„Ich weiß, Holly ist meine Tochter. Aber sie hat seit fünfzehn Jahren nicht mehr mit mir gesprochen. Ich weiß nicht, ob das der beste Zeitpunkt ist, ihr gegenüberzutreten."

„Will, deine Tochter hatte einen fürchterlichen Unfall. Meinst du, es interessiert sie im Moment einen feuchten Kehricht, ob sie in den letzten fünfzehn Jahren mit dir gesprochen hat oder nicht?" Will hob überrascht die Augenbrauen. Marlys fluchte äußerst selten. „Nein, das tut es nicht. Sie wird froh sein, dass ihrem Vater so viel an ihr liegt, dass er an ihre Seite eilt, wenn sie ihn braucht."

Will wusste, dass Marlys recht hatte. Und wenn er ganz ehrlich war, wollte er auch mit ihr fahren und Holly sehen, doch er hatte Angst vor dem, was er dort vielleicht vorfinden würde. Brandwunden waren schrecklich. Zu seiner Zeit in Vietnam hatte er die verkohlten Überreste der Dörfer gesehen, in denen der Vietcong getobt hatte. Die verbrannten Häuser, die noch qualmenden Leichen und, schlimmer noch, die Dorfbewohner, die nicht in den Flammen gestorben waren, die darum bettelten, von ihren Qualen erlöst zu werden. Will wollte nicht darüber nachdenken, dass seine einzige Tochter diesen Schmerz auch durchmachen musste.

„Hast du Todd irgendwo gesehen?", fragte Will, als er bei Verna angekommen war.

Sie schüttelte den Kopf. „Was zum Teufel ist da nur los?"

„Ich weiß es nicht, aber sobald ich Chief McKinney erwische, werde ich es herausfinden", versicherte Will ihr.

„Wie geht es Holly?", fragte Verna, ohne den Blick vom Eingang der Schule zu lösen.

„Unverändert", erwiderte Will. Eine sichere Antwort, die nicht zu weiteren Fragen einlud. Er hatte heute Morgen nicht die Energie, sich über die Einzelheiten von Hollys Infektionen und Behandlungen auszulassen. Er wollte einfach nur seine Enkel aus der Schule holen und sicher auf die Farm zurückbringen. Heute Abend könnten sie dann ihre Mutter anrufen und ihr von dem Abenteuer erzählen. Er konnte sich P. J.s Aufregung direkt vorstellen, wie die Wörter so schnell aus seinem Mund purzelten, dass sie kaum zu verstehen waren. Und Augie würde versuchen, cool und lässig zu wirken. „War keine große Sache", würde sie bestimmt sagen.

„Will, hast du Ray irgendwo gesehen?", fragte Verna leichthin, aber irgendetwas in ihrer Stimme veranlasste Will, sie genauer zu mustern.

„Nein. Ich habe Ray seit Wochen nicht mehr gesehen. Warum? Stimmt irgendetwas nicht?"

„Du weißt, dass er und Darlene sich getrennt haben?" Verna rieb sich mit ihren behandschuhten Händen über die Arme, um sich zu wärmen. Darlene Cragg war ihre Tochter. Ihre Enkelkinder Beth und Natalie waren mit Augie und P. J. in einer Klasse.

„Ja. Jim hat es bei unserem letzten Treffen erwähnt. Wie geht es Darlene?“ Will lehnte sich ein wenig vor und versuchte, über den Kopf des Mannes hinwegzusehen, der vor ihm stand.

„Man sollte denken, dass es ihr jetzt viel besser geht, wo er aus dem Haus ist.“ Verna schnalzte ungeduldig mit der Zunge und schüttelte den Kopf. „Aber Ray macht ihr das Leben zur Hölle. Er lässt sie nicht einen Augenblick lang in Frieden. Ständig ruft er sie an. In der einen Minute fleht er sie an, zu ihm zurückzukommen, in der nächsten beschimpft er sie und droht, ihr die Kinder wegzunehmen, und wenn es das Letzte wäre, was er tut.“

Will schaute sich um, ob irgendjemand ihrer Unterhaltung lauschte, aber alle waren auf die Schule und Chief McKinney konzentriert, der aussah, als stünde er kurz davor, der wachsenden Menge ordentlich die Meinung zu sagen. Er neigte seinen Kopf näher zu Verna und flüsterte: „Glaubst du, dass Ray vielleicht etwas mit alldem hier zu tun hat?“

„Ich weiß es nicht. Er wäre zu so etwas durchaus fähig.“ Vernas Unterlippe zitterte, und Will wippte unbehaglich auf seinen Füßen vor und zurück. Er wünschte, Marlys wäre hier, um ihrer alten Freundin beizustehen. Ihm fehlten einfach die richtigen Worte.

„Es sieht so aus, als wenn Chief McKinney zu uns kommt.“ Will war froh, das Thema wechseln zu können. „Du solltest ihm von deinen Befürchtungen berichten.“

Verna schniefte und fuhr sich mit der behandschuhten Hand über die Augen. „Sieht so aus, als hätte er genug mit der Bürgerwehr da drüben zu tun.“ Sie nickte in Richtung der Vinson-Brüder und drei anderer Männer, die ebenfalls bewaffnet gekommen waren. Will dachte wieder an die Flinte, die auf dem Beifahrersitz seines Trucks lag, und spürte, wie seine Wangen trotz des kalten Windes vor Scham ganz heiß wurden.

„Meg, du und Aaron, ihr geht schon einmal die Checkliste für die Abriegelung der Schule durch, während ich mich um diese Hinterwäldler kümmere." Chief McKinney nickt in Richtung der Gruppe von fünf oder mehr bewaffneten Farmern, die sich der Polizeiabsperrung nähern.

„Verstanden", sage ich und bin bereits auf dem Weg, das Handbuch für Evakuierungssituationen zu holen. Vermutlich würde ich auch ohne es wissen, was zu tun ist; nach der Schießerei an der Columbine-Highschool habe ich es so oft gelesen, bis ich es in- und auswendig konnte, und nach dem Massaker an der Nickel Mines Amish School in Pennsylvania habe ich dieses Wissen noch einmal aufgefrischt. Nummer eins: *Übernehmen Sie das Kommando und die Kontrolle über die Anwesenden.* Ich schaue zum Chief hinüber. Er schien den Farmern mit den Jagdgewehren und der wartenden Menge eine Standpauke zu halten. Check. Nummer zwei: *Kontrollieren Sie den Zugang zur Schule und zu den externen Gebäuden.* So weit sind wir noch nicht ganz. Wir müssen alle, die hier nicht gebraucht werden, vom Schulgelände herunterbringen und auf neutrales Gelände bringen, das als Sammelstelle dienen kann. Ein Ort, an dem Familienmitglieder Informationen über ihre Kinder erhalten, ein Platz, an den die Kinder gebracht werden, nachdem sie sicher aus der Schule herausgeholt wurden. Ich habe das Gefühl, wenn ich diese Aufgabe nicht sehr schnell an irgendjemanden delegiere, werde ich diejenige sein, die in *Lonnie's Café* sitzt – dem vor langer Zeit ausgewählten Sammelplatz – und Fragen von verzweifelten Eltern beantwortet. Auf gar keinen Fall. Ich nehme mir das Handbuch und gehe zu zwei meiner Kollegen, die als Verstärkung gerufen wurden.

„Hey Jungs", sage ich schnell. „Der Chief will, dass du, Braun, zu *Lonnie's Café* fährst und dort die Sammelstelle einrichtest. Und du", ich schaue Kevin Jarrow an, „sollst die Familien, die hierherkommen, zu *Lonnie's* dirigieren, wo alle Informationen gesammelt werden." Die beiden sehen mich zweifelnd an. „Das ist mein Ernst. So steht es im Handbuch.“ Ich winke mit dem Buch.

„Und für welche Aufgabe hat Chief McKinney dich vorgesehen?“, fragt Jarrow.

Ich seufze theatralisch. „Ich fürchte, die Betreuung der Medien.“

„Ha!“ Eric Braun schlägt mir auf die Schulter. „Viel Spaß dabei.“ Die beiden gehen und fühlen sich wesentlich besser als noch vor einer Sekunde.

Ich erspähe Aaron, der versucht, eine aufgebrachte Mutter zu beruhigen, die sich an ihm vorbei zur Schule drängen will. Ich erkenne die Frau. Sie ist die Mutter von Lucy, einem Mädchen aus Marias Klasse. Ich weiß keine Einzelheiten, aber Lucy ist ein wenig anders als andere Kinder.

„Sie sind Lucys Mutter, nicht wahr?“, spreche ich die weinende Frau an.

„Ja, ja! Wissen Sie irgendetwas?“ Sie klammert sich an meine Jacke. „Geht es ihr gut?“

„Wir haben im Moment keinen Grund, anzunehmen, dass irgendeines der Kinder verletzt ist. Sobald wir weitere Informationen haben, werden wir sie sofort an unsere Kollegen bei *Lonnie's* weitergeben, wo das offizielle Informationszentrum aufgebaut wird, bis die Kinder raus sind.“

„Ich gehe hier nicht weg“, sagt Lucys Mutter weinend. „Lucy ist autistisch und mag es gar nicht, wenn ihr Terminplan sich ändert. Haben Sie nicht auch eine Tochter da drinnen?“

Ich hoffe, meine besonnene Art wird sie beruhigen. „Meine Tochter geht mit Lucy zusammen in eine Klasse. Die Dritte von Mrs Oliver“, füge ich im Plauderton hinzu, während ich anfange, von der Polizeiabsperrung weg und in Richtung Parkplatz zu gehen. Der Chief ist die aufgebrachten Farmer losgeworden, und Jarrow geleitet den Rest der Menge zu ihren Autos zurück. „Sehen Sie, alle fahren zu *Lonnie's Café*. Dort werden alle Neuigkeiten sofort mitgeteilt. Wenn ich könnte, würde ich mich jetzt auch dorthin begeben.“ Lucys Mutter sieht unsicher von mir zum Parkplatz.

„Haben Sie gar keine Angst?“ Sie schaut mir direkt in die Augen.

„Nein“, lüge ich. „Wir haben die Situation unter Kontrolle. Ehe Sie sich versehen, wird das hier vorbei sein, und Lucy wird es gut gehen.“ Mein Lächeln ist überzeugend genug, dass sie ein paar Schritte auf ihr Auto zumacht. „Fahren Sie zu *Lonnie's*, trinken Sie einen Kaffee und wärmen Sie sich auf.“ Ich spüre Aarons Blick, der sich in meinen Rücken bohrt, und weiß, dass er mich dafür rügen wird, dass ich Lucys Mom gesagt habe, alles sei gut. Bevor sie fährt und bevor Aaron mich ansprechen kann, jogge ich davon und rufe über meine Schulter: „Hey, Aaron, hier kommt die Presse.“ Und richtig, ein Übertragungswagen von Channel Three biegt auf den Parkplatz, und ein Kameramann und eine gut gekleidete Reporterin springen heraus. Die Frau wäre beinahe auf dem Eis ausgerutscht und auf ihrem Hintern gelandet. „Der Chief hat ausdrücklich darum gebeten, dass du dich um die Presse kümmerst und alle Fragen beantwortest.“

„Was?“, fragte Aaron verwirrt.

„Die Medien. Punkt 3.3.4 (e) im Handbuch.“ Ich werfe ihm das Büchlein zu. „Danke. Ich muss los.“

P. J. Thwaite starrte den Bewaffneten immer noch an. Unverwandt und durchdringend. Endlich hob der Mann den Blick von seinem Handy und erwiderte den Blick des Jungen erwartungsvoll. „Was?"

„Waren Sie jemals in Revelation, Arizona?", fragte P. J. zögernd. Seine Stimme zitterte leicht vor Nervosität.

„Nein", erwiderte der Mann kurz angebunden und ging zum Fenster, wo er die Jalousien ein wenig auseinanderschob, um nach draußen zu schauen.

„Das ist gleich neben Phoenix." Der Mann ignorierte P. J. Mrs Oliver versuchte, P. J.s Aufmerksamkeit wieder auf sich zu lenken, aber er war entschlossen, nicht in ihre Richtung zu schauen. „Haben Sie jemals Holly Baker kennengelernt?"

„Ich war nie in der Stadt, habe nie eine Holly Baker kennengelernt. Tut mir leid." Der Mann wirkte abgelenkt.

P. J. kaute nachdenklich auf einem Fingernagel. „Sie würden sich an sie erinnern, wenn Sie sie getroffen hätten. Sie ist sehr hübsch …"

Der Kopf des Mannes zuckte hoch. „Was redest du da?", fragte er ungeduldig.

„P. J., sei jetzt still", sagte Mrs Oliver streng. P. J. senkte den Blick auf seinen Tisch, und der Mann fuhr fort, aus dem Fenster zu schauen.

Auf gewisse Weise erinnerte P. J. sie an ihre Tochter Georgina. Er war süß, aber auch ein ziemlicher Dickkopf. Sie fragte sich, was ihre Kinder gerade machten. Was Cal gerade tat. Sie fragte sich, ob sie wussten, was hier an der Schule vor sich ging. Waren ihre Kinder gerade auf dem Weg durch den Schneesturm hierher? Sie war die Lehrerin aller ihrer Kinder während der dritten Klasse gewesen; genau hier, in dieser Schule. Sie erinnerte sich, ihnen erzählt zu haben, dass sie in der Schule für sie Mrs Oliver war und nur zu Hause Mom. „Das ist komisch", hatte die acht Jahre alte Georgina erklärt. „Wer hat denn schon mal davon gehört, dass man seine Mutter *Mrs* nennen muss?" Doch Mrs Oliver hatte auf liebevolle Weise darauf bestanden. Jetzt fragte sie sich, ob das richtig gewesen war. Würde Georgina während der Beerdigung etwas sagen wie *Mrs Oliver war eine wundervolle Mutter …*? Bei dem Gedanken überlief Mrs Oliver ein Schauer.

Sie fragte sich, ob Cal draußen bei den Eltern der Schüler stand und von der Polizei verlangte, zu erfahren, was vor sich ging. Oder hatte er zum Glück überhaupt keine Ahnung von den Vorfällen und saß zu Hause in seinem Lieblingssessel, löste ein Kreuzworträtsel und knabberte an einem Riegel Schokolade? Sie hoffte, dass er nichts wusste. Cal machte sich immer viel zu viele Sorgen. Wenn er es wüsste, würde er sicher versuchen, die Auffahrt freizuräumen, und den schweren Schnee zu schippen war für einen dreiundsiebzigjährigen Mann nicht leicht. Außerdem war er nicht mehr so sicher auf den Beinen wie früher, und sie hatte Angst, er könnte auf dem Eis ausrutschen oder mit dem Auto von der Straße abkommen oder Schlimmeres. Seit ihrer ersten Begegnung war Cal immer zu ihrer Rettung geeilt.

Er war zum Haus der Fords gekommen, um die Waschmaschine zu reparieren, die mitten in einem Waschgang von Mrs Fords Unterwäsche ihren Geist aufgegeben hatte. Als Cal mit seinem Werkzeugkasten und dem schiefen Grinsen ins Haus kam, hätte sie nie gedacht, dass aus ihnen beiden so schnell Freunde und irgendwann sogar ein Ehepaar werden würde. Sie war einfach nur dankbar, mit jemandem außer Mrs Ford reden zu können, die endlos über ihren verstorbenen Sohn plapperte. Nicht, dass Evelyn kein Interesse daran hatte, Geschichten aus Georges Kindheit zu hören, aber sie stachen ihr jedes Mal wie ein Messer ins Herz. Sie zog es vor, sich in der Abgeschiedenheit ihres Schlafzimmers an George zu erinnern, wo sie sein Highschoolabschlussfoto herausholen und neben sich aufs Kopfkissen legen konnte. Auf dem Foto war sein Haar glatt aus der Stirn gekämmt, und er trug seinen einzigen Anzug. Sein Mund war zu einem breiten Grinsen verzogen, und sie sah das Lachen in seinen Augen, das nur darauf wartete, herauszuplatzen. Evelyn liebte dieses Foto von George, wohingegen Mrs Ford das

Army-Foto ihres Sohnes vorzog, in dem er seine Ausgehuniform mit den blitzenden Messingknöpfen trug. Unter der weißen Mütze mit dem schwarzen Schirm war sein Haar ganz kurz geschnitten, was seine Ohren wie die Griffe an einer Zuckerdose hervorstehen ließ. Seine Miene war verschlossen und ernst. Das war so gar nicht der George, den Evelyn kannte, und deshalb ließ sie ihren Blick nie zu lange auf diesem Foto verweilen.

Als Cal Oliver dann ins Haus kam und die knarrenden Stufen in den Keller hinunterging, wo die Waschmaschine stand, folgte Evelyn ihm. „Sie können das doch reparieren, oder?“, fragte sie von ihrem Platz auf der Tiefkühltruhe.

„Da bin ich mir noch nicht sicher“, erwiderte Cal abwesend.

„Ich hoffe, Sie schaffen es.“ Evelyn schaute auf ihre Hände, die ganz rot und rau waren vom Waschen der Wäsche per Hand.

„Nun, Waschmaschinen sind wie Menschen. Sie haben nur eine gewisse Zeit auf Erden. Einige halten länger als andere.“ Als Evelyn weder lachte noch seinen kleinen Witz kommentierte, schaute Cal auf und sah ihren traurigen Gesichtsausdruck. „Alles in Ordnung mit Ihnen?“, fragte er besorgt.

„Ja. Aber was, wenn die Waschmaschine von einer Gruppe … dreckiger Unterwäsche überfallen wurde und weit vor ihrer Zeit starb? Das erschiene mir nicht fair.“

Evelyn erwartete, dass Cal die Augenbrauen heben und ihr sagen würde, sie solle ihn in Ruhe seine Arbeit tun lassen, doch das tat er nicht. Stattdessen machte er eine sehr ungewöhnliche Bemerkung. „Ich würde sagen, die Waschmaschine hat tapfer ihre Arbeit erledigt. Sie hat getan, wozu sie berufen war, nämlich die Welt von Schmutz und Dreck zu befreien. Und ich würde sagen, obwohl die Waschmaschine zu früh von uns gerufen wurde, hat sie ihre Pflicht erledigt, damit andere Waschmaschinen ihren Dienst verrichten können und ein langes, sicheres Leben haben.“

„Oh.“ Mehr hatte Evelyn nicht sagen können. Aber sie hatte sich sofort besser gefühlt. Den Rest des Nachmittags hatte sie damit verbracht, Cal das Werkzeug anzureichen und sich mit ihm zu unterhalten. Sie erzählte ihm alles über George und ihre

Wohnsituation mit den Fords. Und Cal erzählte ihr, dass er aufgrund eines Herzfehlers nicht zur Army hatte gehen können und sein älterer Bruder in Binh Gia getötet worden war. Er hatte es nicht ausdrücklich gesagt, aber sie hatte dennoch den Eindruck bekommen, dass er eine Mischung aus Schuldgefühlen und Erleichterung darüber verspürte, seinem Land nicht dienen zu können.

Das plötzliche Geräusch von siebzehn zusammenschreckenden Körpern, die auf ihren Stühlen zuckten, als die Glocke ertönte, die das Schulende ankündigte, holte Mrs Oliver in die Gegenwart zurück. Sie trat ans Fenster und schaute durch die Lamellen der Jalousie hindurch nach draußen. Der Schnee hing schwer im stahlgrauen Himmel. Hinter sich hörte sie das leise Kratzen von Stuhlbeinen auf dem Linoleumboden, gefolgt von schlurfenden Schritten eines ihrer Schüler.

„Wir müssen jetzt gehen“, sagte Lucy mit ihrer monotonen Stimme. Das Mädchen stand direkt neben Mrs Olivers Ellbogen. „Es ist an der Zeit, uns voneinander zu verabschieden.“

Mrs Oliver wagte es, dem Mann einen Blick zuzuwerfen. Wie sehr sie sich wünschte, seinen Namen zu kennen, ihn irgendwie ansprechen zu können. In den Polizeiserien, die Cal immer im Fernsehen schaute, fragte der Verhandlungsführer den Geiselnehmer immer nach einem Namen, als wenn den Namen des Verrückten zu wissen die Katastrophe irgendwie verhindern könnte. Normalerweise funktionierte das auch. Sie wartete immer noch darauf, dass ein Polizist durch ein Megafon zu ihnen sprach: „Du bist umzingelt, Bill (oder Larry oder Alphonse). Komm mit erhobenen Händen raus.“

„Geh wieder an deinen Platz und setz dich“, sagte der Mann zu Lucy. „Wir sind hier noch nicht fertig.“

Lucy fing an, ihre Hände zu wringen, wie sie es immer tat, wenn ihr sorgfältig ausgearbeiteter Tagesplan durcheinandergebracht wurde. „Die Glocke hat geläutet, der Bus kommt.“ Lucy richtete ihre Worte an Mrs Oliver, weil sie instinktiv spürte, dass dieser Mann ihr nicht freundlich gesinnt war und definitiv nicht auf die Uhrzeit achtete.

„Lucy, Liebes", sagte Mrs Oliver beruhigend. „Die Busse verspäten sich heute." Sie wünschte sich beinahe, dass Mrs Telford, Lucys Betreuerin, die ihr half, die Besonderheiten des Schullebens zu begreifen, heute hier wäre. Aber sie war leider auf einer Kreuzfahrt irgendwo in der Karibik.

Lucy krampfte die Hände fester zusammen, bis ihre Fingernägel weiß und blutleer aussahen. „Der Bus fährt gleich, Mrs Oliver", beharrte sie.

„Bringen Sie sie dazu, sich zu setzen", befahl der Mann. „Es wird nicht mehr lange dauern. Sagen Sie ihr, sie wird in Kürze nach Hause gehen können."

Zu diesem Zeitpunkt hatte Lucy sich bereits wieder an ihren Platz zurückgezogen. Sie hob die Tischplatte an und holte aus dem darunterliegenden Fach einen Stapel Bücher hervor. „Es ist an der Zeit, zum Bus zu gehen", sagte sie wie jeden Tag, nur dass ihre Worte heute erstickt klangen. „Auf Wiedersehen und einen fröhlichen Frühlingsanfang", fügte sie hinzu und machte sich auf den Weg zur Tür.

„Hey!", rief der Mann. „Stopp!" Er sprang von seinem Stuhl auf und packte Lucy grob an der Kapuze ihres Sweatshirts.

Als Mrs Oliver sich endlich von ihrem Stuhl erhoben hatte – ihr Rücken protestierte unter der abrupten Bewegung –, zog der Mann Lucy bereits zurück zu ihrem Platz. „Lassen Sie sie los!", rief Mrs Oliver und humpelte zu ihnen. „Lassen Sie sie sofort los!"

„Hören Sie", sagte der Mann angestrengt, während er sich mit einer sich wehrenden und windenden Lucy abkämpfte. „Ich will genauso wenig wie Sie, dass jemand verletzt wird, aber diese Kinder müssen auf ihren Plätzen bleiben und den Mund halten."

„Lassen Sie sie los!" Mrs Oliver fing an, seine Finger von dem kleinen Mädchen zu lösen. „Sie mag es nicht, angefasst zu werden. Lassen Sie sie einfach los. Ich werde mit ihr reden und versuchen, sie zu beruhigen."

Der Mann ließ Lucy abrupt los, und sie sackte zu einem kleinen Häufchen auf dem Boden zusammen und weinte. Mrs Oliver kniete sich vorsichtig hin, so wie vor dreiundvierzig Jahren, nachdem Bert Gorse von dem Baum gefallen war. Ihre Gelenke knackten bei jeder Bewegung. „Pst, Lucy, ist ja gut", flüsterte sie dem Mädchen ins Ohr, wobei sie darauf achtete, sie nicht zu berühren. Aus Gründen, die Mrs Oliver nicht kannte, reagierte Lucy auf unerwartete Berührungen wie jemand, dessen Hand man über eine Flamme hielt. „Pst, alles wird wieder gut. Es ist nur eine kleine Änderung im Plan, keine große Sache. Wir haben darüber schon mal gesprochen."

„Aber die Glocke hat geläutet", sagte Lucy hicksend. „Der kleine Zeiger hat auf die Eins gezeigt und der große auf die Vier. Das ist die Zeit, zu der wir zum Bus gehen müssen." Lucy lag mit angezogenen Knien auf dem Rücken und fing an, mit ihren Füßen auf den Boden zu trampeln, erst langsam und rhythmisch, dann immer schneller und beharrlicher. Das Trommeln dröhnte durch den Raum. Mrs Oliver hörte einige der anderen Schüler weinen und leise jammern. Lucys Ausbrüche waren an guten Tagen schon verstörend, aber an einem Tag, an dem ein mit einer Pistole wedelnder Mann im Klassenzimmer stand, waren sie nahezu Furcht einflößend.

„Hör sofort damit auf, Lucy. Du wirst dir noch wehtun." Vorsichtig legte Mrs Oliver eine Hand auf Lucys Knie, um das Trampeln zu unterbrechen.

„Kleiner Zeiger auf eins, großer Zeiger auf vier. Zeit. Für. Den. Bus!" Lucy biss die Zähne fest aufeinander, ihre Augen waren zusammengekniffen, ihre Fersen schlugen zu jedem Wort auf den Boden.

„Das muss ein Witz sein", murmelte der Mann. „Sorgen Sie dafür, dass sie aufhört."

Mrs Oliver schaute ihn hilflos an. „Das kann ich nicht. Sie hat sich selber so in Rage gebracht, dass sie sich jetzt abreagieren muss. Das braucht Zeit."

„Ich kann nicht denken, wenn sie so herumschreit." Er schaute zu der Uhr mit den schwarzen Zeigern, die an der Wand über der Tür hing. Von ihrem Platz auf dem Fußboden konnte Mrs Oliver die Schuhe des Mannes sehen. Braune polierte Anzugschuhe. Gut, aber nicht zu teuer. Nicht die Schuhe eines Verrückten, dachte sie. Einen kurzen Moment verließen die Schuhe den Boden, dann wurde die Uhr von der Wand gerissen und krachte auf den Boden. Die Scheibe sprang, die schwarzen Zeiger blieben auf der Eins und der Fünf stehen. Das plötzliche Geräusch brachte die immer noch brav auf ihren Stühlen sitzenden Schüler erneut zum Weinen, aber Lucys Schreie blieben ihr in der Kehle stecken, und sie verstummte. Mrs Oliver sah panisch zu, wie Lucys Gesicht in einem kränklichen Blau anlief. Sie bereitete sich darauf vor, sie umzudrehen und ihr auf den Rücken zu schlagen, als sie ein gurgelndes Geräusch hörte. Mit weit aufgerissenen Augen atmete Lucy tief ein und fing dann wieder an, zu schreien und mit ihren Fersen den Fußboden zu bearbeiten.

„Mein Gott", sagte der Mann. „Wo führt die hin?" Er zeigte auf die Tür in der einen Ecke des Klassenzimmers.

„In einen Einbauschrank", erwiderte Mrs Oliver mit lauter Stimme, um Lucys Schreie zu übertönen. „Die andere Tür ist der einzige Weg nach draußen." Sie hoffte so sehr, dass der Mann wenigstens Lucy würde gehen lassen.

„Mach sie auf", befahl er dem Jungen, der dem Schrank am nächsten saß. Der Junge saß starr vor Angst da, sein Blick huschte zwischen Mrs Oliver und dem Mann hin und her; er war nicht sicher, was er tun sollte.

Mrs Oliver nickte dem Jungen zu, der sich fahrig von seinem Stuhl erhob, die Hand auf den Türknauf legte und die Tür so schnell aufzog, als hätte er einen Schlag bekommen. Dann setzte er sich wieder hin. Der Mann streckte die Arme aus, hob Lucy hoch, trug sie zu dem Schrank, legte sie dort auf den Boden, schloss die Tür und sicherte sie, indem er einen Stuhl unter die Klinke schob.

„Das können Sie nicht tun", protestierte Mrs Oliver. „Das werde ich nicht zulassen." Sie erhob sich mit knackenden Knien, stand einen Moment schwankend da, bis sie ihr Gleichgewicht wiedergefunden hatte. Der Mann war in drei großen Schritten bei ihr, packte die Vorderseite ihres Kleides, sodass einige der aufgestickten Strasssteine durch die Luft flogen, und zog sie mit sich in den vorderen Bereich des Raumes.

„Setzten Sie sich", befahl er. „Oder Sie werden ebenfalls im Schrank landen." Lucys Schreie waren gedämpft, aber immer noch gut hörbar. Sicher hört sie irgendwer, dachte Mrs Oliver. Da draußen musste doch jemand sein, der ihnen helfen würde. Sie drängte ihre Tränen zurück und schalt sich innerlich für diese unangebrachte Zurschaustellung von Gefühlen. In dreiundvierzig Jahren als Lehrerin hatte sie nicht ein einziges Mal vor ihren Schülern geweint. Nicht beim herzerweichenden Ende von *Shiloh*, das sie den Kindern laut vorgelesen hatte und was zu einem Klassenraum voll in Tränen aufgelöster Schüler geführt hatte. Nicht, als Mr Dutcher an die Tür kam und sie darüber informierte, dass Shirley Ouderkirk, die Lehrerin der achten Klasse, mit der sie seit Jahren zusammengearbeitet hatte, auf dem Weg zur Schule bei einem Autounfall gestorben war. Und sie weinte auch nicht am 11. September, als alle anderen Lehrer die Nachrichten auf den Fernsehgeräten in ihren Klassenzimmern laufen hatten. Es war gar nicht mal so sehr, dass sie Tränen als Schwäche empfand. Es ging mehr darum, dass sie hart daran gearbeitet hatte, ihre Gefühle und ihren Job als Lehrerin strikt getrennt zu halten. Sie hatte zu viele missbrauchte Kinder gesehen, Schüler von ihr waren an fürchterlichen Krankheiten gestorben, sie hatte mit ansehen müssen, wie ihre Schüler unter Scheidungen litten oder einfach unter Liebeskummer, der für einen Achtjährigen unerträglich schien. Es war nicht so, dass es sie nicht interessierte; ganz im Gegenteil, wie sie in diesem Augenblick erkannte. Aber was brächte es den Kindern, ihre Lehrerin als weinendes Häufchen Elend auf dem Fußboden hocken zu sehen?

Als ich wieder bei Chief McKinney ankomme, hat die Menschenmenge sich mehr oder weniger zerstreut. Aaron ist mit der Fernsehreporterin beschäftigt, und meine Hände sind offiziell steif gefroren.

Das gedämpfte Läuten der Glocke aus dem Schulgebäude lässt alle noch verbliebenen Personen auf dem Parkplatz innehalten. Alle Augen richten sich auf den Ausgang des Gebäudes. Ich ertappe mich dabei, mit angehaltenem Atem darauf zu hoffen, die Schüler aufgeregt quatschend und lachend aus dem Gebäude strömen zu sehen. Aber nichts geschieht. Die Tür bleibt geschlossen.

„Verdammt", sagt der Chief, als klar wird, dass niemand herauskommen wird. Zumindest im Moment nicht.

„Die Sammelstelle steht unter dem Kommando von Braun", sage ich. „Jarrow wird alle noch kommenden Eltern dorthin schicken, und Aaron hat die Presse unter Kontrolle."

„Aaron und die Medien?", fragt er stirnrunzelnd.

Ich zucke mit den Schultern. „Er war mehr als froh, sich darum zu kümmern."

Der Chief schenkt mir einen Blick, der mir verrät, dass er mir das nicht abnimmt. Dann schüttelt er sich den Schnee vom Mantel.

„Was nun?", frage ich.

„Die meisten dieser Vorfälle lösen sich innerhalb von zwanzig Minuten auf die eine oder andere Weise von alleine. Wir sind aber bereits …" Er schaut auf seine Uhr. „Wir sind bei Minute fünfundvierzig. Wir müssen uns darauf vorbereiten, dass das hier noch eine ganze Weile andauert." Er schüttelt den Kopf. „Dieses verdammte uralte Gebäude. Die einzige Videokamera ist am Eingang angebracht, und wir kommen nicht an sie heran."

„Das ist das letzte Schuljahr, an dem die Schule in Betrieb ist. Ich schätze, die Schulbehörde wollte kein Geld mehr hineinstecken", sage ich.

„Ja, ich wette, die Entscheidung bereuen sie inzwischen." Chief McKinney zieht ein Taschentuch aus seiner Tasche und putzt sich die Nase. „Eine Kamera, kein Türöffner, um die Leute hineinzulassen, und erst die Raumaufteilung ..." Er verdreht die Augen zum Himmel. „Es wird Stunden dauern, alles abzusuchen. Dieses Gebäude ist ein wahres Monster mit all seinen Flügeln und Ecken und Nischen. Hast du einen Plan vom Grundriss?"

„Ja, im Streifenwagen", sage ich. Im Notfalltraining für sicherere Schulen haben wir gelernt, immer einen Grundriss der Schule in unserem Streifenwagen mitzuführen.

„Dann hol ihn. Wir müssen anfangen, die Notrufe auszuwerten. Vielleicht können wir dadurch herausfinden, wo genau der Bewaffnete sich aufhält. Ich habe Jay Sauter gebeten, uns sein Wohnmobil als vorübergehende Kommandozentrale zur Verfügung zu stellen. Darin können wir die Pläne ausbreiten und unsere Notizen mit denen von Randall in der Zentrale abgleichen. Hoffentlich kriegen wir die Direktorin an die Strippe, damit sie uns weitere Informationen liefert."

„Schon was Neues vom Tac-Team?", frage ich.

„Sieht so aus, als wenn es nur ein Mann aus Waterloo schafft. Auf den Straßen herrscht das reinste Chaos. Es wird Stunden dauern, bevor irgendjemand hierher durchdringt." Bei dem Gedanken sacken seine Schultern zusammen.

„Ich hole eben die Pläne. Was soll ich danach tun?" Der Chief tut mir leid. So viel Geld könnte man mir gar nicht zahlen, dass ich seinen Job hätte haben wollen. Beinahe alle Kinder aus Broken Branch im Alter zwischen fünf und achtzehn Jahren sind in dem Gebäude, gemeinsam mit einem bewaffneten Mann, dessen Motive bisher noch vollkommen im Dunkeln liegen.

„Meg, du musst herausfinden, wer zum Teufel der Kerl ist. Ich will, dass du die Rektorin ans Telefon holst und alles von ihr in Erfahrung bringst, was sie weiß. Ich will über jeden Sorgerechtsstreit informiert werden, jeden Streit mit einem ehemaligen Mitarbeiter, alle Reibereien mit aktuellen und ehemaligen Schülern."

Ich nicke. Mir wird die Enormität der Aufgabe auf einmal bewusst. Jedes Informationsfitzelchen, das ich bekommen kann, ist wichtig.

„Und nachdem du mit der Rektorin gesprochen hast, nimm dir noch einmal die Sekretärin vor. Niemand kennt die Dynamik in einer Schule so gut wie die Sekretärin."

„Verstanden." Ich sehe, dass Jay Sauter, ein alter Freund des Chiefs, gerade mit seinem alten Wohnmobil auf den Parkplatz einbiegt und abrupt zum Stehen kommt, als er in eine Schneewehe fährt.

„Mein Gott", murmelt der Chief. „Na ja, wenigstens haben wir es warm."

Die Menge, die sich vor der Schule versammelt hatte, wurde wie Vieh davongetrieben, und obwohl Will verstehen konnte, dass man die Zivilisten sowohl zu ihrer eigenen Sicherheit als auch aus ermittlungstechnischen Gründen aus dem Weg schaffte, ärgerte es ihn. Ihm gefiel es nicht, nicht Bescheid zu wissen, und obwohl er Chief McKinney, den er seit Jahren kannte, vertraute, hätte er sich besser gefühlt, wenn er gewusst hätte, wie der Plan lautete – oder ob es überhaupt einen Plan gab.

„Hast du jemanden, der dich mit zu *Lonnie's* nehmen kann?" Will schaute Verna an, die nickte.

„Ich werde erst nach Darlene schauen und sehen, wie es ihr geht. Sie wartet im Auto."

„Wir treffen uns dort", versprach Will. „Ich will nur noch kurz mit McKinney sprechen." Will wartete, bis McKinney mit seiner Standpauke für die Vinson-Brüder und die anderen Männer, die bewaffnet zum Schulgelände gekommen waren, fertig war. Er konnte ein leichtes Lachen nicht unterdrücken. McKinney war nur einen Meter zweiundsiebzig groß und sehr schlank. Das Größte an ihm war sein Schnurrbart, und doch strahlte er eine unglaubliche Selbstsicherheit aus. Wenn der Chief sprach, hörten die Leute zu.

Neal und Ned schlichen sich kleinlaut davon, die Flinten hingen ihnen lose über den Rücken. Will näherte sich McKinney, der ihn mit einem übertriebenen Kopfschütteln begrüßte. „Ist die Dummheit dieser Kerle zu fassen?"

„Die Jugend treibt manchmal seltsame Blüten", erwiderte Will und zuckte innerlich zusammen.

„Mag sein, aber ich habe keine Zeit für so einen Unsinn." McKinney blinzelte die Schneeflocken von seinen Wimpern fort. „Verdammter Schneesturm. Die I-80 und die I-35 sind schon gesperrt worden."

„Und was geht mich das an?", fragte Will ungeduldig. Ihn interessierte, was in der Schule seiner Enkelkinder los war, nicht das Wetter und sein Einfluss auf die Reisebedingungen.

„Was uns das angeht, ist die Tatsache, dass das taktische Team, die Officer, die ausgebildet wurden, Situationen wie diese hier zu handhaben, nicht zu uns kommen können", erwiderte McKinney scharf. „Ich habe also nur mein Team und ein paar Officer aus den Nachbargemeinden."

„Und eine ganze Stadt voller Scharfschützen", rief Will ihm in Erinnerung. „Jäger, die einen Hirschbock auf hundert Meter umlegen können."

„Ich brauche keinen Scharfschützen, Will", wehrte McKinney erschöpft ab. „Ich brauche speziell ausgebildete Officer, die, wenn der Mann da drinnen anfängt zu schießen, reingehen und ihn herausholen können – tot oder lebendig, ist mir egal. Und die jedes der Kinder und alle Lehrer sicher da rausschaffen könnten. Außerdem habe ich niemanden, der für Verhandlungen mit Geiselnehmern ausgebildet ist."

„Warum willst du überhaupt verhandeln? Kannst du ihm nicht einfach sagen, er soll rauskommen, sonst kommt ihr rein?"

„Man sollte niemals jemanden in die Ecke drängen, der gemeiner ist als man selber." McKinney kratzte sich am Kinn. „Hör zu, Will, ich muss los. Ich habe gleich ein Konferenzgespräch mit dem Tac-Team-Trainer und einem staatlichen Vermittler aus Des Moines."

„Wenn du Hilfe brauchst, ich bin da, Chief", versicherte Will ihm. „Meine Enkel sind in der Schule. Ich würde alles tun, um sie da herauszuholen. Holly hat schon genug durchgemacht, sie braucht nicht noch einen Schicksalsschlag."

„Das weiß ich zu schätzen, Will." McKinney klopfte ihm auf die Schulter. „Du kannst mir tatsächlich einen Gefallen tun. Halt bei *Lonnie's* die Ohren auf. Hör zu, was die Leute erzählen, wem sie so etwas zutrauen."

„Verna Fraise traut es ihrem Schwiegersohn zu, Ray Cragg. War wohl eine ziemlich schmutzige Scheidung."

McKinney nickte. „Wir werden die Spur verfolgen. Danke für den Tipp." Die beiden Männer schüttelten einander die Hand, und Will trottete über den nun beinahe menschenleeren Parkplatz zurück zu seinem Truck, der bereits unter einer Schneedecke begraben war. Mit dem Ärmel wischte er den gröbsten Schnee von der Windschutzscheibe und drehte sich dann noch einmal zur Schule um; sie war durch den dichten Vorhang aus wirbelnden weißen Flocken kaum noch zu erkennen.

Er wusste, was es bedeutete, einen Feind zu bekämpfen, den man weder sehen noch genau lokalisieren konnte. Das hatte er in Vietnam gelernt. Er würde erst zu *Lonnie's* fahren, danach bei Daniel nachfragen, wie es mit dem Kalben voranging. Vielleicht würde er auch Marlys anrufen und ihr erzählen, was hier los war. Er glaubte zwar nicht, dass dieser Vorfall in einer Kleinstadt in Iowa es in die überregionalen Nachrichten geschafft hatte, aber man konnte nie wissen. Es gefiele ihm gar nicht, wenn Marlys und Holly es über das Fernsehen erfahren würden. Danach würde er vielleicht rüber zu Ray Craggs Farm fahren, um ihm einen nachbarschaftlichen Besuch abzustatten. Es würde sein Gewissen unheimlich beruhigen, zu wissen, dass sein Nachbar, ein Mann, der die Tochter einer guten Freundin der Familie geheiratet hatte, nicht dazu in der Lage wäre, eine Schule voller unschuldiger Kinder als Geiseln zu nehmen, nur weil seine Ehe in die Brüche gegangen war.

Die Schulglocke klingelt in dem Moment, als Mr Ellery Beth zurück zu ihrem Platz auf dem Fußboden neben mir bringt. Sie weint immer noch, aber leiser, nicht mehr so verzweifelt. „Es tut mir leid“, flüstere ich, und sie rückt so weit von mir ab wie nur möglich. Noah schenkt mir ein fieses Grinsen, und ich widerstehe dem Drang, ihm mit Mr Ellerys Zeigestab ins Auge zu pieken, den er auf seinem Tisch hat liegen lassen.

Über uns ertönt ein dumpfes Geräusch, erst leise, dann immer lauter. Ein rhythmisches Dröhnen, als wenn jemand eine Trommel schlägt. Oder seinen Kopf auf den Fußboden knallt. Alle Blicke fliegen nach oben. „Was ist das?“, fragt Beth. „Was ist da los?“

Mr Ellery kehrt zur Tür zurück und öffnet sie. Langsam. Vorsichtig. Das Hämmern geht weiter, wird härter, schneller. „Ich gehe mal nachsehen.“ Er sieht uns an, als würde es ihm leidtun. „Ich glaube nicht, dass jemand verletzt wird“, versucht er uns zu beruhigen. „Ihr bleibt, wo ihr seid. Egal, was passiert, bleibt hier.“ Er tritt auf den Flur hinaus, und die Tür fällt leise hinter ihm ins Schloss.

„Das ist verrückt“, sagt Noah in normaler Lautstärke, woraufhin ihn drei seiner Mitschüler auffordern, leise zu sein. „Was denn?“, fragt er.

„Sei still, Noah.“ Amanda wirft einen ängstlichen Blick zur Tür. „Er könnte dich hören.“

„Das ist doch Bullshit.“ Noah ignoriert Amanda und spricht noch lauter. „Aus dem Fenster kann ich Streifenwagen sehen. Lasst uns einfach rausklettern und weglaufen.“

„Was, wenn es mehr als eine Person ist?“, fragt Drew. „Was, wenn sie alle Waffen haben?“

„Das ist ja das Problem“, beharrt Noah. „Wir wissen *gar nichts*. Wir haben Handys, aber Mr Ellery lässt sie uns nicht benutzen. Wie sollen wir wissen, was wirklich los ist, wenn wir mit niemandem sprechen können?“

„Warum ist Mr Ellery noch nicht zurück?“, wundert sich

Beth. Wir alle schauen zur Tür.

„Er hat uns vermutlich im Stich gelassen." Noah schnaubt. „Typisch."

„Er würde uns nicht einfach hierlassen, wenn er es nicht müsste", sage ich wütend. Aber innerlich frage ich mich, ob das wirklich stimmt. Das Hämmern hat noch nicht aufgehört, und nicht weit von unserer Klasse entfernt gibt es einen Ausgang zum Lehrerparkplatz. Er könnte gut und gerne einfach aus unserem Klassenzimmer heraus und durch die Tür marschiert sein, sich in seinen Wagen gesetzt haben und einfach davongefahren sein.

„Aber wo ist er dann?", will Amanda wissen. „Warum ist er noch nicht zurückgekommen?"

„Vielleicht hat er ihn erwischt?", mutmaßt Felicia. „Vielleicht ist er erschossen worden."

„Hast du einen Schuss gehört, Einstein?", fragt Noah sarkastisch.

„Vielleicht haben sie Schalldämpfer oder Taser oder Baseballschläger. Vielleicht haben sie ihn auch als Geisel genommen", werfe ich ein.

„Egal. Ich werde auf jeden Fall nicht warten, um es herauszufinden." Er steht auf und geht zum Fenster, das mit einer dicken Frostschicht bedeckt ist, durch die man kaum etwas erkennen kann. Er haucht gegen das Glas, um ein Guckloch freizumachen. „Jupp, die gesamte Polizei da draußen." Er dreht sich zu uns um. „Kommt irgendjemand mit mir?" Niemand sagt etwas. Sie schauen einander an, warten darauf, dass irgendjemand als Erstes spricht.

„Vielleicht warten wir besser auf Mr Ellery", schlägt Drew vor.

„Der ist schon seit über zehn Minuten weg", explodiert Noah. „Er ist gegangen! Wir interessieren ihn einen Scheiß. Er hat uns hier einfach uns selbst überlassen!" Noahs Gesicht ist ganz blass und vor Wut verzerrt, und zum ersten Mal erkenne ich, dass er genauso viel Angst hat wie wir alle. Das Klopfen über uns hat endlich aufgehört, und aus irgendeinem Grund macht mir das mehr Angst, als wenn es einfach weitergegangen wäre. Noah öffnet die beiden Schlösser an dem großen Fenster und zieht so lange am Rahmen, bis die Scheibe nach oben gleitet. Ein Schwall kalter Luft strömt in den Raum. Sie riecht neu und frisch und weht den verschwitzten Geruch nach Angst von dreiundzwanzig Dreizehnjährigen davon. Einer nach dem anderen erheben wir uns und gehen ans Fenster. Sogar ich. Mit beiden Händen drückt Noah gegen das Fliegengitter, das uns von der Freiheit trennt, doch es gibt nicht nach. Mehrere Hundert Meter entfernt haben die Officers, die sich auf dem Parkplatz versammelt haben, anscheinend bemerkt, dass in unserem Klassenzimmer irgendetwas vor sich geht. Mehrere von ihnen ziehen ihre Waffen.

„Vorsichtig!", sage ich zu Noah, bevor ich mich zurückhalten kann, und er schaut mich an, als hätte ich den Verstand verloren. Drew stellt sich neben ihn, und gemeinsam drücken sie gegen das Fliegengitter, bis es schließlich auf die Erde fällt. Einer nach dem anderen klettern meine Klassenkameraden durch das Fenster und laufen so schnell sie können in Richtung der Polizisten. Rufe ertönen, und ich sehe Noah und Drew kurz anhalten und ihre Hände in die Luft strecken. Die anderen tun das Gleiche. Ich bin mir unsicher, ob ich ihnen folgen soll oder nicht. Jetzt kommen Leute und legen Decken um Noahs und Tommys Schultern. Mehr als alles will ich auch eine Decke um die Schultern haben. Ich würde sogar gerne meinen Großvater sehen. Ich hieve mich auf die Fensterbank, schwinge ein Bein nach draußen und werfe noch einen Blick über meine Schulter. Beth ist als Einzige noch im Raum. „Kommst du?", frage ich sie. Sie beißt sich auf die Lippe und schüttelt den Kopf.

„Ich muss erst wissen, ob es mein Dad ist", sagt sie heiser.

Eine Polizistin winkt mir aus der Ferne zu, ihre Arme wirbeln wie Windmühlenflügel. „Komm schon", ruft sie mir zu.

Ich denke an P. J. Er muss immer auf Toilette, wenn er nervös ist oder Angst hat. Das Letzte, was mein Bruder braucht, ist sozialen Selbstmord zu begehen, weil er sich vor seinen Klassenkameraden in die Hose macht. Ich sehe die Polizistin an und schüttele meinen Kopf. Sie lässt die Arme sinken, und selbst aus dieser Entfernung kann ich den ungläubigen Blick in ihrem Gesicht erkennen. Ich drehe ihr und der Freiheit, die der Lehrerparkplatz verspricht, den Rücken zu. Beth sieht mich an, wartet ab, was ich tun werde. Ich strecke meine Hand aus, Beth ergreift sie und zieht mich ins Klassenzimmer zurück.

Meine Mutter döst in dem Stuhl, der neben meinem Krankenbett steht. Ich sage ihr immer wieder, dass sie doch für ein paar Stunden in das kleine Apartment gehen soll, das sie ein paar Straßen weiter gemietet hat, um mal richtig zu schlafen, aber sie winkt immer nur ab und sagt: „Schlafen kann ich später noch genug.“ Was typisch für sie ist. Ich glaube, ich habe meine Mutter während meiner Jahre auf der Farm nicht ein einziges Mal schlafend gesehen. Sie war immer schon wach, wenn ich morgens aufgestanden bin, und ich bin immer vor ihr ins Bett gegangen. Nicht einmal am Muttertag ist es uns gelungen, vor ihr aus den Betten zu krabbeln, um ihr Frühstück ans Bett zu bringen.

Meine früheste Erinnerung an die Farm ist, dass ich außerhalb des Zaunes gestanden habe, hinter dem die Kühe gehalten wurden, und zusah, wie Frisbee, unser Hund, zwischen ihren Knien hin und her gelaufen ist. Mein Vater hatte mich immer gewarnt, mich ja von dem Pferch und vor allem von den neu angekommenen Rindern fernzuhalten, die immer sehr ängstlich waren und beim kleinsten Geräusch oder einer falschen Bewegung sofort zum anderen Ende der Koppel rannten.

Ich trug ein Sommerkleid in der Farbe des blassblauen Himmels und dazu schmutzverkrustete Stiefel. Es war ein milder Sommertag, und ab und zu hob eine leichte Brise den Saum meines Kleides, und ich drückte ihn kichernd wieder herunter. Ich schaute Frisbee zu, der mit ganz geradem Rückgrat unbeweglich in der Mitte der Koppel stand. Selbst ich mit meinen vier Jahren wusste, dass Frisbee nichts Gutes im Schilde führte. Kühe sind sehr neugierig, und so näherten sie sich langsam, Schritt für vorsichtigen Schritt, Frisbee, der sich immer noch nicht rührte. Eine Kuh von der Farbe der Anisbonbons, die mein Vater immer in der Tasche hatte, beugte ihren Kopf so weit hinunter, dass ihre breite Nase seine berührte. Es sah aus, als wollte sie ihm einen Kuss geben. Frisbee sprang in die Luft und schnappte der nichts ahnenden Färse in die Nase, was sie und die anderen Kühe erschrocken in die andere Ecke der Koppel stürmen ließ. Frisbee sprang daraufhin freudig durch den Pferch, angefeuert von meinen fröhlichen Rufen, und kehrte dann in die Mitte zurück, um das Spiel von Neuem anzufangen.

Ich erinnere mich daran, mich auf dem Gelände der Farm umgesehen zu haben, ob jemand in der Nähe war. Ich war allein. Also hob ich meinen Rock und kletterte durch die Latten des Zauns, um mich zu Frisbee in die Mitte der Koppel zu setzen. Dort warteten wir darauf, dass die neugierigen Kühe wieder näher kamen. Ihre Köpfe schwangen von einer Seite zur anderen, ihre Nüstern blähten sich, bis sie so nah waren, dass ich den Himmel nicht mehr sehen konnte.

„Frisbee, bleib“, hörte ich die strenge Stimme meines Vaters. Frisbee blieb. „Geht zur Seite, Mädchen“, sagte mein Vater zu den Kühen, und sie trotteten langsam davon und gaben den Blick auf Frisbee und mich frei. Mein Vater kam in den Pferch, hob mich hoch und nahm mich in seine Arme. Seine Miene wirkte angespannt und besorgt.

„Mach dir keine Sorgen, Daddy, mir geht es gut.“ Ich erinnere mich, das zu ihm gesagt zu haben, während ich mit meinen pummligen Fingern seine Wange tätschelte.

„Halt dich von dem Pferch fern, Holly“, sagte er wütend. „Du hast die Kühe erschreckt.“ Und so schien es immer zu sein.

Als ich jung war, bestand die Welt aus der Farm und das sie umgebende Land. Wenn ich nach Norden und Osten schaute, sah ich die Weiden, auf denen die Rinder grasten; grün und leicht abfallend und mit in regelmäßigen Abständen gesetzten Zaunpfosten. Zum Süden hin erstreckten sich die Maisfelder, die über Nacht zu einem Dschungel aus rauen Stängeln und fedrigen Quasten wurden. Ich liebte es, über die Felder zu stromern, die Halme beiseitezuschieben, deren raue Blätter einen roten Ausschlag auf meinen Armen hinterließen. Ich wusste nie, wo ich als Nächstes hingehen, wo ich am Ende herauskommen würde. Das war der Grund, warum ich es immer wieder tat. Das und um meine Eltern zur Weißglut zu bringen.

Westlich von unserer Farm lag Broken Branch, wo ich jeden Sonntag mit meiner Familie zur Kirche ging. Aber selbst damals fühlte sich der Ort zu klein für mich an, zu vertraut, und ich konnte es nicht erwarten, ihm zu entkommen.

Meine Mutter öffnet ihre Augen. „Ertappt", sagt sie schuldbewusst. Das Neonlicht in meinem Krankenzimmer ist wenig schmeichelhaft. Ihre Haut hat einen ungesunden gelblichen Schimmer angenommen, und mir fällt auf, wie sehr sie gealtert ist, seitdem ich sie das letzte Mal gesehen habe.

Ich lächle sie an. „Wenn jemand verdient hat, zu schlafen, dann du, Mom. Ich kenne niemanden, der so hart arbeitet, wie du es dein ganzes Leben lang getan hast."

„Dein Vater arbeitet noch mehr als ich", erwiderte sie bescheiden.

„Um wie viel Uhr kommt ihr Flieger an?" Obwohl ich die Antwort kenne, stelle ich die Frage zum wohl hundertsten Mal.

„Um vier Uhr morgen Nachmittag." Meine Mutter steht auf und streckt die Arme über den Kopf. „Sie kommen direkt vom Flughafen hierher."

„Ich kann es kaum erwarten, sie zu sehen." Ich fühle mich wie ein Kind vor Weihnachten.

„Ich weiß", sagt meine Mutter. „Und sie können es auch kaum erwarten, dich zu sehen. Dein Vater freut sich auch schon auf dich. Er wird Augie und P. J. sicher und wohlbehalten zu dir bringen."

Verna und Will zogen sich Stühle an einen bereits voll besetzten Ecktisch in *Lonnie's Café* heran. In der Luft lag der Geruch von frittierten Zwiebeln und Kaffee. Offensichtlich reichte ein Bewaffneter in der örtlichen Schule nicht aus, um den Einwohnern den Appetit zu verderben. Aber als Will sich umschaute, war leicht zu erkennen, wer Angehörige in der Schule hatte und wer nur Zuschauer in jemand anderes Albtraum war.

Drei Tische weiter arbeitete sich eine Gruppe Fremder durch Lonnies Vorspeisenplatte und Steaksandwiches. Reporter, schätzte Lonnie, als er den Trenchcoat des einen Mannes sah. Der Mantel war nicht annähernd warm genug für einen Tag wie diesen, und auch die tadellos frisierten Haare der Frau waren verräterisch. Die beiden anderen Leute am Tisch versuchten unauffällig, den Gesprächen der anderen Kunden zu lauschen, wobei sie hektisch in ihre Notizbücher kritzelten.

„Die haben vielleicht Nerven", sagte Ed Wingo, ein vogelscheuchendünner Mann mit gebeugten Schultern und einem losen Mundwerk. Ed war außerdem der wohl reichste Mann im Ort, mit über dreihundert Hektar Land und einer der erfolgreichsten Schweinemasten im gesamten Landkreis. „Man sollte sie schnellstmöglich aus der Stadt vertreiben", fügte er bitter hinzu.

„Das ist eine tolle Idee, Ed", sagte Verna trocken. „Wir überwältigen sie einfach, setzen sie im Schneesturm vor die Tür und schauen mal, was für nette Sachen sie danach noch über unsere kleine Stadt zu sagen haben."

Will verschluckte sich bei dem Versuch, das Lachen zu unterdrücken, an seinem Kaffee. Kein Wunder, dass Marlys diese Frau so mag, dachte er. Nicht zu viele Leute wagten es, Ed Wingo in die Schranken zu weisen.

Ed blies sich auf und zeigte mit einem knochigen Finger auf Verna. „Findest du es wirklich in Ordnung, dass diese Fremden hier sitzen, unsere Unterhaltungen belauschen und das Leid der Menschen in dieser Stadt dazu benutzen, um ein paar Zeitungen mehr zu verkaufen und ihre Einschaltquoten zu steigern?“

„Ich könnte mir vorstellen“, sagte Will leichthin, „dass diese Leute viel lieber an der Schule wären, um herauszufinden, was da vor sich geht, als hier mit denjenigen von uns festzusitzen, die ihnen überhaupt keinerlei Informationen geben können.“

„Sie machen sich vermutlich mehr Sorgen darum, wo sie heute Nacht schlafen werden“, schaltete Carl Hoover sich ein, der Präsident der Broken Branch First National Bank. „So wie es inzwischen schneit, werden die Highways bestimmt nicht mehr geöffnet werden.“

„Meinst du, sie wissen, dass es im Ort kein Hotel gibt? Vielleicht können sie bei dir bleiben, Ed, dein Haus ist doch sowieso viel zu groß.“ Verna lachte und wurde dann sofort ernst, als die anderen Kunden die Köpfe zu ihr herumdrehten. „Wie lange wird die Sache wohl noch dauern?“, fragte sie hilflos.

„Nun, wenn ich hier was zu sagen hätte“, erwiderte Ed und winkte der Kellnerin, zu kommen. „Ich würde einen Scharfschützen in die Schule schicken, der den Mann umlegt, und dann die Kinder so schnell wie möglich da herausholen.“

„Die Polizei kann das nicht tun“, echauffierte sich Carl. „Das könnte den Mann dazu veranlassen, zu schießen. Nein, sie müssen versuchen, Kontakt mit ihm aufzunehmen, mit ihm zu verhandeln, und dann einfach warten, bis er aufgibt.“

„Das ist genau das, was ich nicht verstehe.“ Ed hielt der Bedienung seinen Becher zum Nachfüllen hin. „Warum sollte irgendein Arschloch eine Gruppe Kinder aus Broken Branch als Geiseln nehmen? Das ist doch totaler Bullshit.“ Er nickte der Kellnerin dankend zu und nahm dann nachdenklich einen langen Schluck. „Vielleicht ist es der Lehrer, den sie letztes Jahr gefeuert haben. Er war ganz schön aufbrausend. Wenn ich mich recht erinnere, hat er mal einen Schüler verdroschen.“

„Ja, das war schlimm“, erwiderte Will und schüttelte bei der Erinnerung daran den Kopf. „Das Kind hat Zucker in seinen Tank gefüllt oder so. Was trotzdem kein Grund ist, handgreiflich zu werden.“

„Ich habe gehört, dass er jetzt die Tankstelle drüben in Sioux

City leitet. Vielleicht wird er dafür besser bezahlt als damals als Lehrer", überlegt Verna. „Ich kann mir nicht vorstellen, wieso er noch einmal hierher zurückkommen sollte." Sie warf Will einen verstohlenen Blick zu. Er wusste, dass sie an ihren Schwiegersohn und ihre Enkelkinder dachte.

Auf dem Rückweg zum Streifenwagen nehme ich mir die Zeit, mein Handy herauszuholen und zu schauen, welche Anrufe ich verpasst habe. Es sind fünf Stück. Vier von Maria. Ein weiterer von Stuart. Mein Herz setzt einen Schlag aus bei dem Gedanken, dass mit meiner Tochter irgendetwas nicht stimmt, aber dann fällt mir der Übertragungswagen wieder ein und dass Stuart gesagt hat, überall in den Nachrichten würde von dem Vorfall berichtet. Maria hat vielleicht im Fernsehen etwas darüber gesehen und hat nun Angst um ihre Klassenkameraden oder will wissen, wie es mir geht. Ich drücke auf die Wähltaste und steige in meinen Wagen.

„Hey Mommy“, höre ich Marias atemlose Stimme. „Was ist an der Schule los?“

„Mach dir darüber keine Gedanken, okay?“ Ich klemme mir das Handy zwischen Kinn und Schulter und stecke den Schlüssel ins Zündschloss.

„Aber im Fernsehen sagen sie …“, setzt sie an.

„Wir wissen noch nichts Genaues, Maria Ballerina“, sage ich und benutze ihren Kosenamen. Meine Reifen rutschen ein wenig, als ich links vom Schulparkplatz abbiege.

„Okay …“ Sie klingt nicht wirklich überzeugt.

„Ich muss wieder an die Arbeit. Sag deinem Dad, dass ich euch später noch mal anrufe.“

„Er musste auch zur Arbeit.“ Am Klang ihrer Stimme erkenne ich, dass sie darüber genauso wenig erfreut ist wie ich.

„Wer ist bei dir?“, frage ich. Ich habe Angst, dass sie „meine Großeltern“ sagt oder, schlimmer noch, „mein Onkel“.

„Grandma und Grandpa Barrett“, sagt sie, und ich entspanne mich.

„Lass mich kurz mit Grandma Judith sprechen, ja? Ich rufe dich nachher noch einmal an. Ich liebe dich. Kuss-Kuss.“

„Selber Kuss-Kuss“, wiederholt sie, aber sie klingt traurig und den Tränen nahe.

Eine Sekunde lang herrscht Schweigen in der Leitung, während Maria das Telefon an Tims Mutter weiterreicht.

„Judith", sage ich. „Ich dachte, Tim hätte frei?" Ich versuche, mir meine Verärgerung nicht anmerken zu lassen, schließlich kann Judith nichts dafür.

„Ich weiß, Meg." Ich höre, dass ihr die Situation unangenehm ist. Das macht mich traurig, denn Judith und ich hatten immer eine gute Beziehung zueinander. „Er ist unverhofft zur Arbeit gerufen worden. Was ist da drüben bei euch los?"

„Darüber kann ich im Moment nicht reden. Wenn du mit Tim sprichst, sag ihm bitte, dass er mich sofort anrufen soll."

„Du wirst ihn vermutlich eher sehen als wir", sagt sie. „Ich glaube, er ist als Verstärkung zu dem Vorfall gerufen worden, über den du nicht sprechen willst."

Ohne es zu wollen, seufze ich. Laut. „*Falls* du mit ihm sprichst, sag ihm bitte, er möchte mich anrufen. Und", füge ich hinzu, bevor ich drüber nachdenken kann, „bitte lass Maria keine weiteren Nachrichten über den Vorfall schauen."

„Meg", sagt Judith verärgert, „Maria hat ihre Lieblingsserie geschaut, als die von einer Eilmeldung über die Geiselnahme unterbrochen wurde. Und bitte erzähl mir nicht, dass du nichts Näheres darüber weißt."

„Ich weiß wirklich noch nichts Genaues, sonst würde ich es dir sagen. Es tut mir leid, Judith. Ich wollte dich nicht so anfahren. Ich bin ziemlich angespannt. Ich rufe dich an, wenn ich mehr weiß, okay?"

Es entsteht eine lange Pause, und ich frage mich, ob sie einfach aufgelegt hat. „Maria könnte jetzt auch da drin sein", sagt sie schließlich.

„Ich weiß." Mehr kann ich nicht sagen. Ich schiebe die Gedanken an Maria, die von einem Bewaffneten in der Schule festgehalten wird, beiseite. Ich frage mich, was ich dann wohl tun würde. Würde ich einfach so weitermachen wie im Moment? Zeugen befragen, die Ermittlungen organisieren? Oder hätte ich das getan, was die Farmer im Sinn hatten? Wäre ich mit meiner Waffe in der Hand in die Schule gestürmt, um meine Tochter zu retten?

Ich lege auf und überlege eine halbe Sekunde lang, Stuart anzurufen, um zu sehen, ob die Presse irgendwelche neuen Spuren ausgegraben hat, doch dann verwerfe ich den Gedanken wieder. Das zwischen Stuart und mir hat vor drei Wochen kein sonderlich gutes Ende genommen. Ich saß an meinem Schreibtisch auf dem Revier und tippte einen Bericht, als eine Frau das Gebäude betrat und direkt vor mir stehen blieb. Ich erinnere mich, gedacht zu haben, wie hübsch die Fremde aussieht. Sie war sehr modisch angezogen, perfekt geschminkt, jedes Haar an seinem Platz. Später erst erkannte ich, dass sie sich meinetwegen so herausgeputzt hatte. Ihr Kinn zitterte, als sie ihren Ehering vom Finger zog und ihn vorsichtig auf meinen Tisch legte.

„Sie können ihn genauso gut haben“, hatte sie leise gesagt. „Nachdem sie mir schon alles andere weggenommen haben, was mir wichtig ist.“

Ich hatte sie verwirrt angeschaut, da ich keine Ahnung hatte, wer sie war. „Kann ich Ihnen irgendwie helfen?“

Ihr freudloses Lachen sorgte dafür, dass die anderen Officer sich zu uns umdrehten. Chief McKinney stand neben der Kaffeemaschine und behielt die Szene aufmerksam im Auge, während er sich Milch in seinen Kaffee goss. „Sie können mir *helfen*, indem sie Stuart sagen, dass er nicht mehr nach Hause zu kommen braucht. Die Schlösser sind ausgetauscht, und ich habe eine neue Telefonnummer. Die einzige Art, auf die ich noch mit ihm kommunizieren werde, ist über unsere Anwälte.“ Der Schock musste sich deutlich auf meinem Gesicht abgezeichnet haben, denn für einen kurzen Moment flackerte Zweifel in ihren Augen auf. Doch sie erholte sich schnell, und Besorgnis wurde durch kühle Verachtung ersetzt.

„Es … es tut mir leid“, stammelte ich. „Das wusste ich nicht.“

Sie hatte nur elend den Kopf geschüttelt. „Ja, ich auch nicht“, hatte sie bitter gesagt und war dann mit hocherhobenem Kopf gegangen.

Zwei Tage später schlug ich die Sonntagszeitung auf und sah

die Schlagzeile in Großbuchstaben und Stuart als Verfasser. Mir wurde eiskalt. Stuart hatte seine große Geschichte – und mich benutzt, um sie zu kriegen.

Stuart soll sich zum Teufel scheren, beschließe ich und versuche, die Erinnerung beiseitezuschieben. Ich lasse das Handy auf den Beifahrersitz fallen und schwöre, ihn wegen Behinderung polizeilicher Ermittlungen oder etwas Ähnlichem anzuzeigen, sollte er noch einmal versuchen, Kontakt mit mir aufzunehmen. Als ich über meine Schulter schaue, sehe ich einen Strom Schüler aus einer weit entfernten Ecke des Gebäudes auf uns zulaufen. Ich trete auf die Bremse, was das Heck meines Wagens ausbrechen lässt. Irgendwann greifen die Reifen endlich, und ich schaffe es, das Auto umzudrehen, sodass ich in Richtung Schule gucke. Schwer atmend nehme ich den Anblick in mich auf. Um die zwanzig Schüler, alles Teenager, so wie es aussieht, laufen durch den Schnee auf den Parkplatz zu, Schock und Panik zeichnen sich auf ihren Gesichtern ab. Eine der Schülerinnen rutscht aus und stürzt zu Boden. McKinney hat es geschafft, den Krankenwagen aus Broken Branch sowie einen aus dem Nachbarort hierherzuschaffen, und sofort ist einer der Rettungssanitäter an der Seite des Mädchens, um ihr zu helfen. Ich frage mich, ob Tim auch auf dem Weg ist, und wenn ja, warum er mich noch nicht angerufen hat.

Ich stellte die Automatik des Wagens auf Parken und kehre zu Fuß zurück zu McKinney und den anderen Officers. Ich gehe weiter, auf das Fenster im Erdgeschoss zu, durch das die Kinder entkommen sind. Ein zerrissenes Fliegengitter liegt im Schnee, und ein junges Mädchen sitzt auf der Fensterbank. Ein Bein baumelt über einer Schneewehe. Das Mädchen sieht immer wieder in den Klassenraum, als wenn sie dort etwas vergessen hätte.

„Komm schon“, rufe ich und winke ihr zu. Erschrocken huscht ihr Blick zu meinem Gesicht, und einen Moment lang schauen wir einander an. Dann sehe ich es, eine leichte Anspannung in ihren Mundwinkeln, das Straffen ihrer Schultern. „Nein, nein“, rufe ich ihr hinterher, als sie ihr Bein wieder über das Sims zurück ins Gebäude zieht. „Komm schon!“, brülle ich laut. „Hier lang!“ Sie schaut nicht zurück und verschwindet im Klassenzimmer. „Verdammt“, murmel ich, als ich zu dem nun leeren Fenster schaue.

Von ihrem Stuhl aus, auf dem sie auf Befehl des Mannes Platz genommen hatte, rief Mrs Oliver dem kleinen Mädchen, das im Schrank eingesperrt war, zu: „Mach dir keine Sorgen, Lucy! Alles wird gut!“ Sie wischte sich heimlich über die Augen und versuchte, die Tränen zurückzudrängen, bevor sie fallen konnten. In dem Moment sah sie Jason Ellery. Er stand vor der Tür und schaute durch das kleine, eingelassene Fenster herein. Hoffnung machte sich in ihr breit, ein aufgeregtes Kribbeln in ihrem Magen, das aber schnell von Angst vertrieben wurde. Der Mann war so schon wütend genug, wer konnte wissen, was er tun würde, falls Mr Ellery, der noch sehr jung und unerfahren war, ihn herausforderte?

„Mein Gott, folgt hier denn niemand dem vorgeschriebenen Plan für so einen Vorfall?“, fragte der Mann verärgert. Er zielte mit seiner Pistole auf die Tür, und Mr Ellery duckte sich. „Öffnen Sie die Tür“, sagte er laut. Niemand rührte sich, und Mr Ellery tauchte nicht wieder auf. „Ich sagte, öffnen Sie die verdammte Tür!“ Sekunden vergingen, dann ertönte ein leises Klicken, und die Tür schwang auf. Jason Ellery stand mit erhobenen Händen vor ihnen.

„Hey Mann“, sagte er entschuldigend. „Ich habe Weinen und so ein komisches Klopfen gehört. Ich dachte, vielleicht ist jemand verletzt und ich sehe besser mal nach, ob ich helfen kann.“

Der Bewaffnete ging langsam, beinahe entspannt auf ihn zu. „Schlechte Idee“, sagte er und schüttelte den Kopf. „Sie sind kein Polizist?“

„Nein, nein“, versicherte Jason ihm und zog sich langsam zurück. „Ich bin Lehrer. Ich bin nur der Lehrer der achten Klasse.“

„Kommen Sie her“, sagte der Mann. Mr Ellery ging weiter rückwärts. „Ich sagte, kommen Sie her.“

„Hey, ich will keinen Ärger. Ich bin nur gekommen, um zu sehen, ob ich …“ Mr Ellery schaute flehend auf, aber bevor er seinen Satz zu Ende bringen konnte, holte der Mann aus und schlug ihn mit der Waffe gegen die Schläfe. Mr Ellery fiel auf die Knie und hob die Arme, um weitere Schläge abzuwehren.

Mrs Oliver überlegte, zu Mr Ellerys Rettung zu eilen. Sie glaubte zwar nicht, viel ausrichten zu können, aber sie könnte dem Mann auf den Rücken springen und ihn zu Boden drücken. Sie musterte die Gesichter ihrer Schüler; einige der Kinder hatten den Kopf in den Armen vergraben, andere saßen vor Furcht ganz aufrecht da, wieder andere weinten. Was geschieht mit ihnen, fragte sie sich, wenn ich versuche, die Heldin zu spielen? Würde er sie erschießen oder die Kinder? Sie ertrug den Gedanken nicht, den Klassenraum nicht mit allen Kindern heil und gesund zu verlassen. Nein, ich bleibe hier sitzen, entschied sie. Sie würde sitzen bleiben und schauen, was passierte. Ihre Schüler beschützen. Obwohl sie Lucy nicht sonderlich gut beschützt hatte. Sie hörte Cals Stimme in ihrem Kopf. *Es ist besser, dass sie in dem Schrank eingesperrt ist, Evie. Im Klassenraum zu sein war zu viel für sie.* Genau das würde er sagen, entschied Mrs Oliver und fühlte sich ein kleines bisschen besser.

Mr Ellery war immer noch auf den Knien. Er blutete aus einer Kopfwunde. Der Mann griff nach seinem Arm und zog ihn daran ins Klassenzimmer. Mr Ellery – naiv und tapfer zugleich, dachte Mrs Oliver, einfach hierherzukommen und zu versuchen, sie alle alleine zu retten – war jung und fit. Mit einem kurzen Stoß seines Handballens erwischte er die Hoden des Mannes, der daraufhin rückwärtsstolperte und seine Waffe fallen ließ. Mrs Oliver jubelte. Ein lautes „Ja!“ schlüpfte über ihre Lippen. Sie erhob sich von ihrem Stuhl, fest entschlossen, sich die Waffe zu greifen. „Laufen Sie, Mr Ellery!“, rief sie. „Laufen Sie.“ Doch sie war zu langsam; der Mann schnappte sich den Revolver und jagte Mr Ellery den Flur hinunter.

„Haltet euch die Ohren zu“, befahl sie den Kindern. Sie war sicher, dass gleich Schüsse fallen würden. Sechzehn Paar Hände wurden über Ohren gehalten. Sekunden vergingen, und nichts passierte. Zögernd ging Mrs Oliver in Richtung Tür, hoffend, dass Mr Ellery den Bewaffneten überwältigt hatte, ihn im Schwitzkasten hielt oder wie auch immer diese Haltung hieß, die sie immer bei Cals Wrestlingshows im Fernsehen sah. Als sie um die Ecke den Flur hinunterschaute, zog sich ihr Magen zusammen. Der Bewaffnete hatte den blutenden Mr Ellery am Kragen seines Hemdes gepackt und zielte mit der Waffe auf seinen Kopf. Er zerrte ihn in Richtung des Putzschranks, öffnete die Tür, schubste den bewusstlosen Mr Ellery hinein und knallte die Tür zu.

„Gehen Sie in die Klasse zurück", sagte er kalt und zielte auf Mrs Oliver, die schnell zurückhastete. „Dumm", sagte er, als er in die Klasse zurückkehrte. „Es ist allein eure Schuld, dass das hier viel länger dauert, als es sein muss." Er schritt durch die Klasse und zeigte mit der Waffe auf jeden einzelnen Schüler, bevor er schließlich direkt hinter Mrs Oliver stehen blieb. Sie spürte den Lauf des Revolvers an der Hinterseite ihres Kopfes. „Bleibt einfach auf euren Plätzen sitzen, dann wird das hier ganz schnell vorbei sein."

Beth und ich kriechen zur Klassentür. Meine Hand zittert, als ich den Türknauf drehen will. Ich habe Angst vor dem, was wir da draußen vorfinden werden. „In welche Richtung willst du gehen?“, fragt Beth und schaut nach rechts, dann nach links den Flur hinunter.

„P. J. und Natalie sind in Mrs Olivers Klasse eine Etage höher“, sage ich. „Lass uns erst einmal dorthin gehen.“ Ich nicke in Richtung des am nächsten liegenden Treppenhauses, das allerdings immer noch Meilen weit entfernt wirkt. Wir müssen auf dem Weg an zwei Klassenzimmern und einem Waschraum vorbei. Viele Möglichkeiten für einen bewaffneten Irren, sich zu verstecken.

„Okay“, sagt Beth und macht einen Schritt aus dem Raum heraus. Als sie merkt, dass ich ihr nicht folge, streckt sie ihren Arm aus und nimmt meine Hand in ihre. Sie fühlt sich genauso kalt an wie meine, aber auch stark, und sofort geht es mir besser. Ich merke, dass meine Füße jetzt in der Lage sind, zu gehen. Wir ducken uns und machen ganz kleine Schritte, als wenn uns das davor bewahren würde, gesehen zu werden. Schnell sind wir am ersten Klassenzimmer vorbei. Wir machen uns nicht einmal die Mühe, durch das Fenster in der Tür zu schauen. Wir versuchen, lautlos die Stufen hinaufzugehen. Als wir oben ankommen, rutsche ich auf irgendetwas aus. Ich lasse Beths Hand los und lande mit einem dumpfen Geräusch auf meinem Hintern. Ich stütze mich mit den Händen auf dem Fußboden ab, doch meine Finger berühren etwas Glitschiges, Feuchtes. Es ist nicht viel, aber in dem dämmrigen Flur wirkt es beinahe schwarz. Irgendwie weiß ich, dass es Blut ist.

„Alles okay?“ Beth schaut auf mich herunter. Ich versuche, das Blut an den Fußbodenfliesen abzuwischen, aber das geht nicht, also wische ich mir die Finger an der Jeans ab.

„Das ist Blut“, flüstere ich. Beth stöhnt leise auf, und ich weiß, dass sie an ihren Vater denkt. Ich denke an Mr Ellery.

„Wir hätten einen Schuss gehört“, versuche ich sie zu beruhigen. Sie nickt heftig, als wenn es wahr wird, wenn sie mir nur zustimmt. „Sollen wir weitergehen?“, frage ich, und sie nickt wieder.

Unsere Klassenkameraden sind vermutlich alle schon ganz lang und fest von ihren Eltern umarmt worden. Sie werden vermutlich gerade in ihre warmen, kuscheligen Häuser gefahren, wo ihre Mütter dankbar Tränen weinen werden, während sie ihnen ihr Lieblingsessen kochen. Ihre Dads werden neben ihnen auf dem Sofa sitzen und sie dazu bringen, wieder und wieder zu erzählen, wie Mr Ellery verschwunden ist und sie mit vereinten Kräften das Fliegengitter herausgedrückt haben. Sie werden ihre Köpfe schütteln in dem Wissen, wie anders dieser Tag für sie hätte ausgehen können.

Ich weiß das, weil es genau das ist, was mein Vater an dem Tag des Feuers gemacht hat. Nachdem er mich und P. J. mit zu sich nach Hause genommen hat, wo wir duschen konnten und alte T-Shirts und Jogginghosen von Lori, unserer Stiefmutter, anzogen. Nachdem P. J. eingeschlafen war, trug mein Dad ihn in das kleine Gästezimmer, und als Lori in ihrem Schlafzimmer verschwunden war, was sie oft tat, wenn ich da war, setzten mein Dad und ich uns zusammen auf die Couch. Er schlang seinen Arm um mich, und ich legte meinen Kopf auf seine Schulter. Es fühlte sich an, als wäre es Jahre her, dass ich das getan hatte. Ich erzählte ihm alles über das Feuer und den Rauch und den fürchterlichen Geruch. Was ich an meinem Dad besonders liebe, ist, dass er nicht versucht, alles wiedergutzumachen; er kann einfach nur dasitzen und zuhören. Ich schätze, er hat das Gefühl, kein Recht dazu zu haben, mir zu sagen, was ich tun soll. Wir verbringen nicht viel Zeit miteinander, und P. J. dabeizuhaben macht die Sache noch komplizierter.

„Augie“, sagte mein Vater an dem Abend nach einer Weile zu mir. Er schaute sehr ernst, beinahe ängstlich drein. Ich spürte, wie sich mein Magen zusammenzog. Mein Dad hatte niemals Angst. Er war immer der, der grinste und lachte. *Mr Sunshine* nannte meine Mom ihn oft, aber sie meinte es nicht nett. „Augie“, wiederholte er, als brauche er Zeit, um die richtigen Worte zu finden. „Deine Mom wird sehr lange im Krankenhaus bleiben müssen."

„Ich weiß", erwiderte ich. Ich wollte nicht mehr darüber sprechen, wollte nicht darüber nachdenken. Ich wollte einfach nur mit meinem Dad auf der Couch sitzen und mir irgendeine blöde Fernsehsendung anschauen.

„Ich will nur, dass du weißt, du bist hier jederzeit willkommen und kannst bleiben, solange du willst." Er drückte meine Schulter, und ich entspannte mich. Das war genau das, worauf ich gehofft hatte. „Lori und ich haben darüber gesprochen. Wir werden das Extrazimmer so einrichten, wie es dir gefällt."

Ich verspürte einen leichten Anflug von Panik. „Was ist mit der Schule?"

Mein Dad schüttelte den Kopf. „Sie liegt auf dem Weg zu Loris Arbeitsstelle. Sie kann dich hinbringen und abholen. Wir haben schon alles genau geplant." Zum ersten Mal an diesem Tag lächelte mein Dad.

Ich stieß erleichtert den Atem aus. „P. J. und ich werden euch ganz viel helfen", versprach ich ihm. „Ich kann kochen, und P. J. weiß, wie man Wäsche wäscht …" Meinem Vater fiel das Lächeln aus dem Gesicht. Es verschwand einfach. „Auf gar keinen Fall!", sagte ich laut und zog mich aus seiner Umarmung zurück. Er schaute nervös zu dem Zimmer, in dem P. J. schlief.

„Augie", sagte er erschöpft, als wäre es *seine* Mutter, die von den Flammen verletzt worden war, die alles zerstört hatten, was sie besaßen. Er rieb sich mit der Hand über den kahlen Schädel. Ich verschränkte die Arme vor der Brust und rutschte so weit von ihm ab, wie es die Couch zuließ. „Wir mögen P. J., er ist ein toller Junge. Aber Lori und ich haben darüber gesprochen, und wir finden, es wäre besser, wenn P. J. bei seiner Familie bleibt."

„*Ich* bin seine Familie." Ich versuchte mit aller Macht, leise zu sprechen. Ich wollte nicht, dass P. J. unsere Unterhaltung hörte. Außerdem wusste ich, dass Lori hinter der Tür oder einer Ecke lauerte, lauschte, nur darauf wartete, was als Nächstes passieren würde. Sie war so ein Feigling.

„Augie", sagte er sanft. „Er ist nicht mein Sohn." Darauf

konnte ich nichts sagen, also blieb mir nichts übrig, als ihn wütend anzufunkeln. Darin bin ich sehr gut. *Bedrohlich* nennt mein Freund Arturo mich. Der Blick hat mir im Laufe der Jahre schon einigen Ärger eingebracht, aber mich auch in genauso vielen brenzligen Situationen gerettet. „P. J. ist ein tolles Kind, aber …“ Er streckte seine Hände aus.

„Aber was?“ So leicht würde ich ihn nicht vom Haken lassen.

„Aber er ist nicht mein Sohn. Du darfst gerne so lange wie du willst bei uns bleiben, aber für P. J. müssen wir eine andere Lösung finden.“

„Warum?“, fragte ich. „Er ist acht Jahre alt. Er isst nicht viel. Er ist ordentlicher als wir alle zusammen.“

„Du weißt, dass da noch mehr zugehört als das.“

Ja, ich wusste es. Ich wusste, dass meine Eltern sich kurz nach P. J.s Geburt getrennt hatten. Ich wusste, dass die dunkelbraunen Augen und das schwarze Haar meines Bruders nicht von meinem Vater stammten. Aber das sollte egal sein. P. J. war noch ein kleines Kind. „Also setzt du ihn einfach so auf die Straße? Nett.“

Nun endlich wagte Lori sich aus ihrem Versteck hervor. „Wir werden ihn nicht auf die Straße setzen, Augie.“ Ich war größer als sie und ungefähr zehn Kilo schwerer. Ich sah aus wie ihre ältere Schwester. Sie war das komplette Gegenteil meiner Mutter. Lori war langweilige Haferflocken, meine Mutter war bunte *Fruit Loops*. Lori sagte nicht viel, aber ich hatte das Gefühl, dass sie in diesem Haushalt alle Entscheidungen traf. „Wir haben eure Großeltern angerufen.“

„Grandma und Grandpa Baker?“, fragte ich überrascht. Die Eltern meines Dads hassten meine Mutter und wollten meinen Bruder nicht einmal zur Kenntnis nehmen. Ich konnte mir nicht vorstellen, dass sie P. J. bei sich wohnen lassen würden.

„Nein“, sagte mein Dad. „Grandma und Grandpa Thwaite. Sie kommen heute Abend mit dem Flieger hier an.“

In meinem Kopf drehte sich alles. Meine Mom sprach nicht viel über ihre Eltern. Ich wusste nur, dass es einen großen Streit gegeben hatte, aber das war weit vor meiner Geburt. Jedes Jahr schickten sie mir und P. J. eine Geburtstags- und eine Weihnachtskarte mit einhundert Dollar darin. Das war's. Keine Anrufe, keine E-Mails, keine Besuche in den Sommerferien. „P. J. kann nicht bei ihnen leben. Sie wohnen in *Iowa*." Ich sagte Iowa, als verursachte es mir einen schlechten Geschmack im Mund.

„Wie dein Dad bereits sagte", wiederholte Lori und legte ihre Hände beschützend auf ihren Bauch. „Du kannst gerne so lange bei uns bleiben, wie du willst. Oder du kannst zu deinen Großeltern ziehen."

In dem Moment wurde mir alles klar. Lori erwartete ein Baby. Mit einem Mal wusste ich, dass das ihr Plan war. Sie wollte uns loswerden. Mich durch ihr neues Baby ersetzen. Wenn Lori darauf bestanden hätte, hätte mein Dad P. J. mit bei sich wohnen lassen. Bei uns. Aber Lori wusste, dass ich niemals zulassen würde, dass P. J. alleine in irgendein Kuhkaff in Iowa zog, um bei ihm vollkommen fremden Menschen zu wohnen. Lori wollte nicht, dass P. J. oder ich ihre perfekte Familienidylle störten. Ich muss peinlicherweise zugeben, dass es trotzdem äußerst verlockend klang. In Revelation bleiben, bei meinem Dad wohnen. Ich konnte mir nicht vorstellen, meine Schule zurückzulassen, meine Freunde. Meine Mom. Mit fremden Leuten zu leben, die meine Mutter nicht einmal leiden konnte.

„Wir können bei Arturo oder Mrs Florio wohnen", sagte ich. „Wir können in eine Pflegefamilie gehen, bis Mom aus dem Krankenhaus kommt." Allein der Gedanke daran machte mich krank.

Mein Dad seufzte, und Lori biss sich auf die Lippe, als wüsste sie, dass es keine gute Idee wäre, jetzt noch mehr zu sagen. „Augie, du musst dich nicht jetzt gleich entscheiden." Er streckte die Hand nach mir aus, und ich sprang vom Sofa, wollte nicht von ihm berührt werden. Ich sah, dass ich seine Gefühle verletzt hatte. Gut, dachte ich. „Du hast einen fürchterlichen Tag hinter dir", sagte er. „Leg dich ein wenig hin. Morgen früh wird alles ganz anders aussehen."

„Ja, klar", murmelte ich und stürmte in das Zimmer, in dem

P. J. schon schlief. Ich knallte die Tür so fest hinter mir zu, dass die Wände zitterten und P. J. sich erschrocken im Bett aufsetzte.

„Was ist los", rief er. „Was ist passiert?"

„Halt die Klappe, Idiot", zischte ich und schob ihn beiseite, um Platz für mich zu schaffen. Dann steckte ich die Decke um ihn fest, genau so, wie er es am liebsten mochte.

Ich kann mir nicht vorstellen, warum das Mädchen nicht mit den anderen Schülern geflüchtet ist. Außer, der Schütze war mit ihr im Raum. Der Gedanke lässt mich vom Fenster zurücktreten und zum Parkplatz zurückkehren, wo McKinney und ein mir unbekannter Officer aus der Nachbarstadt die Schüler abtasten, ihre Namen aufnehmen und sie an die Rettungssanitäter weiterreichen, die sie in Decken hüllen.

Als ich bei McKinney ankomme, bin ich vollkommen außer Atem. „Wie wollen wir die alle zu *Lonnie's* rüberschaffen?", frage ich mit einem Blick auf die unter Schock stehenden Schüler.

„Mit dem Schulbus", erwidert McKinney, und im gleichen Augenblick rumpelt der gelbe Bus durch den Schnee. „Wir nehmen alle Informationen auf – Namen, Namen der Eltern, Adressen, Telefonnummern."

„Hat irgendjemand irgendetwas gesehen?" Ich lasse meinen Blick über die Gruppe Teenager schweifen, suche nach einem bekannten Gesicht, nach jemandem, der sich mir gegenüber öffnen würde.

Der Chief schüttelt den Kopf. „Wir versuchen im Moment nur, den Verbleib eines jeden Schülers aus der Klasse nachzuvollziehen und sicherzugehen, dass niemand verletzt ist. Bis auf das Mädchen, das auf dem Eis ausgerutscht ist, scheint keinem was geschehen zu sein. Sie sind einfach nur sehr verängstigt."

„Ich habe eine Schülerin gesehen, die gerade aus dem Fenster klettern wollte. Ich weiß nicht, was sie angetrieben hat, ihre Meinung zu ändern, aber anstatt in Sicherheit zu laufen, hat sie sich wieder in den Klassenraum zurückgezogen. Ich hab sie gerufen, aber sie ist nicht rausgekommen."

„Meinst du, der Schütze war mit im Raum? Das würde uns einen ersten Anhaltspunkt geben. Diese verdammte Schule ist ein solches Labyrinth ... wir werden ewig brauchen, sie von oben bis unten zu durchsuchen." Die Broken Branch School hatte ihre Pforten das erste Mal in den Vierzigerjahren geöffnet. In den Achtzigern war dann ein Anbau dazugekommen. In dem Gebäude gab es viele Ecken und Winkel. Es war der perfekte Ort, um sich zu verstecken.

„Ich weiß es nicht." Bei der Erinnerung an das Mädchen schüttele ich den Kopf. „Sie wirkte nicht verängstigt. Eher entschlossen."

Der Chief schließt die Augen und atmet tief ein. Innerhalb der letzten Stunde ist er sichtlich gealtert. Sein Gesicht ist von der Kälte und dem Wind verbrannt und hat eine ungesunde rötliche Farbe angenommen. Seine strahlend blauen Augen sind blutunterlaufen und wässrig. „Kannst du dafür sorgen, dass diese Kinder alle in den Bus einsteigen? Eben sind die Jungs vom Sheriff-Department eingetroffen, die ich auf den neuesten Stand bringen muss. Hoffentlich kommt der Verhandlungsführer aus Waterloo auch innerhalb der nächsten Stunde."

Ich sehe ihm nach, wie er auf das Wohnmobil zugeht, das als Kommandozentrale dient. Er versucht, sich entschlossen zu bewegen, aber der schwere Schnee erschwert jeden Schritt, und ich weiß, dass seine arthritischen Knie in der Kälte wehtun müssen. Der Druck, der auf ihm lastet, ist enorm. Die Gemeinde, der Staat und vielleicht sogar das ganze Land werden darüber reden, wie er die Sache gehandhabt hat. Wie seine Leute den Vorfall gehandhabt haben.

Ich dirigiere die Kinder in den Bus und frage jeden, ob er etwas gesehen hat. Die meisten schütteln einfach nur den Kopf und steigen schweigend ein. Aus dem Augenwinkel sehe ich einen schlaksigen Jungen mit hängenden Schultern und zerzausten braunen Haaren. Noah Plum. Für die örtliche Polizei kein Unbekannter. Vandalismus, Alkoholkonsum, Fahren ohne Führerschein. Ein Junge, der zu viel Zeit und zu wenig elterliche Aufsicht hat.

„Hey, Noah", sage ich. „Alles in Ordnung?"

Er sieht mich mit Verachtung im Blick an. „Als ob Sie das interessiert."

„Das tut es, Noah", sage ich leise, um keine Aufmerksamkeit auf uns zu ziehen. „Ich bin froh, dass du unverletzt bist."

„Ja, die Erwachsenen haben sich ja auch solche Sorgen um uns gemacht. Selbst der verdammte Lehrer hat uns im Stich gelassen.“ Er schnaubt angewidert und versucht, sich an mir vorbeizudrängen.

„Warte.“ Ich packe seinen Arm. „Der Lehrer hat euch im Stich gelassen? Bist du sicher?“

„Ja, bin ich.“ Er spuckt die Worte förmlich aus und schüttelt meine Hand ab. „Er hat ein verficktes Geräusch gehört, ist aus dem Raum gerannt und nie wieder zurückgekommen. Ich wette, er sitzt in diesem Moment warm und trocken bei sich zu Hause.“

Ich schüttele den Kopf. „Das glaube ich nicht, Noah. Was war das für ein Geräusch, das ihr gehört habt?“ Mein Herz klopft schneller. Wenn es ein Schuss war, haben wir einen Grund, das Gebäude zu stürmen.

„Ein Hämmern, als wenn im Raum über uns jemand auf und ab springt.“ Noah verzieht seinen Mund zu einem halben Lächeln. „Das Arschloch hat uns im Stich gelassen.“

Ich entspanne mich ein wenig. Kein Schuss. Aber trotzdem. Ich kann mir nicht vorstellen, dass ein Lehrer absichtlich einen Klassenraum voller Schüler alleine lässt, wenn sich ein Bewaffneter in der Schule befindet. „Wie heißt dein Lehrer?“

„Mr Arschloch Ellery.“ Er betritt die Stufen zum Bus.

Ellery. Der Name sagt mir was, aber ich sehe dazu kein Bild vor mir. Die letzte Schülerin setzt sich auf ihren Platz im Bus, und ich steige ein, um dem Fahrer und dem Officer, der sie begleiten wird, noch einige Anweisungen zu geben. Im Bus ist es unheimlich still. Gar nicht so, wie es in einem Bus voller Schulkinder klingen sollte. Kein raues Gelächter, kein Tauschen von Sitzplätzen, kein Klauen von Mützen. Nur stille, traurig aussehende Kinder, die aus dem Fenster oder auf ihre Hände schauen.

„Wenn ihr bei *Lonnie's* ankommt, dürfen die Kinder nur an ihre Eltern oder Betreuer übergeben werden. An niemanden sonst. Und achtet darauf, dass alle Eltern unterschreiben, dass sie ihr Kind übernommen haben.“

Der Deputy Sheriff, eine Frau aus dem Nachbarort Bohr,

nickt. „Das hier ist ernst, oder?“, fragt sie flüsternd. „Ich hab schon einige Schulevakuierungen mitgemacht, aber nie eine wie diese.“

Ich will ihr gerade zustimmen, als eine kleine Stimme aus dem hinteren Teil des Busses fragt: „Wo ist Beth?“

„Was?“, frage ich. „Was hast du gesagt?“

„Beth Cragg“, wiederholt das Mädchen mit der Brille und den blonden Locken besorgt. „Sie ist nicht hier. Sie war bei uns in der Klasse, aber sie ist nicht im Bus.“

„Genau wie Augie“, sagt jemand anderes. „Augie ist auch nicht hier. Sie war direkt hinter mir, als ich aus dem Fenster geklettert bin. Wo sind die beiden?“

Der Himmel hinter dem Fenster des Cafés war marmorgrau, und der Wind rüttelte an der Scheibe. Die Straße, die vor dem *Lonnie's* entlanglief, war bis auf das ätherische Toben des Schnees wie ausgestorben.

Wills Magen wehrte sich gegen die fünf Tassen Kaffee, die er getrunken hatte. Er wusste, er sollte etwas essen. Vorhin hatte er Daniel angerufen, der jedoch nur wenige Sekunden für ihn erübrigen konnte, um ihn über den Stand bei den kalbenden Kühen zu unterrichten. Die Mutter schien ein paar Probleme zu haben, aber nichts, womit er nicht alleine zurechtkäme. Will fragte sich, ob es nicht sinnvoller wäre, wenn er zur Farm zurückkehrte und Daniel half, anstatt hier bei *Lonnie's* zu sitzen und nichts zu tun, als zu warten.

Er beschloss, sich ein Sandwich zu bestellen, um den ekelhaften schwarzen Kaffee aufzusaugen, der in seinem Magen blubberte. In dem Moment wurde die große Fensterscheibe von einem Paar Scheinwerfer erhellt. Schweigen legte sich über das Café. Aller Augen richteten sich auf das ankommende Fahrzeug, das langsam groß und gelb aus dem Schneesturm auftauchte. „Das ist ein Bus!“, rief jemand unnötigerweise. Die vordere Tür des Busses öffnete sich, und der Deputy Sheriff trat heraus, gefolgt von zitternden, benommenen Gestalten.

„Oh mein Gott“, hauchte eine Frau. „Das sind die Kinder.“ Eine Kakofonie von Seufzern erhob sich, Stühle schrammten über den Boden, das Geräusch von schlurfenden Füßen erfüllte die Luft.

„Das ist tatsächlich ein Bus voller Kinder“, bestätigte jemand.

„Ich sehe Noah Plum und Drew Holder!“, rief eine Stimme.

„Donna, ich sehe deinen Caleb“, sagte eine andere.

Die Kinder wurden eines nach dem anderen vom Wind in das Café gefegt, und Mütter und Väter schlossen sie in tränenreicher Erleichterung in ihre Arme. Will sah, dass es sich um Schüler aus Augies Klasse handelte. Er reckte den Hals in der

Hoffnung, den knallroten Haarschopf seiner Enkeltochter irgendwo zu sehen.

Am letzten Wochenende erst hatte Augie eines von Marlys' Haarfärbesets gefunden und sich in dem einzigen Badezimmer eingeschlossen. Will und P. J. hatten eine Ewigkeit abwechselnd gegen die Tür gehämmert, dass sie sich beeilen möge. Irgendwann war sie dann mit rot gefärbten Haaren herausgekommen, genau wie ihre Großmutter sie trug. Nur dass die Farbe an Marlys aussah, als versuche eine ältere Frau, jünger zu wirken, während sie bei Augie einfach wie eine rote Pflaume auf dem Kopf thronte. Er hatte versucht, nicht zu lachen, doch dann hatte er den Fehler begangen, P. J. anzusehen, und sie waren beide in heftiges Kichern ausgebrochen.

„Mir gefällt es", hatte Augie eine Spur zu bestimmt gesagt.

„Mom wird dich umbringen." P. J. hatte versucht, ein ernstes Gesicht zu machen. „Mom sagt, sich die Haare zu färben ist genauso wie Alkohol trinken. Wenn man einmal damit anfängt, ist es schwer, wieder aufzuhören."

„Eure Mom wird ein paar Drinks brauchen, wenn sie dich so das erste Mal sieht, Augie", hatte Will lachend gesagt und seine Worte dann sofort bereut, als er den Schmerz in Augies Augen aufblitzen sah. Mit hocherhobenem Kinn war sie aus dem Zimmer stolziert.

Als die Tür zu *Lonnie's Café* schließlich ins Schloss fiel und in dem Luftzug ein paar Servietten geräuschlos zu Boden segelten, war es klar, dass weder Augie noch Vernas Enkelin Beth unter den Schülern waren. Will ließ sich schwer auf einen Stuhl fallen.

Aller Augen waren auf die Türen des Schranks gerichtet, in den der Mann Lucy gesteckt hatte und die mit einem Stuhl gesichert waren. Es war beinahe zwei Stunden her, dass der Mann das Klassenzimmer betreten hatte, und Mrs Oliver wusste, was als Nächstes passieren würde. Wenn man über vierzig Jahre mit Kindern arbeitete, kannte man unweigerlich ihre Muster, ihre Bedürfnisse. Arme Leah. Anhand der Art, wie sie ihre Beine übereinanderschlug, erkannte Mrs Oliver, dass es langsam dringend war.

„Entschuldigen Sie", sagte sie laut. Der Mann schaute verärgert von seinem Handy auf. „Die Kinder müssten mal auf die Toilette."

„Sie werden noch ein wenig einhalten müssen", erwiderte er und widmete sich wieder seinem Telefon.

Ein kleines Wimmern schlüpfte über Leahs Lippen. Sie sah Mrs Oliver flehend an. „Nein, das können sie nicht. Sie halten schon ein, seitdem Sie hier reingekommen sind. Außerdem sind sie nervös. Jeder muss auf die Toilette, wenn er nervös ist." Der Mann schaute sich im Klassenzimmer um. „Die Waschräume sind gleich auf der anderen Seite des Flures", erklärte Mrs Oliver. „Das wird nur ein paar Minuten dauern. Wir sind ziemlich gut darin, nicht wahr, Jungs und Mädchen?" Die Schüler nickten eifrig.

„Mrs Oliver", sagte Leah elendig. „Bitte."

„Kommen Sie", sagte Mrs Oliver. „Was kann es schon schaden."

Der Mann dachte einen Augenblick nach und schaute dann Leah an, die versuchte, die Tränen und, wie es aussah, andere Körperflüssigkeiten zurückzuhalten. „Sie haben fünf Minuten", sagte er zu Mrs Oliver. „Bringen Sie sie innerhalb von fünf Minuten auf Toilette und zurück. Eine Sekunde länger, und ich fange an zu schießen."

Mrs Oliver nickte und stand schnell auf, was einen scharfen Schmerz durch ihr Bein bis in ihren Rücken schickte. „Kinder, stellt euch in einer Reihe auf." Zögernd schauten die Schüler einander an, erhoben sich von ihren Stühlen und stellten sich an der Tür auf. „Jungen links, Mädchen rechts", befahl sie. Nachdem alle richtig standen, schaute Mrs Oliver auf ihre Uhr. „Wir haben nur fünf Minuten. Also kein Herumtrödeln. Wir verzichten sogar aufs Händewaschen." Als sie den Ausdruck von Ekel auf Ryan Lathams Gesicht sah, versicherte sie ihm, dass sie literweise Desinfektionsgel in der Klasse hätte, das sie alle danach benutzen könnten. „Seid ihr bereit? Jeweils vier Jungen und Mädchen zurzeit. Los!" Die ersten acht Kinder rannten aus dem Klassenzimmer zu den Waschräumen auf der anderen Seite des Flurs. Der Mann hatte sich in die hinterste Ecke des Raumes verzogen, von wo aus er immer noch einen klaren Blick auf Mrs Oliver und ihre Schüler hatte. Doch offensichtlich war er mehr an dem interessiert, was er auf dem Display seines Handys sah. Mrs Olivers Magen zog sich vor Angst zusammen. Da steckte viel mehr hinter, als sie ursprünglich gedacht hatte. Vielleicht hatte es gar nichts mit der Schule zu tun, mit diesem Klassenzimmer, diesen Schülern. Vielleicht hatte es gar nichts mit ihr zu tun. Wenn es sich um einen Mann handelte, der auf einen bestimmten Schüler oder sogar sie fixiert war, könnte sie sich ein friedliches Ende der ganzen Episode vorstellen. Doch diesem Mann schienen sie alle beinahe egal zu sein. Als hätte er willkürlich einen Raum ausgewählt, in dem er sich verschanzen konnte, bis die wirkliche Action losging. Aus irgendeinem Grund fand sie das viel besorgniserregender. Diesem Mann waren sie egal, sie waren entbehrlich. Er lag auf der Lauer. Sie wusste nur nicht, worauf er wartete. Mrs Oliver schaute zu ihrem Schreibtisch, in dem ihr Handy lag. Wenn sie es nur irgendwie in die Hände kriegen könnte.

Bei jedem Schritt auf P. J.s Klassenzimmer zu habe ich das Gefühl, einen immer größer werdenden Fehler zu begehen, aber ich kann trotzdem nicht anders. Ich bin so eine schlechte Schwester. Vor Kurzem saßen wir zusammen mit Grandpa im Wohnzimmer und schauten fern. Als Grandpa eingeschlafen war, habe ich zu einer Dokumentation über Serienmörder geschaltet. Der Reporter sprach davon, dass Wissenschaftler die Gehirne von ganz vielen Mördern untersucht hätten und dabei herausgefunden haben, dass viele von ihnen als Kind Kopfverletzungen erlitten hatten. Ich habe zu P. J. geschaut und wusste genau, was er dachte. Als ich fünf Jahre und P. J. erst ein paar Wochen alt gewesen war, hatte ich beschlossen, von zu Hause wegzulaufen. Meine Mom und mein Dad stritten sich immer nur, sie schrien einander an und fluchten und warfen sich gegenseitig böse Sachen über P. J. an den Kopf. Ich ertrug es einfach nicht mehr. Also packte ich eine Tasche mit meinen Sachen und mit Windeln und einem Fläschchen für P. J. Dann kletterte ich über das Gitter in sein Bettchen. Er schaute mich mit seinen dunklen Augen an, die niemals blau werden würden wie die von meinem Dad, und schien zu warten, was ich als Nächstes tun würde. Er war erstaunlich schwer für so ein kleines Baby. Ich dachte, ich könnte mich einfach über die Gitterstäbe beugen und ihn vorsichtig auf den Boden legen. Ich wollte ihn nicht fallen lassen, doch ich tat es, direkt auf seinen kahlen Kopf. Er brauchte ein paar Sekunden, um Atem zu holen, bevor er schreien konnte, doch als er es dann tat … wow. Ich sprang aus seinem Bettchen, packte meine Büchertasche, stürzte durch die Tür und rannte und rannte, bis ich mich schließlich zehn Straßenzüge von zu Hause entfernt vor dem Bang! wiederfand – dem Friseursalon, in dem meine Mom arbeitete. Ich saß vor der Tür in der kochend heißen Sonne und wartete, bis mein Dad in seinem Truck vorbeikam. „Steig ein, Augie“, sagte er.

„Nein“, erwiderte ich dickköpfig, obwohl ich von der Sonne schon ganz verbrannt war und außerdem höllischen Durst hatte.

„Augie!“, sagte er wütend. Dann öffnete er die Tür und stieg aus. Ich fragte mich, ob ich ihn wohl jemals wieder lächeln sehen würde. „Steig in das verdammte Auto.“

„Nein“, wiederholte ich und schlang meine Knöchel um das Bein der Bank und klammerte mich mit den Händen an der metallenen Armlehne fest. Er würde die gesamte Bank inklusive mir darauf auf die Ladefläche seines Trucks werfen müssen, um mich nach Hause zu kriegen. Ich kniff die Augen zusammen, als er auf mich zukam und ich seine Hände unter meinen Armen fühlte. Er versuchte, mich hochzuheben. „Aaaahhh“, rief ich, weil ich aus Erfahrung wusste, dass ihn das sofort innehalten lassen würde. Mein Dad mochte es nicht, wenn die Leute ihn anschauten, als würde er sein Kind misshandeln. Er ließ mich los. Ich öffnete ein Auge ein wenig, um zu sehen, ob er aufgegeben hatte und weggefahren war. Doch kein Glück. Mein Dad hockte vor mir und bedeckte seine Augen mit einer Hand.

„P. J. ist mit deiner Mom im Krankenhaus“, sagte er leise. Seine Stimme klang seltsam gepresst. Der Klang gefiel mir überhaupt nicht, und ich öffnete beide Augen. „Du hast ihn auf den Kopf fallen lassen, Augie. Was hast du dir dabei gedacht? Du weißt, dass du ihn nicht hochheben sollst, wenn deine Mutter oder ich nicht in der Nähe sind.“ Das ist ja lächerlich, dachte mein fünfjähriges Ich. Ich hatte nie gesehen, dass mein Dad P. J. hochnahm. Er schaute ihn immer nur an, als wäre er etwas aus einem meiner *Ripley's Einfach unglaublich!*-Büchern. „Komm schon, Augie, ich meine es ernst. Du hättest ihm großen Schaden zufügen können. Du hast Glück gehabt, dass er nicht gestorben ist.“

Mein Herz schwoll vor Sorge an. Das hatte ich nicht gewollt. Ich hatte doch nur mit P. J. vor dem Geschrei und dem Gezanke weglaufen wollen. „Hört auf zu streiten“, sagte ich. „Hört auf zu streiten, und ich komme nach Hause.“

Mein Dad stieß ein seltsames Geräusch durch seine Nase aus, beinahe ein Lachen, aber nicht ganz. Ich hatte das nicht lustig gemeint. „Okay, Augie“, sagte er mit ruhiger, trauriger Stimme. „Wir streiten uns nicht mehr. Ich verspreche es.“ Ich löste meine

Beine von der Bank und ließ es zu, dass mein Dad mich hochhob und zum Truck trug. P. J. musste die Nacht zur Beobachtung im Krankenhaus verbringen und konnte nach einigen Röntgenuntersuchungen und Aufnahmen im Computertomografen wieder nach Hause. Es wäre nur eine leichte Gehirnerschütterung, sagte der Arzt.

Mein Dad hielt sein Versprechen. Zwanzig Minuten, nachdem meine Mutter mit P. J. aus dem Krankenhaus zurück war, hatte er seine Sachen gepackt und war fort. Sie stritten nie wieder. Zumindest nicht vor uns.

Im Laufe der Jahre war es so weit gekommen, dass meine Mom und sogar mein Dad darüber lachen konnten, wie ich versucht hatte, P. J. zu entführen und ihn dabei aus Versehen auf den Kopf habe fallen lassen. Sogar P. J. lächelte dann und schüttelte den Kopf, als könnte er sich an den Vorfall erinnern. Ich hingegen weiß nur, dass ich beinahe meinen Bruder umgebracht hätte und dabei die Ehe meiner Eltern zerstört habe.

„Was ist ein vorderer Gehirnlappen?“, fragte P. J. Er saß an Grandpas Schulter gelehnt auf der Couch und flüsterte, um ihn nicht aufzuwecken. Verräter, dachte ich.

„Das ist der Teil, auf den ich dich habe fallen lassen“, erwiderte ich ernst. „Die sogenannte Serienkiller-Stelle.“

„Halt den Mund“, sagte P. J., doch ich hörte die Besorgnis in seiner Stimme.

„Ich meine ja nur …“ Ich zuckte mit den Schultern und stand auf. „Und jetzt entschuldige mich bitte, ich muss mir einen Hammer suchen, den ich unter meinem Kopfkissen verstecken kann, um mich im Zweifel zu verteidigen. Gute Nacht, Dahmer junior.“

Es war gemein, das wusste ich. P. J. könnte niemals jemandem wehtun, und vielleicht sitzt er jetzt gerade in diesem Klassenzimmer und glaubt, dass er mit dem beschädigten Gehirn eines Serienmörders sterben wird. Ich will ihn da herausholen und ihm sagen, dass er ein ganz normales, gesundes Gehirn hat, dass Wissenschaftler es niemals sezieren und ihrer Serienmördersammlung zuführen werden.

Oben auf der Treppe angekommen halte ich Beth auf, indem ich an ihrer Hand ziehe. „Hör mal", flüstere ich. „Was ist das?" Wir beide erstarren und lauschen auf das Geräusch, das leise Klatschen von Schritten, die hinter uns die Treppe heraufkommen. Ich kann nur an die Blutlache denken, in der ich ausgerutscht bin und die mir Visionen von einem mit einer Pistole oder einem Messer bewaffneten Mann beschert hat, der hinter uns her ist. „Lauf", rufe ich lauter als beabsichtigt, und Beth zieht mich den Flur hinunter. Ich schaue über meine Schulter und sehe eine kleine Gestalt am Ende der Treppe. „Warte." Ich bleibe abrupt stehen und lasse Beths Hand los. Vorsichtig gehe ich in dem dunklen Flur auf die Silhouette zu. Ein kleines Mädchen. Fünf, vielleicht sechs Jahre alt. Ihre langen blonden Haare werden mit zwei gelben Spangen zurückgehalten. Sie trägt schwarz-gelb gestreifte Leggins und ein Sweatshirt, auf dem *Das war mein Bruder* steht. „Geht es dir gut?", frage ich. Sie nickt, sieht aber aus, als stünde sie kurz davor, in Tränen auszubrechen. Ich schaue Hilfe suchend über meine Schulter zu Beth, aber sie ist verschwunden. „Wo ist dein Lehrer?", frage ich.

„Ich war auf der Toilette, und als ich wieder in die Klasse zurückgehen wollte, war die Tür verschlossen." Die Tränen laufen ihr über die Wangen, und sie fängt laut an zu weinen.

„Pst", sage ich. „Hast du sonst niemanden gesehen?"

Sie schüttele den Kopf und schnieft. „Alle Türen sind verschlossen."

Ich bin nicht sicher, was ich tun soll. Ich kann sie hier nicht alleine lassen, aber ich kann sie auch nicht mit mir nehmen. Ich denke an die Tür am Fuß der Treppe, die zum Parkplatz führt. Draußen wäre das Mädchen wesentlich sicherer als hier drinnen. Ich überlege, sie allein die Treppe hinunterzuschicken; es sind nur wenige Schritte. Aber dann fällt mir die Blutlache ein, und ich kann mir grob vorstellen, was die Kleine tun würde, wenn sie dort hineinträte. Damit hätte ich erfolgreich einem weiteren Kind einen Schreck fürs Leben eingejagt, und ich bin erst dreizehn.

„Komm, ich bringe dich hier raus.“ Sie schaut mich an, als würde sie mir nicht glauben. „Wie heißt du?“, frage ich.

„Faith.“ Sie rümpft die Nase, als sie das Blut auf meinen Händen und meiner Kleidung sieht.

„Das ist nichts“, sage ich, als wäre es nicht der Rede wert. Dabei könnte ich mich jetzt gut übergeben und will nichts mehr, als das Blut abzuwaschen. „Ich bin Augie“, sage ich. Ich denke darüber nach, den gleichen Weg zurückzugehen, den wir gekommen sind: die Treppe hinunter und durch die Tür, die auf den Lehrerparkplatz führt. Doch der Gedanke an die verschmierte Blutlache am Ende der Treppe setzt diesen Überlegungen ein Ende. „Komm, gehen wir.“ Ich nehme ihre Hand, und zusammen laufen wir den langen Flur entlang, an geschlossenen Klassentüren vorbei zu einem anderen Treppenhaus, das in die Sporthalle und zu einem weiteren Ausgang führt. Während wir laufen, erhasche ich durch die Scheiben in den Türen Blicke auf Lehrer und Schüler, die sich genauso in einer Ecke zusammengedrängt haben wie wir mit Mr Ellery. In einer Klasse sieht es jedoch anders aus. Mit einem schnellen Blick über die Schulter erkenne ich, dass in diesem Raum etwas vor sich geht. In P. J.s Klassenraum. Ich bleibe stehen und schaue durch das Fenster. Die Kinder haben sich nicht in einer Ecke versammelt, sondern sitzen an ihren Tischen, den Blick ängstlich nach vorne gerichtet. P. J. sitzt in der ersten Reihe und sieht aus, als wäre mit ihm alles in Ordnung. Ich will ihn packen und mit Faith und ihm zusammen weglaufen. Von meinem Platz aus kann ich nicht sehen, ob seine Lehrerin oder der Eindringling, wer auch immer es ist, sich im Klassenzimmer befindet. Ich denke an Beth und frage mich, wohin sie gegangen ist. Ich hoffe, sie ist rausgelaufen. Ich starre P. J. an, versuche, ihm meine Gehirnwellen zu schicken, ihm zu sagen, dass er in meine Richtung schauen soll.

Faith zieht an meiner Hand. Ich schaue zu ihr. „Komm“, flüstert sie.

„Mein Bruder“, sage ich. „Er ist da drin.“

„Bitte, ich will nach Hause“, sagt sie lauter.

„Pst.“ Das klingt schärfer als beabsichtigt, und sie fängt an zu weinen.

„Pst, Faith, sonst hört er uns“, sage ich weicher und ziehe sie mit mir den Flur hinunter.

Ich bin völlig außer Atem, als Faith und ich endlich das Ende des Korridors erreichen und stehen bleiben. „Ist okay, es tut mir leid“, flüstere ich Faith zu. „Ich bin nicht böse auf dich.“

Ich schaue zu P. J.s Klassenzimmer und sehe, dass die Tür langsam geöffnet wird und eine Frau den Kopf herausstreckt. P. J.s Lehrerin Mrs Oliver. Nichts in ihrer Miene deutet darauf hin, dass sie uns gesehen hat, aber sie macht eine winkende Bewegung mit der Hand, als versuche sie, uns von dem Klassenzimmer zu verscheuchen. In dem Moment weiß ich, dass er da drin ist. Wer auch immer er ist. Gemeinsam mit P. J. Ich drücke Faiths Hand fester, und gemeinsam schleichen wir die Treppe hinunter. Die nächste Tür nach draußen befindet sich auf der anderen Seite der Sporthalle, die dunkel und geisterhaft still vor uns liegt. „Ich will da nicht reingehen“, weint Faith und versucht, sich mir zu entziehen.

Ich muss ihr zustimmen. Es ist wirklich gruselig, aber jetzt, da ich sicher bin, dass der Mann oben ist, weiß ich, dass es keinen schnelleren und sichereren Weg gibt, Faith hier herauszubringen. „Es ist okay, versprochen“, sage ich. „Wir laufen durch die Sporthalle zu der Tür.“ Das Licht in der Halle ist aus, aber ich sehe den grauen Himmel und den weißen Schnee durch die Glastüren, die auf den großen Parkplatz führen – den, auf dem bei Basketballspielen und Schulfesten alle parken. „Siehst du“, sage ich, „draußen ist es heller als hier drinnen. Und da warten Leute auf dich. Deine Mom und dein Dad.“ Ich hoffe, das stimmt. Hoffe, dass ihre Eltern da draußen stehen und auf sie warten. Ich frage mich, ob meine Mom und mein Dad wissen, was hier los ist. Sie sind tausend Meilen weit weg, und ich bin mir sicher, dass hierüber nicht in den Nachrichten berichtet wird. Wen interessiert schon eine Kleinstadt in Iowa? Grandpa hat vermutlich gehört, was los ist, und macht sich Sorgen um P. J. Ich weiß, dass er P. J. liebt. Mich hingegen eher nicht. Ich hab's ihm aber auch nicht leicht gemacht, mich zu mögen.

Faith beißt sich auf die Unterlippe und sagt: „Ich habe Angst."

„Ich auch", gebe ich zu. „Komm, wir schließen die Augen und laufen." Faith atmet tief ein, nickt und kneift die Lider fest zusammen. Ich tue es ihr gleich – abgesehen vom Augenzukneifen –, und dann laufen wir los. Unsere Sohlen quietschen auf dem Holzfußboden. Als wir die Tür erreichen, sehe ich, dass es schneit. Dicke, fette Flocken, die P. J. mit der Zunge auffangen würde. Durch den Schnee kann ich am anderen Ende des Parkplatzes außerdem eine Reihe Streifenwagen erkennen, die mit den Scheinwerfern in Richtung Schule geparkt sind. Dunkle Gestalten gehen vor und zurück, hüpfen auf und ab, als wenn sie versuchten, sich warm zu halten. „Siehst du die da?" Ich zeige auf die Streifenwagen. „Lauf in die Richtung. Dort wird jemand sein, der dir hilft, deine Mom und deinen Dad zu finden."

„Kommst du nicht mit?" Faith hält immer noch meine Hand und sieht mich fragend an.

„Nein. Ich muss meinen Bruder suchen. Du schaffst das schon. Das da draußen ist die Polizei."

„Bitte komm mit mir", fleht sie.

„Ich kann nicht. Ich muss meinen Bruder finden." Faith schaut mich unsicher an. „Aber wenn wir rauskommen, suche ich dich, versprochen."

Sie schüttelt den Kopf und fängt an zu weinen. „Ich habe Angst. Die sehen Furcht einflößend aus." Sie vergräbt ihren Kopf an meinem Bauch. Ich kann die dunklen Schemen in dem starken Schneetreiben kaum noch erkennen. Sie hat recht, sie sehen Furcht einflößend aus. Wie Außerirdische.

„Okay", sage ich schließlich. „Ich komme mit dir raus, aber sobald du in Sicherheit bist, kehre ich um." Sie denkt eine Sekunde über mein Angebot nach und nickt dann. Ich schaue mich nach etwas um, mit dem ich die Tür blockieren kann, denn ich weiß, dass sie, wenn sie wieder ins Schloss fällt, von außen nicht zu öffnen ist. In einer Ecke sehe ich einen Basketball liegen. Vermutlich haben sie im Sportunterricht Basketball gespielt, bevor der Alarm losging. Ich frage mich, wo sie alle sind, ob sie es nach draußen geschafft haben oder sich irgendwo verstecken. Ich nehme den Basketball, drücke die Tür auf, und wir gehen nach draußen. Die kalte Luft schlägt mir ins Gesicht. Faith zittert. Unsere Füße sinken im zehn Zentimeter tiefen Schnee ein. „Warte kurz", sage ich zu Faith und klemme den Basketball in der Tür ein, damit sie nicht zufallen kann. Auf der anderen Seite des Parkplatzes hört einer der Schatten auf, hin und her zu gehen, und macht einen Schritt auf uns zu. Jemand hebt etwas Langes, Dünnes. Ein Gewehr. Der Wind verwirbelt meine Haare, und ich habe Angst, dass er die Tür zuwehen und mich damit hier draußen aussperren wird. Weit weg von P. J. Ich wedele mit den Armen in der Luft, um ihnen zu zeigen, dass wir nicht bewaffnet sind. „Hey", rufe ich. „Wir sind nur Kinder!" Vorsichtig gehen wir weiter. Der Polizist hält das Gewehr die ganze Zeit auf uns gerichtet. „Wir sind nur Kinder!", rufe ich noch einmal.

Einer der Polizisten kommt langsam auf uns zu, eine Hand in der Hüfte, die andere zu uns ausgestreckt. „Behaltet eure Hände oben." Die Stimme einer Frau. Faith greift nach meiner Hand, und gemeinsam heben wir unsere Arme. „Geht langsam weiter", sagte die Polizistin, und wir tun genau das. Als sie näher kommt, sehe ich, dass sie diejenige ist, die vorhin versucht hat, mich aus dem Klassenzimmer zu locken. „Wie heißt ihr?", fragt sie, während sie sich uns nähert.

„Ich bin Augie Baker, und das hier ist Faith …" Ich weiß ihren Nachnamen gar nicht.

„Garrity", flüstert sie.

„Garrity", rufe ich. „Faith Garrity."

„Ich bin Officer Barrett", sagt sie. „Ich bin hier, um euch zu helfen. Geht einfach langsam weiter. Seid ihr verletzt?"

„Nein, uns geht es gut." Als wir endlich bei ihr angekommen sind, ist mein Gesicht taub vor Kälte, und meine Schuhe sind voller Schnee. Die Polizistin senkt endlich ihr Gewehr und spricht dann in ein Funkgerät.

„Ist da drinnen jemand verletzt? Habt ihr den Eindringling gesehen?"

„Ich habe ihn nicht gesehen. Da war Bl…“ Ich will ihr gerade von der Blutlache erzählen, in der ich ausgerutscht bin, als ich hinter ihr einen Krankenwagen sehe und jemanden, der mit einem Stapel Decken auf dem Arm auf uns zukommt.

„Was hast du gesehen?“, hakt Officer Barrett nach, während ich Faiths Finger von meiner Hand löse.

„Nichts.“ Ich trete einen Schritt zurück und schaue zur Tür der Sporthalle, die immer noch von dem Basketball offen gehalten wird.

„Kommt, jetzt bringen wir euch erst einmal ins Warme.“ Officer Barrett versucht, mir einen Arm um die Schulter zu legen, aber ich weiche ihr aus und renne zur Schule zurück, wobei ich auf dem verschneiten Untergrund immer wieder ausrutsche.

„Was zum Teufel …“, ruft sie, nachdem sie noch versucht hat, mich zu packen, aber die Überraschung war auf meiner Seite. Nur noch wenige Meter, und ich bin wieder im Gebäude.

HOLLY

Ich habe schon immer gewusst, dass ich anders bin als die anderen Mädchen aus Broken Branch. Ich meine damit nicht, dass ich besser war; wenn überhaupt, wünschte ich mir oft, ihnen ähnlicher zu sein. Ich teilte sie in drei Kategorien ein: die Mädchen, die direkt nach der Highschool heiraten und Kinder kriegen wollten. Die Mädchen, die aufs College gehen und anschließend nach Broken Branch zurückkehren wollten, um sich hier niederzulassen, zu heiraten und Kinder zu kriegen. Und ich. Alles, was ich wollte, war so schnell wie möglich aus Broken Branch zu entfliehen. Ja, ich bin mit einem Jungen aus Broken Branch fortgelaufen, aber wir wussten beide, dass es nicht halten würde. Es war ein wenig, wie von den Klippen in der Zeche in die mit Wasser gefüllten Sand- und Kieslöcher zu springen. Es war viel einfacher, zu springen, wenn man jemanden an der Hand hielt. Die Aufregung, so weit oben zu sein, die zerklüfteten, steinigen Wände des Steinbruchs zu sehen, zu wissen, dass dein Körper dagegenschlagen könnte, wenn du den Sprung nicht genau planst. Das Problem war, ich suchte immer nach jemandem, der mit mir gemeinsam sprang.

Ich weiß nicht, was in meinen Inneren fehlte, dass ich versuchen musste, es mit jedem Mann, der mir über den Weg lief, zu füllen. Ich würde gerne meinem Vater die Schuld daran geben; es ist so einfach. Ich habe nie eine Verbindung zu ihm gehabt. Ich hatte immer das Gefühl, er liebte die Farm, liebte meine Brüder mehr als mich. Aber um ehrlich zu sein, kann ich meinen Dad für diese Seite meiner Persönlichkeit nicht verantwortlich machen. Seitdem ich dreizehn war, habe ich mich nachts aus dem Haus geschlichen, um mich mit Jungen und Männern zu treffen. Mit unterschiedlichen Männern zusammen zu sein, die verschiedenen Arten kennenzulernen, auf die ich geküsst und berührt und *gewollt* werden konnte, war für mich berauschend. Beinahe, wie von einer Klippe zu springen.

Es gibt Namen für Frauen wie mich. Ich weiß. Aber ich

fühle mich nicht wie ein schlechter Mensch. Mir gefällt einfach, wie es sich anfühlt, wenn ein Mann mich berührt. Für mich hatte Sex noch nie etwas mit Liebe zu tun, obwohl ich mich durchaus schon verliebt habe. Als ich David geheiratet habe, war ich verliebt. Wir haben Augie bekommen und waren lange Zeit sehr glücklich. So lange war ich vorher noch nie jemandem treu gewesen. Man würde denken, nachdem ich eine eigene Tochter hatte, hätte ich meine Lektion gelernt und würde versuchen, ihr ein besseres Vorbild zu sein. Doch das war ich nicht. Ich erinnere mich, Augie und David zu Hause gelassen zu haben, während ich mit einigen der Mädchen aus dem Bang! – dem Salon, in dem ich gearbeitet habe – ausgegangen bin. Wir gingen in Bars, tranken Chocolate Martinis, und irgendwie endete ich jedes Mal mit irgendeinem Typen auf der Toilette oder in einem Hinterzimmer oder auf dem Rücksitz eines Autos. Ich dachte, es würde irgendwann vorbei sein, eines Tages würde es mir reichen, nur mit David zusammen zu sein. Aber so war es nicht.

Ich erzähle P. J., dass sein Vater ein Marine ist, ein guter, freundlicher Mann, den ich geliebt habe und der in den Krieg gezogen ist. Er hört das gerne. Ich bringe es nicht übers Herz, ihm zu erzählen, dass sein Vater einer von drei Männern ist. Ein Buchhalter aus Phoenix, den ich auf einer Hochzeit kennengelernt habe, ein Student aus Ohio, der während der Frühjahrsferien in Arizona war, oder der Croupier vom Würfeltisch im Kasino. Ich sagte ja, es gibt Namen für Frauen wie mich. Ich schaue auf meine bandagierte Haut und berühre mein verschmortes Haar, das langsam nachwächst, und frage mich, ob mich jemals wieder ein Mann wollen wird.

Ich will nicht, dass Augie genauso wird. Aber sie ist so anders als ich. Entschlossen und stark und zufrieden. Etwas, das ich nie gewesen bin.

Ich würde meine Mutter gerne danach fragen. Ich will sie fragen, wie es ist, fünfzig Jahre mit dem gleichen Mann verheiratet zu sein. Nicht die sexuelle Seite. Gott bewahre. Aber der Alltag. Darüber würde ich gerne mehr wissen. Aber sie ist weggegangen, um mit irgendwem über meine Krankenversicherung zu sprechen, und mir fällt auf, dass mir meine Mutter fehlt. Sie fehlt mir seit fünfzehn Jahren.

Unglaublich. Erst rennt das Mädchen in die Schule zurück. Dann tritt sie den Basketball fort, der die Tür offen hält, und schließt sich damit in der Schule ein und mich aus. Wer zum Teufel ist dieses Mädchen? Ich fange an zu glauben, dass sie etwas mit dem Ganzen zu tun hat. Ist es möglich, dass diese Dreizehnjährige die Komplizin des Schützen ist? Ich hämmere gegen die Tür der Sporthalle, rufe Augie zu, sie soll sie aufmachen und rauskommen.

„Ich muss meinen kleinen Bruder holen“, erklärt sie mir durch die geschlossene Glastür. „Tut mir leid.“

„Verdammt!“ Ich drehe mich um und sehe, dass sich mehrere Officer versammelt haben. Faith ist in der Menge verschwunden. „Mach die Tür auf, Augie“, sage ich laut, damit sie mich hört. „Ich helfe dir, deinen Bruder zu finden.“

Sie schüttelt den Kopf. „Das kann ich nicht. Tut mir leid.“ Damit dreht sie sich um.

„Augie, bitte.“ Ich flehe sie an, versuche, meine Stimme weicher klingen zu lassen. „Mach die Tür auf. Ich kann dich in Sicherheit bringen. Glaubst du wirklich, du kannst einen bewaffneten Mann überwältigen? Weißt du überhaupt, wo er sich aufhält?“

Sie schaut mich an und geht rückwärts immer weiter in die Sporthalle hinein. Tränen schimmern in ihren Augen. Sie sagt etwas, aber ich kann sie durch das dicke Glas nicht mehr verstehen.

„Komm da sofort raus!“, rufe ich.

Sie dreht sich nicht um und verschwindet immer schneller aus meinem Blickfeld. Einen Moment lang überlege ich, mir den Weg ins Gebäude freizuschießen, doch stattdessen nehme ich den Basketball und werfe ihn so weit wie ich kann ins Maisfeld.

Ich war so nah dran, aber dann habe ich sie verschreckt. Das war schon immer meine größte Schwierigkeit als Polizistin. Die richtige Balance zwischen hart und weich zu finden. Sehr früh auf meinem Berufsweg habe ich gelernt, dass ich zäh sein muss, kein Zeichen von Schwäche zeigen darf. Ich habe mir als Frau genug Mist von meinen Kollegen auf der Polizeiakademie anhören müssen. Auf gar keinen Fall hätte ich zugelassen, dass man mir auch noch nachsagt, ein Weichei zu sein. Was auch niemand getan hat. Ich habe gewalttätige, zahnlose Junkies in Handschellen gelegt, Auge in Auge mit bewaffneten Räubern gestanden und mir sogar eine gebrochene Nase und sechsundzwanzig Stiche im Arm eingefangen, als ich versucht habe, einen Streit in einer Bar zu schlichten. Ich habe so hart daran gearbeitet, stark zu wirken, ich vergesse manchmal, dass es als Polizistin Zeiten gibt, in denen ein sanfterer Ansatz gefragt ist. Jetzt ist dieses junge Mädchen, die vielleicht einzige Person, die uns sagen kann, was in der Schule los ist, weg, und ich bin diejenige, die sie hat gehen lassen. Ich habe das Mädchen genauso im Stich gelassen wie Jamie Crosby.

JETZT REDE ICH, hatte die Schlagzeile gelautet. *Vermeintliches Vergewaltigungsopfer spricht über ihr traumatisches Zusammentreffen mit dem Ehemann unserer Kandidatin für den Gouverneursposten. Von Stuart Moore.* Mir gefror das Blut in den Adern.

An dem Abend, an dem ich zu den Crosbys gerufen worden war, hatte ich es nach einer Stunde des Bettelns und Flehens endlich geschafft, Jamie davon zu überzeugen, das Zentrum für Vergewaltigungsopfer in Waterloo aufzusuchen – Jamie bestand darauf, nicht in ein örtliches Krankenhaus zu gehen –, wo man sie untersuchte und Beweise sammelte. Erst drei Tage später nannte Jamie den Namen ihres Angreifers: Matthew Merritt, der Ehemann der Gouverneurskandidatin Greta Merritt. Jamie hatte fürchterliche Angst. Sie war überzeugt, niemand würde ihr glauben, dass der allseits beliebte zukünftige erste Ehemann im Staate Iowa fähig wäre, eine schlichte, leicht übergewichtige neunzehnjährige Babysitterin im eigenen Haus zu überwältigen und zu vergewaltigen, während seine wunderschöne Frau auf Wahlkampfreise war. Mir brach es das Herz. Ich wusste, das waren nicht Jamies Worte, sondern vermutlich Matthew Merritts giftige Drohung, um das Stillschweigen des Mädchens zu sichern. Ich versprach Jamie, dass ich ihre Identität geheim gehalten würde, dass die Beweise, die die Krankenschwester gesammelt hatte – die Abstriche, die Hautfetzen unter den Fingernägeln, die Fotos von ihren blauen Flecken –, für ein Verfahren mehr als ausreichen würden.

Irgendwie ist Stuart an Jamie herangekommen. Irgendwie hat er erfahren, dass sie das Vergewaltigungsopfer war. Jeder im Staat, ach was, jeder im gesamten Mittleren Westen wusste, dass gegen Matthew Merritt wegen des Verdachts der Vergewaltigung ermittelt wurde. Aber niemand wusste, dass Jamie sein Opfer war. Doch Stuart hat es irgendwie herausgefunden. Vermutlich durch mich. Und nun besitzt er tatsächlich die Frechheit, zu versuchen, mir ein Statement für seine nächste große Geschichte zu entlocken. Da kann er lange warten.

„Hey, weg da!“, brüllte der Mann Mrs Oliver an, die noch ein wenig an der Tür stehen geblieben war, nachdem alle Schüler von der Toilette zurückgekehrt waren und wieder auf ihren Plätzen saßen. Sie sah zwei Mädchen, eines ein Teenager, das andere sehr viel jünger, die den Flur entlang auf sie zuschlichen, und winkte sie hektisch weg, bevor sie die Tür schloss. Hoffentlich würden die beiden schnell aus dem Blickfeld verschwinden. Die Anspannung des Mannes wuchs von Minute zu Minute. Er wirkte wie ein gefangener Vogel, der nervös von einer Zimmerecke in die andere flatterte. Seine Waffe klatschte immer unregelmäßiger gegen sein Bein. Mrs Oliver hoffte, dass sie gesichert war. Sie kehrte zu ihrem Platz in der ersten Reihe zurück. Ihr war wohl bewusst, je nervöser der Mann war, desto wahrscheinlicher war es, dass irgendetwas Schlimmes geschehen würde.

Es war beinahe zwei Uhr. Noch nicht so spät, als dass Cal sich Sorgen über ihren Verbleib machen würde. Vermutlich hatte er schon wieder vergessen, dass heute eigentlich früher Schulschluss war. Außerdem verbrachte Mrs Oliver oft ein paar Extrastunden in der Schule, um Lehrpläne zu erstellen, Arbeiten zu bewerten, eine neue Pinnwand anzubringen. Er überlegte im Moment vermutlich, ob er sich einen Teller von dem Eintopf gönnen sollte, der den ganzen Tag in dem Schmortopf vor sich hin köchelte, oder nicht. Er war bestimmt hungrig, aber er hasste es, allein zu essen. Nein, vermutlich hatte er die Temperatur am Herd schon heruntergedreht und sich ein Stück Cheddar abgeschnitten, um sich über Wasser zu halten, bis sie nach Hause kam.

Es war Fügung, dachte Evelyn, dass Mrs Ford vor sechsundvierzig Jahren Cal eingeladen hatte, sich auf eine Scheibe Bananenbrot zu ihnen zu setzen, das gerade warm und luftig aus dem Ofen gekommen war. Dazu stießen sie mit einem Glas selbst gemachter Limonade auf die erfolgreiche Reparatur der Waschmaschine an. Gemeinsam mit Mrs Ford hatten sie in der sonnigen Frühstücksecke gesessen, kleine Bissen von dem duftenden

Kuchen gegessen und kleine Schlucke Limonade getrunken. Cal hatte aufmerksam zugehört, als Mrs Ford sich in ihren üblichen Geschichten über George verlor. Evelyn hatte gedacht, es nicht mehr zu ertragen, zu hören, dass George als Kind Scharlach hatte und wie sehr Mrs Ford und ihr Mann gefürchtet hatten, ihn zu verlieren. Oder dass George ausgewählt worden war, die Rede für seinen Jahrgang zum Highschool-Abschluss zu halten. Es zerrte an ihrem Herzen, aber sie merkte auch, es war nicht ganz so schlimm wie sonst. Im Gegenteil, zuzuhören, wie Mrs Ford jemand anderem von George erzählte, war sogar recht angenehm. Cal schien ehrlich interessiert und stellte genau an den richtigen Stellen die richtigen Fragen.

Mrs Ford rief Cal in den folgenden zwei Monaten noch drei Mal an, um ihn zu bitten, etwas an der Waschmaschine zu reparieren. Jedes Mal leistete Evelyn ihm im Keller Gesellschaft, reichte ihm Werkzeug an und sprach mit ihm über Politik und Bücher. Irgendwann rief Mrs Ford die Kellertreppe hinunter, dass die Kekse gerade fertig wären und sie nach oben kommen sollten, während sie noch heiß waren. Dann saßen sie wieder zu dritt am Tisch. Mrs Ford schwelgte in Erinnerungen an George, und am Ende des Besuchs sah Evelyn eine neue Leichtigkeit in Mrs Fords Miene.

Eines kalten Nachmittags im Winter, ein paar Wochen, nachdem Cal die Waschmaschine endgültig für tot erklärt hatte und eingestehen musste, dass alle weiteren Wiederbelebungsversuche lediglich dazu dienen würden, Mrs Fords Portemonnaie zu erleichtern, was er nicht guten Gewissens tun könne, lud Mrs Ford ihn zum Abendessen ein. Evelyn hatte den Bus nach Hause genommen, nachdem sie sich tagsüber für die verschiedenen Kurse am College eingetragen hatte. Die Collegegebühren hatte sie mit dem Geld aus Georges Lebensversicherung bezahlt. Erst hatte sie Mr und Mrs Ford das Geld angeboten, denn immerhin hatten sie eine größere Rolle in seinem Leben gespielt als sie. Aber sie hatten ihr versichert, George hätte gewollt, dass sie ihre Ausbildung weitermache. Evelyn war bereits ein halbes Jahr hinter den anderen Studenten zurück, weil sie nach Erhalt der Nachricht von Georges Tod ihr Studium erst einmal unterbrochen hatte, aber sie war entschlossen gewesen, gemeinsam mit ihren Kommilitonen den Abschluss zu machen. Erschöpft ging sie den Weg von der Bushaltestelle zum Haus der Fords. Obwohl man noch nichts von ihrer Schwangerschaft sah, spürte sie, wie das Kind ihr alle Nährstoffe raubte. Sie wollte nur noch ihre Gummistiefel ausziehen, aus dem Wintermantel schlüpfen und ins Bett krabbeln.

Die Fords waren in Tränen ausgebrochen, als sie hörten, dass sie mit Georges Baby schwanger war. Vielleicht würde es sogar ein Junge, der den Namen ihres Sohnes weitertragen könnte, jemand, der ihren George zwar nicht ersetzen, aber auf den sie all ihre Liebe projizieren könnten.

Evelyn war durchaus erfreut, Cal zu sehen, dessen fröhliche, anspruchslose Art ihr immer den Druck zu nehmen schien, aber sie war überrascht, ihn mit Kakihose und Oberhemd im Wohnzimmer sitzen zu sehen anstatt mit der grauen Arbeitskluft, bei der auf der Brust sein Name eingestickt war.

Bei ihrem Eintreten stand Cal auf und sah dabei genauso unbehaglich aus, wie sie sich fühlte. Als wenn ihm jetzt erst dämmerte, dass ein abendlicher Besuch im Hause der Fords einen Bruch der ungeschriebenen Etikette des Waschmaschinenreparateurs bedeutete. Es war ein seltsames Abendessen, obwohl Mrs Ford und Cal versuchten, die Unterhaltung in Gang zu halten. Evelyn konnte sich nicht vorstellen, was Mrs Ford sich dabei gedacht hatte, Cal einzuladen; und Mr Ford war so verwundert, dass sein Blick ständig nach einer Erklärung suchend zu Evelyn glitt. Obwohl die Unterhaltung nicht uninteressant war, war Evelyn so unglaublich müde, dass sie kaum die Augen offen halten konnte. Sie versuchte, an den richtigen Stellen zu lächeln, aber als ihr die Gabel mit dem Bœuf Stroganoff auf dem Weg zum Mund aus der Hand und auf den Boden fiel, musste sie den Tisch verlassen. „Es tut mir leid“, sagte sie und stand abrupt auf. „Ich fühle mich nicht gut. Bitte entschuldigt mich.“ Sie floh in ihr Zimmer und setzte sich mit Georges Abschlussfotos aufs Bett, fuhr mit dem Finger die Linien seines Gesichts nach, bis sie ein leises Klopfen an der Tür hörte. Sie dachte, es wäre Mrs Ford, und stand widerstrebend auf, wobei sie in Gedanken eine Entschuldigung formulierte. Doch als sie die Tür öffnete, stand Cal da und hielt ihr einen Teller mit einem Stück Apfelkuchen und eine Gabel hin.

„Hier“, sagte er. „Ich dachte, du magst vielleicht ein Stück.“ Sie nahm den Teller und trat beiseite, damit Cal eintreten konnte. Es war seltsam, einen Mann, der nicht George war, in ihrem Schlafzimmer zu haben.

„Wissen Mr und Mrs Ford, dass du hier oben bist?“ Sie schaute auf den Flur hinaus.

„Mrs Ford hat mich gebeten, dir den Kuchen zu bringen. Ist mit dir alles in Ordnung, Evelyn?“ Besorgnis klang in seiner Stimme mit, und um seine braunen Augen bildeten sich kleine Falten.

„Ich bin nur müde“, erwiderte sie.

Cal schob die Hände in die Hosentaschen und senkte die Stimme. „Ich wollte dich durch meinen Besuch nicht traurig machen“, sagte er zögernd. „Ich dachte, du wüsstest davon. Ich dachte, es wäre vielleicht sogar deine Idee gewesen.“

„Meine Idee?“ Sie war empört. „Wie kommst du nur darauf?“

„Ich weiß nicht.“ Cal zuckte mit den Schultern. „Ich dachte, du magst meine Gesellschaft.“

„Das tue ich, aber … der Zeitpunkt ist nicht der beste, oder?“ Sie flüsterte, aus Angst, dass Mrs Ford irgendwo hinter der nächsten Ecke lauerte. Evelyn schaute sich in dem Zimmer um, das sie mit George geteilt hatte. „Ich lebe mit den Eltern meines verstorbenen Ehemannes in einem Haus.“ Tränen rollten über ihre Wangen, und sie wischte sie wütend weg. „Ich bin beinahe im sechsten Monat schwanger mit ihrem Enkelkind, und sie versucht, mich mit dem Mann zu verkuppeln, der ihre Waschmaschine repariert.“ Als sie Cals beleidigte Miene sah, seufzte sie. „So habe ich das nicht gemeint, Cal. Es ist nur … so sollte es nicht sein.“

Cal setzte sich neben sie aufs Bett, wobei er darauf achtete, einen respektablen Abstand zwischen ihnen zu lassen. „Vielleicht“, sagte er, „ist es genau so, wie es sein sollte.“

Bei der Erinnerung schluckte Mrs Oliver ein paar Tränen hinunter, fasste sich an die Brust und gab ein leises Stöhnen von sich. Der Bewaffnete, der an der Wand gelehnt hatte, richtete sich auf und kam zu ihr. „Was?“, fragte er. „Was ist los?“

„Meine Medikamente“, krächzte sie, sich nur undeutlich bewusst, dass diese Worte einige ihrer Schüler erneut zum Weinen brachten. „Ich brauche meine Medikamente.“ Sie deutete mit einem zitternden Finger auf den Schreibtisch. „Sie sind da drüben in meiner Handtasche.“

Will sah zu, wie jedes Kind von mindestens einem Familienmitglied in Empfang genommen wurde. Es gab lange Umarmungen, Tränen, Erleichterung. Er und Verna schauten einander ungläubig an. Wo waren ihre Enkelkinder? In seinen gesamten siebzig Jahren hatte er sich noch nie so hilflos gefühlt wie in den letzten acht Wochen. Er und Marlys hatten Dürren, Fluten und finanzielle Schicksalsschläge überstanden. Sogar ihre Probleme mit der jugendlichen Holly verblassten im Vergleich zu Hollys Unfall und jetzt dem hier.

P. J. hatte Will gebeten, heute zu Hause bleiben zu dürfen, um beim Kalben zu helfen.

„Bitte, Grandpa", hatte er gebettelt. „Es ist der letzte Schultag vor den Frühlingsferien. Da verpasse ich bestimmt nichts."

Sogar Augie hatte sich für ihren Bruder eingesetzt. „Du solltest uns zu Hause bleiben lassen. Wenn er dir zusieht, lernt er mehr, als wenn er den ganzen Tag in der doofen Schule herumsitzt." Das hätte man beinahe als Kompliment auffassen können. „Ich kann dann auch hierbleiben", hatte sie angefügt, „und schon mal für unsere Reise packen."

„Ihr zwei geht in die Schule. Danach ist noch ausreichend Zeit, um beim Kalben zuzusehen und die Koffer zu packen." Wenn er nur nachgegeben hätte, nur dieses eine Mal, und den Kindern erlaubt hätte, daheimzubleiben. Aber nein, er musste ja seinen Willen haben und den beiden zeigen, wer hier der Boss war.

Er schüttelte den Kopf über seine Sturheit. Dann berührte er mit den Fingern das Handy in seiner Tasche und wusste, dass es an der Zeit war, seine Frau und seine Tochter anzurufen. Er wusste nur nicht, wie er ihnen sagen sollte, dass die Möglichkeit bestand, dass Augie und P. J. morgen früh nicht das Flugzeug nach Arizona besteigen würden.

Ich frage mich, ob sie mich wohl verhaften werden, wegen Widerstand gegen die Staatsgewalt oder wie auch immer sie das nennen.

Ich wollte Officer Barrett vertrauen, aber ich vermute, wenn ich mit ihr mitgegangen wäre, hätte sie mich direkt zu meinem Grandpa geschleppt, der von mir enttäuscht gewesen wäre, weil ich mich nicht um P. J. gekümmert habe.

Von meinem kleinen Kampf mit Officer Barrett sind meine Klamotten klitschnass, und meine Schuhe geben ein schmatzendes Geräusch von sich, als ich die Sporthalle durchquere. Ich schleudere sie von meinen Füßen, denn ich weiß, dass ich leise sein muss, wenn ich versuche, in P. J.s Klassenzimmer zu gelangen. Plötzlich hört das Hämmern an der Tür auf. Als ich mich umdrehe, sehe ich, dass Officer Barrett fort ist. Gut, denke ich. Vielleicht beschäftigt sie sich mit etwas anderem und vergisst mich. Ich wünschte, ich hätte ihr nicht meinen Namen gesagt. Das war dumm. Ich friere in meinen nassen Sachen, und meine Zähne hören nicht auf zu klappern. Ich sehe ein Sweatshirt auf einer der Bänke liegen und ziehe mein blutbeflecktes, feuchtes T-Shirt aus und das Sweatshirt an. Das ist nicht wirklich Klauen; ich gebe es ja zurück, wenn das alles hier vorbei ist. Aber wenn ich das nasse T-Shirt anbehalte, könnte ich mir eine Unterkühlung einfangen oder so was. Meine Hose ist auch nass, aber das Sweatshirt ist besser als nichts.

Ich setze mich auf die Tribüne – nur für einen Moment, sage ich mir. Ich muss zu Atem kommen, mir einen Plan zurechtlegen, bevor ich die Treppen hinauf zu P. J.s Klasse gehe. Ich hasse Broken Branch, ich hasse Iowa. Ich kann nicht glauben, dass ich hier jemals irgendetwas hübsch gefunden habe. Ich vermisse Arizona und Revelation. Mir würde es nichts ausmachen, nie wieder Schnee zu sehen. Ich will in der Sonne stehen und ihre Strahlen auf meinem Gesicht fühlen und mir die Fußsohlen auf dem Asphalt verbrennen. Ich schließe die Augen und stelle mir den warmen, blauen Himmel vor und die orangeroten Sonnenuntergänge und all die anderen Farben, für die ich keinen Namen habe, und die Joshua-Bäume und die Yuccapalmen mit ihren spitzen Blättern. Ich vermisse meinen Dad, obwohl ich ihn auch hasse. P. J. und ich würden nicht in diesem Schlamassel stecken, wenn er uns beide bei sich hätte wohnen lassen. Es ist nicht leicht, festzustellen, dass dein Dad ein Egoist und mit einer Frau verheiratet ist, die sich nicht viel aus seiner Tochter macht.

Ich denke an meine Mom, und meine Brust schmerzt vor Sehnsucht nach ihr. Nachdem mein Dad uns verlassen hatte, wusste ich, dass ich mich auf meine Mom verlassen konnte. Sie macht hin und wieder dumme Sachen, kann nicht gut mit Geld umgehen, und manchmal aßen wir eine Woche lang Makkaroni mit Käse und Rahm-Nudeln, weil sie ein neues T-Shirt brauchte oder P. J. das gleiche Videospiel haben sollte, das alle anderen Kinder spielen. Sie kaufte auch Sachen für mich. Ohrringe oder ein angesagtes Paar Schuhe, aber ich konnte das nie richtig genießen. Doch in einer Sache ist meine Mom richtig gut: Sie weiß immer, wann es mir schlecht geht. Und sie weiß außerdem, wann es Sinn hat, mich dazu zu bringen, mit ihr zu reden, und wann sie mich besser in Ruhe lässt. Die Mütter meiner Freundinnen kriegen das überhaupt nicht auf die Reihe. Die drängen und fragen so lange, bis man nur noch schreien möchte. Obwohl ich jeden Abend mit meiner Mom spreche und sie mir erzählt, was in Arizona los ist und wie ihre Physiotherapie läuft und wie toll und gleichzeitig nervtötend Grandma Thwaite ist, habe ich das Gefühl, dass es zwischen uns nie wieder so sein wird wie zuvor.

Sie hat allen Grund, mich zu hassen, aber am Ende eines jeden Telefonats sagt sie immer das Gleiche. *Ich liebe dich, Augie.* Ich stelle mir vor, wie sie das Telefon in den vernarbten Händen hält, die einst so schön waren. Ich erinnere mich daran, wie sie ihre Nägel zu perfekten rosafarbenen Ovalen gefeilt hat, während ich versuchte, meine eigenen zersplitterten, abgekauten Fingernägel hinter meinem Rücken zu verbergen. *Ich liebe dich, Augie*, wiederholt sie dann. Ich kann es nur nicht zurückgeben.

Ich will es, aber die Worte bleiben mir im Hals stecken. *Tschüss, Mom*, sage ich immer nur und gebe den Hörer dann schnell an P. J. oder Grandpa weiter.

Dann laufe ich aus dem Haus, stoße die Tür extra hart auf, weil ich weiß, dass Grandpa Thwaite es hasst, wenn ich die Fliegentür zuknallen lasse. Ich laufe in die Scheune, wo ich mich verstecken und „*Ich liebe dich auch, Mom*“ flüstern kann und nur die Kühe mit den großen traurigen Augen mich hören.

Ich zwinge mich, aufzustehen. Ich kann hier nicht ewig herumsitzen und davon träumen, im Warmen und zurück in Revelation zu sein. Ich muss P. J. holen, ihm sagen, dass er kein Serienmörder ist, und ihn hoffentlich lebendig aus der Schule kriegen. Dann können wir morgen das Flugzeug nach Revelation besteigen und niemals hierher zurückkehren.

Ich gehe zurück zum Parkplatz und frage herum, bis ich die kleine Faith Garrity finde. Sie sitzt in einem der Krankenwagen und wird gerade von einem Rettungssanitäter untersucht.

„Wie geht es dir, Faith?“, frage ich.

„Ihr geht es gut“, versichert der Sanitäter mir. „Wann immer ihr bereit seid, kann sie zu *Lonnie's* gebracht werden.“

„Was meinst du, Faith? Bist du bereit, deine Mom und deinen Dad zu sehen?“

Sie nickt, und der Sanitäter hebt sie vorsichtig aus dem Krankenwagen. „Bist du schon jemals in einem Streifenwagen mitgefahren?“, frage ich sie. Sie schüttelt den Kopf.

„Na, dann ist heute dein Glückstag.“ Ich greife nach ihrer Hand, und Faith schenkt mir ein scheues Lächeln.

„Wo ist Augie?“, fragt sie, als ich sie auf dem Rücksitz meines Wagens anschnalle.

„Augie wollte nach ihrem kleinen Bruder sehen, aber wenn ich sie sehe, sage ich ihr, dass du nach ihr gefragt hast.“ Mich juckt es, Faith Fragen darüber zu stellen, was in der Schule vorgefallen ist, obwohl ich weiß, dass ich damit warten sollte, bis sie bei ihren Eltern ist und die mir die Erlaubnis geben, sie zu befragen.

Wir haben den Parkplatz noch kaum verlassen, da fängt Faith von alleine an zu sprechen. „Ich wette, sie ist zu Mrs Olivers Klassenzimmer zurückgegangen.“

Ich bin sofort hellwach. „Oh?“ Ich versuche, leichthin zu klingen.

„Sie ist die Lehrerin der dritten Klasse. Sie ist *echt* alt, aber sehr nett, finde ich.“

„Hm“, murmel ich und hoffe, dass sie noch mehr sagt.

„Ihr Bruder ist in Mrs Olivers Klasse. Sie hat gesagt, sie will ihn holen.“

„Faith“, sage ich. „Hast du in der Schule einen Mann gesehen? Vielleicht einen, der da nicht hingehört?“

Sie schweigt einen Moment. Wir biegen vor dem *Lonnie's* ein, wo Faiths Eltern ohne Zweifel auf sie warten. Ich weiß, in der Minute, in der sie durch die Tür des Cafés geht, verliere ich sie als Zeugin. Durch die hell erleuchteten Fenster sehe ich Tische voller verängstigt aussehender Eltern. Ich habe nur wenige Minuten. Ich stelle die Automatik auf Parken und drehe mich in meinem Sitz zu Faith um. „Faith, hast du irgendetwas gesehen, das Augie helfen könnte?"

Das Mädchen sieht sich nervös um.

„Hab keine Angst", sage ich. „Außer mir kann dich hier drinnen niemand hören."

Einige der Eltern im *Lonnie's* haben bemerkt, das vor dem Café ein Auto angehalten hat. Sie kommen ans Fenster, schirmen ihre Augen mit den Händen ab und pressen ihre Gesichter an die Scheibe, um besser sehen zu können. Ein Ruf ertönt im Inneren des Ladens. Wir sind entdeckt worden.

„Ich habe ihn gesehen", flüstert sie und schiebt sich die schneefeuchten Haare aus den Augen. „Er ist aus den Waschräumen gekommen, da habe ich ihn gesehen."

Die Tür vom *Lonnie's* öffnet sich, und ein Paar tritt auf den Parkplatz hinaus. Der Schnee wirbelt unter ihren Füßen auf.

„Was hast du gesehen?" Ich versuche, nicht zu drängend zu klingen.

Das Paar, vermutlich Faiths Eltern, kommt auf den Streifenwagen zu. Sie klammern sich aneinander, während sie über den vereisten Untergrund schlittern.

„Er hatte eine Pistole." Ihre braunen Augen weiten sich. „Er hat sie so gehalten." Sie richtet den Zeigefinger auf mich und lässt den Daumen nach oben zeigen. „Dann hat er seine Telefone fallen lassen."

Sie sind beinahe am Auto. Faith hat sie noch nicht gesehen.

„Seine Telefone?", frage ich verwirrt. „Er hatte mehr als eins?"

Sie nickt und spreizt ihre Finger. „Er hatte ungefähr fünf."

„Fünf Handys?", frage ich, nur um sicherzugehen. Faith nickt. „Noch etwas, Faith? Ist dir an ihm irgendetwas Besonderes aufgefallen? Hast du ihn vorher schon einmal irgendwo gesehen?" Es fällt mir schwer, meine Stimme neutral zu halten, aber ich will das Mädchen nicht verschrecken.

Sie denkt eine Sekunde nach und nickt dann wieder.

„Du kennst ihn?" Sie schüttelt den Kopf. „Du hast ihn schon einmal gesehen, aber du weißt nicht, wer er ist?" Sie nickt. Jetzt erblickt Faith den Mann und die Frau durch das Fenster des Autos und beeilt sich, ihren Anschnallgurt zu lösen. „Denk nach, Faith", dränge ich. „Wo hast du ihn schon mal gesehen?"

Faith drückt ihr Gesicht gegen das Fenster. „Mommy! Daddy!", ruft sie, und dann sind die beiden auch schon bei uns.

Faith versucht, die Tür zu öffnen, doch nichts passiert. Sie rutscht unruhig hin und her und sieht mich Hilfe suchend an.

Ich öffne die Verriegelung, und Faiths Vater reißt die Tür auf, und seine Tochter springt ihm in die Arme. Die Frau schlingt ihre Arme um Faith und ihren Mann, und die drei wiegen sich vor und zurück, während ich danebenstehe und versuche, geduldig einen Moment abzupassen, an dem ich diese Wiedervereinigung noch einmal unterbrechen kann.

„Mr und Mrs Garrity", sage ich schließlich, weil ich weiß, dass jede weitere Minute, die vergeht, das Leben eines Schülers oder eines Lehrers in dem Schulgebäude beenden kann. Die Garritys schauen mich aus tränenfeuchten Augen an. „Ich bin Officer Barrett. Ich hätte gerne Ihre Erlaubnis, ein paar Minuten mit Faith zu sprechen."

Mr Garrity drückt Faith enger an seine Brust und verzieht seine Augen misstrauisch zu kleinen Schlitzen.

„Ich glaube nicht", sagt seine Frau und streicht Faith übers Haar. „Danke, dass Sie sie uns gebracht haben." Ihre Stimme bricht. „Aber wir möchten Faith jetzt einfach nur nach Hause bringen."

„Das verstehe ich", sage ich. „Meine Tochter ist auf der Schule in der dritten Klasse." Sie senken mitfühlend die Lider, weil sie glauben, dass Maria immer noch im Gebäude feststeckt. Ich korrigiere dieses Missverständnis nicht. „Faith ist eine wichtige Zeugin. Alles, was sie uns sagen kann, kann den anderen Kindern helfen."

Mr Garrity schüttelt den Kopf. „Morgen. Sie können morgen mit ihr sprechen. Sie braucht jetzt erst einmal eine Nacht voll Schlaf." Faith hat ihren Kopf auf die Schulter ihres Vaters gebettet, ihre Augen sind ganz schwer vor Müdigkeit.

„Nur eine Minute. Versprochen", bettle ich.

Mr und Mrs Garrity wechseln einen Blick, und eine Sekunde wage ich zu hoffen, dass sie mich mit Faith sprechen lassen.

„Es tut mir leid. Nein", sagt Mr Garrity mit einer Endgültigkeit, gegen die Widerspruch zwecklos ist. „Morgen. Wenn sie nicht zu mitgenommen ist."

Ich nicke, schaffe es aber nicht, mir die Enttäuschung nicht anmerken zu lassen. „Okay. Dann also morgen." Ich wende mich an Faith. „Schön, dich kennengelernt zu haben, Faith. Du bist ein sehr mutiges Mädchen."

„Sie auch", murmelt sie. Ihre Lider flattern.

„Bitte rufen Sie auf dem Polizeirevier an, falls Faith irgendetwas sagt, das uns in unseren Ermittlungen weiterhelfen könnte. Fragen Sie nach Officer Barrett, dann wird man mich sofort informieren."

„Sie ist erst fünf", sagt Mrs Garrity entschuldigend.

„Ich verstehe. Ich wünsche Ihnen allen eine ruhige Nacht." Das meine ich ernst. Ich schaue in den verschneiten Himmel hinauf, Schneeflocken tanzen wie Derwische, mir wird vom Zugucken schwindelig. Ich stütze mich mit einer Hand an der Motorhaube ab und gehe in Gedanken noch einmal die Informationen durch, die ich von Faith erhalten habe: die Pistole, die verschiedenen Handys, die Tatsache, dass sie ihn schon einmal gesehen hat. Es ist nicht viel, aber besser als nichts. Ich schaue den Garritys noch einen Moment lang hinterher, wie sie wie eine nahtlose Einheit über den Parkplatz gehen. Ich denke an meine eigene kleine Familie, die einst so war wie die Garritys. Ich blinzle, dann löst sich das Bild auf.

Wenigstens werden die Kinder eines nach dem anderen wieder mit ihren Familien vereint. Ich muss zur Schule zurück. Doch erst muss ich mit Will Thwaite sprechen und herausfinden, was mit seiner Enkelin los ist.

Wenn Mrs Oliver einmal Zeit hat, fernzusehen, schaut sie gerne Krankenhausserien. Nun versuchte sie, sich daran zu erinnern, wie die Opfer von Herzanfällen im Fernsehen sich verhielten. Sie griffen sich immer an den linken Oberarm. Oder war es der rechte? Sie schnappte nach Luft, streckte ihre Hand wie eine Kralle nach vorne aus, umfasste erst ihren linken Arm und danach – nur vorsichtshalber – noch ihren rechten. „Meine Tabletten", keuchte sie. Der Mann wirkte bestürzt. Vielleicht ist er doch nicht nur ein Monster, dachte Mrs Oliver. Er schaute sich panisch in dem Raum mit den verängstigten Kindern um, von denen einige beim Anblick ihrer leidenden Lehrerin anfingen, ungehemmt zu weinen. Dann sah er wieder Mrs Oliver an. Als sie die Verwirrung auf seinem Gesicht sah, erkannte Mrs Oliver, dass er sich nicht die Bohne um sie scherte. Er machte sich nur Sorgen, dass sie sterben und ihn mit siebzehn hysterischen Drittklässlern allein lassen würde. Geschähe ihm ganz recht, wenn ich sterbe, dachte sie. Aber das konnte sie nicht machen. Ihre Schüler brauchten sie. Sie versuchte, sie telepathisch wissen zu lassen, dass sie nur schauspielerte, aber das schien nicht zu funktionieren. Julia weinte laut, ihr Mund eine offene Höhle, und der arme Colin saß da, die Augen fest zusammengekniffen, am ganzen Körper zitternd. Nur P. J. schien sie neugierig, aber nicht sonderlich besorgt zu mustern.

„Bitte, meine Handtasche." Sie stieß ein gurgelndes Geräusch aus. „In meinem Pult." Der Mann zögerte einen Moment und drehte sich dann zu P. J. um.

„Hol die Handtasche", befahl er. P. J. stand auf und ging schnell hinter Mrs Olivers Schreibtisch.

Er wühlte in den Schubladen herum und hielt schließlich triumphierend die Lederhandtasche in die Höhe. „Hab sie", sagte er.

„Nimm dir die Medizin und bring sie hierher", sagte der Mann.

Mrs Oliver stöhnte laut und glitt in einem, wie sie hoffte, anmutigen Zusammenbruch vom Stuhl auf den Boden, wo sie auf dem Bauch liegen blieb.

Der Mann kniete sich neben sie. „Komm schon“, zischte er. „Bring mir die Tabletten.“ P. J. wühlte in der schwarzen Handtasche herum, bis seine Finger das Pillendöschen fanden. Er warf es dem Mann zu, und es rollte über den Boden. Mrs Oliver und der Mann griffen gleichzeitig danach.

„Ich hab sie“, sagte Mrs Oliver fester, als sie vorgehabt hatte, und schnappte sich die orangefarbene Dose.

„Hey, was ist da los?“, ertönte Lucys gedämpfte Stimme aus dem Schrank. Das Mädchen schlug gegen die Tür. „Lasst mich hier raus!“

„Ruhig da!“, rief der Mann. Mrs Oliver drehte den Deckel mit der Kindersicherung auf, schüttete sich zwei Pillen in die Handfläche und steckte sie dann in den Mund.

„Geben Sie mir nur eine Sekunde.“ Sie blieb ausgestreckt auf dem Boden liegen. Der bittere Geschmack ihrer Arthritistabletten füllte ihren Mund. Sie war sich bewusst, dass alle Geräusche verebbt waren. Die Kinder hatten aufgehört zu weinen. Lucy hämmerte nicht mehr gegen die Schranktür. Alle warteten, was als Nächstes passieren würde.

Auf Zehenspitzen durchquere ich die Sporthalle und frage mich, was mit Beth geschehen ist. Ich überlege, ob sie sich auch in irgendeiner Ecke versteckt, so wie ich, und versucht, den Mut zusammenzukriegen, um in die Klasse zurückzukehren. Nur dass Beth herausfinden will, ob ihr Dad der Mann ist, der im ersten Stock ihre Schwester und P. J. samt ihren Klassenkameraden als Geiseln hält. Ich stelle mir eine Minute lang vor, einen Dad zu haben, der *alles* tun würde, um seine Kinder zu sehen, Zeit mit ihnen zu verbringen. Mein Dad würde lieber auf die gemeinsame Zeit mit mir verzichten, wenn er es dadurch vermeiden könnte, Zeit mit einem supernetten Kind wie P. J. zu verbringen. Das Traurigste daran ist, P. J. ist wie ein kleiner streunender Welpe, der sich einfach nach Aufmerksamkeit von irgendeiner Vaterfigur sehnt. Mehr als alles andere auf der Welt wünscht P. J. sich einen Dad. Nein, mein Dad ist kein Psychopath mit einer Waffe, aber trotzdem ist er ein Idiot.

Ich erreiche die Tür, die in den Flur hinausführt, und merke zum ersten Mal, wie durstig ich bin. Ich beuge mich über die Trinkwasserfontäne und trinke. Das Wasser ist lauwarm und schmeckt ein wenig rostig, aber es fühlt sich gut an in meinem Hals.

Ich trete auf den Flur und schleiche in Richtung Treppe. Wenn ich sie hinaufgehe, befinde ich mich in P. J.s Flur. Wenn ich nach rechts gehe und dann nach links, lande ich im Hauptflügel des Gebäudes, wo die Vorschüler und Erst- und Zweitklässler ihre Klassenräume haben. Ich denke an Faith Garrity und wie verängstigt sie war und stelle mir vor, dass es den ganzen anderen Kindern genauso geht. Faith jedoch dürfte inzwischen bei ihren Eltern sein, während der Rest der Kinder in ihren Klassen festhängt und nicht weiß, was hier draußen los ist.

Ich kann nicht sicher sein, dass der Mann sich noch in P. J.s Klasse befindet. Wenn es wirklich Beths Dad ist, hat er sich vielleicht schon Natalie geschnappt und ist jetzt auf der Suche nach Beth. Er könnte in diesem Augenblick durch die Flure streifen.

Ich ziehe mich in die Ecke unter der Treppe zurück, setze mich hin und versuche, zu entscheiden, was ich als Nächstes tun soll.

Mein Magen macht ein schwappendes Geräusch. Bis auf den Liter Wasser, den ich eben getrunken habe, ist er leer. Seitdem wir hierhergezogen sind, habe ich ungefähr sieben Kilo verloren, und wenn ich mich im Spiegel anschaue, erkenne ich mich kaum wieder. Meine Augen sind zu groß für mein Gesicht, und die Kuhle an meinem Hals sieht aus wie mit einem Eisportionierer ausgehöhlt. Ich kann nicht sagen, dass ich sehr gut aussehe, auch wenn einige der Mädchen an meiner alten Schule, die sich nur darüber unterhalten, wie fett ihre Gesichter oder Oberschenkel oder Hintern aussehen, von meiner Verwandlung sicher beeindruckt wären. Es ist jedoch keine Diät, die ich weiterempfehlen würde: die „Schau zu, wie deine Mutter sich die Haut verbrennt"-Diät.

Seit dem Feuer wird mir beim Geruch von bratendem Fleisch übel. Wenn mein Grandpa Bacon brät oder Hamburger macht, muss ich immer an das Zischen der verbrennenden Haut meiner Mutter denken. Ich habe mich nach dem Brand vierundzwanzig Stunden lang immer wieder übergeben, um den aschigen Geschmack aus dem Mund zu kriegen und den grässlichen süßen Geruch von verbrannter Haut und Haaren aus der Nase.

Als Grandpa mit mir und P. J. zum Flughafen gefahren ist, von wo aus wir nach Iowa fliegen sollten, wollte er unterwegs an einem Fast-Food-Restaurant anhalten. Er meinte, er und Grandma Thwaite würden selten auswärts essen – vielleicht alle paar Wochen einmal in dem einzigen Restaurant in Broken Branch. Außerdem fand Grandma den Nährwert der Speisen in solchen Etablissements unzureichend. *Aber wenn die Katze aus dem Haus ist …*, hatte er gesagt. Als er in den Drive-Through eines Buster Burgers einbog, zog sich mein Magen allein bei dem Gedanken an den Geruch von Fett und gebratenem Burger zusammen. Aus einem Schutzreflex heraus erzählte ich ihm, dass ich Vegetarierin sei und keinerlei tierische Produkte essen würde. P. J. schaute mich an, als wenn mir Antennen gewachsen wären oder so. Grandpa lachte, und ich glaube, das war der

Augenblick, in dem ich beschloss, ihn zu hassen. Ich mochte ihn sowieso schon nicht wegen all der Dinge, die meine Mutter mir über ihre Kindheit und Jugend mit ihm erzählt hatte, wie zum Beispiel, dass er sehr streng und sarkastisch war. Aber in dem Moment beschloss ich, ihn zu hassen. Sein Lachen war wie das meiner Mutter. Süß und zäh wie ein Karamellbonbon. Aber aus seinem Mund kommend klang es nicht richtig und verschaffte ihm bei mir keine Bonuspunkte. „Na, eine Vegetarierin auf einer Rinderfarm. Das wird interessant."

Ich blieb im Auto sitzen, während Grandpa und P. J. zum Essen ins Restaurant gingen. Über der Frage, was ich in den nächsten wer weiß wie vielen Wochen, bis ich wieder zu meiner Mom konnte, essen sollte, schlief ich ein.

Im Moment würde ich mich gerne wie Roxie, Grandpas Hund, zu einem Knäuel zusammenrollen. Es wäre so schön, einfach die Augen zu schließen und in ein paar Stunden aufzuwachen und alles wäre vorbei. Doch P. J. ist oben, und die ganzen Vorschüler sind am Ende des Flurs. Ich stehe auf und beschließe, zu P. J.s Klassenraum zu gehen, um zu sehen, was da los ist. Falls der Mann noch da drin ist, schleiche ich mich zurück und sage den ganzen kleinen Kindern und ihren Lehrern, dass sie die Gelegenheit nutzen können, das Gebäude zu verlassen. Außer es gibt mehr als einen Mann in der Schule, aber der Gedanke ist zu schlimm, als dass ich darüber nachdenken wollte.

Ich gönne mir noch ungefähr zehn Sekunden, in denen ich Faith und ihre Eltern beobachte, bevor ich mich ins *Lonnie's* begebe, um mit Eric Braun zu sprechen, dem dort stationierten Officer. Faiths Vater hält sie fest, als wollte er sie nie wieder loslassen. Ihre Mutter streichelt lächelnd über Faiths Haar, während ihr Tränen über die Wangen rollen.

Zwei Sachen, die Faith gesagt hat, nagen an mir. Erstens, dass der Schütze mindestens fünf Handys hatte. Warum um alles in der Welt solle er fünf Telefone bei sich haben? Zweitens, dass Faith gesagt hat, sie hätte den Mann vorher schon einmal gesehen, kenne ihn aber nicht. Broken Branch ist eine kleine Stadt. Zwei Kirchen, eine Schule, ein Lebensmittelladen. Hier kennt jeder so ziemlich jeden beim Namen. Der Schütze muss also jemand von außerhalb sein. Jemand, der eine Verbindung zu Broken Branch hat, aber vermutlich nicht hier wohnt.

Ich muss zurück zur Schule und mit dem Chief Rücksprache halten. Ich hatte immer noch keine Gelegenheit, mich ausführlicher mit Gail Lowell zu unterhalten, und ich habe auch noch nicht mit der Rektorin gesprochen. Ich weiß gerade nicht, wo ich anfangen soll; die wenigen Informationen, die ich habe, sind bruchstückhaft und ergeben noch keinen Sinn. Ein unbekannter Schütze mit fünf Handys und unbekanntem Motiv, ein Mädchen, das die Möglichkeit hatte, zu fliehen, aber zurück in die Schule rennt.

Ich betrete das *Lonnie's*. Die warme Luft fühlt sich auf meinem Gesicht gut an. Sofort bin ich von Eltern und Familienmitgliedern der Kinder umringt, die immer noch in der Schule sind. Alle betteln um Informationen. Ich habe keine, also setze ich eine emotionslose Miene auf und wiederhole: „Ich kann Ihnen leider nichts Neues sagen“ und „Bisher sind uns keine Verletzungen gemeldet worden.“ Meine Freunde und Nachbarn sind wenig beeindruckt und wenden sich von mir ab, die Lippen frustriert zu Strichen zusammengepresst. Sie lassen sich wieder auf die Sitzbänke in den Nischen fallen und fahren fort, auf den an die Wand montierten Fernseher zu starren in der Hoffnung, mehr Informationen von den Nachrichtensprechern und herbeigerufenen Experten zu erhalten, die noch weniger wissen als wir.

Ich sehe Braun in einer Ecke mit Dennis und Alise Strickland sprechen. Sie haben drei Kinder auf der Schule. Einen sechzehnjährigen Jungen in der zehnten Klasse und Zwillingstöchter, die in die siebte Klasse gehen. Eric sieht erleichtert aus, als ich mich nähere. Dennis und Alise erheben sich von ihren Stühlen, auf ihren Gesichtern den gleichen niedergeschlagenen Ausdruck wie bei allen hier im Raum.

„Können Sie uns irgendetwas sagen?“, fragt Alise. „Bitte?“

„Wir arbeiten alle sehr hart dran, jede einzelne Person sicher aus der Schule zu holen.“ Ihre Miene verrät mir, dass das nicht die Worte sind, die zu hören sie gehofft hat.

„Ich verstehe nicht, warum niemand in die Schule geht. Warum stehen alle nur draußen herum und warten?“ Dennis Strickland sieht mich fragend an. Er leitet den örtlichen Futterhandel. Normalerweise lächelt er immer und ist ein sehr entspannter Mensch, was ihm im täglichen Umgang mit den Farmern zugutekommt, aber heute ist er verständlicherweise angespannt und nicht zu freundlichen Allgemeinplätzen aufgelegt.

„Ich weiß, es ist schwer, Geduld zu haben“, sage ich und greife nach Alises Hand. „Aber es gibt bestimmte Regeln und Vorgaben für solche Situationen, denen wir folgen müssen.“ Dennis schüttelt den Kopf und geht mit steifen Schritten davon. Alise schaut mich entschuldigend an.

„Lassen Sie uns wissen, wenn es etwas Neues gibt?“, bittet sie.

„Natürlich“, versichere ich ihr. Dann geht sie auch. Ich setze mich zu Eric in die Nische und erkenne an der Art, wie er sich die Stirn reibt, dass er als Ansprechpartner für die Eltern die vermutlich schwierigste Aufgabe zugeteilt bekommen hat.

Ich muss zurück zur Schule, also fange ich ohne große Vorrede mit meinen Fragen an. Später, wenn alles vorbei ist, ist noch genug Zeit für Mitgefühl. „Hast du irgendwelche Informationen über zwei Schülerinnen namens Augie Baker und Beth Cragg?"

„Die Frage nach Beth Cragg kann ich sofort beantworten. Ihre Großmutter sitzt gleich da." Er nickt in Richtung einer Essecke, in der eine Frau um die fünfundsechzig zusammen mit drei Männern sitzt. „Als Beth nicht mit den anderen Schülern aus dem Bus stieg, ist ihre Mutter Darlene zusammengebrochen. Sie hat angefangen zu weinen und zu schreien. Sie hat im Moment zwei Kinder in der Schule. Beth geht in die achte Klasse, Natalie in die dritte."

„Was ist mit Beths Vater? Wo ist er, während das hier alles passiert?" Ich weiß von den Malen, die ich zur Cragg-Farm gerufen wurde, dass es in der Familie Fälle von häuslicher Gewalt gab.

„Niemand weiß genau, wo Ray Cragg sich im Moment aufhält. Seitdem Darlene ihn verlassen und in die Stadt gezogen ist, hat man ihn kaum noch gesehen." Eine plötzliche Erkenntnis flackert in Erics Augen auf. „Glaubst du, dass Ray irgendetwas hiermit zu tun hat?"

Ich zucke mit den Schultern. „Kann sein. Beth ist nicht zusammen mit ihren Klassenkameraden aus der Schule gekommen. In ihrer Familie gab es Vorfälle von häuslicher Gewalt. Der Dad ist nicht anwesend." Ich schaue mich im Café um. „Ich meine, alle, die ein Kind auf der Schule haben, sind hier, oder? Also wo ist Ray Cragg?"

„Willst du der Sache nachgehen?", fragt Eric.

Ich lehne mich zurück und schüttele den Kopf. „Ich weiß es nicht. Wie könnten wir dem nicht nachgehen? Aber wen wollen wir zur Farm rausschicken? Alle haben so schon mehr als genug zu tun."

„Ich weiß nicht, Meg." Eric spricht sehr leise. „Er könnte der Kerl sein. Hast du Darlene je nach einem seiner Wutanfälle gesehen? Ich bin eines Abends dorthin gerufen worden. Er hatte sie fürchterlich verprügelt. Vielleicht hat die Tatsache, dass sie endlich genug von ihm hatte und mit ihren Töchtern ausgezogen ist, ihn durchdrehen lassen."

„Du hast recht. Er ist die beste Spur, die wir bislang haben. Ich werde gleich zu ihm rausfahren."

„Alleine? Auf gar keinen Fall." Eric schüttelt den Kopf.

Ich schiebe seine Befürchtungen mit einer Handbewegung beiseite. „Wenn es Cragg ist, ist er in der Schule, richtig? Ich werde nur zu seiner Farm fahren und mich ein wenig umsehen. Wenn er da ist, gut. Wenn nicht, wissen wir vielleicht, mit wem wir es hier zu tun haben, und das ist mehr, als wir bislang behaupten können."

„Okay. Aber sei vorsichtig und sag dem Chief Bescheid, wo du hinfährst."

„Ja, ja. Sag mir noch mal schnell, was mit Augie Baker ist. Was weißt du über sie? Sie hatte zweimal die Gelegenheit, aus dem Gebäude zu fliehen, und beide Male hat sie sie nicht ergriffen."

Eric überfliegt seine mehrseitige Liste, die auf einem Klemmbrett klemmt. „Ja, hier ist sie. Augustine Baker. Enkeltochter von Will Thwaite. Dreizehn Jahre alt. Ist erst kürzlich von Arizona hierhergezogen, gemeinsam mit ihrem Bruder …", er blättert durch die Seiten, „… P. J. Thwaite."

„Eltern?", frage ich.

„Mutter und Vater leben in Arizona. Die Mutter hat in einem Feuer schwere Brandverletzungen erlitten, deshalb bleiben die Kinder bei den Thwaites, während sie sich davon erholt."

„Okay. Ich werde sehen, ob ich Will Thwaite erreichen kann."

„Da musst du nicht weit laufen. Er sitzt gleich da drüben bei Verna."

Ich klopfe Eric auf die Schulter. „Danke. Ich rede eben noch kurz mit den beiden, dann fahr ich zur Cragg-Farm. Halt durch. Das hier ist hoffentlich bald vorbei."

„Ja." Eric reibt sich die Augen. „Was würde ich jetzt für einen Hausfriedensbruch oder Teenager, die Kühe umschubsen, geben."

Als ich mich auf den Weg zu dem Tisch mache, an dem Will und Verna sitzen, kommt Lonnie, der Namensgeber und Besitzer des Cafés, mit einem Styroporbecher voll dampfendem Kaffee auf mich zu und drückt ihn mir in die Hand. Lonnie ist ein gedrungener, schwerer Mann mit dünnen grauen Haaren, die er zu einem Pferdeschwanz zurückgebunden trägt. „Hier, der ist für dich, Meg. Du siehst aus, als könntest du etwas gebrauchen, das dich ein wenig aufwärmt."

„Danke, Lonnie." Ich nippe an dem mir willkommenen Getränk. „Und danke, dass wir dein Café als Sammelpunkt für die Familien nutzen dürfen. Ohne dich würden wir das hier nicht schaffen."

„Ach, ist doch selbstverständlich. Wir sind froh, wenn wir helfen können."

„Wenigstens brummt der Laden", scherze ich lahm und greife in meine Tasche, um Lonnie für den Kaffee zu bezahlen.

„Der geht heute aufs Haus", sagt er und schüttelt den Kopf. „Ich kann den Leuten doch kein Geld für Kaffee und Kuchen abnehmen, wenn das hier der schlimmste Tag ihres Lebens werden könnte."

„Danke, Lonnie", sage ich. „Das ist wirklich sehr nett von dir." Er zuckt mit den Schultern und hinkt zurück hinter den Tresen, wo er Kaffeebecher nachfüllt und die Leute zum Lächeln bringt. Wieder einmal werde ich daran erinnert, warum ich Broken Branch so mag und warum ich mich entschieden habe, hier zu wohnen, zu arbeiten und Maria aufwachsen zu lassen. Ich hoffe nur, dass wir jeden einzelnen Schüler, Lehrer und Mitarbeiter der Schule sicher aus dem Gebäude bekommen. Ansonsten könnte es sein, dass neunzig Prozent von Broken Branchs Kindern auf einen Schlag ausgelöscht werden. Trotz der Wärme im Café und dem heißen Kaffee in meinen Händen lässt mich der Gedanke zittern. Sollte das passieren, würde Broken Branch zu einer Geisterstadt, würde der Ort sterben und verdorren. Das dürfen wir nicht zulassen. *Ich* darf das nicht zulassen. Maria muss in ihr Zuhause, ihre Stadt, zu ihrer Schule und ihren Freunden zurückkehren. Zu mir.

„Vielleicht kann ich mal für ein paar Minuten nach draußen gehen, wenn Augie und P. J. hier sind“, erzähle ich meiner Mutter hoffnungsvoll, als sie in mein Zimmer zurückkehrt. Ich war seit beinahe acht Wochen nicht mehr draußen und kann den Himmel von Arizona nur durch das Fenster meines Krankenhauszimmers sehen.

„Ja, vielleicht“, erwidert meine Mutter zweifelnd. Ich weiß, sie macht sich Sorgen wegen der Hitze und der starken Sonne. Für den Rest meines Lebens werde ich meine beschädigte Haut sorgfältig bedeckt halten müssen, um keinen Sonnenbrand zu riskieren. „Oh“, sagt meine Mutter und holt ihr Handy aus der Handtasche. „Ich frage mich, wer das ist?“ Sie hält sich das Telefon ans Ohr. „Hallo?“, sagt sie mit der überlauten Stimme, die sie am Handy immer benutzt, wie ich in den letzten Wochen gelernt habe. Als ich meine Mutter das letzte Mal vor dem Unfall gesehen habe, habe ich noch kein Handy besessen und meine Mutter garantiert auch nicht. Sie hält die Hand über das Mikrofon. „Das ist Gloria Warren“, flüstert sie und steht auf, um das Zimmer zu verlassen. „Ich bin gleich wieder zurück.“

Als ich mich dem Tisch nähere, an dem Verna Fraise sitzt, erheben sich die drei Männer und tippen sich grüßend an die Hüte.

„Gibt es Neuigkeiten von meinen Enkelinnen?“, fragt Verna hoffnungsvoll.

„Nein, leider nicht“, erwidere ich entschuldigend. „Aber ich habe ein paar Fragen an Sie.“

„Dann lassen wir euch mal allein.“ Will Thwaite tritt vom Tisch zurück, und die anderen Männer folgen seinem Beispiel.

„Mr Thwaite, wenn Sie noch bleiben könnten …“, sage ich.

Er zögert einen Moment, setzt sich dann aber wieder hin.

Will Thwaite muss mindestens schon siebzig sein, aber er sieht jünger aus. Er wirkt auf diese lebhafte, rotgesichtige Art gesund, die typisch ist für Menschen, die viel im Freien arbeiten. Er hat einen breiten Brustkorb und O-Beine, ist ungefähr einen Meter fünfundsiebzig groß, wirkt aber viel größer. Sein Gesicht wird von tiefen Falten durchzogen und von roten Flecken, die selbst für mein ungeschultes Auge nach Hautkrebs im Anfangsstadium aussehen. Er trägt seine Arbeitskleidung – Overall, Stalljacke und braune, schmutzverkrustete Lederstiefel. Abwesend rührt er Milch in seinen Kaffee und wartet darauf, dass ich anfange zu sprechen.

Verna hingegen lässt mir keine Möglichkeit, irgendeine Frage zu stellen, weil sie selber zu viele hat. „Haben Sie irgendeine Ahnung, wo Beth ist?“, fragt sie. „Warum ist sie nicht mit dem Rest ihrer Klasse hergekommen?“

„Ich weiß es nicht“, gebe ich offen zu. „Einer ihrer Klassenkameraden hat berichtet, dass Beth die ganze Zeit über sehr aufgebracht gewesen ist …“

„Was erwarten Sie denn?“, unterbricht mich Verna. „Ein Mann mit einer Waffe stürmt in die Schule. Natürlich ist sie da aufgebracht. Ich würde mir mehr Sorgen machen, wenn sie es nicht wäre.“

„Das ist das Problem.“ Ich verschränke meine Finger und lege die Hände auf den Tisch. „Nicht einer der Schüler, der aus

Beths und Augies Klassenzimmer kam, wusste von dem Eindringling. Sie wussten, dass es einen Alarm gegeben hatte und sie die Klassen nicht verlassen sollten, aber keiner von ihnen hat einen Mann mit einer Waffe gesehen." Verna blinzelt hinter ihren dicken Brillengläsern, sagt aber nichts. Ich entscheide mich, direkt zur Sache zu kommen. „Ihre Tochter und ihr Schwiegersohn leben getrennt, richtig? Und die Scheidung ist eingereicht?"

„Ja", sagt Verna misstrauisch. Angst blitzt in ihren Augen auf.

„Ich frage mich …", beginne ich vorsichtig und versuche, die richtigen Worte zu finden. „Ich weiß, dass es während Scheidungsverfahren oftmals zu hitzigen Diskussionen über das Sorgerecht für die Kinder kommt."

„Sie fragen sich, ob Ray Cragg der Bewaffnete in der Schule sein könnte, weil Darlene ihn die Mädchen nicht sehen lässt", sagt Will Thwaite geradeheraus. Verna sackt neben ihm sichtlich zusammen.

„Ja, genau das frage ich mich." Ich schaue von einem zum anderen. „Wir haben ein Gebäude voller Kinder und niemand scheint zu wissen, wer ein Motiv hätte, bewaffnet die Schule zu stürmen. Im Moment scheint Ray Cragg das einzige Elternteil zu sein, dessen Verbleib ungeklärt ist."

Vernas Augen füllen sich mit Tränen, die sie mit einer zerknüllten Serviette abtupft. „Seitdem ich von dem Vorfall weiß, versuche ich, ihn zu erreichen. Ray hat meine Tochter fürchterlich behandelt, und ich bin froh, dass sie sich von ihm scheiden lässt." Verna presst die Lippen aufeinander und hat sichtlich Mühe, fortzufahren. „Ray liebt seine kleinen Mädchen, und ich konnte mir nie vorstellen, dass er ihnen wehtun würde, aber jetzt bin ich mir nicht mehr so sicher." Sie schüttelt den Kopf, als wolle sie sich selbst überzeugen. „Nein, er würde den Mädchen nie wehtun. Niemals."

„Aber er würde seiner Frau wehtun, stimmt's? Er hat ihr wehgetan, und das kann er nun nicht mehr. Darlene hat eine Verfügung gegen Ray erwirkt. Also auch wenn er es wollte, könnte er sie nicht mehr verletzen – zumindest körperlich nicht."

„Sie glauben, Ray droht, den Mädchen etwas anzutun, um sich so an Darlene zu rächen?", fragt Will.

Ich zucke mit den Schultern. „Ich weiß es nicht. Deshalb frage ich ja Sie, Mrs Fraise."

Verna stützt ihr Kinn in ihre von Altersflecken gesprenkelte Hand, ihre Finger bedecken ihren Mund, der vor unterdrückten Gefühlen zittert. „Es ist möglich. Ja, es ist möglich, dass Ray so etwas tun würde."

„Okay. Ich werde das überprüfen und mich so schnell wie möglich wieder bei Ihnen melden. Wie geht es Darlene derzeit? Ist jemand bei ihr?"

„Ja, mein Mann Gene kümmert sich um sie. Sie war so aufgelöst, als Beth nicht mit den anderen Kindern hierhergekommen ist. Sie ist sicher, dass ihr etwas Schlimmes zugestoßen ist."

Ich wende mich an Will Thwaite. „Ist Ihre Enkelin mit Beth befreundet? Könnte das der Grund dafür sein, warum Augie nicht mit den anderen Kindern aus dem Fenster gestiegen ist?"

„Ich weiß, dass Augie und Beth sich angefreundet haben", sagt Will. „Aber ich würde sie nicht als beste Freundinnen bezeichnen. Augie und ihr Bruder sind vor acht Wochen zu uns gekommen, und sie war nicht sonderlich glücklich darüber, Arizona verlassen zu müssen. Ihre Mutter war … hatte einen Unfall, und Augie und P. J. bleiben so lange bei uns, bis es ihr besser geht."

„Also glauben Sie nicht, dass Augie wegen Beth in der Schule geblieben ist?", frage ich.

Will schüttelt den Kopf. „Wahrscheinlicher ist, dass Augie versucht, P. J. zu finden. Die beiden halten zusammen wie Pech und Schwefel, auch wenn Augie das niemals zugeben würde. Sie kümmert sich um den Jungen, als wäre sie seine Mutter. Und das Mädchen ist so stur wie ein Maulesel. Wenn sie sich was in den Kopf gesetzt hat, dann zieht sie das durch. Liegt wohl in der Familie, schätze ich. Wenn Sie wissen, wo P. J. ist, werden sie vermutlich auch Augie finden."

„Das könnte der Grund sein, warum sie wieder in die Schule

zurückgelaufen ist, nachdem sie Faith herausgebracht hat. In welcher Klasse ist P. J.?"

„Dritte Klasse, Mrs Oliver", erwidert Will. „Da drüben ist Cal Oliver, Evelyns Ehemann." Er zeigt auf einen dünnen, langbeinigen Mann mit weißem Bart und Glatze, der alleine an einem Ecktisch sitzt. Ich bin Mr Oliver nie vorgestellt worden, aber ich kenne ihn vom Sehen. Vor ihm auf dem Tisch liegt ein Handy, und er schaut es so eindringlich an, als könne er es mit seinem Blick zum Klingeln bringen.

„Ich muss jetzt los", sage ich zu Will und Verna. „Danke für Ihre Hilfe. Ich verspreche, ich informiere Sie, sobald ich etwas Neues über ihre Enkel in Erfahrung bringe." Ich bin schon halb durch den Raum, als mir etwas einfällt.

„Mr Thwaite, eine Sache noch", sage ich entschuldigend. „P. J. und Augie haben verschiedene Nachnamen. Was können Sie mir über ihre Väter erzählen?"

„Nun, es kann auf keinen Fall Augies Dad sein. Er war derjenige, der uns angerufen hat, damit wir sie holen. Und was P. J.s Vater angeht, den habe ich nie kennengelernt. Soweit ich weiß, hat er in P. J.s Leben keine Rolle gespielt. Ich glaube, P. J. weiß nicht einmal, wie er heißt."

Während ich mit Will und Verna sprach, habe ich aus dem Augenwinkel beobachten können, wie Ed Wingo sich wie ein Kugelfisch aufpumpte in dem Bemühen, mich nicht zu unterbrechen. Jetzt kann er jedoch nicht mehr an sich halten und zeigt mit dem Finger auf mich. „Was zum Teufel ist da draußen los? Ich habe den Eindruck, ihr würdet nicht mal euren eigenen Arsch finden und wenn er beleuchtet wäre."

So gerne ich Ed eine entsprechende Antwort geben möchte, ich weiß, dass es zwecklos ist. „Wir tun unser Bestes", sage ich also nur ruhig, was ihn noch wütender macht.

„Ach, halt den Mund", befiehlt ihm Verna, bevor er noch etwas sagen kann.

„Ich melde mich." Damit eile ich aus dem Café in den Schnee hinaus. Während ich im *Lonnie's* war, sind noch mindestens vier Zentimeter dazugekommen. Ich habe jetzt zwei Möglichkeiten.

Ray Cragg scheint mir der offensichtlichste Verdächtige zu sein. Es ist weit hergeholt, aber vielleicht hat auch P. J.s biologischer Vater beschlossen, sich seinen Sohn zu holen. Wenigstens werde ich nicht mit leeren Händen zum Chief zurückkehren. Mit dem Unterarm wische ich den Schnee von der Windschutzscheibe meines Wagens und steige ein. Ein eisiger Hauch begrüßt mich aus der Lüftung, als ich den Motor anschalte. Ich versuche, die Zentrale zu erreichen, erhalte aber keine Antwort. Offensichtlich ist die Kommunikation immer noch das reinste Chaos. Ich überlege, Chief McKinney von meinem Handy aus anzurufen, entscheide mich aber dagegen. Erst will ich die Cragg-Spur überprüfen. Der Chief hat im Moment auch so genug um die Ohren.

Will verabschiedete sich schnell von Verna und den anderen. „Wo willst du hin?“, fragte Verna besorgt.

„Ich muss nach den Kälbern sehen. Daniel kümmert sich im Moment ganz allein darum.“ Sein Hals fühlte sich zugeschwollen und rau an, er fragte sich, ob das an den Tränen lag, die er seit dem Moment zurückdrängte, in dem Augie nicht mit den anderen durch die Tür des Cafés gekommen war, oder ob er etwas ausbrütete.

„Wenn ich etwas höre, rufe ich dich an“, versprach Verna und ließ ihren Tränen ungehemmt freien Lauf.

Will öffnete die Tür des Cafés und wurde von einem Schwall bitterkalter Luft empfangen, der den Schnee gegen seine Haut peitschte. Er hieß das strenge Wetter willkommen, eine kleine Strafe für die Art und Weise, wie er sich in letzter Zeit Augie gegenüber verhalten hatte. Er war der Erwachsene, er sollte sich auch so verhalten. Doch stattdessen hatte er das arme Mädchen aufgezogen. Tausend Meilen von ihrem Zuhause entfernt, ohne ihre Mutter, und er hatte die Unverfrorenheit besessen, sich über ihre Haare lustig zu machen, über ihre Essgewohnheiten, ihre Kleidung.

Er setzte sich in den Truck und überlegte, was er als Nächstes tun sollte. Zurück zur Farm wollte er noch nicht. Er wusste, Daniel kam hervorragend alleine klar. Er musste Marlys anrufen und wollte sich selber davon überzeugen, was Ray Cragg vorhatte. Gerade als er das Handy aus seiner Tasche gezogen hatte, fing es an zu klingeln – mit einem weiteren unangemessenen Klingelton, den Augie programmiert hatte.

Marlys.

„Will“, hörte er die tränenerstickte Stimme seiner Frau. „Gloria Warren hat mich gerade angerufen. Was ist da los? Sind P. J. und Augie in der Schule? Was ist mit Jenny?“, erkundigte sie sich nach Todds Frau.

Will verfluchte sich im Stillen dafür, Marlys nicht schon längst angerufen zu haben. „Marlys, es tut mir so leid, dass ich mich nicht schon längst gemeldet habe. Dafür gibt es keine Entschuldigung. Ich hätte wissen müssen, dass irgendeine Klatschbase aus dieser Stadt darauf brennen würde, dich anzurufen und dir die Neuigkeiten zu überbringen. Ich bin bei der Schule gewesen, aber das war das reinste Irrenhaus. Dann sind alle zu *Lonnie's* gegangen, und ich habe schon hundertmal daran gedacht, dich anzurufen ..."

„Will", unterbrach ihn Marlys scharf. „Wenn du dich unvermittelt in einem Loch wiederfindest, ist das Erste, was du einstellen solltest, das Graben." Will verstummte. „Sag mir einfach nur, was los ist", beendete sie ihren Satz etwas sanfter.

„Ich weiß auch nichts Genaues, Marlys", gestand Will hilflos. Er rieb sich die Augen. „Ich weiß nur, dass sie bis jetzt noch nicht aus der Schule gekommen sind. Einige der Kinder schon, aber weder P. J. noch Augie."

„Sie bringen es hier in den Nachrichten", erzählte Marlys ungläubig. „Gloria hat mich angerufen, und ich habe in einem der Gemeinschaftszimmer einen Fernseher gefunden. Sie zeigen ein Bild der Broken Branch School, die mit Polizeiband abgesperrt ist. Sie haben sogar Jay Sauters Wohnmobil auf dem Parkplatz gezeigt. Aber sie *sagen* nichts. Sie verraten uns nicht, wer in der Schule ist und was sie wollen. Ich weiß nicht mal, ob es überhaupt mehrere sind. Was ist da los?"

„Du weißt genauso viel wie ich, Marlys. Die Gerüchte reichen von einem der Schule verwiesenen Exschüler über einen gefeuerten Lehrer bis zu einem Terroristen. Verna glaubt, es könnte vielleicht Ray sein."

Marlys schwieg einen Moment, und Will dachte, dass sie vielleicht aufgelegt hatte, um den nächsten Flieger nach Broken Branch zu erwischen. „Das kann ich nachvollziehen", sagte sie da leise. „Was soll ich Holly sagen?" Sie hielt inne. „Ich weiß nicht mal, ob ich ihr überhaupt davon erzählen soll." Die Worte waren mehr an sie selbst als an Will gerichtet. „Sie müssen da heil wieder rauskommen", sagte sie schließlich mit Nachdruck. Will wusste, was sie meinte. Endlich hatten sie ihre Tochter wiedergefunden, ihre Enkelkinder kennengelernt. Ja, es hatte einer

Katastrophe bedurft, damit das geschehen konnte, aber nun war es passiert, und es war ihre Chance, Wills Chance, mit Holly alles wieder ins Reine zu bringen. Auf gar keinen Fall könnte er ohne die ihm anvertrauten Kinder in ihr Krankenzimmer zurückkehren.

„Sag Holly noch nichts, Marlys. Ich werde alles tun, was ich kann, um herauszufinden, was genau hier vor sich geht. Es tut Holly nicht gut, wenn sie sich Sorgen macht. Sie muss sich darauf konzentrieren, gesund zu werden. Ich rufe dich von jetzt an jede Stunde an, okay?"

„Okay", erwiderte Marlys, obwohl sie nicht sonderlich überzeugt klang. „Im Fernsehen sieht es aus, als würde es bei euch ziemlich stark schneien." Will erlaubte sich ein Lächeln. Wenn Marlys übers Wetter sprach, war das ein sicheres Anzeichen dafür, dass sie ihm vergeben hatte.

„Es schneit wie Hölle", bestätigte er erleichtert. Nachdem sie sich verabschiedet hatten, steckte er das Handy in die vordere Tasche seines Overalls, bog auf den Highway ab und machte sich auf die zwanzigminütige Fahrt zur Farm der Craggs.

Ich versuche es noch einmal bei Randall, leider ohne Erfolg, und Stuart hört nicht auf, mir diese hirnverbrannten SMS zu schicken. Ich weiß, dass er leidenschaftlich darum kämpft, seine Story zu kriegen, und dabei auch vor extremen Mitteln nicht zurückschreckt. Vor ein paar Jahren hat der *Des Moines Observer* für Stuart arrangiert, eine Einheit der Iowa Army National Guard in Afghanistan zu besuchen. Durch die Augen des zwanzig Jahre alten Rory Denison berichtete er sowohl über die stets spürbare unterschwellige Angst als auch über die lähmende Profanität des Alltags in einem Kriegsgebiet. Stuarts Artikel konzentrierte sich auf die ungewöhnliche Liebesgeschichte zwischen einer jungen Afghanin und Denison. Es war eine berührende Geschichte, die sogar mir die Tränen in die abgestumpften Augen trieb, als Stuart sie mir ganz zu Anfang unserer Beziehung erzählte. Traurigerweise wurde Denison von einer am Straßenrand deponierten Bombe getötet und ließ das junge Mädchen allein und schwanger in Afghanistan zurück. Nachdem der Artikel veröffentlich worden war, versuchte Denisons Familie mit allen Mitteln, das junge Mädchen und ihr Enkelkind zu finden, doch ohne Erfolg. Stuart gewann für seinen Bericht den Pritchard-Say-Preis und festigte damit seinen Ruf als Iowas höchstdekorierter investigativer Reporter.

Nachdem ich Stuarts letztes investigatives Stück über den Angriff und die Vergewaltigung von Jamie Crosby samt seiner dreisten Erklärung des Vorfalls gelesen hatte, brauchte ich einen Moment, um mich von dem Schock zu erholen. Dann rief ich sie an. Ich wusste, ich musste die Unterhaltung vorsichtig angehen. Der Artikel klang nämlich, als wenn Jamie eine freiwillige, ja beinahe enthusiastische Interviewpartnerin gewesen wäre. Doch das war nicht die Jamie, die ich kannte. Meine Jamie war reserviert und teilte die schmerzlichen Details nur zögerlich mit. In dem Artikel allerdings blieb nur wenig der Fantasie überlassen. Der Kern der Geschichte stimmte, doch einige Aspekte passten nicht zusammen.

„Ich habe den Artikel gelesen“, sagte ich, als Jamie ans Telefon kam. Ich bemühte mich, neutral zu klingen, obwohl ich enttäuscht war, dass sie mit Stuart gesprochen hatte – oder überhaupt mit einem Reporter. Der Artikel könnte sie ein Leben lang verfolgen, könnte sogar den Fall beeinträchtigen, sollte er je vor Gericht kommen.

„Ich weiß.“ Ich hörte die Besorgnis in ihrer Stimme. „Ich habe das nicht so gesagt, wie es bei ihm klingt. Das ist fürchterlich. Die Leute werden mich für einen entsetzlichen Menschen halten.“ Sie fing an zu weinen.

„Niemand weiß, dass es dabei um dich geht, Jamie“, versuchte ich sie zu beruhigen. „Die Zeitung darf deinen Namen nicht veröffentlichen. Alles wird wieder gut“, murmelte ich, obwohl ich kein Recht dazu hatte, ihr so etwas zu sagen.

Ich hörte Jamie einen Augenblick beim Weinen zu, dann stellte ich die Frage, deren Antwort mich brennend interessierte. „Jamie, warum hast du mit dem Reporter gesprochen?“

Jamie schniefte und räusperte sich. „Er schien so nett zu sein, und er sagte, Sie und er wären sehr gute Freunde. Ich dachte, es wäre in Ordnung.“

Das war noch schlimmer, als ich gedacht hatte. Stuart hatte Jamie nicht nur über mich aufgespürt, indem er mir in der Nacht, als sie mich panisch anrief, zu ihrem Haus gefolgt war. Nein, er besaß auch noch die Dreistigkeit, meinen Namen zu benutzen, um sich bei ihr lieb Kind zu machen. Nur deswegen hatte sie ihm vertraut.

„Oh Jamie“, sagte ich leise. „Ich kenne ihn, aber er ist definitiv kein guter Freund von mir. Ich schwöre dir, ich habe niemals mit ihm über deinen Fall gesprochen, nie deinen Namen erwähnt und auch nicht vorgeschlagen, dass er mit dir reden soll.“

„Ich weiß.“ Jamie schluckte hörbar, ihre Stimme klang belegt. „Die Sache ist die, er war so nett, aber sein Artikel stimmt gar nicht. Die Hälfte der Dinge, die er schreibt, habe ich nie gesagt – oder zumindest nicht so, wie er sie darstellt.“

„Jamie, ich werde der Sache auf den Grund gehen, das verspreche ich dir. Sprich solange mit niemandem sonst. Alles wird wieder gut.“

Diese Unterhaltung hatte vor zwei Wochen stattgefunden. Seitdem hatte ich mich umgehört, Anrufe getätigt, mit verschiedenen Leuten gesprochen, mehr über Stuart in Erfahrung gebracht, als ich je hatte wissen wollen. Wenn es um eine Geschichte ging, war er gnadenlos. Dies war nicht das erste Mal, dass er ein Opfer umgarnt hatte, damit es ihm einen exklusiven Einblick in sein Martyrium gab. Ihr Wille, sich ihm zu öffnen, tat nur einer Person gut. Stuart Moore.

Nun musste Jamie nicht nur die Vergewaltigung verarbeiten, sondern jetzt waren ihre Brüder auch noch mit einem bewaffneten Mann in der Schule eingesperrt, dessen Motive immer noch im Dunklen lagen. Wie viel konnte eine Familie ertragen? Wir müssen die Schüler vor Einbruch der Nacht aus der Schule holen. Es sind nur noch wenige Stunden, in denen wir Tageslicht haben. Ich stelle mir die Kinder vor, zusammengekauert in den Ecken einer im Dunkeln liegenden Schule, ohne zu wissen, was los ist. Ich zögere einen Augenblick, als ich mich der County Road B nähere. Ich kann nach rechts abbiegen und zurück zur Schule fahren oder nach links zu den Craggs weiterfahren. „Links“, sage ich laut und atme einmal tief durch.

Die Farm der Craggs war, genau wie die der Thwaites, eine sogenannte Jahrhundertfarm, sprich, es war offiziell dokumentiert, dass sie sich seit über einhundert Jahren im Besitz der gleichen Familie befand. Will erinnerte sich noch an Theodore Cragg, Rays Vater, einen ernsten, sparsamen Mann, der für seine Farm lebte und immer gehofft hatte, seinen vier Jungen würde es genauso gehen. Drei der Cragg-Jungen hatten Broken Branch verlassen, um andere Lebenswege zu verfolgen, und nur Ray war daheimgeblieben, um das Erbe seines Vaters fortzuführen. Aber obwohl Ray ein ausgezeichneter Rinderwirt war, der seine Tiere liebte, der seine Felder liebte, war er kein besonders guter Geschäftsmann. In der Stadt kursierten Gerüchte, dass Ray kurz davorstand, die Farm zu verlieren, die seit über hundert Jahren seine Familie ernährte. Zwei Dürreperioden gefolgt von einem Sommer mit Rekordregenfällen hatten die Craggs schwer in Schulden gestürzt. Theodore Cragg, der immer noch bei seinem Sohn lebte, scheute sich nicht, seinem Unmut über die schlechte Bewirtschaftung der Farm durch seinen Sohn lautstark Ausdruck zu verleihen. Schon öfter hatte Will im *Lonnie's* oder während seiner morgendlichen Plauderstunden mit den anderen Farmern beobachtet, wie Theodore seinen Sohn vor den anderen deswegen anging. Will wünschte sich jetzt, er wäre mal dazwischengegangen, hätte dem alten Mann gesagt, er solle den Mund halten. Viele Farmen hatten schwierige Zeiten hinter sich, aber irgendwie zogen sie sich immer wieder selber aus den Tiefen des Bankrotts. Damals, im Jahr 1988, saßen Will und Marlys eines Nachmittags auf ihrer Veranda und sahen hilflos zu, wie die reifen, goldgelben Maisstängel in der unerbittlichen Augustsonne knochenweiß ausblichen. Als Farmer war man immer nur einen Schritt vom Ruin entfernt, aber er und Marlys hatten überlebt, genau wie das Land. Die nächste Ernte, die folgte, war so ertragreich wie nie zuvor.

Will parkte seinen Truck vor dem Haus. Er war erschrocken, wie verlassen die Farm wirkte. Die Craggs hatten zwei junge

Töchter. Es sollte irgendwo Anzeichen ihrer Anwesenheit geben. Osterdekorationen in den Fenstern, Schlitten, Spielzeug, irgendetwas, das darauf hindeutete, dass die Mädchen hier gewesen waren. Verna hatte erwähnt, dass Darlene und die Kinder ausgezogen waren, aber Will hatte angenommen, das gälte nur für ein paar Tage, bis die Gemüter sich beruhigt hatten. Will wusste, dass der alte Cragg ein gemeiner Fiesling war, aber Ray war ihm immer freundlicher und humorvoller vorgekommen. Was er nach dem, was Verna erzählt hatte, aber nicht war. Sie hatte Ray Cragg als gewalttätigen, eifersüchtigen Mann beschrieben. Da sieht man mal wieder, dachte Will, dass man nie wirklich wissen kann, was hinter verschlossenen Türen vor sich geht.

Will war schon ein paarmal zu Gast im Haus der Craggs gewesen und ging jetzt zum Seiteneingang, wo er an die Tür klopfte, die, wie er wusste, in die Küche führte. Niemand antwortete, aber er hörte das Fiepen von Craggs Hund. Er wollte gerade aufgeben und zurück zum Café fahren, als er den gelben Labrador durch die Butzenscheibe der Tür sah. Der Hund schnüffelte manisch an etwas, das auf dem Boden lag, und fing abwechselnd an zu bellen und zu fiepen. Will drückte sein Gesicht gegen das Glas, um besser sehen zu können. Hellrote Tropfen sprenkelten den Küchenboden. Blut, dachte Will mit wachsender Besorgnis. Er eilte zu seinem Truck zurück, riss die Tür auf und kletterte hinein. Er fischte das Handy aus der Tasche seines Overalls, wählte die Neun und die Eins, bevor er zögerte. Ein Anruf bei der Polizei bedeutete, dass jemand von der Schule abgezogen würde, um hierherzukommen, womit dem sowieso schon unterbesetzten Revier noch ein Beamter fehlte.

Er wusste nicht, woher das Blut stammte. Der Hund konnte sich an der Pfote verletzt haben, der alte Mr Cragg hatte sich vielleicht beim Sandwich machen in den Finger geschnitten. Will klappte das Handy wieder zu, und ohne an die Konsequenzen zu denken, schnappte er sich sein Gewehr vom Beifahrersitz und kehrte zur Seitentür des Hauses zurück. Er drückte die Klinke hinunter, woraufhin die Tür problemlos aufschwang.

Der Hund wedelte mit dem Schwanz, während seine Pfoten durch die roten Tropfen schlitterten und auf dem Fußboden purpurfarbene Streifen hinterließen, die aussahen wie von einem Kleinkind mit Fingerfarbe gemalt.

„Geh nach draußen, Mädchen", drängte er den Hund und schob ihn sanft zur Tür. Im Spülbecken lag ein wenig benutztes Geschirr, auf dem Küchentisch stand ein halb voller Kaffeebecher. „Ray!", rief Will. „Theodore! Ich bin's, Will Thwaite." Will lauschte auf eine Reaktion, doch er hörte nur Stille. Langsam ging er durch die Küche ins Wohnzimmer, wo auf dem großen Fernseher eine Seifenoper lief. Der Ton war abgestellt. Will spürte, wie sich ihm die Haare im Nacken aufrichteten. Irgendjemand musste zu Hause sein. Er schaute ins Esszimmer und dann in das kleine Zimmer, das Ray als Büro nutzte. Ein eingestaubter Computer stand auf einem ebenso staubigen Tisch. Ein ganzer Stapel ungeöffneter Briefe, so wie es aussah Rechnungen, lag daneben. Will ging rückwärts aus dem Büro und stand dann vor der Treppe, die in den ersten Stock hinaufführte. Er wusste, würde er die Stufen hinaufgehen, käme er nicht mehr auf schnellem Weg aus dem Haus, sollte es nötig sein. Er atmete tief durch und zwang sich, nach oben zu gehen. Gerade als er die oberste Stufe erreicht hatte, ertönte unten ein Schrei.

„Hallo, ist da jemand?", rief er. Sein Atem ging schneller. „Alles okay?" Ein Stöhnen. Will ging die Treppe wieder hinunter und folgte dem Geräusch zu einer geschlossenen Tür auf der anderen Seite des Büros. Ein Badezimmer, dachte er und versuchte, sich den Grundriss des Hauses vor Augen zu führen.

„Wer ist da?", rief er durch die Tür. „Ist da drinnen alles in Ordnung?" Er merkte, dass er seine Flinte unwillkürlich fester umklammert hatte, und nahm sie in die andere Hand, um sich die verschwitzte Handfläche an der Hose abzuwischen. Mit einer schnellen Bewegung drückte er die Tür auf und wich gleichzeitig aus Angst vor dem, was er zu sehen bekommen könnte, zurück.

Theodore Cragg saß auf dem Badezimmerboden, ein zusammengeknülltes Handtuch gegen den Kopf gepresst. „Theodore", keuchte Will und eilte an die Seite des älteren Mannes. Er kniete sich neben ihm hin. „Was ist passiert?"

Theodore nahm das Handtuch weg und enthüllte einen tiefen Riss, der sicherlich genäht werden musste. „Ray", war alles, was er noch sagen konnte, bevor seine Lider flatterten und er ohnmächtig wurde.

Mrs Oliver öffnete ein Auge, hob das Kinn und sah, dass der Schütze und P. J. Thwaite sie anstarrten. Der Mann sah immer noch besorgt aus, P. J. nicht. Mrs Oliver drehte sich auf den Rücken und streckte dem Mann ihre Hand hin, damit er ihr beim Aufstehen half. Er schüttelte jedoch nur den Kopf und öffnete ihre Handtasche. P. J. ergriff ihren Arm und stellte sich breitbeinig hin, um sie hochzuziehen.

Als sie endlich wieder stand, ordnete sie ihre Frisur und bemerkte mit Bedauern, dass sie noch weitere Strasssteine verloren hatte. „Mir geht es gut, keine Sorge." Sie lächelte aufmunternd, aber innerlich fluchte sie. Der Mann stand an ihrem Pult und durchwühlte ihre Handtasche. Sie fragte sich, was er tun würde, wenn er ihr Handy fand. Würde er sagen: „Ach, Sie halten also nichts von Handys, wie?" und es wie eine dieser tönernen Scheiben in die Luft werfen, um es mit einem Schuss in tausend Stücke zu zerlegen, wie man es beim Tontaubenschießen machte? Oder vielleicht würde er auch einfach sie erschießen. Sie überlegte ernsthaft, noch einmal auf dem Fußboden zusammenzubrechen, als P. J. Thwaite sich eng an sie drängte und etwas Schweres in die Tasche ihres Kleides fallen ließ. P. J. erlaubte sich ein kleines Grinsen und kehrte dann an ihren Platz zurück. Der Mann war inzwischen mit ihrer Handtasche fertig, warf sie beiseite und schaute Mrs Oliver an.

„Werden Sie es schaffen?", fragte er auf eine Weise, die Mrs Oliver verdeutlichte, dass es ihm wirklich vollkommen egal war, ob sie vor den Augen ihrer Schüler ihr Leben aushauchte oder nicht.

„Ja, das wird schon wieder", erwiderte sie. Das vertraute Gewicht ihres Handys in der Tasche war irgendwie tröstlich. „Ich setze mich einfach hier herüber und ruhe mich ein wenig aus."

„Gute Idee", sagte er. „Ich muss einen Anruf tätigen."

Ich auch, dachte Mrs Oliver, ich auch.

Auf den Fluren ist es so leise, es ist schwer vorstellbar, dass sich überhaupt irgendwelche Schüler oder Lehrer in dem Gebäude befinden. Eine Sekunde lang frage ich mich, ob ich vielleicht die Einzige bin, die noch hier ist, ob alle anderen schon wieder zu Hause sind und sich gegenseitig bestätigen, wie knapp das heute war. Ob Grandpa gekommen ist, um P. J. abzuholen und auf dem Heimweg noch kurz auf einen Hamburger und Pommes bei *Lonnie's* einzukehren, bevor er ihn nach Hause bringt. P. J. fragt vielleicht nach mir, hält mitten im Schlürfen seines Milchshakes inne und sagt: „Ich frage mich, was mit Augie passiert ist?" Und Grandpa zuckt nur mit den Schultern und erwidert: „Nun, es war auf jeden Fall interessant, sie eine Weile bei uns zu haben." Natürlich weiß ich, dass das nicht wirklich passieren würde, aber wenn es ein fünftes Rad an diesem Wagen gibt, dann definitiv mich. Ich schätze, ich kann langsam verstehen, wie P. J. sich gefühlt hat, wenn mein Dad zu uns gekommen ist, um mich abzuholen, und wir all diese kleinen Insiderwitze geteilt haben, in die P. J. nicht eingeweiht war. Von dem Moment an, in dem sie sich das erste Mal gesehen haben, waren Grandpa und P. J. die besten Kumpel. Und das verwirrt mich total. Ich habe mein Leben in meiner Heimatstadt aufgegeben, habe meine Freunde zurückgelassen und darauf verzichtet, in der Nähe meiner Mutter zu sein, alles für P. J. Und er ließ mich für einen alten Mann und dessen Farm fallen. Wenn Mom über ihren Dad sprach, schlich sich immer eine leichte Schärfe in ihren Ton. „Sei dankbar, dass du mich als Eltern hast", sagte sie immer. „Ich musste während meiner Kindheit und Jugend auf der Farm immer nur arbeiten, arbeiten, arbeiten." Sie erzählte uns, dass sie nie an außerschulischen Aktivitäten teilnehmen oder die Nachmittage bei ihren Freundinnen verbringen konnte, weil Grandpa ihr immer so viel Arbeit aufgehalst hat. „Und der Geruch", sagte sie immer und rümpfte die Nase.

Noch bevor wir unsere Großeltern trafen, hatten P. J. und ich eine längere Unterhaltung darüber, was wir glaubten, wie

Grandma und Grandpa Thwaite wohl sein würden. Wir beschlossen zusammen, dass wir sie nicht mögen würden. Aber innerhalb einer Stunde hatte P. J. zwei neue beste Freunde. Das hätte mich nicht überraschen sollen. P. J. mag jeden. Da ist er wie ein Welpe, der die Leute beinahe anfleht, ihn zu lieben. Aber wenigstens ich bin meiner Mutter gegenüber loyal geblieben. Mich von ihr zu verabschieden war das Schlimmste. Man würde meinen, es würde einem leichtfallen, jemanden in der Obhut seiner Mutter zurückzulassen, aber das tat es nicht. Grandma Thwaite ist für mich eine Fremde. Und für meine Mom eigentlich auch. Sie haben einander seit fünfzehn Jahren nicht mehr gesehen und nur wenige Male pro Jahr miteinander gesprochen. Also war ich sehr überrascht, Tränen in den Augen meiner Mutter zu sehen, als Grandma das Krankenzimmer betrat. „Mom“, sagte sie, als wäre das Wort ein Bonbon auf ihrer Zunge. Ich schiebe das immer noch auf die Medikamente. Ich wollte sagen: „Machst du Witze? Das ist die Lady, von der du immer behauptet hast, sie hätte sich nie gegen deinen Vater aufgelehnt, hätte ihn alle Entscheidungen treffen lassen, ist durch ihn zu einem Schatten ihrer selbst geworden.“ Lustigerweise sieht Grandma Thwaite nicht ansatzweise wie ein Schatten aus. Sie ist groß und rund und hat rosige Wangen und ein lautes, fröhliches Lachen.

Doch obwohl mein Bruder und meine Mutter beschlossen, so zu tun, als sei alles eitel Sonnenschein, entschied ich mich, da weiterzumachen, wo meine Mom aufgehört hatte. Auf gar keinen Fall würde ich zulassen, dass dieser Mann über mich hinwegwalzte. Und trotzdem, wenn er mich morgens vor der Schule bittet, auf meinen Bruder aufzupassen, dann tue ich das, sosehr ich dem alten Mann auch sagen will, er solle sich seine Ratschläge sonst wo hinstecken. Ich kümmere mich um P. J. Nicht, weil Grandpa es sagt, sondern weil ich das schon immer getan habe.

Mrs Oliver tastete verdeckt in der Tasche nach ihrem Telefon. Sie wusste, wie man Textnachrichten verschickte, aber ihre Finger kamen ihr auf den winzigen Tasten immer so groß und ungeschickt vor, dass sie es selten versuchte. Sie überlegte, einfach auf ein paar Tasten zu tippen und dann *Senden* zu drücken, aber wer wusste schon, an wen der Anruf dann rausginge. Außerdem musste das Problem des tatsächlichen Sprechens wohlüberlegt werden. Sie wusste nicht, wie sie vor dem Mann eine Unterhaltung geheim halten sollte. Ob es ihr wohl gelänge, ihn noch einmal abzulenken? Sie schaute zu P. J., der ihren Blick erwiderte und dabei die Augenbrauen hob, als wolle er sagen: „Nun rufen Sie doch endlich an." Als Antwort hob Mrs Oliver ihre Augenbrauen ebenfalls. P. J. kratzte sich am Kopf und fing dann an, seinen Hals zu recken, erst zur einen Seite, dann zu anderen, wie ein Schlangenbeschwörer. Er fuhr damit fort, bis der Mann ihn genervt anschaute.

„Was zum Teufel machst du da?", fragte er.

„Ich wollte nur sehen, welche Augenfarbe Sie haben", erwiderte P. J. unschuldig.

„Bereitest du dich darauf vor, mich bei einer Gegenüberstellung zu identifizieren?" Der Mann schnaubte.

„Nein. Ich …" P. J. warf seiner Lehrerin einen verwirrten Blick zu.

„Du musst dir keine Gedanken wegen einer Gegenüberstellung machen", sagte der Mann, und Mrs Oliver spürte, wie die Tabletten, die sie eben genommen hatte, ihr wieder in die Kehle stiegen. „Blau", sagte der Mann. „Meine Augen sind blau." Damit griff er nach seinem Rucksack und holte eine Flasche Wasser heraus.

„P. J., lass das", sagte Mrs Oliver.

P. J. ignorierte seine Lehrerin einfach. „Sind Sie sicher, dass Sie nie in Revelation, Arizona, gewesen sind? Das liegt gleich neben Phoenix …"

„Ja, ich bin mir sicher. Hab noch nie von dem Ort gehört."

„Sie würden sich an meine Mom erinnern. Sie ist sehr hübsch. Sie hat braunes Haar. Ich weiß, so wie ich das sage, klingt das nicht hübsch, aber das ist es. Ganz weich und glänzend. Sie hat blaue Augen, und sie ist dünn, aber nicht zu dünn.“ P. J. beugte sich über seinen Tisch. „Sie hätten sie vor ungefähr neun Jahren gekannt, würde ich schätzen.“ Der Mann beschloss, P. J. zu ignorieren und einen weiteren Schluck aus seiner Wasserflasche zu trinken. „Waren Sie bei den Marines? Sie sehen aus, als könnten Sie ein Marine sein. Meine Mom sagt, mein Dad war ein Marine und musste in den Krieg ziehen. Waren Sie auch im Krieg?“

Mrs Oliver war so gefesselt von P. J.s Erzählung, dass sie im ersten Moment gar nicht daran dachte, diese Gelegenheit für einen Anruf zu nutzen.

„Hör mal ... Parker“, sagte der Mann beinahe freundlich mit einem Blick auf P. J.s Namensschild auf dem Tisch.

„Mein Name ist P. J.“, korrigierte P. J. ihn steif und riskierte einen Blick zu Mrs Oliver, die damit beschäftigt war, in ihrer Tasche herumzufummeln. P. J. hatte sie oft gebeten, ihm ein neues Namenschild zu machen, auf dem P. J. stand.

„Okay, *P. J.*“, lenkte der Mann ein. „Ich bin niemals in Revelation, Arizona, gewesen. Ich habe deine Mutter nie kennengelernt.“ Mit einem Mal blitzte Verständnis in seinen Augen auf. „Und ich bin definitiv nicht dein Vater, der hierhergekommen ist, um dich zu entführen, damit wir beide glücklich bis an unser Lebensende zusammenwohnen können. Hast du dich jemals im Spiegel angeschaut? Wir sehen einander überhaupt nicht ähnlich. Ich habe blaue Augen. Du sagst, deine Mutter hat auch blaue Augen. Aus zwei Paar blauen Augen entstehen keine braunen Augen. Doch deine Augen sind braun. Vergiss es, Parker. Wenn dein Dad bisher nicht nach dir gesucht hat, wird er es auch nicht mehr tun. Und jetzt halt den Mund und lass mich in Ruhe.“

Ein wahrer Wirbelsturm an Gefühlen tobte über P. J.s Gesicht, und am Ende blieb nur die Wut zurück. „Nun, ich bin froh, dass Sie nicht mein Dad sind“, sagte er schließlich so leise, dass der Mann sich anstrengen musste, um ihn zu verstehen.

„Mein Dad war ein Marine, und er wäre niemals mit einer Waffe in eine Schule gekommen, um den Leuten Angst einzujagen. Sie sind ein Blödmann."

Zu P. J.s Beschämung lachte der Mann. „Man hat mir schon viel Schlimmeres nachgesagt, Parker, aber ich schätze, du hast recht. Ich bin ein Blödmann. Und jetzt halt den Mund."

„Mein Name ist P. J.", protestierte er noch einmal und sackte dann auf seinem Stuhl zusammen und vergrub sein Gesicht in den Armen auf seinem Tisch.

Mrs Oliver hätte am liebsten für ihn geweint. Der Mann hätte ein bisschen sanfter sein können. Sie erkannte außerdem, was für ein Opfer P. J. für sie und seine Klassenkameraden gebracht hatte. In den ganzen Wochen, die er nun schon an dieser Schule war, hatte P. J. nicht ein Mal ein Wort über seinen Vater verloren. Er sprach von seiner Mutter, von seiner Schwester und den Großeltern. Aber niemals von seinem Vater, obwohl die anderen Schüler ihn öfter danach fragten. P. J. hatte dann immer nur mit den Schultern gezuckt und schnell das Thema gewechselt.

Weil P. J. den Mann ein paar Sekunden lang abgelenkt hatte, war Mrs Oliver in der Lage gewesen, den ersten Namen auf ihrer Telefonliste auszuwählen und den Anruf abzuschicken. Mit etwas Glück würde Cal genau in diesem Moment ihrer Unterhaltung zuhören.

„Theodore." Will schüttelte den alten Mann leicht an der Schulter, bis dessen schwere Lider sich öffneten und er ihn aus verschleierten Augen anschaute. „Theodore, hat Ray dir das angetan?", fragte Will. Theodore nickte, sein Doppelkinn zitterte zustimmend. „Ich rufe Hilfe." Vorsichtig nahm er Theodore das blutgetränkte Handtuch ab und ersetzte es durch ein neues, das er aus dem Handtuchregal nahm und vorsichtig gegen Theodores Kopf drückte.

Erneut zog Will sein Handy aus der Brusttasche seines Overalls und wählte dieses Mal ohne zu zögern den Notruf. Besetzt. „Mein Gott", murmelte er und versuchte es noch einmal. Wieder hörte er das monotone Piepen einer besetzten Leitung.

Will schaute sich hilflos um. Theodore Cragg wog bestimmt zweihundertfünfzig Pfund. Und er befand sich nicht in einem Zustand, um auf eigenen Beinen mit Will zu dessen Truck zu gehen. Ohne Hilfe würde Will den Mann hier nicht wegbekommen.

Er überlegte, welchen seiner Söhne er anrufen sollte, damit er ihm half, Theodore ins Krankenhaus nach Mason City zu bringen. Todd wohnte in Broken Branch, aber es wäre nicht recht, ihn jetzt von der Situation an der Schule abzuziehen, wo er auf Neuigkeiten über seine Frau wartete. Er könnte seinen ältesten Sohn Wayne anrufen. Das Problem war nur, dass der dreißig Minuten entfernt auf einer Farm in der Nähe von Walton wohnte und Will nicht sicher war, ob Theodore noch so lange auf medizinische Hilfe warten konnte. Schließlich entschied sich Will, seinen Freund Herb Lawson anzurufen, der versprach, Hilfe zur Farm der Craggs zu schicken.

Der nächste Anruf, den Will tätigte, war schwieriger. Er wählte Vernas Nummer. Die beste Freundin seiner Frau ging nach dem ersten Klingeln ran. „Irgendwelche Neuigkeiten?", fragte sie atemlos.

„Hör zu, Verna." Will versuchte, das Zittern in seiner Stimme zu unterdrücken. „Du musst auf jeden Fall dafür sorgen, das

Darlene an einem sicheren Ort ist.“

„Warum?“, fragte Verna verwirrt. „Was ist los?“

„Ich bin hier in Rays Haus, und Theodore hat eine böse Beule am Kopf. Er sagt, Ray hätte ihm die verpasst. Aber Ray ist nirgendwo zu sehen.“

„Guter Gott.“ Verna klang verängstigt. „Ich muss Gene und Darlene anrufen. Ich habe dir ja gesagt, dass der Mann verrückt ist.“

„Tu das. Ich sorge derweil dafür, dass Theodore ins Krankenhaus kommt. Und Verna, pass auch auf dich auf. Marlys braucht dich, hörst du?“ Will unterdrückte die Gefühle, die mit einem Mal in ihm aufstiegen. Was würde dieser schreckliche Tag noch bringen?

Die Straßenverhältnisse haben sich rapide verschlechtert, und ich kann kaum den Asphalt vor mir sehen. Es geht auf vier Uhr zu, und ich habe keine Ahnung, was an der Schule vor sich geht. Ich bin auf einmal nervös. Niemand weiß, dass ich zur Cragg-Farm unterwegs bin. Ich könnte irgendwo im Straßengraben enden und erfrieren. Cragg könnte sich in einem gewalttätigen Alkoholrausch befinden und mich erschießen, wenn ich unerwartet und ohne Verstärkung bei ihm auftauche. Was, wenn irgendetwas Großes an der Schule passiert und ich nicht da bin, um zu helfen?

Ich versuche erneut, Randall in der Zentrale zu erreichen, und endlich höre ich seine vertraute Stimme. Er ist ein wenig heiser von dem vielen Reden in den letzten Stunden. „Hey, Randall, ich bin's, Meg. Wollte nur mal hören, wie es so steht."

„Meg, wo steckst du? Wir haben schon eine ganze Weile nichts mehr von dir gehört", sagt Randall ein wenig schnippisch. „Chief McKinney sucht nach dir."

„Ich habe versucht, euch zu erreichen", verteidige ich mich. „Ich bin aber nicht durchgekommen."

„Ich weiß." Sein Ton wird weicher. „Es ist immer noch der totale Wahnsinn. Eltern und die Kinder aus dem Gebäude rufen hier nonstop an. Die Eltern fragen mich, was los ist und warum zum Teufel wir die Kinder nicht aus der Schule holen. Ich versuche, zu erklären, dass wir die Telefonleitungen freihalten müssen und alle Neuigkeiten sofort mitteilen, aber das interessiert sie nicht."

„Gibt es irgendwelche Fortschritte?" Ich bin noch ungefähr fünf Meilen von der Craggs-Farm entfernt, und meine Handflächen fangen an zu schwitzen.

„Chief McKinney hat versucht, per Telefon Kontakt zu dem Eindringling aufzunehmen, aber der Kerl antwortet nicht. Doch von den Notrufen, die ich aus der Schule erhalten habe, habe ich einen ganz guten Überblick, welche Klassen bisher absolut noch keinen Kontakt zu dem Geiselnehmer hatten."

„Und welche sind das?“ Mein Herz klopft lauter, als ich an Marias Klassenkameraden denke.

„Überraschenderweise hat im Highschoolflügel niemand etwas gehört. Im Moment sieht es so aus, als wenn die neunten Klassen keinerlei Kontakt mit dem Verdächtigen hatten. Die Notrufe aus dem Hauptgebäude, also dem Teil, der die Vorschule und die erste und zweite Klasse beherbergt, besagen ebenfalls, dass dort kein Bewaffneter gesehen wurde.“

„Okay, was ist mit den dritten bis achten Klassen?“, frage ich und biege in dem Moment auf die Schotterstraße ab, die zur Farm der Craggs führt.

„Das ist das Seltsame.“ Randall klingt ratlos. „Anfänglich haben wir von dort die meisten Notrufe erhalten. Und dann auf einmal nichts mehr. Keine Anrufe aus den Klassenzimmern, und auch die Eltern und Ehepartner der Lehrer rufen an und sagen, dass sie niemanden mehr erreichen …“

Ich unterbreche ihn. „Der Verdächtige hat alle Handys eingesammelt. Faith Garrity hat gesagt, als sie den Mann auf dem Flur gesehen hat, ließ er mehrere Telefone fallen. Ich wette mit dir, dass er den Highschoolflügel gemieden hat aus Angst, von den älteren Schülern überwältigt zu werden. Von den Schülern der Middleschool hat er alle Telefone eingesammelt, und die Jüngsten haben ihn entweder nicht interessiert, weil sie keine Handys haben oder weil er unterbrochen wurde, bevor er zu ihnen gehen konnte.“

„Das ergibt Sinn“, erwidert Randall. „Hör zu, du rufst besser den Chief an. Er will dringend mit dir sprechen.“

„Mach ich. Und Randall, ich fahre für eine kurze Überprüfung bei den Craggs vorbei, okay? Also wenn du in einer halben Stunde nichts von mir hörst, schick jemanden hier raus.“

„Was soll das, Meg? Warum fährst du ganz da hinten raus?“

„Ich habe Informationen erhalten, die mich glauben lassen, dass es besser ist, einmal auf der Farm der Craggs nachzuschauen. Mehr weiß ich im Moment noch nicht, okay?“

„Okay. Aber du rufst mich besser in dreißig Minuten an. Auf meinem Handy – dann weiß ich wenigstens, dass du zu mir durchkommst. Und ruf den Chief an!“, ruft er, als ich auflege.

Mrs Oliver stand auf und trat an P. J.s Seite. Das Tuten des Handys, das Cals Nummer wählte, wurde von ihrer Hand und dem Jeansstoff ihres Kleides gedämpft. P. J.s Tirade hörte so abrupt auf, wie sie angefangen hatte. Der Mann schaute sie ungläubig an. „Setzen Sie sich wieder hin. Sofort."

„Ich will mich nur versichern, dass es P. J. gut geht. Sie haben ihn fürchterlich aufgeregt."

„Er kommt schon klar." Der Mann schaute P. J. an, der immer noch den Kopf auf dem Tisch liegen hatte.

„Das ist doch lächerlich." Mrs Oliver sprach laut und neigte den Kopf ein wenig nach unten, um ihre Stimme so gut wie möglich in Richtung Handy zu richten. „Wie können Sie es wagen, in mein Klassenzimmer zu stürmen, noch dazu mit einer Waffe, und meinen Schülern ohne jeden Grund Angst einzujagen? Zum Glück ist bisher noch niemand verletzt. Aber die arme Lucy. Wirklich eine Schande, wie Sie sie in den Wandschrank eingesperrt haben." Mrs Oliver wusste, dass sie ein wenig zu weit ging, aber sie konnte nicht mehr aufhören. Jetzt, wo sie ein Publikum hatte, wollte sie sichergehen, so viele Informationen wie möglich zur Verfügung zu stellen. „Sie haben gesagt, es wäre bald vorbei. Warum ist es das immer noch nicht?" Mrs Oliver machte einen vorsichtigen Schritt auf den Mann zu. Sie fummelte an dem Stoff ihres Kleides herum und versuchte, die Tasche ein wenig zu öffnen, damit Cal die Unterhaltung besser hören konnte.

„Setzen Sie sich wieder hin", wiederholte der Mann mit drohender Stimme.

„Das werde ich, sobald Sie mir sagen, was hier los ist und wann Sie uns endlich gehen lassen."

Plötzlich streckte der Mann einen Arm aus und packte die Vorderseite von Mrs Olivers Kleid. Die verbliebenen regenbogenfarbenen Strasssteine tanzten über die Fliesen. Mrs Oliver krächzte laut, allerdings eher aus Entsetzen darüber, dass Charlottes harte Arbeit an dem Kleid nun auf dem Boden landete, als aus Angst. „Setzen Sie sich hin und halten Sie verdammt noch mal die Schnauze, oder ich werde Ihnen und allen Kindern in den Kopf schießen!“, stieß der Mann zornig aus und zog Mrs Oliver so nah an sich heran, dass ihre Nasenspitzen einander beinahe berührten. Wie um seiner Drohung Nachdruck zu verleihen, drückte er ihr den Lauf seiner Pistole an die Schläfe.

Aus ihrer Tasche erklang Cals Stimme. „Evelyn, Evelyn, ist alles in Ordnung?“ Zum ersten Mal wurde Mrs Oliver bewusst, dass dies das letzte Mal sein könnte, dass sie die Stimme ihres Ehemannes hörte.

Der Mann schaute neugierig nach unten, um die Quelle der Stimme ausfindig zu machen. Er griff grob in ihre Taschen und zog das Handy heraus, aus dem Cal hilflos nach seiner Frau rief. „Ich liebe dich, Cal“, konnte sie noch sagen, bevor der Mann auflegte. Mrs Oliver presste ihre Augen fest zusammen, während der Mann den Lauf seiner Waffe gegen ihre Wange drückte, und wartete auf den ohrenbetäubenden Schuss.

Ich beschließe, das Risiko nicht einzugehen, den Grundschullehrern zu sagen, dass der Mann mit der Waffe oben ist. Wer weiß, ob er sich wirklich noch dort aufhält oder ob noch ein weiterer Verrückter durch die Schule tobt. Ich würde sterben, wenn jemand verletzt würde, nur weil ich gesagt habe, dass es sicher ist, die Schule zu verlassen.

Ich atme tief durch und mache mich an den Aufstieg die Treppe hinauf. Weil ich meine durchnässten Schuhe in der Sporthalle gelassen habe, kribbeln meine Füße auf den kalten Fliesen. Ich habe keine Ahnung, was ich tun soll, wenn ich erst einmal oben angekommen bin. Ich kann ja schlecht an die Tür klopfen und freundlich bitten, eingelassen zu werden. Ich lege nicht besonders Wert darauf, erschossen zu werden.

Ich habe erst ein paar Schritte gemacht, da höre ich, wie eine Tür geöffnet wird und jemand mir leise zuflüstert: „Hey, was machst du da?“ Ich stolpere und stoße mir das Knie an der Stufe vor mir. Ich drehe mich um, sodass ich mich hinsetzen kann, und reibe mir die Kniescheibe. Es ist eine der Lehrerinnen der zweiten Klasse, die ihren Kopf durch die Klassentür steckt. Ich lege einen Finger auf die Lippen und werfe einen Blick über meine Schulter, um zu sehen, ob uns jemand gehört hat. „Ist es sicher?“, fragt sie. Sie ist jung und hochschwanger. Sie sieht erschöpft aus und lehnt sich gegen den Türrahmen, als wenn sie ohne ihn zusammenbrechen würde. Ich schüttele den Kopf, und sie beißt sich auf die Unterlippe, wie um nicht loszuweinen. „Hat er eine Waffe?“ Ich nicke. Sie reißt die Augen panisch auf und schaut den Flur hinunter. „Weißt du, wo er ist?“ Ich zeige stumm nach oben. „Geh von der Treppe weg und komm zu uns“, sagt die Lehrerin durch zusammengebissene Zähne. „Beeil dich, er könnte jederzeit auftauchen.“

Ich schüttele erneut den Kopf und stemme mich hoch. Ich beeile mich nicht, weil ich keine Angst habe, dass sie hinter mir herkommt. Ich kann ihr und ihrem basketballgroßen Bauch leicht davonlaufen. „Komm zurück“, sagt sie lauter als beabsichtigt, denn sie schlägt sich sofort eine Hand vor den Mund und flüstert: „Bitte." Ich schüttele noch ein letztes Mal den Kopf und drehe ihr dann den Rücken zu. Langsam und leise setze ich meinen Weg nach oben zu P. J.s Klasse fort, ohne zu wissen, was ich tun werde, wenn ich erst einmal dort angekommen bin.

Das letzte Mal, dass ich P. J. habe retten müssen, war an dem Abend des Feuers gewesen. Ich war in meinem Zimmer und schrieb mir mit meiner Freundin Taylor SMS. Wir machten Pläne, später am Abend ins Kino zu gehen, als auf einmal der Geruch nach Knoblauch unter der Tür durchkroch und meinen Magen knurren ließ. Mom bereitete das Abendessen vor und briet Gemüse in Olivenöl an. P. J. saß am Küchentisch und arbeitete an seinem Projekt für den Physikunterricht. Er malte Styroporkugeln an, damit sie aussahen wie Planeten.

„Hast du Hunger, Augie?", fragte meine Mutter und ließ eine Handvoll geschnittener Zucchini in die Pfanne fallen.

„Wie immer", sagte P. J. frech.

„Was hast du für ein Problem?", fauchte ich zurück. Er ignorierte mich, aber ich ließ nicht locker. „Guck mal, wer da im Glashaus mit Steinen wirft. Wenigstens hängt mein Bauch nicht über den Hosenbund."

„Halt den Mund", murmelte P. J.

„Hey", sagte meine Mutter. „Hört auf, alle beide. Augie, kannst du bitte einen Untersetzer aus der Schublade holen?"

„Warum bittest du nicht Specki darum. Er könnte ein bisschen Bewegung vertragen."

„Ha, ha." P. J. schoss mir einen wütenden Blick zu, während er aufstand und zum Kühlschrank ging. Er holte eine Packung Milch heraus und knallte sie direkt neben meiner Mutter auf die Arbeitsplatte. „Wenigstens habe ich nicht so eine Pickelfresse, bei deren Anblick alle kotzen müssen."

Über das, was ich dann tat, denke ich jeden einzelnen Tag nach. Es war nur ein Styroporball. Ich wusste, dass er ihm nicht wehtun würde, selbst wenn er ihn ins Gesicht bekäme. „Halt die Klappe, Loser", rief ich und warf den Ball in seine Richtung. Ich habe nicht einmal hart geworfen.

„Aha!“ P. J. riss die Hände in Siegerpose hoch, als die Kugel ihn verpasste. Sie traf stattdessen die offene Flasche Olivenöl, die meine Mutter instinktiv versuchte aufzufangen, bevor sie zu Boden fiel. Ich sah, wie sich das dickflüssige, gelbe Öl aus dem Flaschenhals über die Hände meiner Mutter ergoss, auf ihre Bluse, sogar auf ihre Haare. P. J. lachte mich immer noch aus, während meine Mutter auf dem Öl ausglitt, das auf den Boden getropft war. Sie versuchte, sich abzufangen, indem sie sich an der Arbeitsplatte festhielt. Dabei stieß sie die Pfanne mit den Zucchini vom Herd und bekleckerte sich mit noch mehr Öl. Es passierte alles so schnell. Ihr Ärmel berührte den Brenner kaum, aber dennoch fing er sofort Feuer, das ihren Arm hinaufkrabbelte wie ein fetter Käfer. Ich sehe immer noch das Gesicht meiner Mutter vor mir, Sekunden bevor das Feuer auf ihre Haare übergriff. Ihr Mund ein perfektes rundes O, aber es sind ihre Augen, die ich nicht vergessen werde. Das Entsetzen, dieser Blick, der sagte: „Das kann nicht wahr sein.“

Das Feuer entzündete alles, was von dem verschütteten Olivenöl bedeckt war. Wie eine brennende Dominoreihe gingen ein Stapel Zeitungen und Magazine auf der Arbeitsplatte in Flammen auf, eine Ecke der Gardinen, die Küchenschränke. Instinktiv trat meine Mom an die Spüle und versuchte, das Feuer zu löschen, indem sie sich Wasser über die Hände laufen ließ und es sich ins Gesicht spritzte. Mein Jahr bei den Pfadfinderinnen kam mir in den Sinn. Öl und Wasser vermischen sich nicht. Mehl. Ich packte die Dose in Form eines Hahns, die meine Mutter letztes Jahr auf einem Tauschmarkt in Phoenix entdeckt hatte, nahm den Deckel ab und schüttete das Mehl über sie. Das weiße Pulver bedeckte ihr Gesicht, löschte die Flammen, die ihr Haar auf der linken Seite aufgefressen und aus ihrem linken Ohr eine verkohlte Sauerei gemacht hatten. Der Geruch nach verbranntem Haar und verbrannter Haut ließ mich würgen, aber ich versuchte, das verbliebene Mehl aus dem Hahn über ihren Arm zu schütten, der immer noch in Flammen stand.

„Halt. Lass dich fallen und wälze dich hin und her“, hörte

ich P. J. rufen, und meine Mutter musste es auch gehört haben, denn sie fiel auf die Knie und rollte sich auf dem Fußboden, bis das Feuer aus war. Die Vorhänge und Küchenschränke brannten immer noch, und dichter Rauch füllte den Raum und meine Lungen. Meine Mutter kämpfte sich auf die Füße und rief nach P. J., der plötzlich verschwunden war. Ich versprach, ihn zu finden, und schob sie Richtung Haustür.

Nun bin ich wieder dabei, P. J. zu finden und ihn in Sicherheit zu bringen. Aber wenigstens ist es dieses Mal nicht meine Schuld.

MRS OLIVER

Mrs Oliver war froh, dass sie wenigstens noch Gelegenheit gehabt hatte, Cal zu sagen, dass sie ihn liebte. Doch sie schämte sich, dass ihre Tat der Grund sein könnte, warum ihre Schüler diese Worte ihren Familien gegenüber womöglich nicht mehr aussprechen konnten. Sie erwartete einen lauten Knall, und sie erwartete Schmerzen. Stattdessen hörte sie nur ein scharfes Klopfen und spürte gar nichts. Erschossen zu werden ist also vollkommen schmerzfrei, dachte sie. Sie wagte es, ihre Augen zu öffnen, und unter dem Arm des Schützen hindurch sah sie, dass die Tür zum Klassenzimmer geöffnet wurde. Der Druck gegen ihre Wange verschwand, und eine Stimme durchbrach die Stille.

Ich halte am Rand des Weges, der zum Haus der Craggs führt, stelle die Automatik auf *Parken* und schalte die Scheinwerfer aus. Ich will sichergehen, dass ich schnell wegfahren kann, wenn ich es muss. Mir fällt auf, dass der Schnee, der den Weg bedeckt, erst kürzlich befahren worden ist, was bedeutet, dass innerhalb der letzten Stunde jemand hier entlanggekommen sein muss. Ein leicht mit Schnee bestäubter Truck parkt auf der Auffahrt, aber das heißt nicht viel; die meisten Farmer haben mehrere Fahrzeuge, und Cragg könnte schon früher am Tag weggefahren sein. Der Truck könnte auch Rays Vater gehören, der, entgegen aller guten Ratschläge, immer noch Auto fährt.

Ich kann kein Licht sehen, aber ein struppiger Retriever sitzt zitternd auf den Stufen zur Haustür. Großartig, ein Hund. Er sieht zwar freundlich aus, aber ich öffne trotzdem vorsichtshalber mein Handschuhfach und hole ein paar Leckerchen heraus, die ich genau für diesen Zweck dort aufbewahre. Als ich mich dem Hund nähere, klopft er mit dem Schwanz auf den Boden. Ich breche den Hundekeks durch und werfe ihm die eine Hälfte zu. Er schluckt ihn, ohne zu kauen, und schaut mich erwartungsvoll an, ob da noch mehr kommt.

„Einen Moment, mein Mädchen“, sage ich und geselle mich zu ihr. Die Craggs haben ein zauberhaftes zweistöckiges Haus, das weiß gestrichen ist und schwarze Fensterläden hat. Im Erdgeschoss hängen Blumenkästen an den Fenstern, von denen ich mir vorstelle, dass sie im Sommer mit Stiefmütterchen und Geranien bepflanzt sind. Jetzt sind sie bis zum Rand mit Schnee gefüllt. Ich lasse den Hund einen Moment an mir schnüffeln, und als ich sicher bin, dass er mich nicht anfallen wird, drücke ich auf die Klingel. Ich lausche auf Geräusche, höre aber nichts außer dem Heulen des Windes und dem Schnuppern des Hundes. Ich öffne die Fliegentür und klopfe mit der Faust gegen das dicke Eichenholz der Haustür. Nichts. „Wo ist er?“, frage ich den Hund, als ob er mir eine Antwort geben könnte. Als er es nicht tut, gehe ich die Stufen hinunter und zum vorderen Fenster. Ich stelle mich auf die Zehenspitzen, um hineinschauen zu können. Das Wohnzimmer liegt im Dunkeln; ein paar Limonadendosen und Bierflaschen stehen auf einem staubigen Couchtisch. Es herrscht kein totales Chaos, aber es wirkt auf mich vernachlässigt genug, um zu erkennen, dass hier keine Frau wohnt.

Ich gehe zum Seiteneingang des Hauses. Die Fliegentür ist zu, aber die Tür dahinter steht offen. „Du bleibst hier", befehle ich dem Hund und betrete die Küche. Rötliche Flecken einer unbekannten Substanz ziehen sich über den Flur. Getrocknetes Blut, ist mein erster Gedanke, und ich ziehe meine Glock aus dem Holster. Langsam gehe ich auf ein Zimmer zu, das das Büro zu sein scheint. Mein Blick wird von dem großen Waffenschrank in der Zimmerecke angezogen. Ich drücke den Griff nach unten, und die metallene Tür schwingt auf. Der Safe ist dazu gemacht, mehrere Gewehre zu beherbergen, die alle in eigenen, mit grünem Samt ausgeschlagenen Nischen hängen. Ein leerer Platz starrt mich verdächtig an. Er ist nicht groß. Gerade die rechte Größe für eine Faustfeuerwaffe. „Jesus", murmele ich. „Es ist tatsächlich Ray Cragg."

„Ich denke, da haben Sie recht", sagt eine Stimme hinter mir. Ich wirbele herum und hebe dabei meine Waffe. Mein Finger drückt instinktiv gegen den Abzug, während ich mein Ziel ins Visier nehme.

„Nicht schießen!“, rief Will, als er sah, dass Officer Barrett ihre Waffe auf ihn richtete.

„Verdammt!“, sagte sie und griff sich mit der freien Hand an die Brust. „Das ist eine sichere Methode, um erschossen zu werden.“

Will lehnte sich gegen den Schreibtisch, sein Herz hämmerte in seiner Brust, seine Finger hinterließen Abdrücke in dem Staub. „Es tut mir leid“, keuchte er. Hoffentlich starb er jetzt nicht an einem Herzinfarkt, nachdem er gerade dem Tod durch Erschießen entkommen war.

„Was zum Teufel machen Sie hier?“, fragte Officer Barrett giftig, während sie mit zittriger Hand ihre Waffe zurück ins Holster steckte.

„Verna Fraise hat sich Sorgen um ihren Schwiegersohn gemacht. Ich wusste, dass Sie alle mit der Situation an der Schule beschäftigt waren, also bin ich hergefahren, um mal nach dem Rechten zu sehen.“ Als er sich selber die Worte sagen hörte, wurde Will erst bewusst, was für eine dumme Idee es gewesen war, hierherzukommen. Er atmete zitternd ein und fuhr fort: „Ich habe Theodore Cragg da drin gefunden“, er zeigte auf das Badezimmer. „Er blutet. Und er sagt, sein Sohn hätte ihm das angetan.“

Officer Barrett schob Will beiseite und betrat das Badezimmer. Theodore Cragg lehnte schlapp an der Wand. Er war kaum noch bei Bewusstsein und drückte sich ein blutiges Handtuch gegen die Stirn. „Ihr Sohn hat Ihnen das angetan?“, fragte sie Cragg, der abwesend nickte. Sie drehte sich zu Will um. „Haben Sie einen Krankenwagen gerufen?“

Will schüttelte den Kopf. „Ich habe es mehrmals versucht, kam jedoch nicht durch. Ich nehme an, die Leitungen sind wegen des Vorfalls an der Schule immer noch besetzt. Oder der Sturm hat ein paar Telefonmasten umgeworfen. Ich habe jedoch Herb Lawson erreicht. Er will versuchen, einen Krankenwagen herzuschicken.“

„Haben Sie Ray irgendwo gesehen?"

„Nein. Kein Anzeichen von ihm. Aber ich habe mich nur hier unten umgeschaut und war weder oben noch in den Nebengebäuden."

„Ich schaue mich mal schnell oben um. Versuchen Sie weiter, einen Krankenwagen zu erreichen", befahl sie und verschwand.

Nachdem ich sichergestellt habe, dass sich niemand im ersten Stock des Hauses befindet, und nachdem der Krankenwagen gekommen ist und Theodore Cragg mitgenommen hat, gehe ich wieder nach draußen. Der Golden Retriever drückt seine Nase an mein Bein. Ich gebe ihm die andere Hälfte des Hundekekses und schaue auf der Plakette an seinem Hals nach, wie er heißt. Twinkie. „Was meinst du, Twinkie", frage ich die Hündin. „Wo sollen wir als Nächstes suchen? In der großen dunklen Scheune auf der rechten oder in der großen dunklen Scheune auf der linken Seite?" Ich fahre mit meiner behandschuhten Hand durch das struppige Fell der Hündin und mache mich dann auf den Weg zu dem kleineren der Außengebäude. Ich schaue auf die Uhr. Ich habe nur noch fünf Minuten, bis ich Randall zurückrufen muss. Ich beschleunige meinen Schritt, dankbar dafür, dass ich meine kniehohen Winterstiefel trage. Der scharfe, kalte Wind schiebt mich in Richtung des roten Holzgebäudes, von dem die Farbe abplatzt, und ich jogge auf das Scheunentor zu. Twinkie rennt mir voraus und vergewissert sich alle paar Meter, dass ich ihr immer noch folge. Sie erreicht die Scheune weit vor mir und fängt an zu winseln und an der roten Tür zu kratzen. Ich versuche, schneller zu laufen, aber der Schnee ist tief, meine Beine tun mir weh, und meine Brust fühlt sich an, als wollte sie jeden Augenblick platzen.

Twinkie sieht mich aus traurigen Augen an, und mich überfällt eine Vorahnung. Langsam ziehe ich am Griff der Tür, die sich nur wenige Zentimeter öffnen lässt und dann von einem Berg Schnee blockiert wird. Ich schiebe den Schnee mit meinem Stiefel beiseite und ziehe die Tür weit genug auf, dass Twinkie sich durchquetschen kann. Sofort fängt sie an zu bellen, kurze, verzweifelte Laute. Ich schaue auf meine Uhr. Noch zwei Minuten, bis Randall die Kavallerie ruft. „Polizei", rufe ich. Nichts außer dem Japsen des Hundes. „Polizei", sage ich noch einmal etwas lauter, aber meine Worte werden trotzdem vom Bellen des Hundes übertönt. „Aus", rufe ich, und Twinkie wird sofort ruhig, quetscht sich zurück durch die Tür und drückt sich gegen mein Bein. „Sitz“, befehle ich, und sie folgt. Ich räume mehr Schnee beiseite, damit ich die Tür weiter öffnen kann. Mit gezückter Waffe stecke ich meinen Kopf durch die Öffnung und schaue mich in der Scheune um. Der staubige Geruch von Heu steigt mir in die Nase, und winzige Staubflocken tanzen in der Luft um meinen Kopf.

Ich trete ein, schaue mich in der dämmrigen Halle um und erstarre, als mein Blick auf das fällt, was vor mir auf dem Boden liegt. Ich senke meinen Arm mit der Glock, hole mein Handy heraus und wähle Randalls Nummer.

AUGIE

Ich komme gerade auf der obersten Stufe an, da sehe ich Beth vor P. J.s Klassenzimmertür stehen. Ihre langen braunen Haare haben sich aus dem Pferdeschwanz gelöst, und es sieht aus, als wenn sie geweint hätte. Ich versuche, ihre Aufmerksamkeit zu erregen, indem ich mit den Armen wedele, aber sie bemerkt mich nicht. Zweimal klopft sie gegen die Scheibe in der Tür, dann dreht sie den Knauf und betritt den Raum.

„Dad?", höre ich sie sagen. „Tu das bitte nicht."

„Mein Gott, Meg." Ich höre die Erleichterung in Randalls Stimme. „Ich wollte gerade den Chief anrufen. Er hätte mich kastriert, wenn jemand von der Schule hätte abgezogen werden müssen, um nach dir zu schauen."

„Randall", versuche ich ihn zu unterbrechen.

„Ich kann nicht glauben, dass du mir das angetan hast. Ich hatte mehr als genug Stress für einen …"

„Randall", sage ich nachdrücklicher. „Ray Cragg hat sich ein neun Millimeter großes drittes Auge geschossen. Ich brauche Fred." Fred ist unser rechtsmedizinischer Ermittler.

Schweigen in der Leitung.

„Randall?" Immer noch keine Antwort.

„Randall", wiederhole ich ungehalten. „Bleib bei mir. Ich brauche einen Rechtsmediziner hier auf der Farm der Craggs."

„Ich werde Fred anrufen, aber du musst den Chief informieren."

„Okay." Ich lege auf und schaue zu dem sitzenden Mann – Ray Cragg, die Beine gespreizt, der Kopf nach vorne auf die Brust gerollt. Ich beuge mich vor, um das, was von seinem Gesicht übrig geblieben ist, besser sehen zu können. Die untere Hälfte ist vollkommen ausgelöscht. Seine Augen sind leblos, aber weit geöffnet. Es wirkt, als sei er überrascht, dass er sich so etwas Grausames angetan hat. Seiner Familie angetan hat. Blutspritzer und Gewebefetzen hängen an den Heuballen, gegen die er lehnt, und ich bin froh, dass ich diejenige bin, die ihn so gefunden hat. So bleibt seiner Familie wenigstens dieser grausige Anblick erspart. Bei dem Gedanken, dass eine seiner Töchter ihn so hätte finden können, zucke ich innerlich zusammen. Ich höre Schritte hinter mir und drehe mich um. „Bleiben Sie draußen", befehle ich.

Die Schritte bleiben abrupt stehen, und ich sehe Will Thwaite im Türrahmen stehen, eine Hand an Twinkies Halsband. „Mein Gott", keucht er erschrocken, als sein Blick auf die groteske Gestalt hinter mir fällt.

„Warten Sie bitte draußen, Mr Thwaite“, sage ich sanft. „Ich bin gleich bei Ihnen.“

„Beth?“ Eine kleine Stimme ertönte aus dem hinteren Bereich des Raumes. Mrs Oliver wirbelte herum, der Mann hatte ihren Oberarm immer noch fest im Griff. Natalie Cragg schaute erstaunt zu ihrer älteren Schwester. Die Spitze ihres Pferdeschwanzes war ganz nass, weil sie nervös auf ihren Haaren gekaut hatte.

„Mein Gott“, sagte der Mann erschöpft. „Was bitte ist das hier für eine Stadt? Weiß denn hier niemand, wer sein Vater ist?“ Beth stand schweigend da und ließ ihren Blick zwischen ihrer kleinen Schwester und dem Bewaffneten hin und her gleiten. Der Mann ließ Mrs Olivers Arm los und schob sie so heftig beiseite, dass sie gegen den metallenen Heizkörper unterhalb des Fensters stieß. Ein scharfer Schmerz durchzuckte ihr Bein von der Hüfte ab. Der Mann packte Beth an ihrem Pferdeschwanz und zwang sie auf die Knie, wobei er mit seiner Waffe herumwedelte. „Wer ist noch da draußen“?, wollte er wissen.

„Niemand, n-n-nur ich“, stammelte Beth. „Ich dachte … Ich dachte, Sie wären …“

„Ich bin nicht dein verdammter Vater!“ Der Mann spuckte die Worte förmlich aus und riss gewalttätig an Beths Pferdeschwanz, was sie erschrocken aufschreien ließ. „Du lügst mich besser nicht an.“ Sein Atem ging schwer, und er sah mit einem Mal richtig gefährlich aus.

„Nein, ich lüge nicht!“, versicherte Beth ihm verzweifelt.

Mrs Oliver spürte, dass die Lage immer schneller außer Kontrolle geriet, und humpelte zu dem Mann zurück. „Sehen Sie denn nicht, dass sie zu Tode erschrocken ist?“, sagte sie. „Schauen Sie sie an.“ Die Augen des Mannes schienen sich ein wenig zu klären. Er ließ Beths Zopf los, und das Mädchen brach schluchzend auf dem Fußboden zusammen. Mrs Oliver beugte sich vor und flüsterte ihr beruhigend ins Ohr. „Geh jetzt zu Natalie, Beth. Alles wird gut. Siehst du“, sanft wischte sie eine Strähne von Beths feuchter Stirn, „es ist nicht dein Vater. Also geh, setz dich zu deiner Schwester.“ Beth nickte und gesellte sich, immer noch weinend, zu ihrer Schwester im hinteren Bereich des Klassenzimmers.

Brennende Wut kochte in Mrs Oliver hoch. Sie richtete sich zu ihrer vollen Größe auf und versuchte, den pochenden Schmerz in ihrer Hüfte zu vergessen. Sie drehte sich zu dem bewaffneten Mann um. „Wenn Sie noch einmal Hand an eines der Kinder legen …“ Bevor sie den Satz zu Ende sprechen konnte, holte der Mann aus. Mrs Olivers letzter Gedanke, bevor er sie mit der Waffe seitlich am Kopf traf, war, dass Cal mal wieder recht gehabt hatte: *Die einfachste Art, das Gesicht zu wahren, ist, die untere Hälfte fest geschlossen zu halten.*

Der Rechtsmediziner Fred Ramsey wohnt ungefähr zwanzig Minuten von Broken Branch entfernt und sollte bald hier sein. Ich beschließe, dass hier niemand den Tatort oder die Leiche anrühren wird, und stapfe durch den Schnee zurück zu meinem Auto, Twinkie dicht auf den Fersen, um Fred und den Krankenwagen in Empfang zu nehmen und mich ein wenig aufzuwärmen. Ich lasse Twinkie auf den Rücksitz springen und bin mir sehr wohl bewusst, dass meine Kollegen mich damit aufziehen werden, ein Weichei zu sein. Aber ich kann sie nicht draußen in der Kälte lassen. Das Thermometer fällt weiter, und der Wind wird immer stärker. Die gefühlte Temperatur muss bei unter null liegen, und ich kann mir kaum vorstellen, welche logistischen Schwierigkeiten meine Kollegen an der Schule inzwischen zu bewältigen haben. Ich wühle in meinem Handschuhfach, hole die Tüte mit Hundekeksen heraus und schütte sie Twinkie hin, die sogleich kurzen Prozess mit ihnen macht und sich dann zu einem goldfarbenen Knäuel zusammenrollt und ihre Augen schließt. Genau das würde ich jetzt auch gerne tun.

Ich mache mir Notizen zu meiner Entdeckung von Ray Craggs Leiche. Im Streifenwagen ist es endlich warm genug, dass ich meine Handschuhe ausziehen kann. Ich spüre auch langsam meine Füße wieder. Als mein Handy klingelt, hoffe ich, dass es Maria ist, aber auf dem Display steht *Stuart*. Meine Neugierde gewinnt die Oberhand, und ich gehe ran. „Ja, Stuart? Ich bin hier gerade sehr beschäftigt."

„Hey Meg", flüstert er. „Ich habe zwei kurze Fragen an dich ..."

„Kein Kommentar, kein Kommentar", sage ich gelangweilt.

„Ha. Der war gut. Nein, ernsthaft. Das bleibt auch unter uns, wenn du willst", sagt er sanft.

„Oh ja, das will ich." Ich bin wütend, dass ich mich wieder in Stuarts Orbit habe hineinziehen lassen. „Warum flüsterst du, Stuart?"

„Ich will nicht, dass Bricker unsere Unterhaltung belauscht. Er versucht immer, mir meine Geschichten wegzuschnappen. Frage eins: Vermisst du mich manchmal?“

„Wie geht es deiner Frau, Stuart?“, gebe ich scharf zurück.

„Okay, tut mir leid. Ihr geht es gut.“

„Freut mich zu hören. Eine deiner Fragen hast du damit schon verbraucht.“

„Ich habe das Gefühl, die Neuigkeiten sind noch nicht zu dir durchgedrungen.“ Er zögert, als wäre es vielleicht doch keine so gute Idee, die Unterhaltung fortzuführen.

„Spuck's aus, Stuart.“

„Hast du das von deinem Exmann gehört?“

Ich richte mich in meinem Sitz auf. Ich sehe ein Fahrzeug, das sich langsam durch den Schnee in Richtung Farm kämpft. Die Scheinwerfer nur ein schwaches Funkeln in dem hellen Schneetreiben. „Was ist mit Tim? Geht es ihm gut?“

„Das ist ja das Problem. Niemand scheint zu wissen, wo er ist. Meine Quelle sagt mir, dass im Polizeirevier von Waterloo ein Anruf einging und er einfach aufstand und gegangen ist.“

In meinem Kopf dreht sich alles. Wo könnte Tim sein? Es sieht ihm gar nicht ähnlich, einfach abzuhauen, vor allem, wenn Maria zu Besuch ist.

„Meg“, sagt Stuart beinahe zärtlich, als mache er sich immer noch etwas aus mir. „Meine Quelle hat spekuliert, dass er vielleicht, nur ganz vielleicht, der Mann in der Schule sein könnte.“

„Das ist vollkommen unlogisch“, platzt es aus mir heraus, bevor mir wieder einfällt, dass ich mit einem Reporter spreche. Einem Reporter, von dem ich mal gedacht habe, ich könnte ihn lieben, dem ich aber definitiv nicht vertrauen kann. „Kein Kommentar“, sage ich und lege auf. Wenn ich herausfinde, wer zum Teufel Stuarts Quelle ist, werde ich ihn höchstpersönlich verhaften.

Das Auto kommt näher, und ich erkenne Fred Ramseys weißen SUV. Hinter ihm fährt ein weiteres Auto, das nach einem Wagen des Stark County Sheriffbüros aussieht.

Meine Füße fühlen sich an wie Blei. Ich stehe immer noch unter Schock von Stuarts Ankündigung. Tim, der Eindringling an Marias Schule? *Auf gar keinen Fall.* Stuart spielt mit mir. Ich zwinge mich, auszusteigen und die beiden Männer zu begrüßen.

„Fred", sage ich. „Danke, dass du so schnell gekommen bist. Die Leiche ist hier entlang, in der Scheune." Ich will gerade in Richtung Scheune gehen, als der Deputy Sheriff aus dem Auto aussteigt. Es ist ungewöhnlich, dass ein Deputy aus einem anderen Bezirk am Tatort ermittelt. Ich versuche mir einzureden, es läge daran, dass heute ein ungewöhnlicher Tag mit ungewöhnlichen Umständen ist, aber trotzdem überläuft mich ein Schauer der Angst.

„Officer Barrett?", fragt er formell. Ich nicke. „Ich bin Deputy Sheriff Robert Hine vom Stark County Sheriff's Department. Wir unterstützen ihr Revier aufgrund der Vorfälle an der Schule. Ihr Chief möchte, dass ich hier übernehme, damit Sie nach Broken Branch zurückkehren können."

„Hat er gesagt, warum?", frage ich.

„Nein, Ma'am, nur dass Sie sich in der Einsatzzentrale an der Schule melden sollen."

Ich steige in mein Auto und schalte mit zitternden Händen auf *Drive*. Ich höre Twinkie auf dem Rücksitz gähnen. Den armen Hund hatte ich ganz vergessen. Ich habe keine Zeit, sie ins Tierheim oder zu Darlene Craggs Haus zu bringen, wo ich erst einmal erklären müsste, wieso ich sie überhaupt bei mir habe.

Zum Glück hat es für den Moment aufgehört zu schneien, doch der Wind bläst unvermindert heftig und macht es schwer, etwas zu sehen. Ich versuche, Tim auf seinem Handy zu erreichen, werde aber direkt zur Mailbox weitergeleitet. Ich sage: „Bitte ruf mich sofort zurück, wenn du das hier hörst."

Dann rufe ich Judith an, Tims Mutter, in der Hoffnung, von ihr mehr in Erfahrung zu bringen, aber sie meldet sich auch nicht. Ich überlege, Maria anzurufen, aber ich weiß nicht, wie viel sie weiß. Ich will sie nicht unnötig aufregen.

Ich weiß, dass Tim nicht der Mann in der Schule ist. Dafür hat er gar keinen Grund. Er besitzt keine Waffe und hat keinen Funken Boshaftigkeit in sich. Das ist nicht der Mann, mit dem ich verheiratet war.

Und sowenig ich es auch will, wähle ich schließlich Chief McKinneys Nummer.

Will dachte, dass er noch Stunden auf der Farm der Craggs festhängen würde, um dem Deputy Sheriff gegenüber seine Aussage zu machen, wieso er überhaupt hier war, wie er den verletzten Theodore gefunden und wie das zur Entdeckung von Rays Selbstmord geführt hatte. Überaschenderweise nahm der Officer jedoch einfach nur Wills Aussage auf, notierte seine Kontaktinformationen und schickte ihn seines Weges.

Er beschloss, zu seiner Farm zurückzufahren und nachzuschauen, wie es mit dem Kalben vorwärtsging. Selbst bei bestem Wetter gab es manchmal Komplikationen, aber bei der derzeit herrschenden eisigen Kälte könnten sie tödliche Folgen haben. Er wusste, er sollte zum *Lonnie's* zurückfahren, aber der Gedanke daran, einfach nur dazusitzen und zu warten, machte ihn ganz nervös. Die Farm der Craggs lag nur wenige Minuten von Wills Farm entfernt, aber die wild über die Straße jagenden Schneewehen raubten ihm beinahe vollständig die Sicht. Gerade als er sich seiner Farm näherte, blitzten schwach die Scheinwerfer eines entgegenkommenden Fahrzeugs auf. Daniel. Und er hatte den Viehanhänger angekoppelt. Sie hielten beide an, und Will fuhr sein Fenster herunter. Die Kälte war erbarmungslos, und ihm war sofort bis auf die Knochen kalt.

„Ich bin auf dem Weg zu Dr. Nevara. Nummer vierhunderteinundzwanzig hat Probleme, und ich glaube, sie braucht einen Kaiserschnitt", erklärte Daniel. „Herb Clemens passt auf die anderen auf, also musst du dir keine Sorgen machen."

Will verspürte eine tiefe Dankbarkeit für seine Freunde und Nachbarn. Man konnte sich immer auf sie verlassen. Ob man nun Hilfe brauchte beim Mais aussähen oder bei der Geburt der Kälber, sie waren sofort zur Stelle. „Ich folge dir zu Dr. Nevara und fahre von da aus wieder ins *Lonnie's*." Will hielt inne und überlegte, ob er Daniel von Ray Craggs Selbstmord erzählen sollte oder nicht. Das konnte warten, beschloss er. Es war besser, wenn Verna und Darlene es zuerst erfuhren und dann erst der Rest der Stadt.

Will gab beim Wenden seines Wagens acht, nicht in den Graben zu rutschen, und folgte Daniel dann die County Road B entlang zu Dr. Nevaras Tierklinik, die am äußeren westlichen Rand von Broken Branch lag.

Wenn Daniel nicht gewesen wäre, hätte Will die schwarzen Reifen und Chromfelgen des Autos übersehen, das kopfüber im Graben lag und komplett von Schnee bedeckt war.

Die beiden Männer kletterten aus ihren Fahrzeugen. Der Schnee lag an einigen Stellen kniehoch, an anderen bedeckte er kaum den Boden. Gemeinsam schoben sie mit den Händen den Schnee vom Fahrerfenster des verunfallten Autos, um einen Blick hineinwerfen zu können. Als sie endlich eine ausreichend große Stelle freigelegt hatten, drückte Daniel sein Gesicht gegen das Fenster und schirmte mit den Händen seine Augen gegen den hellen Schnee ab. „Da ist ein Mann drin", bestätigte er und griff nach seinem Handy. „Er rührt sich nicht."

Während Daniel versuchte, Hilfe zu rufen, warf Will einen Blick in den Wagen. Der Mann hing kopfüber in seinem Sitz, nur gehalten von seinem Anschnallgurt. Blut tropfte aus seiner Nase, und eines seiner Beine baumelte in einem seltsamen Winkel herunter. Will versuchte, seinen angestrengten Atem zu beruhigen, um sich auf die Brust des Mannes konzentrieren zu können. Er hoffte, so erkennen zu können, ob der Mann noch atmete. Nach einer Weile konnte er schwach das leichte Heben und Senken des Brustkorbs erkennen. Der Mann lebte.

„Sie wollen wissen, ob er noch atmet", rief Daniel ihm über das Tosen des Windes zu.

„Ja, er atmet", bestätigte Will. „Er ist bewusstlos, und es sieht aus, als hätte er sich ein Bein gebrochen."

„Sie werden so schnell herkommen, wie sie können", sagte Daniel, nachdem er aufgelegt hatte. „Sie schicken einen Abschleppwagen aus der Stadt und einen Krankenwagen aus Conway. Kennst du den Mann?"

„Nein", sagte Will. „Aber es ist schwer zu sagen. Er ist in ziemlich schlechter Verfassung. Ich hoffe, sie kommen noch rechtzeitig."

Ich sehe, dass Beth in dem Klassenzimmer verschwindet, und versuche mir vorzustellen, wie es sich anfühlt, zu glauben, dein Vater könnte dich so sehr lieben, dass er eine ganze Klasse voller Kinder als Geiseln nehmen würde, nur um dich zu sehen. Dann kommt mir ein anderer Gedanke, einer, der mir leichte Übelkeit verursacht. Vielleicht tut ihr Dad das nur, weil er Beths Mom so sehr hasst. Vielleicht ist das seine Art, Rache an ihr zu nehmen. Würde er aus Hass auf seine Frau seine eigenen Töchter erschießen? Man hört davon ab und zu im Fernsehen, von Frauen, die ihre Sechsjährigen erwürgen, weil sie frech waren, von Müttern, die ihre acht Monate alten Babys in der Badewanne ertränken, oder von Vätern, die ihre gesamte Familie erschießen und dann das Haus in Brand setzen.

Bei diesen Gedanken werden meine Knie ganz weich, und zum ersten Mal an diesem Tag erkenne ich, dass ich Angst habe. Die Art von Angst, die als Knoten in der Brust beginnt und immer größer und größer wird, bis außer ihr nichts mehr existiert und kein Raum mehr zum Atmen bleibt. Die gleiche Art Angst, die ich an dem Tag des Feuers verspürt habe. Es ist eine Furcht, die aus dem Wissen erwächst, wie schnell und wie schwer man einen anderen Menschen verletzen kann.

Ich weiß, dass ich auf gar keinen Fall in diese Klasse hineingehen kann. Es war dumm zu glauben, ich könnte P. J. da ganz alleine rausholen. Der Mann mit der Waffe wird uns vermutlich sowieso nicht gehen lassen. Und was sollte ich überhaupt sagen? „Entschuldigen Sie bitte, aber es ist beinahe Abendbrotzeit, und ich muss meinen kleinen Bruder nach Hause bringen." Er würde mich höchstwahrscheinlich nur auslachen und mir befehlen, mich zu den anderen zu setzen und den Mund zu halten. Vielleicht würde er mich sogar erschießen.

Ich nehme an, der beste Weg, P. J. und allen anderen in dem Raum zu helfen, ist, mich neben die Tür zu setzen und abzuwarten und zu lauschen. Vielleicht höre ich etwas, das der Polizei helfen kann. Ich schleiche den Gang entlang und hocke mich in die kleine Nische neben der Trinkwasserfontäne, die sich direkt neben P. J.s Klassenzimmer befindet. Ich lehne mich gegen die kühle Wand und ziehe meine Knie an. Ich versuche, mich so klein wie möglich zu machen. Hoffentlich bekommt der Mann keinen Durst, kommt raus und findet mich hier.

MRS OLIVER

Es ist nicht der pochende, pulsierende Schmerz in ihrem Kiefer, der Mrs Oliver aufweckt, auch wenn der immer stärker wird. Es sind wie immer die Kinder und ihr Wohlergehen, die sie aus dem giftigen Nebel der Bewusstlosigkeit ziehen und sie zwingen, sich vom Boden zu erheben und auf einen leeren Platz zu schleppen. Der Mann verlor langsam, aber sicher die Kontrolle – so wie er Natalie Craggs Schwester gepackt hatte, wie er sie selber mit der Waffe geschlagen hatte. Mrs Oliver konnte die Schüler nicht mit ihm alleine lassen. Sie war sich vage der feuchten Wärme bewusst, die über ihre Wange und an ihrem Hals entlanglief. Vorsichtig berührte sie ihr Gesicht und war nicht überrascht, an ihren Fingern Blut zu sehen, als sie die Hand wieder herunternahm. „Mir geht es gut", versicherte sie den Kindern, aber ihr Kiefer hatte sich irgendwie ausgerenkt, und aus ihrem Mund purzelte lediglich ein optimistisch klingender Buchstabenbrei. Sie schaute sich nach etwas um, an dem sie ihre Finger abwischen konnte, und entschied sich dann niedergeschlagen für ihr Jeanskleid. Durch das Auge, das nicht zugeschwollen war, sah Mrs Oliver, dass ihre Schüler und Beth Cragg sie alle ängstlich anschauten. Sie schenkte ihnen ein schiefes Lächeln und ein Daumenhoch. Der Mann sah sie mit einer Mischung aus Verärgerung und Bewunderung an. Er musste denken, sie sei keine Bedrohung mehr für ihn, denn er ließ sie auf ihrem Stuhl sitzen und drückte sich das Handy ans Ohr. Mrs Oliver konzentrierte sich völlig darauf, aufrecht sitzen zu bleiben und sich ihr abrupt unterbrochenes Telefonat mit Cal noch einmal in Erinnerung zu rufen. Er hatte bestimmt die Polizei kontaktiert und erzählt, was er mit angehört hatte. Jeden Moment würden sie durch die Tür stürmen, oder eine Kugel von einem ausgebildeten Scharfschützen würde die Fensterscheibe durchschlagen und den Mann in die Stirn treffen.

Sie würde ins Krankenhaus gebracht werden, aber erst, nachdem alle ihre Schüler wohlbehalten bei ihren Familien angekommen waren. Cal würde sie schon erwarten. Er würde sich über ihr Krankenhausbett beugen und sie anlächeln und ihr sagen, dass sie die schönste Frau war, die er je gesehen hatte. So wie er es so viele Jahre zuvor nach der Geburt ihres ersten Kindes getan hatte. Mit einer Hand hatte Cal damals ihre geschwollenen Finger gehalten, und in der Beuge seines anderen Arms hatte Georges Baby gelegen.

Zu ihrer Überraschung hatte Mrs Ford die kurze Werbungsphase zwischen Evelyn und Cal unterstützt. „Evelyn", hatte sie kurz nach dem desaströsen Dinner gesagt, an dem Evelyn sich in ihr Zimmer zurückgezogen hatte, „du weißt, dass es nicht schlimm ist, glücklich zu sein."

„Was meinst du damit?", hatte Evelyn gefragt.

„George würde wollen, dass du wieder glücklich bist." Mrs Fords Kinn zitterte. „Er würde wollen, dass sein Kind einen guten und freundlichen Mann als Vater bekommt."

Evelyn drehte ihren Kopf von links nach rechts, um den Gedanken abzuschütteln. Es kam ihr zu grausam vor, zu früh.

„Nun, Evelyn", schalt Mrs Ford sie sanft. „Es ist offensichtlich, dass Cal Oliver ganz verrückt nach dir ist. Du bist jung und hast noch dein ganzes Leben vor dir."

„Aber ich liebe George noch immer", sagte Evelyn mit verletzlich klingender Stimme.

„Natürlich tust du das." Mrs Ford legte ihrer Schwiegertochter einen Arm um die Schultern. „Und das wird auch immer so bleiben. Das ist ja das Wundervolle am menschlichen Herzen, es hat ausreichend Platz für alle möglichen Arten der Liebe."

Evelyn konnte nichts sagen, konnte nicht erklären, wie sie sich einerseits George noch so verbunden fühlte, andererseits aber jedes Mal von einem elektrischen Funken durchzuckt wurde, sobald sie Cal sah.

„Versprich mir eines, Evelyn", bat Mrs Ford sie sanft. Evelyn nickte schniefend. „Bitte erzähl dem Baby von George. Erzähle ihm … oder ihr", fügte sie hinzu, „dass sein Vater ein süßer Junge war, der Zahlen und Coca-Cola liebte. Dass er klug war und ein bisschen verrückt. Dass er an einem fernen Ort gestorben ist, weil es genau das Richtige war." Evelyn spürte, wie ihre Kopfhaut von Mrs Fords Tränen ganz nass wurde, und umklammerte die Hand der älteren Frau noch fester.

„Das werde ich ihm erzählen", erwiderte Evelyn, weil sie sich ganz sicher war, dass sie einen Jungen in sich trug. „Ich werde es ihm erzählen, genauso wie du."

Evelyn und Cal heirateten ein paar Wochen, nachdem Georgiana Elizabeth Ford das Licht der Welt erblickt hatte. Sie war überrascht gewesen, als der Arzt ihr mitteilte, sie habe ein gesundes Mädchen zur Welt gebracht, doch das Gefühl wurde schnell von einer tief empfundenen Dankbarkeit abgelöst. Erstaunlich, dass dieses kleine rosagesichtige Wesen auf die Welt kam, kaum ein Jahr, nachdem ihr Vater dieselbe verlassen hatte. „Was für ein Geschenk", sagte Evelyn sich immer wieder. Und als ob er ihre Gedanken lesen könnte, schaute Cal sie beide an und blickte dann in den Himmel. „Ich werde auf sie aufpassen", flüsterte er. „Das verspreche ich."

MEG

„Verdammt, Meg", wütete der Chief am Telefon. „Wo zum Teufel bist du gewesen?"

Ich weiß, dass ich schnell sprechen und mich kurzfassen muss. „Ich hatte Grund zu der Annahme, dass Ray Cragg der Eindringling in der Schule sein könnte. Ich bin der Sache nachgegangen und habe ihn mit einem Loch im Kopf in seiner Scheune gefunden." Ich streichle Twinkies Flanke, während ich auf Chief McKinneys Reaktion warte.

„Also ist Ray Cragg tatsächlich tot?", fragt der Chief etwas sanfter.

„Ja. Offensichtlich Selbstmord. Rays Vater Theodore ist von seinem Sohn verletzt worden. Ein Krankenwagen hat ihn gerade abgeholt." Twinkie schaut mich aus traurigen braunen Augen an. Ray Cragg hatte alles verloren – seine Frau, seine Kinder, sein Leben –, aber sein Hund liebt ihn immer noch.

Chief McKinney seufzt. „Dieser Tag wird von Sekunde zu Sekunde besser. Ist der Deputy Sheriff gekommen, um dich abzulösen?"

„Ja, er ist da. Er hat gesagt, du willst, dass ich umgehend zur Schule zurückkehre?"

„Ja, komm so schnell du kannst hierher. Aber fahr vorsichtig."

Ich zögere einen Moment, bevor ich weiterspreche. „Chief, hast du über Funk irgendetwas von meinem Exmann gehört?"

Schweigen. Kein gutes Zeichen. „Wir reden darüber, wenn du wieder hier bist", sagt er schließlich.

„Chief, du glaubst doch nicht ernsthaft ..."

„Komm einfach wieder zur Schule zurück, Meg", sagt er erschöpft.

Will versuchte, draußen an dem Unfallwagen zu bleiben, falls der darin eingeklemmte Mann wach würde, aber die Kälte trieb ihn in seinen Truck zurück. Er schickte Daniel seiner Wege, damit er rechtzeitig beim Tierarzt eintraf, bevor das Kalb hier zur Welt kam. Im großen Weltenplan waren das Leben einer Kuh und eines Kalbes allerdings nicht viel wert, nicht im Vergleich zum Leben seiner Enkelkinder und seiner Schwiegertochter.

Will beschloss, sich kurz bei Marlys zu melden. Er hatte versprochen, sie jede Stunde anzurufen und auf dem Laufenden zu halten, aber durch den Vorfall auf der Cragg-Farm war er nun zu spät dran.

„Irgendwelche Neuigkeiten?", fragte Marlys anstelle einer Begrüßung.

„Nicht von der Schule, nein", erwiderte Will und stellte das Gebläse in seinem Truck runter, um seine Frau besser verstehen zu können.

„Aber …", setzte Marlys an.

„Ray Cragg hat Selbstmord begangen."

„Nein!", rief Marlys aus. „Die armen Kinder."

„Ja. Ich sitze hier gerade an der County Road B und warte auf den Abschleppdienst, der jemanden aus dem Graben ziehen muss." Will massierte sich die Schläfen. Er spürte die ersten Anzeichen eines monströsen Kopfschmerzes.

„Das tut mir leid", sagte Marlys beruhigend.

„Nun, ich bin zumindest in besserer Verfassung als Ray und der Typ hier im Auto." Will versuchte, etwas Leichtigkeit in seine Stimme zu legen. Marlys hatte schon genug, worüber sie sich Sorgen machen musste. „Wie geht es Holly? Weiß sie, was hier los ist?"

„Nein, aber ich verschweige es ihr nicht gerne", erwiderte Marlys heftig. „Holly hat viele Fehler gemacht, aber sie ist eine gute Mutter und liebt Augie und P. J. mehr als alles andere auf der Welt."

„Vielleicht sollten wir es ihr dann sagen", überlegte Will.

„Soll ich mit ihr reden?“

Marlys schwieg einen Moment. „Lass uns noch ein wenig warten. Sie freut sich so sehr darauf, die Kinder morgen zu sehen. Die Freude will ich ihr noch nicht nehmen. Um Himmels willen, Will, wie viel kann ein einziger Mensch ertragen? Es muss einfach alles gut werden“, sagte sie entschlossen.

„Okay, warten wir noch. Halte sie nur vom Fernseher weg. Ich will nicht, dass sie auf diesem Weg davon erfährt. Ich muss auflegen. Da kommen der Abschleppwagen und die Ambulanz. Ich rufe dich später zurück.“

„Ich liebe dich, Will.“ Marlys' Stimme zitterte vor unterdrückten Gefühlen. Will hätte jetzt nichts lieber getan, als seine Frau in die Arme zu ziehen und ihr zu sagen, dass alles wieder gut würde.

„Ich liebe dich auch.“ Mehr brachte er nicht heraus. Er steckte das Telefon weg, wappnete sich gegen die Kälte und stieg aus dem Auto. Mit weit ausholenden Armbewegungen winkte er den nahenden Abschleppdienst und den Krankenwagen zu sich.

An den meisten Tagen hasse ich meine Physiotherapeutin Gina. Ich kann bei ihr so viel weinen und stöhnen, wie ich will, sie hat kein Mitleid mit mir. Wenn ich ihr sage, dass ich müde bin, sagt sie „Pech gehabt". Wenn ich sage, dass ich zu große Schmerzen habe, sagt sie mir, ich solle mich zusammenreißen. Als ich ihr heute sage, dass ich eine Infektion habe, meint sie: „Und was geht mich das an?"

Ich muss lachen. „Genau das hat mein Dad immer gesagt, als ich noch zu Hause gewohnt habe."

„Kluger Mann." Gina nickt anerkennend.

Mein Dad war, nein, ist immer noch einer der klügsten Männer, die ich je getroffen habe – nicht, dass ich ihm das je gesagt hätte. Allerdings war er auch so praktisch veranlagt, dass er mich damit in den Wahnsinn getrieben hat. Nie konnte er etwas einfach so aus Spaß machen. Es musste immer ein Bulle gekauft, ein Kalb geboren, eine Ernte eingefahren, eine Maschine repariert werden. Ich erinnere mich an einmal, als ich fünfzehn war und mich mit meinem damaligen Freund in einen der Schuppen zurückgezogen hatte. Nachdem wir eine Weile herumgemacht hatten, hielten wir es für eine gute Idee, mit dem nagelneuen John-Deere-Traktor meines Vaters eine kleine Spritztour zu unternehmen. Das Ding fuhr nicht schneller als fünf Meilen die Stunde, aber mein Dad hat einen totalen Wutanfall bekommen.

„Wir haben doch nichts kaputt gemacht", protestierte ich, nachdem er uns erwischt und mir einen zweiwöchigen Hausarrest aufgebrummt hatte.

„Und was geht mich das an?", hatte er wie immer gefragt.

„Ruh dich ein wenig aus", sagt Gina endlich, als sie erkennt, dass sie heute während der Sitzung nicht auf meine Mitarbeit zählen kann. „Morgen strengen wir uns wieder ein wenig mehr an. Du willst doch stark sein, wenn deine Kinder kommen."

Bei dem Gedanken muss ich lächeln. „Ich kann es kaum erwarten", verrate ich ihr. „Es kommt mir vor, als hätte ich sie eine Ewigkeit nicht mehr gesehen." Ich frage mich, ob mein

Vater je so aufgeregt gewesen ist, mich zu treffen. Frage mich, ob er sich jetzt darauf freut, mich morgen zu sehen. Ich weiß, ich habe es ihm nicht leicht gemacht. Ich weiß, was ihn anging, war ich überempfindlich und zu kritisch. Aber wie soll ein Kind mit einer Kuh mithalten? Wenn mein Vater nur ein einziges Mal gesagt hätte, „Holly, kannst du bitte nach Hause kommen? Ich vermisse dich", hätte ich im nächsten Flieger nach Broken Branch gesessen. Aber er hat es nie gesagt. Das unterscheidet uns voneinander. Wenn es um meine Kinder geht, weiß ich, was wichtig ist.

Mrs Olivers Zunge fühlte sich trocken, dick und geschwollen an. Als wenn man ihr einen Socken in den Mund gestopft hätte. Der Mann tigerte vorne im Klassenzimmer auf und ab und schaute immer wieder auf sein Handy, wobei er mit jeder vergehenden Minute aufgewühlter wirkte.

Mrs Oliver wusste, dass diese Episode bald zu einem Ende kommen musste. Wenn nicht, würde jemand, vielleicht sogar einige, sterben, und sie ertrug den Gedanken nicht, dass es ein Kind sein könnte. Sie klopfte mit den Fingerknöcheln auf den Tisch, bis der Mann sich genervt zu ihr umdrehte. „Was?", fragte er ungeduldig.

Mrs Oliver versuchte, die Worte zu formen, von denen sie wusste, dass sie sie sagen musste. Aber ihr Mund arbeitete immer noch nicht richtig. Offensichtlich war ihr Kiefer gebrochen, wenn nicht gar zersplittert. Sie machte eine Schreibgeste mit der Hand, und der Mann nickte. Vorsichtig öffnete sie den Deckel des Schreibtisches und überflog schnell den unordentlichen Inhalt. Lesebücher, eine Schere, zerbrochene Wachsmalkreiden, Stifte, Schreibhefte. Sie holte einen Stift und ein Schreibheft heraus und schob dabei unauffällig die Schere ein wenig näher an die Öffnung. Der Mann beobachtete argwöhnisch, wie sie das Heft auf einer neuen Seite aufschlug. Mit höchster Konzentration hielt sie ihre Hand ruhig und schrieb in ihrer ordentlichen Handschrift ein wenig zittrig: „Ich bleibe hier. Es ist aber an der Zeit, die Kinder gehen zu lassen."

Der Mann schaute die Worte sehr lange an, dann nickte er. Mrs Oliver atmete tief ein und zuckte schmerzerfüllt zusammen, als die kühle Luft über ihren gebrochenen Kiefer strich.

MEG

Es ist beinahe sechs Uhr abends, in weniger als einer Stunde geht die Sonne unter, und die Dunkelheit fängt schon an, hereinzubrechen. Hinter der Polizeiabsperrung trotzen zwei Übertragungswagen dem Wetter, die Abgaswolken hängen schwer in der Luft. „Schön liegen blieben", sage ich zu Twinkie, die zur Antwort leise schnauft. Ein paar Reporter undefinierbaren Geschlechts stehen in dicken Parkas mit fellbesetzten Kapuzen vor zitternden Kameramännern und sprechen in ihre Mikrofone. Kurz richtet sich ihre Aufmerksamkeit auf mich, aber als sie sehen, dass ich nur eine niedere Beamte des Broken Branch Reviers bin, verlieren sie schnell ihr Interesse.

Die Wachen, zwei Police Officer aus dem Nachbarrevier, winken mich auf den Schulparkplatz. Ich parke so nah wie möglich an dem Wohnmobil, das zu unserer Einsatzzentrale geworden ist. Ich ziehe meinen Mantel aus und stecke ihn um Twinkie fest. Hoffentlich halten ihr Fell und meine Jacke sie schön warm.

Die eiskalte Luft und der scharfe Wind entreißen mir sofort jegliche Körperwärme, die ich gespeichert habe. Als ich endlich ohne zu klopfen in das Wohnmobil stürme, zittere ich vor Kälte. Chief McKinney, Aaron und ein Mann, den ich nicht kenne, schauen bei meinem Eintreten auf. Der Chief sieht mich mit finsterer Miene an, und ich wappne mich gegen eine Standpauke, weil ich einfach zur Cragg-Farm gefahren bin, ohne das Protokoll einzuhalten.

„Setz dich, Meg", sagt er sanft.

Ich sehe erst den Chief an, dann Aaron, dann den unbekannten Mann. Keiner von ihnen kann mir in die Augen schauen.

AUGIE

Obwohl mein Versteck hinter der Trinkwasserfontäne unbequem ist und ich meinen Hals in einem seltsamen Winkel verrenkt halte, nicke ich irgendwie weg. Ich schlafe nicht richtig, aber ich fühle mich seltsam betäubt. Ab und zu höre ich ein lautes Geräusch aus P. J.s Klasse und schrecke hoch, wobei ich mir jedes Mal den Kopf an dem Becken der Fontäne stoße. Ich bin nicht nah genug dran, um zu verstehen, worüber im Klassenraum gesprochen wird. Ich habe jemanden schreien und weinen gehört. Ich bin mir nicht sicher, warum die Polizei die Schule noch nicht gestürmt hat, aber ich nehme an, sie wissen, was sie tun.

Ich lasse mich auf dem nächstbesten Sitz nieder. Das Wohnmobil ist höchst erfolgreich von einem Freizeitmobil in einen Kommandostand verwandelt worden. Auf der Küchenzeile stehen ein Laptop und ein Empfangsgerät für den Polizeifunk. Blaupausen des Grundrisses der Schule liegen ausgebreitet auf dem Esstisch. Chief McKinney hat mir noch nicht erzählt, was los ist, aber ich weigere mich, zu glauben, dass es etwas mit Tim zu tun hat.

„Meg, darf ich dir Terry Swain vorstellen, er ist ausgebildeter Vermittler für Geiselnahmen. Am Telefon haben wir zusätzlich Anthony Samora, der das Iowa Tac-Team leitet. Das Wetter hat verhindert, dass er persönlich hier sein kann."

Samoras blecherne Stimme kommt über den Lautsprecher. „Ich habe es versucht, aber auf den Straßen herrscht das reinste Chaos. Lassen Sie uns jetzt anfangen." Ich schlucke schwer, habe Angst vor dem, was als Nächstes kommt. „Vor ungefähr vierzig Minuten sind wir darüber informiert worden, dass Ihr Exmann Tim Barrett von seiner Mutter als vermisst gemeldet wurde. Er hat ihr gesagt, er wäre heute Morgen unerwartet zum Dienst gerufen worden, doch als sie nach mehreren Stunden nichts von ihm gehört hatte, rief sie bei seiner Arbeitsstelle an."

Chief McKinney beugt sich vor und stützt sich mit den Ellbogen auf den Knien ab. „Meg, Tim ist heute nicht zum Dienst gerufen worden."

Ich versuche, einen neutralen Ton anzuschlagen. „Ich bin mir nicht sicher, was ich damit zu tun habe, dass mein Exmann seine Mutter angeschwindelt hat."

„Nun, Meg." Ich merke dem Chief an, wie unangenehm ihm die Situation ist. „Ich weiß, dass deine Scheidung von Tim nicht einfach war und es einige Streitereien ums Sorgerecht gab."

„Die meisten Scheidungen sind nicht leicht, Chief", sage ich, irritiert darüber, dass meine persönliche Geschichte in diese Unterhaltung einbezogen wird. Ich verschränke meine Arme vor der Brust. „Und bei den meisten Scheidungen, bei denen

Kinder betroffen sind, gibt es Streitereien ums Sorgerecht. Wir haben schon vor langer Zeit eine Lösung gefunden."

„Officer Barrett", schaltet sich Terry Swain, der Vermittler, ein. „Lassen Sie uns Tacheles reden. Sie hatten eine nicht einvernehmliche Scheidung mit Sorgerechtsstreitigkeiten, Ihr Exmann hat über seinen Verbleib gelogen, seit mehreren Stunden hat ihn niemand mehr gesehen, und wir haben eine Geiselnahme an der Schule, auf die Ihre Tochter geht – die heute zufällig aber nicht anwesend ist."

„Sie ist nicht da, weil sie die Frühjahrsferien mit ihrem *Vater* verbringt. Es ist überhaupt nicht logisch, dass Tim sich in dem Gebäude befindet!" Meine Stimme wird lauter, und ich bemühe mich, sie zu dämpfen. „Es muss eine andere Erklärung geben."

Swain starrt mich einen Moment intensiv an, als suche er in meinem Gesicht nach verborgenen Informationen. Anthony Samora schaltet sich über das Telefon ein. „Sie haben recht. Das ist noch nicht alles, was uns zu unserer Schlussfolgerung führt."

Ich hebe verzweifelt die Hände. „Was denn dann? Was könnte Sie dazu veranlassen, zu glauben, dass mein Exmann, dass Tim irgendetwas hiermit zu tun hat?"

„Vor fünfzehn Minuten hat Terry erneut versucht, Kontakt mit dem Geiselnehmer aufzunehmen", erklärt der Chief. „Er hat sich das Megafon genommen und den Mann gefragt, was er will, welche Forderungen er stellt."

Mein Mund ist ganz trocken. Ich schaue durch das Fenster des Wohnmobils, und mein Blick bleibt an dem Schulgebäude hängen.

„Ein paar Minuten später haben wir einen Anruf von einem Handy bekommen, dass einer …" Swain wirft einen Blick auf seine Notizen, „einer Sadie Webster gehört."

„Sadie Webster?", frage ich verwirrt. „Doug und Caroline Websters Tochter?"

Swain nickt. „Ja. Der Anruf kam von Sadies Handy, aber bei dem Anrufer handelte es sich definitiv nicht um ein zwölfjähriges Mädchen."

„Um wen dann?", will ich wissen.

„Das wissen wir nicht", gibt Swain zu, und sofort entspanne ich mich.

„Also sind das alles nur Vermutungen? Sie haben keinerlei Beweise, dass Tim der Bewaffnete in der Schule ist?" Ich lache erleichtert auf. „Mein Gott, Chief, du hast mir einen Heidenschrecken eingejagt."

„Meg", sagt Chief McKinney ernst. „Wir wissen nicht, wer der Anrufer war, aber wir wissen, dass überall in den Nachrichten darüber berichtet wird, dass dein Exmann nicht aufzufinden ist." Verdammt, denke ich. Stuart hatte recht. „Wir wissen außerdem", fährt McKinney fort, „dass der Mann in der Schule derzeit nur eine Forderung stellt."

„Und die wäre?"

„Er hat ausdrücklich nach dir verlangt."

„Nach mir?", frage ich ungläubig. „Warum sollte er nach mir fragen?"

„Hattest du in letzter Zeit irgendwelche Differenzen mit Tim?" Der Chief beugt sich näher zu mir. Er versucht, nett zu sein, väterlich.

„Nein, Norman, ich habe dir bereits gesagt, dass zwischen Tim und mir alles in Ordnung ist." Ich verschränke die Arme und schüttele den Kopf. „Ehrlich gesagt hat er mich sogar eingeladen, die Frühjahrsferien gemeinsam mit ihnen zu verbringen."

„Und Sie haben abgelehnt", sagt Swain. Es ist keine Frage.

„Ich habe abgelehnt", erwidere ich.

„War er darüber wütend?", will der unsichtbare Samora wissen.

„Nein, es war für ihn in Ordnung." Ich bin verärgert und genervt. „Warum vergeuden Sie Ihre Zeit damit? Tim würde niemals so etwas tun. Er hat nicht einmal eine Waffe."

„Aber im Moment ist ein Mann mit einer Waffe in der Schule." Swain zeigt auf das Gebäude und dann auf mich. „Und alles, was wir wissen, ist, dass Sie irgendeine Verbindung zu ihm haben."

„Okay." Ich bemühe mich, vernünftig zu klingen. „Wenn Sie

wirklich glauben, dass diese Person irgendwie mit mir in Verbindung steht, dann suchen Sie nach weiteren Personen außer Tim. Jemanden, den ich mal verhaftet habe oder mein Bruder Travis. Ihm ist so etwas weitaus eher zuzutrauen als Tim." Ich hatte den Chief am Anfang meiner Zeit hier über die schwierige Beziehung zu meinem Bruder unterrichtet. Ich hatte ihm erzählt, wie Travis Straftaten als Jugendlicher und seine zwielichtigen Freunde unsere Familie sozusagen als Geiseln gehalten haben. Bis Officer Demelo des Weges kam, und ich zum ersten Mal erkannte, dass ich mithilfe des Justizsystems zurückschlagen konnte. Sie war genau im richtigen Moment gekommen, denn zu dem Zeitpunkt hatte ich kurz davor gestanden, Travis im Schlaf mit einem Kissen zu ersticken.

„Ich habe Travis seit über zehn Jahren nicht mehr gesehen und seit mehr als sieben Jahren nicht mehr mit ihm gesprochen. Die letzte Interaktion mit meinem Bruder war definitiv nicht warm und herzlich. Seine letzten Worte an mich waren: ‚Warum bist du so eine Zicke? Du glaubst, du bist was Besseres als ich, oder? Ich hoffe, du genießt deine glückliche kleine Familie, solange du kannst, denn ich werde das hier nie vergessen, Meg.'"

„Was ist zwischen Ihnen vorgefallen?", fragt Swain.

Ich hasse es, die alten Geschichten zwischen Travis und mir aufzuwärmen. Gerade für mich als Polizistin ist es so peinlich, aber hier stehen Leben auf dem Spiel, also atme ich tief durch und erkläre es ihm. „Vor sieben Jahren erhielt ich einen Anruf vom Waterloo Police Department. Ein Officer informierte mich, er hätte Travis wegen Alkohol am Steuer verhaftet. Travis gab ihm meinen Namen und sagte ihm, dass ich auch Polizistin wäre und für ihn bürgen, ihn auf Kaution herausholen würde." Bei der Erinnerung reibe ich mir die Augen. Damals hatte ich nichts gefühlt. Nicht das kleinste bisschen Mitleid oder Trauer für das Leben meines Bruders. Nur dumpfe Resignation. Er würde sich niemals ändern. „Ich habe dem Officer gesagt, dass ich meinen Bruder nicht herausholen wollte und würde."

„Das ist alles?" Swain wirkt unzufrieden. „Weil er betrunken Auto gefahren ist, hat er Ihre Familie bedroht?"

„Nein, da ist noch mehr. Nachdem ich aufgelegt hatte und der Officer Travis berichtete, dass er heute kein Glück hätte, ist Travis ausgeflippt. Er hat dem Officer die Nase gebrochen und versucht, ihm die Waffe zu entwenden, wobei ein paar Sehnen in der Hand des Officers gerissen sind. Travis wurde wegen einer ganzen Reihe von Verbrechen angeklagt und hat die letzten sieben Jahre im Gefängnis verbracht. Er ist letzten November entlassen worden."

Swain zuckt mit den Schultern. „Er hat also vor sieben Jahren in einem Anfall von Wut etwas gesagt. Er hat Sie verärgert aus dem Knast angerufen. Das ist nicht ungewöhnlich."

„Der Anruf kam letzte Woche."

„Wir werden das überprüfen." Chief McKinney nickt Aaron zu, der sich etwas auf seinem Notizblock notiert.

„Ich denke immer noch, dass Sie einen großen Fehler machen, aber nehmen wir einen Moment lang an, es wäre Tim oder mein Bruder oder wer auch immer. Was soll ich jetzt tun?"

Die Männer schauen einander an. Keiner sagt einen Ton.

„Nun?" Ich hebe geschlagen die Hände. „Wollen Sie, dass ich ihn anrufe? Das habe ich bereits probiert, doch er geht nicht ran. Wollen Sie, dass ich mir das Megafon schnappe und versuche, von draußen mit ihm zu verhandeln? Kann ich gerne machen. Ich brauche aber ein paar Anweisungen, Jungs."

„Er will dich sehen", sagt der Chief müde.

„Fein, dann gehe ich rein. Kein Problem." Ich stehe auf, doch die Männer bleiben sitzen und sehen immer noch beunruhigt aus. Ich werfe Aaron einen eindringlichen Blick zu. Er hat bisher noch gar nichts gesagt.

„Das entspricht nicht dem Protokoll", lässt Samora über die Lautsprecher vernehmen. „Man kann nicht einen Officer, der nicht entsprechend ausgebildet wurde, in ein besetztes Gebäude schicken."

„Okay, das verstehe ich", stimme ich zu. „Aber ich habe bereits mit dem Tac-Training angefangen, und wenn es hilft, die Kinder sicher aus der Schule zu kriegen, weiß ich nicht, wo das Problem ist."

„Das Problem ist, dass unsere schnelle Eingreiftruppe hier aus sechs Officers besteht, deren Leben ab dem Moment auf dem Spiel steht, in dem sie das Gebäude betreten", weist Swain mich scharf zurecht. „Wir müssen sicherstellen, dass jeder Officer, der da reingeht, weiß, was er tut."

„Aber wenn ich alleine reingehe und herausfinde, was er will, geschieht keinem der anderen Officer etwas." Ich schaue Chief McKinney an. „Wer auch immer der Schütze ist, er wird sich von mir nicht bedroht fühlen. Ich bin nur ein einzelner Mensch."

„Das gefällt mir nicht." Der Chief steht auf und gießt sich aus der auf der Küchenzeile stehenden Thermoskanne eine weitere Tasse Kaffee ein. „Bis jetzt sind noch keine Schüsse gefallen. Es gibt keine Hinweise auf Verletzte. Laut Handbuch sollen wir uns zurückhalten und abwarten. Ich will nicht da reingehen und eine Eskalation heraufbeschwören."

„Also müssen wir erst warten, bis jemand erschossen oder verletzt wird, bevor wir etwas unternehmen können?", frage ich. „Für eine typische Geiselnahme kann ich das nachvollziehen, aber mit wem auch immer wir es hier zu tun haben, er hat offensichtlich ein Problem mit mir, nicht mit irgendjemandem in der Schule."

„Das können wir nicht mit Sicherheit sagen." Chief McKinney reicht mir eine dampfende Tasse. „Wir wissen nur, dass er mit dir sprechen will."

„Ich denke, sie hat recht", sagt Samora. „Vielleicht kann sie ihn zum Aufgeben überreden."

„Oder sich von ihm umbringen lassen", kontert Swain. „Mir gefällt das gar nicht."

„Wie hat er Kontakt mit Ihnen aufgenommen?", will ich wissen.

„Über ein anderes Handy", erwiderte Swain. „Es gehört einem Jungen namens Colton Finn, ein Siebtklässler. Wir glauben, er ist durch alle Klassen gegangen und hat so viele Handys eingesammelt, wie er konnte."

„Das habe ich auch schon herausgefunden." Ich nicke. „Es

ergibt Sinn. Erst klemmt er die Festnetzleitungen ab und nimmt dann alle Handys, die er findet, an sich ... Das schränkt die Kommunikation mit der Außenwelt erheblich ein."

Es klopft an der Tür des Wohnmobils, und Officer Jarrow steckt seinen Kopf herein. „Hey, Chief. Ich habe hier einen Cal Oliver, der behauptet, seine Frau hätte ihn aus der Schule angerufen. Er ist ziemlich aufgewühlt. Wollen Sie mit ihm sprechen?"

„Auf jeden Fall", sagt der Chief. „Er soll hereinkommen."

MRS OLIVER

Mrs Oliver hielt sich mit der Hand den Kiefer. Der leichte Druck schien alles an Ort und Stelle zu halten, und der stechende Schmerz verebbte langsam zu einem dumpfen Pochen. Sie schaute den Mann an, der mit dem leichten Nicken seines Kopfes zugestimmt hatte, die Kinder gehen zu lassen. Sie wusste nicht, was das für sie selbst bedeutete, aber es war ihr auch egal, solange ihre Schüler heil durch diese Tür gehen konnten. Sie fragte sich, ob sie, bevor das hier alles vorbei wäre, wohl die Chance bekäme, zu erfahren, warum dieser Mann in ihr zweites Zuhause eingebrochen war, in ihr Klassenzimmer, wo sie die meiste Zeit des Tages verbrachte. Sie hatte das Gefühl, diese Sache war größer als sie, größer als die Schüler in diesem Raum, aber in der ganzen Zeit, die sie mit diesem Mann an diesem Tag verbracht hatte, war es ihr nicht gelungen, den Grund für seine Tat herauszufinden. Er war definitiv an seinem Handy interessiert. Er hatte wie wild SMS geschickt und Anrufe getätigt, also musste definitiv jemand von außerhalb dieses Raumes involviert sein, aber ob es sich um einen Komplizen oder ein Opfer handelte, konnte Mrs Oliver nicht sagen.

„Es ist so weit“, sagte der Mann. Mrs Oliver sah die Müdigkeit in seinen Augen, die allerdings nicht nur von der Erschöpfung des heutigen Tages kam. Seine Augen hatten überhaupt kein Leben in sich, keine Hoffnung, und das spornte sie mehr als alles andere dazu an, etwas zu unternehmen.

Sie erhob sich etwas zu schnell von ihrem Stuhl, was einen schwindelig machenden Schmerz durch ihren Kiefer und ihre Hüfte schickte. Dann humpelte sie zur Tür. Sie klatschte kurz in die Hände, und alle Köpfe richteten sich auf. „Steht auf.“ Mrs Oliver musste sich zwingen, ihren Mund weit genug zu öffnen, um die Wörter hindurchschlüpfen zu lassen. Die Schüler standen ohne zu zögern auf. Sie zeigte auf ihre Augen, und alle Schüler richteten ihre Blicke auf sie. Mrs Oliver musterte das Gesicht jedes einzelnen Schülers, versuchte, sich jede Sommersprosse, jede Zahnlücke, jede zerzauste Frisur einzuprägen.

Es ist einfach zu schade, dachte sie, dass ihr letztes Bild von mir das in einem zerknautschten, blutbefleckten, ehemals mit Strasssteinen besetzten Jeanskleid ist. Sie nahm an, dass ihre Haare durcheinander waren, und wie ihr Gesicht aussah ... daran wollte sie gar nicht denken. Sie schnippte mit den Fingern und zeigte auf die Tür. Sofort gingen die Kinder in geordneten Reihen an dem bewaffneten Mann vorbei, die Blicke stur auf Mrs Oliver gerichtet.

„Beth", murmelte Mrs Oliver durch ihren gebrochenen Kiefer, und Beth, die immer noch leise weinte, kam zu ihr herüber, die Hand ihrer Schwester fest umklammert. „Nimm die Kinder mit", sagte Mrs Oliver und berührte sanft Beths Arm. Beth nickte zustimmend. „Geh und sieh dich nicht um." Mrs Oliver schaute zu dem bewaffneten Mann, dann wanderte ihr Blick zu dem Schrank, in dem Lucy immer noch eingesperrt war.

Der Mann schüttelte den Kopf. „Nein." Mrs Oliver wollte mit ihm diskutieren, doch seine Stimme verriet ihr, dass es keine weiteren Verhandlungen mehr gäbe.

„Jetzt geh." Mrs Oliver drückte Beth vorsichtig in Richtung Tür. Die Kinder folgten ihr in einer ordentlichen Zweierreihe, genau so, wie sie es ihnen beigebracht hatte.

An Cal Oliver ist alles lang. Er ist groß mit langen Gliedmaßen, langen Fingern, einer langen Nase, einem langen Gesicht, das durch seine heruntergezogenen Mundwinkel noch länger aussieht. Er bückt sich beim Eintreten und schaut sich unsicher im Wohnmobil um.

„Cal." Chief McKinney erhebt sich und streckt Cal die Hand entgegen. Bevor er uns alle vorstellen kann, fängt Cal schon an, über den Anruf zu sprechen.

„Warte eine Sekunde, Cal", unterbricht ihn der Chief. „Bitte, setz dich und fang noch einmal ganz von vorne an."

Cal hockt sich auf die Ecke eines Campingstuhls und atmet tief durch. „Ich war drüben im *Lonnie's*", fängt er an, „als mein Handy klingelte. Ich sah sofort, dass es Evie war." Auf Swains fragenden Blick hin ergänzt er: „Meine Frau, sie ist Lehrerin der dritten Klasse auf der Schule." Als Swain verstehend nickt, fährt er fort. „Ich ging ran und hörte als Erstes einen Jungen schreien. Es war schwer zu verstehen, was genau er sagte, alles klang so gedämpft." Mr Oliver fährt sich mit der Hand über die buschigen weißen Augenbrauen, die seine wässrig braunen Augen umrahmen. Ich frage mich, ob sie vom Alter feucht sind, von der beißenden Kälte oder vor Sorge. „Dann höre ich Evie sehr laut sprechen. Sie sagt, wie dankbar sie ist, dass niemand verletzt wurde, und irgendetwas über eine Lucy in einem Schrank."

„Ihre Frau hat gesagt, dass niemand verletzt wurde?", hake ich nach.

„Es wirkte nicht so, als würde sie mit mir sprechen, sondern mehr, als würde sie wissen, dass ich zuhöre. Wie auch immer, sie sagte dann noch, dass er nichts in ihrem Klassenzimmer zu suchen hätte."

„Sie wusste nicht, wer er war?", fragt Chief McKinney. Mr Oliver schüttelt hilflos den Kopf.

„Sie hat keinen Namen genannt, aber ich weiß es nicht." Mr Oliver zieht ein sorgfältig zusammengefaltetes Taschentuch aus seiner Manteltasche und putzt sich die Nase. „Dann hörte ich ein polterndes Geräusch, und dann hat Evie geschrien.“ Mr Oliver neigt seinen Kopf so tief, dass seine Nase beinahe seine Knie berührt. Seine Schultern zucken unter lautlosen Schluchzern. „Sie hat mir gesagt, dass sie mich liebt, und dann war sie weg.“

Irgendetwas geht in der Klasse vor sich. Ich höre das Schaben von Stühlen, die zurückgeschoben werden, und Schritte, die über den Boden eilen. Ich halte den Atem an und versuche, mich so klein wie möglich zu machen, aber wenn der Mann in den Flur kommt, wird er mich kaum übersehen können.

Plötzlich öffnet sich die Klassentür, und Beth tritt heraus. Sie hält die Hand ihrer kleinen Schwester und geht ohne den geringsten Blick in meine Richtung den Flur hinunter. Ich beobachte, wie die Kinder hinter ihr hergehen und immer schneller und schneller werden, bis sie schließlich rennen. In dem Wirbel aus Turnschuhen, die wie Donner den Flur hinunterlaufen, versuche ich, P. J.s Schuhe auszumachen. Mein Herz setzt einen Schlag aus, als ich sie nicht entdecken kann. Die Kinder strömen immer weiter an mir vorbei, doch kein P. J. in Sicht. „Hey", rufe ich von meinem Platz unter der Trinkwasserfontäne. Niemand verlangsamt seinen Schritt. „Hey, wo ist mein Bruder? Wo ist P. J.?"

Nachdem die Klassentür sich geöffnet hat und die Kinder herausgekommen sind, geschieht irgendetwas. Plötzlich gehen alle Türen auf dem Flur auf, und Köpfe schauen heraus. Lehrer sehen sich auf dem Korridor um, aber sobald sie Mrs Olivers Schüler die Treppe hinuntereilen sehen, ist es wie eine Einladung. Bald wimmelte es auf dem Flur nur so vor Schülern, und ich bin in meiner kleinen Ecke unter der Fontäne gefangen. Ich muss ihn verpasst haben, denke ich. Er muss direkt an mir vorbeigelaufen sein. Er ist irgendwo in dieser Schülergruppe und läuft in diesem Moment zum Parkplatz. Ich warte, bis es eine Lücke in dem Menschenstrom gibt, damit ich nicht von einer Meute Dritt- und Viertklässler niedergetrampelt werde. Und wieder einmal bin ich ganz alleine. Der Flur liegt verlassen da. Ungläubig drehe ich mich um meine eigene Achse. Wie kann ich ihn übersehen haben? Seine hellroten Converse-Sneaker sind nicht zu übersehen. Ohne nachzudenken, gehe ich zu Mrs Olivers Klassenzimmer. Die Tür ist geschlossen, aber ich drücke meine Nase gegen das Fenster und linse hinein. Mein Magen sackt mir in die Knie. Dann öffnet sich die Tür, und ich werde hineingezogen.

Chief McKinney übergibt Cal Oliver in die Hände eines Seelsorgers, in diesem Fall Father Adam, der sich freiwillig zur Unterstützung gemeldet hat. „Alle geben ihr Bestes, Cal", erklärt Father Adam freundlich, als Cal vor dem Gedanken zurückzuckt, das Schulgelände wieder verlassen zu müssen. „Gehen wir gemeinsam zu *Lonnie's* zurück und warten dort. Chief McKinney wird dich anrufen, sobald er Neuigkeiten hat, nicht wahr, Chief?" Father Adam schaut Chief McKinney an, bis der nickt.

„Sobald wir irgendetwas Neues von Evelyn hören, lassen wir es dich sofort wissen", verspricht er. „Wir arbeiten alle hart daran, das hier zu einem guten Ende zu bringen."

Mit einem verlorenen und verstörten Ausdruck im Gesicht tritt Cal aus dem Wohnmobil in den wirbelnden Schnee hinaus, wobei er sich auf Father Adam stützt.

„Das muss endlich ein Ende haben", sagt der Chief. Er schaut Swain an. „Bietet uns die angedeutete Drohung, die Cal über das Telefon mit angehört hat, nicht Grund genug, das Tac-Team ins Gebäude zu schicken?"

„Er kommuniziert noch", erklärt Swain. „Solange wir mit dem Mann in einem Dialog stehen und niemand verletzt wurde, verhandeln wir weiter."

„Aber er will doch mich. Lassen Sie mich reingehen und mit ihm sprechen." Ich klinge selbstsicherer, als ich mich fühle.

Swain schüttelt den Kopf. „Hören Sie, wir werden Ihnen telefonischen Kontakt mit ihm verschaffen, aber auf gar keinen Fall werden Sie in das Gebäude hineingehen, vor allem nicht, wenn Sie das Ziel sind. Wir werden nicht unschuldige Kinder, Lehrer und Officer in Gefahr bringen, weil Sie die Heldin spielen wollen."

„Dann lassen Sie mich allein reingehen. Wenn Sie glauben, dass Tim sich darin verschanzt, worüber machen Sie sich dann Sorgen? Tim hat mir nie wehgetan und würde mir auch in einer Million Jahren nicht wehtun. Und ganz sicher würde er Maria so etwas nicht antun." Mein Gesicht brennt vor Wut über Swains herablassende Art mir gegenüber.

„Lass uns erst telefonischen Kontakt mit ihm herstellen", versucht Chief McKinney uns wieder auf Spur zu bringen. „Wenn du Tims Stimme erkennst, können wir wenigstens sicher sein."

In meinem Gehirn klickt etwas. Das Handy. Wenn das in der Schule wirklich Tim ist und er mit mir sprechen will, hätte er mich einfach angerufen. Warum sollte es ihm wichtig sein, ob ich seine Stimme erkenne oder nicht? Das ergibt keinen Sinn. Nein, das in der Schule ist nicht Tim. „Sie haben gesagt, der Eindringling hat angerufen und nach mir gefragt, richtig?"

„Ja." Swain nickt. „Er hat von einem der Schülerhandys aus angerufen."

Ich ziehe mein Handy aus der Tasche. „Warum hat er nicht einfach mich angerufen?" Ich halte kurz inne und schaue auf das Display. „Sieht so aus, als wenn ich einige SMS von einer unbekannten Nummer erhalten hätte. Wie lautete die Handynummer des Schülers?"

Aaron blättert durch seine Notizen und rattert die Nummer herunter.

„Warum haben Sie nicht nach Ihren SMS gesehen?", fragt Swain genervt.

„Weil ich nicht wusste, dass ich welche erhalten habe." Ich versuche, nicht zu defensiv zu klingen, scheitere aber kläglich. „Außerdem war ich ziemlich beschäftigt, Mr Swain." Mir ist es egal, dass ich aggressiv klinge. „Der Chief sieht es nicht gerne, wenn man während des Dienstes private Anrufe entgegennimmt."

„Lies die SMS vor", bittet der Chief. Die drei Männer drängen sich um mich und schauen auf mein Handy.

Ich lese die erste Nachricht laut vor. „Barrett. Allein. 18.30 Uhr."

„Es ist bereits zwanzig nach sechs", sagt Swain nach einem Blick auf seine Uhr.

„Mir fällt gerade noch jemand ein." McKinney, Gritz und

Swain schauen mich erwartungsvoll an. „Matthew Merritt.“

„Greta Merritts Mann?“ Samoras ungläubige, körperlose Stimme erfüllt die Luft, und ich schaue auf das auf laut gestellte Telefon. Ich hatte total vergessen, dass Samora zuhörte.

„Ja.“ Diese neue Option lässt mich zittern. „Ich habe den ursprünglichen Bericht geschrieben. Ich war es, die das Opfer überredet hat, ihn anzuzeigen. Ich habe Merritt seine Rechte vorgelesen, während Gritz ihm die Handschellen angelegt hat.“ Den Zeitschriftenartikel und Stuarts Interview mit dem Opfer ließ ich unerwähnt. Niemand wusste, dass Stuart durch mich auf Jamie gestoßen war. Falls irgendjemand noch Zweifel daran gehabt hatte, dass Merritt ein Monster war, waren die nach der Lektüre von Stuarts Artikel ausgelöscht worden. „Vielleicht versucht Merritt, sich auf diese Weise an mir zu rächen. Der Mann ist definitiv verzweifelt. Er hat seine Frau verloren, seine Familie, seine Freiheit und die Chance, in der Gouverneursvilla zu wohnen.“ Die Männer tauschen zweifelnde Blicke, schließen die Möglichkeit aber nicht gleich aus.

Bevor ich den Artikel damals zu Ende gelesen hatte, hatte ich schon Stuart am Telefon. „Wie hast du das gemacht?“, habe ich ihn gefragt. Er wusste genau, wovon ich sprach, und versuchte nicht mal, sich dumm zu stellen.

„Ich habe gehört, wie du am Telefon mit ihr gesprochen hast.“

In Gedanken versuchte ich, mich an das Datum und den Ort des Telefonats zu erinnern. Als es mir endlich wieder einfiel, brachte ich nur ein leises „Oh“ heraus. Stuart hatte seit unserem Kennenlernen nur eine Nacht bei mir zu Hause verbracht. Maria war an dem Abend zu einer Pyjamaparty bei Freunden gewesen und würde erst am nächsten Morgen nach Hause kommen. Es war schon spät, als Jamie mich anrief. Stuart und ich hatten geschlafen, eng aneinandergekuschelt, als würden wir das schon seit Jahren so tun. Er hatte seine Arme fest um mich geschlungen, sein Kinn auf meiner Schulter, die Hände auf meinem Bauch. Wir passten perfekt zusammen. So dachte ich zumindest. Als mein Handy klingelte, hatte ich mich vorsichtig aus der Umarmung gelöst und war aus dem Bett geschlichen, um Stuart nicht zu wecken. Seitdem ich Jamie zum Zentrum für Vergewaltigungsopfer gebracht und durch die einzelnen Schritte begleitet hatte, die nötig waren, um Anzeige gegen Matthew Merritt zu erheben, seitdem ich ihr versprochen hatte, dass alles gut würde, vertraute sie mir. Während dieses Telefonats erklärte sie mir unter Tränen, dass sie immer noch unter Albträumen litt, weil sie wusste, dass Mr Merritt sich an ihr rächen würde. Er hatte ihr gesagt, er würde ihr und ihrer Familie wehtun, wenn sie jemals jemand davon erzählte, was er ihr angetan hatte.

„Matthew Merritt wird dir nicht noch einmal wehtun", versicherte ich ihr. „Das werde ich nicht zulassen. Du schaffst das, Jamie. Ich weiß, es ist nicht leicht, aber du hast so viele Menschen, die dir helfen, das durchzustehen. Willst du, dass ich zu dir komme?", fragte ich, nachdem ich mehrere Minuten ihrem leisen Weinen gelauscht hatte.

„Würdest du das tun?", fragte sie hoffnungsvoll. „Bitte?"

Ich hinterließ Stuart eine Nachricht, dass ich kurz dienstlich außer Haus müsste und bald wieder da wäre.

Das war die Nacht, in der Stuart erfuhr, dass Jamie Crosby von Matthew Merritt vergewaltigt worden war. Er hatte seine Geschichte. Die größte seiner Karriere.

„Wir werden der Merritt-Spur nachgehen", verspricht Swain. „Aber ich kann mir nicht vorstellen, dass er zu solch extremen Mitteln greift."

Das Klingeln meines Handys erschreckt uns alle. Es folgen zwei weitere kurze Signale. „Drei weitere Nachrichten", sage ich. Eine Welle der Angst rauscht durch meine Adern. *BANG*, steht in der zweiten SMS. Mit zitternden Händen drücke ich den Knopf, der die dritte Nachricht öffnet. *BANG. BANG.*

Als ich durch die Scheibe schaue, sehe ich genau in die Augen eines Mannes, der auf der anderen Seite steht. Seine blauen Augen jagen mir einen Schauer über den Rücken. Mein Herz setzt einen Schlag aus. Ich versuche, wegzulaufen, aber da ich nur Socken anhabe, rutsche ich weg, und ehe ich mich versehe, öffnet sich die Tür, und ich werde in das Klassenzimmer gezerrt.

„Wer bist du?", fragt der Mann. Er hält mich am Oberarm fest und mustert mich von Kopf bis Fuß.

Ich sehe P. J. mit dem Rücken an die Tafel gedrückt stehen. Seine Lehrerin, die aussieht, als hätte ihr jemand mit einem Baseballschläger den Kopf eingeschlagen, hat die Arme um zwei andere Kinder geschlungen. Ein Mädchen mit schwarzen, zerwühlten Haaren und einen kleinen Jungen mit Topfschnitt und Zahnspange.

Alle schauen mich mit offenen Mündern an. Mir wird bewusst, dass ich wie eine Verrückte aussehen muss. Ich habe keine Schuhe an, das Sweatshirt, das ich trage, ist mir zehn Nummern zu groß, und ich habe freiwillig einen Blick in einen Klassenraum geworfen, in dem sich ein bewaffneter Mann befindet. „Wer bist du?", fragt der Mann noch einmal.

„Au-Augie", stottere ich. „Das da ist mein Bruder." Ich zeige auf P. J.

„Glaubst du auch, ich bin dein Dad?", fragt der Mann. Ich versuche, einen Sinn in seinen Worten zu finden, und schaue zu P. J., der den Blick fest auf seine roten Converse-Sneaker geheftet hat.

P. J. hat vermutlich gedacht, dieser Irre wäre sein wirklicher Vater. Er schaut immer Männern auf der Straße nach, sucht in ihren Gesichtern nach Ähnlichkeiten. Eine ganze Zeit hat er unserer Mutter Fragen über Fragen gestellt. *Welche Haarfarbe hatte mein Dad? Welche Farbe hatten seine Augen? War er groß oder klein?* Die einzige Information, die er ihr je entlocken konnte, war, dass er bei ihrem Kennenlernen ein Marine auf dem Weg nach Afghanistan gewesen war.

P. J. hörte mit den Fragen auf, als unsere Mutter irgendwann die Geduld verlor und anfing zu weinen und ihm sagte, sie würde ihm an seinem achtzehnten Geburtstag den Namen seines Vaters verraten, und in der Zwischenzeit möge er bitte erkennen, wie gut er es habe, obwohl wir nur zu dritt waren. „Du könntest auf einer Farm in Iowa feststecken, auf der du drei Stunden am Tag Kuhscheiße schaufeln musst!", rief sie, bevor sie sich im Badezimmer einsperrte. Ich frage mich, was sie an P. J.s achtzehntem Geburtstag tun wird, wenn er seine Hand aufhält, um den kleinen Papierschnipsel mit dem Namen und der Adresse seines Vaters entgegenzunehmen. P. J. hat ein wahres Elefantengedächtnis. Er vergisst niemals etwas. Obwohl meine Mutter es nie gesagt hat, vermute ich, sie weiß selber nicht, wer P. J.s Vater ist.

Der Mann schaut mich misstrauisch an, erkennt dann aber ziemlich schnell, dass ich für eine verdeckte Ermittlerin der Polizei zu jung und schwächlich bin. „Können wir jetzt gehen?", frage ich. P. J. fängt an, auf mich zuzugehen.

„Noch nicht." Der Mann schüttelt energisch den Kopf.

„Aber Sie haben gesagt …", setzt P. J.s Lehrerin an. Ihr Gesicht ist schwarz und blau und geschwollen, und ihre Worte klingen wie *Ba'sie ham gesacht*.

Der Mann hebt eine Hand, um die Frau zum Schweigen zu bringen.

„Geduld", sagt er. „Ich brauche euch alle nur noch ein kleines Weilchen, und wenn ihr tut, was ich sage, könnt ihr gehen."

Ich will ihn fragen, wer tun soll, was er sagt, und was passiert, wenn wir es nicht tun. Das kleine Mädchen fängt an zu weinen, ihre Schultern zittern, während der kleine Junge mit der Zahnspange sich auf die Lippe beißt, um nicht auch loszuweinen, und seine Lehrerin anschaut, damit sie ihm sagt, was er als Nächstes tun soll.

„Setzt euch", sagt der Mann. Ich beobachte P. J. Er sieht einfach nur wütend aus. Ich habe diesen Blick an ihm schon mal gesehen. Es ist der gleiche Gesichtsausdruck, den er kriegt, wenn ich zu weit gehe oder ihn zu sehr hänsel. P. J. wird nicht oft wütend, aber wenn, dann ist Vorsicht angesagt. Ich schüttele meinen Kopf und bedenke meinen Bruder mit einem Blick, der besagt, *wag es ja nicht.* Wir gehen alle zu den Tischen und setzen uns in die erste Reihe. „Sie sollte jetzt jederzeit kommen“, sagt der Mann. Dann setzt er sich auf den Lehrerstuhl und schließt die Augen.

Ich könnte es schaffen, ihn zu überwältigen, denke ich. Wenn es sein muss, kann ich sehr schnell sein. Ich muss nur über den Tisch springen und auf ihm landen, ihm die Waffe aus der Hand schlagen. Ich werfe Mrs Oliver einen verstohlenen Blick zu und ernte den gleichen *Wag-es-ja-nicht*-Blick, den ich eben noch P. J. geschickt habe.

„Wer soll denn kommen?“, fragt Mrs Oliver. Die verletzte Seite ihres Gesichtes schwillt immer mehr an; sie könnte jetzt gut im *Phantom der Oper* mitspielen. Wenn sie spricht, klingt es, als hätte sie den Mund voller Kaugummi.

„Der Mensch, für den ich das hier alles mache“, sagt der Mann und breitet die Arme aus.

„Und was, wenn sie nicht kommt?“, hakt Mrs Oliver nach. „Die Polizei lässt niemanden herein. Das Gebäude ist abgeriegelt.“

„Sie *ist* die Polizei“, erwidert der Mann mit einem gemeinen Grinsen.

Ich schaue auf die SMS, und jedes *BANG* trifft mich in die Magengrube. „Ich rufe ihn an“, verkünde ich. „Ich erkenne die Stimmen von Tim und Travis. Danach werden wir mit Sicherheit wissen, ob es einer von ihnen ist.“

Die drei Männer schauen einander an. „Okay, machen Sie das“, sagt Swain, und ich drücke die Ruftaste. Das Telefon klingelt viermal, dann verstummt das Signal. *Anruf beendet*, steht auf dem Display. Ein paar Sekunden später piept mein Handy mit einer neuen SMS:

Ich warte, steht da.

Lassen Sie die Kinder gehen, dann komme ich, tippe ich zurück.

Du hast 5 Min.

Wer sind Sie?

4 Min.

„Er hat die Kinder immer noch bei sich.“ Ich schaue Aaron, Swain und den Chief an. „Ich muss da rein.“

„Auf gar keinen Fall“, sagt Chief McKinney. Sein normalerweise gepflegter Schnurrbart hängt schlaff herunter und bedeckt seine Lippen.

„Ich werde da jetzt reingehen“, sage ich entschlossen und erhebe mich. „Ich brauche eine Weste.“ Ich zeige auf eine kugelsichere Weste, die in einer Ecke des Wohnmobils hängt.

„Nun warten Sie mal eine Minute.“ Swain steht ebenfalls auf. Er ist so breit wie hoch und ragt über mir auf. Er hat eine sehr ruhige, angenehme Stimme, die ihm als Vermittler bei Geiselnahmen sehr gelegen kommen muss. „In der Minute, in der er da drinnen jemanden erschießt, ist es für ihn vorbei. Wir werden innerhalb von Sekunden das Gebäude stürmen. Dessen muss er sich bewusst sein.“

„Ich denke nicht, dass wir das Risiko eingehen können.“ Ich nehme die Weste und fädle meine Arme durch die entsprechenden Öffnungen. Das Gewicht auf meinen Schultern ist irgendwie tröstlich. „Falls es Tim ist – und das ist ein großes ‚Falls‘ –, kann ich es ihm ausreden. Ich werde alle sicher herausholen können."

„Dazu kann ich auf gar keinen Fall meine Zustimmung geben", sagt Swain.

„Welche Wahl haben wir denn?" Ich schaue ihm in die Augen. „Was, wenn ich nicht reingehe und er jemanden tötet? Das ist für mich keine Option."

„Meg", sagt der Chief warnend. „Denk nicht einmal daran."

Wir alle schauen zur gleichen Zeit auf, als ein dumpfes Grollen langsam immer lauter wird, als würde eine Horde Kühe durchgehen. Wir treten näher ans Fenster des Wohnmobils, das von senfgelben Vorhängen eingerahmt wird, und sehen mit einer Mischung aus Erleichterung und Anspannung, wie sich ein Meer aus kleinen Kindern auf den Parkplatz ergießt.

„Jesus", sagt Chief McKinney, und wir alle stürmen zur Wohnmobiltür.

Das ist meine Chance. Während alle zu den aus dem Gebäude fliehenden Kindern eilen, laufe ich auf die Schule zu. Aaron ruft mir etwas hinterher, aber ich ignoriere ihn. Dem Ganzen muss hier und jetzt ein Ende gesetzt werden.

Mrs Oliver kämpfte, ihre Augen offen zu halten. Das lag nicht daran, dass sie müde war – obwohl sie es war. Sie fühlte sich, als könnte sie sich jetzt hinlegen und eine Woche durchschlafen, und genau das würde sie auch tun, wenn sie erst wieder zu Hause wäre. Ihr Kopf schmerzte so sehr, dass ihr nur das Schließen der Lider ein wenig Erleichterung verschaffte, aber sie wagte es nicht, den Mann aus den Augen zu lassen. Er zitterte förmlich vor Anspannung, wobei Mrs Oliver nicht sagen konnte, ob diese Anspannung von Vorfreude oder von Angst herrührte. Vielleicht von beidem. Der Aussage des Mannes nach, war genau in dieser Minute ein Police Officer auf dem Weg in diese Klasse, doch das Verwirrende war, dass der Mann ausdrücklich nach ihr verlangt hatte. Das ergab überhaupt keinen Sinn. Die einzige weibliche Polizistin, die sie kannte, war Meg Barrett, Marias Mutter.

Mrs Oliver versuchte, das Auge, das nicht beinahe vollkommen zugeschwollen war, auf jedes der Kinder zu richten. Sie alle schienen kurz davor, die Nerven zu verlieren, und ihr Herz schwoll vor Zuneigung an. Für Charlotte, die nun kläglich in ihre Hände weinte und deren einziger Fehler es gewesen war, sich auf dem Weg aus der Klasse nach einem der Strasssteine zu bücken, die von Mrs Olivers Kleid heruntergefallen waren. Und für den armen Ethan, der für sein Alter zu klein war und dessen kurze Beine und die Tatsache, dass sein Tisch in der von der Tür am weitesten entfernten Ecke des Raumes stand, dafür gesorgt hatten, dass auch er noch hier war. P. J. hingegen hätte als eines der ersten Kinder den Raum verlassen können, aber aus irgendeinem Grund war er geblieben und hatte auf Mrs Oliver gewartet. Nun waren P. J. und seine Schwester Augie mit dem Verrückten in diesem Klassenzimmer eingesperrt. Sie fragte sich, was Will Thwaite wohl im Moment dachte. Sehr wahrscheinlich waren die anderen Kinder, die aus der Klasse gelaufen waren, schon wieder sicher mit ihren Eltern vereint. Sie stellte sich Will vor, wie er draußen im eisigen Wind stand und darauf wartete, dass seine Enkelkinder auftauchten. Sie dachte an Holly Thwaite, erinnerte sich an sie als ein temperamentvolles Kind mit einem Kopf voller Unsinn und einem Körper, der angesichts der Möglichkeiten, die die Welt bot, ständig unter Strom zu stehen schien. Mrs Oliver hatte immer gewusst, dass Holly Broken Branch verlassen würde. Sie fragte sich, ob Holly in ihrem Krankenhausbett in Arizona wusste, was heute hier mit ihren Kindern in der Stadt passierte, in der sie aufgewachsen war, in dem Klassenzimmer, in dem sie von einem anderen Leben geträumt hatte.

Hollys Tochter beobachtete die Tür, und Mrs Oliver wusste, was sie dachte. Sie versuchte, Augie zu übermitteln, ruhig zu bleiben, aber ihr Mund schmerzte zu sehr, und sie brachte nicht mehr als einen schwachen Gurgellaut hervor. Mit entschlossener Miene stürzte Augie sich auf den Mann und versuchte, ihm die Waffe zu entreißen, doch er hob nur den Arm über seinen Kopf und machte einen großen Schritt zur Seite. Als sie stolperte, packte er Augie am Hals und fing an, sie durch den Raum zu schleifen.

„Hey!“, protestierte Augie, während P. J. versuchte, seine Schwester aus dem Griff des Mannes zu befreien. Ungeduldig schubste der den Jungen zu Boden und zog Augie zu dem Wandschrank.

Mrs Oliver humpelte auf den Mann zu. Das ist nun das Ende, dachte sie. Ganz sicher würde er sie jetzt umbringen, doch sie konnte nicht einfach zusehen, wie er die Kinder herumschubste. „Bleiben Sie, wo Sie sind“, befahl er, und ein neuer Unterton in seiner Stimme veranlasste Mrs Oliver, wie erstarrt stehen zu bleiben und hilflos zuzusehen, wie zum zweiten Mal an diesem Tag ein Kind in den Schrank gesperrt wurde.

Aaron ignorierend und ohne einen Blick zurückzuwerfen, eile ich über den verschneiten Parkplatz. Der Himmel ist mit dunkelblauen Flecken übersät, als wäre er verprügelt worden, und es wird immer dunkler. Der Schneefall hat für den Moment aufgehört, und auch der Wind bläst nicht mehr, so als halte er in Erwartung dessen, was als Nächstes kommt, den Atem an. Mein Herz rast. Auf dem Weg zum Schulgebäude nutze ich die ausgetretenen Pfade der geflüchteten Schüler und nähere mich schließlich dem Eingang zur Sporthalle, wo ich vorhin Augie Baker getroffen habe. Mit meiner Taschenlampe schlage ich die Scheibe ein, stecke meinen Arm durch das Loch und öffne die Tür von innen.

Ich denke an Maria und was ich wohl anders gemacht hätte, wenn sie heute in der Schule gewesen wäre. Chief McKinney hätte mich vermutlich mit der Begründung nach Hause geschickt, dass ich selber betroffen sei und unmöglich professionell und objektiv handeln könne, wenn meine Tochter von einem Bewaffneten als Geisel gehalten wird. Ich frage mich, ob ich seinem Befehl gehorcht oder mich widersetzt hätte. Ich spreche ein stummes Dankgebet, dass Maria meilenweit entfernt ist und sicher und gesund bei Tims Eltern auf der Couch sitzt. Eine Welle des Zweifels rollt über mich hinweg. Einen Moment denke ich über die Möglichkeit nach, dass Tim da oben in Marias Klassenzimmer steht, eine Pistole in der Hand, mit einer Lehrerin und mehreren Schülern als Geiseln, und wegen einer mir unbekannten Sünde, die ich begangen habe, nach mir verlangt. Hätte ich seine Einladung, die Frühjahrsferien mit ihm und Maria zu verbringen, nicht ablehnen sollen? Nein, das kann ich mir nicht vorstellen. Obwohl Tim und ich Zeiten hatten, in denen wir einander nicht sonderlich gut leiden konnten, haben wir uns gegenseitig doch immer auf eine ganz besondere Art geliebt. Ich schiebe den Gedanken beiseite und bereite mich mental auf eines von vier Szenarien vor. Erstens, der Mann da oben ist jemand, den ich in der Vergangenheit verhaftet habe.

Jemand, der wütend auf mich ist. Vielleicht habe ich ihn wegen Drogenmissbrauch oder häuslicher Gewalt ins Gefängnis geschickt oder weil er unter Alkoholeinfluss Auto gefahren ist. Zweitens, der Mann ist mein krimineller Bruder. Drittens, er ist Matthew Merritt, der Vergewaltiger. Das vierte und am wenigsten wahrscheinliche Szenario ist, dass es sich um meinen Exmann handelt, den Mann, den ich geheiratet habe, den Mann, der meiner Tochter ein wundervoller Vater ist und in einem tief verborgenen Flecken meines Herzens immer noch der Mann, von dem ich mir vorstellen kann, gemeinsam mit ihm alt zu werden.

Ich weiß, dass meine vier Minuten, um das Klassenzimmer zu erreichen, bereits aufgebraucht sind, also versuche ich, mich schneller zu bewegen. Meine Augen und der Strahl der Taschenlampe flitzen von links nach rechts, in jeder dunklen Ecke könnte sich eine Bedrohung verbergen. Ich nähere mich der Treppe, die zu den Klassenräumen hinaufführt. Wie oft bin ich diesen Weg schon mit Maria an der Hand gegangen. Beim Tag der offenen Tür, bei Eltern-Lehrer-Konferenzen, beim Winterfest. Ich komme nicht umhin, mir die Möglichkeit vorzustellen, dass ich den Raum aufrecht betrete und ihn auf einer Bahre liegend wieder verlasse.

Ein angsterfülltes Flüstern begrüßt mich, als ich mich an den Aufstieg mache.

„Ist es sicher?“

Mit der Waffe in der Hand wirbele ich herum und visiere automatisch das Ziel an. Dann richte ich den Strahl meiner Taschenlampe auf die Quelle des Geräuschs. Eine junge Frau hat ihren Kopf durch den Türspalt gesteckt. „Polizei“, sage ich. „Keine Bewegung.“ Sie erstarrt, doch ich sehe die Erleichterung auf ihrem Gesicht. „Gehen Sie zurück in das Klassenzimmer“, ordne ich an. „Und schließen Sie die Tür. Lassen Sie das Licht ausgeschaltet. Das hier wird bald vorbei sein.“

„Ich heiße Jessica Bliss, ich bin die Lehrerin der ersten Klasse“, sagt sie schnell. „Bitte sagen Sie meinem Mann, dass ich ihn liebe.“

„Das werden Sie ihm bald selber sagen können", versichere ich ihr sanft und frage mich, ob ich diese Worte auch irgendwann noch einmal werde aussprechen können.

AUGIE

In dem Schrank ist es stockdunkel, also nutze ich den Lichtschein des Displays von einem der Handys, das ich mir vom Fußboden geschnappt habe, nachdem es dem Mann aus der Tasche gefallen war. Meine Hände zittern, als ich versuche, mich an die Telefonnummer meiner Mutter zu erinnern. Ich will einfach nur ihre Stimme hören. Will ihr sagen, wie leid mir das mit dem Feuer tut, dass alles meine Schuld war.

Ich schaffe es, die Nummer zu wählen, und höre das Tuten an meinem Ohr, während ich darauf warte, dass sie rangeht. „Hallo?" Endlich höre ich ihre Stimme, müde und ganz schwach.

„Mom." Ich schnappe nach Luft, als wenn meine Lungen immer noch mit Rauch gefüllt wären.

HOLLY

Ich befinde mich in dem angenehmen Schwebezustand zwischen Wachen und Schlafen. Dank der Morphiumpumpe empfinde ich keine Schmerzen, und beinahe kann ich glauben, dass die Muskeln, Sehnen und Hautschichten meines linken Armes sich selber zusammengeflickt haben, sodass meine Haut wieder weich und hell aussieht. Meine lockigen braunen Haare fallen mir wieder weich über den Rücken, meine Lieblingsohrringe baumeln an meinen Ohren, und ich kann beim Gedanken an meine Kinder beide Mundwinkel ohne Schmerzen zu einem breiten Lächeln verziehen. Ja, Medikamente sind etwas Wunderbares. Das Problem ist nur, die sorgfältig verschriebenen und mir von den Krankenschwestern verabreichten Betäubungsmittel lassen die Ecken und Kanten meines Albtraums zwar nicht mehr so scharf und schroff erscheinen, doch ich weiß trotzdem, dass dieses benommene, angenehme Gefühl bald verschwinden wird und ich mit Schmerzen und dem Wissen zurückbleibe, dass Augie und P. J. tausend Meilen von mir entfernt sind. Sie sind an den Ort geschickt worden, an dem ich aufgewachsen bin, in die Stadt, der ich geschworen habe, nie wieder zu ihr zurückzukehren, in das Haus, in das ich keinen Fuß mehr setzen wollte, zu dem Mann, den sie nie kennenlernen sollten.

Die blecherne Melodie des Klingeltons, den Augie, meine dreizehnjährige Tochter in meinem Handy eingestellt hat, zieht mich aus dem Schlaf. Ich öffne ein Auge, das, welches nicht dick mit Salbe bedeckt und verkrustet ist, und rufe nach meiner Mutter, die irgendwann das Zimmer verlassen haben muss. Ich strecke meine Hand nach dem Telefon aus, das auf dem Tischchen neben meinem Bett liegt, und die Nervenenden in meinem bandagierten linken Arm protestieren vehement gegen die Bewegung. Vorsichtig verlagere ich mein Gewicht, um das Telefon mit meiner unversehrten Hand zu nehmen, und drücke es an mein übrig gebliebenes Ohr.

„Hallo." Das Wort kommt halb ausgesprochen heraus, atemlos und rau, als wären meine Lungen immer noch mit Rauch gefüllt.

„Mom?“ Augies Stimme klingt zittrig, unsicher. Gar nicht wie meine Tochter. Augie ist selbstbewusst, klug, ein Mädchen, das Verantwortung übernimmt und sich von niemandem die Butter vom Brot nehmen lässt.

„Augie? Was ist los?“ Ich versuche, gegen die Benommenheit anzublinzeln, die das Morphium in mir verursacht. Meine Zunge ist trocken und klebt an meinem Gaumen. Ich würde gerne einen Schluck Wasser aus dem Glas trinken, das auf dem Nachttisch steht, aber meine funktionierende Hand hält das Telefon. Die andere liegt nutzlos an meiner Seite. „Geht es dir gut? Wo bist du?“

Ein paar Sekunden herrscht Schweigen, dann sagt Augie. „Ich liebe dich, Mom.“ Ihr Flüstern endet in einem leisen Schluchzen.

Mit einem Mal bin ich hellwach und setze mich im Bett auf. Schmerz schießt durch meinen bandagierten Arm, meinen Hals hinauf und bis in mein Gesicht. „Augie, was ist los?“

„Ich bin in der Schule.“ Sie weint, so wie sie es tut, wenn sie sich größte Mühe gibt, es nicht zu tun. Ich sehe sie förmlich vor mir, den Kopf gesenkt, ihr langes braunes Haar fällt ihr übers Gesicht, ihre Lider sind zusammengepresst, sie ist fest entschlossen, die Tränen vom Fallen abzuhalten. Ihr Atem füllt mein Ohr mit kurzen, hohlen Zügen. „Er hat eine Pistole. Er hat P. J., und er hat eine Pistole.“

„Wer hat P. J.?“ Panik schnürt mir die Kehle zu. „Erzähl es mir, Augie. Wo bist du? Wer hat eine Pistole?“

„Ich bin in einem Schrank. Er hat mich in einen Schrank gesperrt.“

In meinem Kopf dreht sich alles. Wer könnte so etwas tun? Wer könnte meinen Kindern so etwas antun? „Leg auf“, sage ich zu ihr. „Leg auf und rufe sofort die Polizei an, Augie. Dann ruf mich zurück. Schaffst du das?“ Ich höre ihr Schluchzen. „Augie“, sage ich etwas schärfer. „Schaffst du das?“

„Ja“, sagt sie endlich. „Ich liebe dich, Mom“, sagt sie leise.

„Ich liebe dich auch." Meine Augen füllen sich mit Tränen, und ich spüre, wie sich die Flüssigkeit unter dem Verband sammelt, der mein verletztes Auge bedeckt.

Während ich darauf warte, dass Augie auflegt, höre ich drei Schüsse schnell hintereinander, denen zwei weitere folgen, und Augies durchdringenden Schrei.

Ich spüre, wie der Verband, der die linke Seite meines Gesichts bedeckt, sich lockert, wie mein eigener Schrei die Klebestreifen löst, die ihn an Ort und Stelle halten. Ich spüre, wie die zarte, frisch transplantierte Haut sich auflöst. Ich bin mir nur am Rande bewusst, dass die Krankenschwestern und meine Mutter an meine Seite eilen und mir das Telefon aus den verkrampften Fingern nehmen.

Nachdem die Highway Patrol, der Abschleppdienst und der Krankenwagen fort waren, konnte Will auch fahren. Er ertrug allerdings den Gedanken nicht, in sein eigenes Haus zurückzukehren – nicht bis seine Enkel sicher an seiner Seite waren –, also fuhr er zum *Lonnie's* zurück. Es hatte aufgehört zu schneien, und die Straßen befanden sich in einem wesentlich besseren Zustand als vorhin. Im *Lonnie's* angekommen, konnte er Verna nirgendwo erblicken, und der diensthabende Officer wusste nicht, ob sie schon über den Selbstmord ihres Schwiegersohns unterrichtet worden war. Obwohl es ihr vermutlich kein großer Trost sein würde, stellte sich Will vor, dass Verna und ihrer Familie dieser Ausgang der Geschichte lieber war, als wenn sich herausgestellt hätte, dass es sich bei dem Geiselnehmer in der Schule um Ray gehandelt hatte. Er setzte sich wieder an einen verkratzten, klebrigen Tisch, trank Kaffee und versuchte, die Zeit rumzubringen. Die Ereignisse des Tages hatten ihn so erschüttert, dass er zwar auf die aufgeschlagene Zeitung vor sich schaute, sich aber nicht auf die Artikel konzentrieren konnte.

Ein Rumpeln war zu hören, und alle eilten ans Fenster. Ein weiterer Schulbus fuhr vor dem Café vor. „Es kommen weitere Kinder!", rief jemand, worauf der nun schon vertraute Ansturm auf die Tür einsetzte, um die Kinder zu begrüßen. Will schob seinen Stuhl zurück und gesellte sich zu der Gruppe. In dem Moment vibrierte sein Handy. Es war Marlys. Er wusste, er sollte rangehen, aber er wollte schauen, ob Augie und P. J. in dem Bus waren. Mehr als alles in der Welt wollte er Marlys die freudige Nachricht überbringen, dass ihre Enkelkinder sicher nach Hause zurückgekehrt waren. Sein Handy hörte auf zu vibrieren, und Will drängte sich durch die Menge ans Fenster. Sein Herz machte einen Satz, als er Beth und Natalie Cragg aus dem Bus steigen sah. In jedem Gesicht suchte er nach P. J. und Augie, aber sie waren nicht unter den Kindern. Frustriert bahnte er sich einen Weg zu Beth und Natalie, in der Hoffnung, von ihnen Näheres zu erfahren. Außerdem wollte er nicht, dass sie von irgendjemand anderem als Darlene oder Verna vom Selbstmord ihres Vaters erfuhren.

„Beth, Natalie“, rief er ihnen zu, und ihre Augen strahlten beim Anblick eines vertrauten Gesichts.

„Mr Thwaite.“ Beth rannte weinend zu ihm und hielt dabei die Hand ihrer Schwester weiterhin fest umklammert. „Haben Sie meine Mom oder meinen Dad gesehen?“

Will schüttelte den Kopf. Er wollte nicht lügen, aber auch nicht zu viel verraten. „Eure Grandma war vorhin noch hier. Ihr bleibt einfach bei mir, bis sie zurückkommt. Sie weiß, dass die Kinder hierhergebracht werden.“ Will führte die beiden Mädchen an seinen Tisch, dann konnte er sich nicht länger zurückhalten und stellte die Frage, die ihm unter den Nägeln brannte. „Habt ihr P. J. und Augie gesehen?“

Beth und Natalie nickten beide. „Sie sind noch bei ihm. Im Klassenzimmer.“ Beth konnte Will nicht in die Augen schauen und fing an zu weinen. Natalie schlang ihre Arme um ihre Schwester und vergrub ihr Gesicht an ihrem Bauch.

Der Raum neigte sich gefährlich, und Will musste sich an einem Stuhl festhalten. „Geht es ihnen gut?“ Er spürte, wie ihm alles Blut aus dem Gesicht wich.

„Ich weiß es nicht.“ Beth schüttelte den Kopf und wischte sich mit dem Ärmel die Augen ab. „Bis auf ein paar Kinder hat er alle gehen lassen. Er sagte irgendwas, dass er auf jemanden wartet, und wenn der da wäre, würde er die anderen auch gehen lassen.“

„Er hat Mrs Oliver geschlagen“, sagte Natalie mit zitternder Stimme. „Er hat Lucy in den Schrank gesteckt.“

Will schaute sich in der Hoffnung um, Officer Brauns Aufmerksamkeit erregen zu können. Im Augenblick sprach ein anderes Kind ganz aufgeregt zu ihm, und Will erkannte, dass es eine Weile dauern könnte, bis er dazu käme, die Cragg-Mädchen zu befragen. „Setzt euch erst einmal. Ich besorge euch etwas zu essen.“ Will hob die Hand, und die Kellnerin kam. „Bestellt euch, was immer ihr wollt, während ich versuche, eure Grandma zu erreichen.“ Will entfernte sich vom Tisch und suchte sich eine ruhige Ecke, von der aus er seinen Anruf tätigen und gleichzeitig die Mädchen im Auge behalten konnte. Vernas Handy schaltete sofort auf die Mailbox, und Will hinterließ eine kurze Nachricht. „Verna, ich bin's, Will Thwaite. Beth und Natalie sind im *Lonnie's*. Sie sind in Sicherheit. Sie wissen noch nicht, was bei ihrem Vater zu Hause vorgefallen ist. Ruf mich an."

Etwas wackelig suchte Will sich einen Weg zwischen den Familien, die wieder vereint waren, und denen, die immer noch angespannt auf Neuigkeiten über ihre Kinder warteten, und setzte sich neben die Cragg-Mädchen. Die Kellnerin hatte den beiden riesige Becher mit heißer Schokolade gebracht, und Natalie pustete den heißen Dampf weg, der sich über dem Becher erhob. Beth saß zusammengesackt auf ihrem Stuhl und starrte blind aus dem Fenster. „Ist mit euch alles in Ordnung?", fragte Will. Die Mädchen nickten stumm. „Kanntet ihr den Mann, der in eure Klasse kam? Habt ihr ihn vorher schon mal gesehen? Könnt ihr ihn beschreiben?" Er beugte sich so weit vor, dass er die Sommersprossen auf Natalies Nase zählen konnte. Natalie zuckte zusammen, und Beth verengte ihre Augen zu Schlitzen, bevor sie ihre Schwester beschützend in den Arm nahm. Will zog sich zurück, als er erkannte, dass seine Flut an Fragen die Mädchen überforderte. „Tut mir leid", entschuldigte er sich. „Ich mache mir nur solche Sorgen um Augie und P. J."

Eine ganze Weile saßen sie schweigend beisammen. Natalie nippte an ihrer heißen Schokolade, Beth knabberte an den Pommes frites, die Lonnie an den Tisch gebracht hatte. „Er war groß", sagte Beth schließlich. „Mit bräunlichen Haaren. Ich habe ihn noch nie zuvor gesehen." Sie schluckte schwer und schaute ihre Schwester an. „Ich war einfach nur froh, dass er nicht mein Dad war. Da habe ich nicht genauer hingesehen." Will lenkte sich ab, indem er ein Tütchen Zucker in seinen bereits kalten Kaffee rührte. Er ertrug es nicht, die beiden anzusehen. In wenigen Stunden, vielleicht nur Minuten, würden sie erfahren, dass ihr Vater weder die Kraft noch die Weitsicht oder wie auch immer man es nennen sollte gehabt hatte, um für sie auf dieser Welt zu bleiben.

„Er hatte eine braune Hose an“, erinnerte sich Natalie. „Und hübsche Schuhe.“

„Nun, wenn Officer Braun eine Minute hat, könnt ihr ihm das alles erzählen. Ich bin mir sicher, das wird ihm sehr helfen.“ Will wollte gehen. Er wollte zur Schule fahren, die Absperrungen durchbrechen, die den Verkehr abhalten sollten, und gegen die Tür des Wohnmobils hämmern, hinter der Chief McKinney saß und wartete. Worauf wartet er? fragte er sich. *Dass jemand erschossen wird?* Aber er konnte die Mädchen nicht allein lassen, nicht, bis Verna oder Darlene hier eintrafen. Er schaute sich suchend nach Lonnie um, weil er hoffte, noch eine frische Tasse Kaffee zu bekommen, da bemerkte er, dass Natalie die Zeitung anstarrte, die er bei Ankunft des Busses achtlos beiseitegeworfen hatte.

„Was ist?“, fragte Will. „Was ist los?“

„Das ist er“, rief Natalie aufgeregt. „Das ist der Mann.“ Will folgte dem Weg ihres kleinen dünnen Fingers mit dem blauen Nagellack zur Zeitung und dem Schwarz-Weiß-Foto eines gut gekleideten Mannes mit eindringlichen Augen und einem angedeuteten Lächeln.

„Bist du sicher?“, flüsterte er.

„Hm-hm.“ Sie nickte eifrig. „Ich bin sicher.“

So sehr sie sich auch bemühte, Mrs Oliver sah keine Möglichkeit, wie diese Situation zu einem guten Ende kommen sollte. Der Mann mit der Waffe hatte ein manisches Glitzern in den Augen und murmelte die ganze Zeit etwas vor sich hin, wobei er ab und zu laut sagte: „Jetzt ist es gleich vorbei."

Ihr Kiefer pochte, zwei Kinder waren im Schrank eingesperrt, die anderen drei Schüler waren vollkommen starr vor Angst, Charlotte hatte sich sogar schon in den Mülleimer übergeben. Mrs Oliver war immer eine Frau der Tat gewesen. Sie hatte ihr erstes Kind noch während ihres Studiums bekommen, weitere drei Kinder folgten in den nächsten sechs Jahren. Sie konnte einen platten Reifen wechseln und hatte einmal eine Gruppe Teenager auf Skateboards gestellt, die den alten Mr Figg vor dem Supermarkt umgefahren hatten. Sie sollte also durchaus in der Lage sein, mit diesem verwirrten Eindringling fertig zu werden, aber irgendwie gelang es ihr nicht. *Tu es nicht*, hörte sie Cals Stimme flüstern. *Er hat eine Pistole, Evelyn. Schwimm einmal einfach mit dem Strom.*

Mrs Oliver war definitiv niemand, der mit dem Strom schwamm. Nach ihren Berechnungen hatte sie heute noch eine letzte Chance, um alles in Ordnung zu bringen. Sie näherte sich ganz langsam ihrem Tisch, während der Mann mal wieder mit seinem Handy beschäftigt war und nervös mit dem Fuß auftippte und sich immer wieder die Stirn massierte. *Evelyn*, hörte sie Cals entsetzte Stimme, als ihre Finger nach dem Tacker griffen. Es war nicht so ein billiges Plastikding, das für acht Dollar fünfundneunzig in dem Schulbedarfskatalog angeboten wurde, aus dem die Lehrer jedes Jahr bestellten. Das hier war ein schwerer Industrietacker aus dem Jahr 1972, den Mrs Oliver sich damals extra bestellt hatte. Ihre Finger schlossen sich um den kalten Griff des Tackers und zitterten nur kurz, bevor sie ihn mit aller Wucht auf den Mann niedersausen ließ. Wenn er nur einen Bruchteil einer Sekunde später aufgeschaut hätte, wäre er höchstwahrscheinlich zu Boden gegangen. Mrs Oliver konnte beinahe hören, was ihre Schüler in zwanzig Jahren gesagt hätten: *Ja, mit einem Tacker. Sie hat den Mann mit einem Tacker überwältigt, kannst du dir das vorstellen?* Nun, sie würden es sich nicht vorstellen müssen, denn der Mann schaute auf, seine Augen verengten sich beim Anblick des auf ihn zurasenden Metalltackers, und ohne zu zögern hob er seine Waffe und drückte dreimal ab. Alle Schüsse landeten in der Wand direkt neben der Schranktür. Mrs Oliver stöhnte beim Anblick des beschädigten Mauerwerks, und sie war entsetzt, wie entsetzlich nah die Kugeln drangewesen waren, Lucy und Augie zu treffen. Der Mann funkelte Mrs Oliver wütend an und boxte ihr direkt vor die Brust, sodass sie zu Boden ging.

„Bringen Sie mich nicht dazu, Sie zu töten", zischte er und zielte mit der Waffe auf ihren Kopf.

Über mir ertönt das unverkennbare Geräusch von Schüssen. „Mist", fluche ich und laufe die Treppe hinauf. Ich klopfe gegen das Mikrofon, das an meinem Kragen klemmt. „Es sind Schüsse gefallen. Ich wiederhole, es wurde geschossen."

Ein statisches Knistern, dann ertönt Chief McKinneys Stimme in meinem Ohr. „Wir kommen so schnell wir können. Bleib, wo du bist. Verstärkung ist unterwegs. Und Meg", fügt der Chief im gleichen Atemzug an. „Das da drin ist nicht Tim."

Ich zögere, alle möglichen Gedanken wirbeln durch meinen Kopf. Obwohl ich tief in meinem Inneren wusste, dass es sich bei dem Mann nicht um Tim handeln konnte, komme ich einfach nicht dahinter, wer mich so dringend sehen will, dass er eine ganze Klasse voller Kinder als Geiseln nimmt, um mich zu sich zu zwingen. Ich würde gerne fragen, wo Tim die ganze Zeit war, aber dazu ist jetzt keine Zeit. „Zehn-vier", erwidere ich und weiß, dass ich stehen bleiben und auf Verstärkung warten sollte, aber ich gehe trotzdem weiter. Es muss mein Bruder sein. Der Hurensohn. Ich kann nur an die armen Kinder und ihre Lehrerin denken, die in dem Klassenzimmer gefangen sind. Trotz der bitteren Kälte draußen läuft mir der Schweiß über den Rücken, und ich wische eine Schweißperle von meiner Stirn. Mein Atem geht sehr ungleichmäßig. Ich konzentriere mich darauf, in ruhigen, gleichmäßigen Zügen ein- und auszuatmen. Mit langen Schritten gehe ich den Korridor entlang und werfe einen Blick durch jedes Fenster, an dem ich vorbeikomme.

Dieser Teil des Gebäudes ist wie ausgestorben. Mrs Olivers Klasse ist die letzte auf der linken Seite. Als ich näher komme, höre ich das untröstliche Weinen eines Kindes. Es ist ein Geräusch voller Angst und Panik, aber es hört sich nicht nach Schmerzen an. Zumindest dieses eine Kind ist körperlich unverletzt. Knappe zwanzig Meter vor der Tür zum Klassenzimmer bleibe ich stehen. Ich drücke mich mit dem Rücken gegen die Wand und schaue in die Richtung, aus der ich gekommen bin. In diesem Augenblick hätte ich gerne die versprochene Verstärkung an meiner Seite. Ich sollte auf das Tac-Team warten, tue es aber nicht.

„Ich bin hier", rufe ich. Meine Stimme klingt zu hoch, zu unsicher. „Ist da drin alles in Ordnung? Ich dachte, ich hätte Schüsse gehört." Keine Antwort. „Ist jemand verletzt?"

„Nein", bellt eine männliche Stimme. Ich erkenne sie nicht. Ich will versuchen, ihn am Reden zu halten, um herauszufinden, wer er ist, bevor ich den Raum betrete.

„Ich bin hier, genau wie Sie es verlangt haben. Wie viele sind noch mit Ihnen in dem Raum?"

Keine Antwort.

„Hören Sie." Ich versuche, mir meine Ungeduld nicht anmerken zu lassen. „Ich will mit Ihnen reden, aber ich muss sichergehen, dass Sie mich nicht in der Sekunde erschießen, in der ich das Klassenzimmer betrete."

Wieder Schweigen. Dann die Stimme eines Kindes. „Hier sind drei Kinder und eine Lehrerin. Und der Mann. Niemand ist erschossen worden. Es war ein Unfall."

Ich melde mich bei Chief McKinney. „Fehlalarm. Alle sollen in Bereitschaft bleiben." Dann wende ich mich wieder an den Mann in der Klasse. „Okay, ich komme jetzt rein. Ich bin allein und unbewaffnet", lüge ich, während ich meine Pistole in das unter meiner Jacke verborgene Schulterholster stecke. Ich werfe einen letzten Blick in den dunklen Flur, denke an Maria und wünsche mir, ich hätte die Gelegenheit, heute noch einmal mit ihr sprechen zu können. Ich atme tief durch, straffe die Schultern und trete selbstbewusst durch die Tür.

WILL

Will betrachtete immer noch das Foto des Mannes in der Zeitung, des Mannes, von dem Natalie behauptete, er wäre der Geiselnehmer, als sein Handy klingelte.

„Ja“, sagte er abwesend, während er versuchte, sich zu erinnern, wo er den Mann schon einmal gesehen hatte. Der Name unter dem Foto sagte ihm nichts.

„Will.“ Marlys’ panische Stimme drang an sein Ohr.

„Marlys? Was ist los? Ist mit Holly alles in Ordnung?“

„Was ist bei euch los? Holly hat mit Augie gesprochen und sagt, sie hätte Schüsse gehört.“ Will musste sich sehr konzentrieren, um seine Frau zu verstehen. Ihre Worte ergaben keinen Sinn. Holly, Augie, Schüsse? „Sie ist hysterisch“, fuhr Marlys fort, die selber kurz vor der Hysterie stand. „Die Ärzte mussten ihr ein Beruhigungsmittel geben. Will, was geht da vor?“

Will wusste nicht, was er sagen sollte. Er schaute auf und sah, dass Officer Braun ebenfalls telefonierte. Ihre Blicke trafen sich; Braun schaute Will mit einer Mischung aus Mitleid und Resignation an und kam langsam auf ihn zu. In dem Moment wusste Will, dass Marlys ihm die Wahrheit gesagt hatte. „Ich werde herausfinden, was los ist, und melde mich dann wieder“, sagte er schwach und legte auf.

„Ihr bleibt hier sitzen“, befahl er Beth und Natalie. „Eure Grandma wird bald hier sein.“ Über den klebrigen Fußboden ging er Officer Braun entgegen. In der Mitte des Restaurants trafen sie sich. Will strich die Falten aus der Zeitung und zeigte sie dem Polizisten.

„Das ist der Mann“, sagte er mit rauer Stimme und zeigte auf das Foto.

„Wer ist das?“ Braun runzelte die Stirn.

„Ich habe keine Ahnung“, sagte Will. „Aber ich werde es herausfinden.“

HOLLY

Ich versuche, mich aus dem Nebel zu kämpfen, den das Morphium in meinem Kopf verursacht, das durch den Tropf in meine Adern fließt. „Pst“, höre ich die Schwester sagen. „Beruhigen Sie sich. Wenn Sie nicht vorsichtig sind, werden sich Ihre Transplantate lösen. Sie sind schon so weit gekommen, Holly. Sie wollen das doch nicht alles noch einmal durchmachen müssen, oder?“

Ich schlage schwach nach ihrer Hand, versuche, sie von mir wegzuschieben, aus dem Bett aufzustehen, zu meinen Kindern zu gelangen. Ich hätte sie niemals von mir wegschicken dürfen. Ich will Augie packen und schütteln und ihr sagen, dass Unfälle nun mal passieren, dass ich ihr keine Schuld an dem Feuer gebe, an meinen Verbrennungen, dass ich nur dankbar bin, dass sie und P. J. nicht verletzt wurden. Mein Kopf fühlt sich ganz leicht an, und meine Mutter tritt in mein Sichtfeld. „Mama“, sage ich. So habe ich sie seit meinem fünften Lebensjahr nicht mehr genannt.

„Ich weiß.“ Ihr Kinn zittert. „Ich weiß.“

Nachdem wir die Schüsse gehört haben, hämmert das kleine Mädchen, das mit mir im Schrank eingesperrt ist, mit ihren Fäusten gegen die Tür und wirft sich dann selbst dagegen. „Pst“, sage ich. „Alles wird gut.“ Aber ich weiß, das stimmt nicht. Sie weint so sehr, dass ihr das Atmen schwerfällt.

„Pst, ich soll den Notruf wählen“, erkläre ich ihr. „Meine Mom sagt, ich soll 9-1-1 anrufen.“ Ich tippe die drei Nummern ein, und ein Mann geht ran, aber wegen des lauten Weinens des Mädchens kann ich ihn kaum verstehen. Schließlich platze ich einfach heraus: „Ich bin in der Schule, in Mrs Olivers Klassenzimmer, und er schießt. Ich bin mit einem anderen Mädchen im Schrank. Bitte schicken Sie Hilfe. Bitte!“ Dann lege ich auf und hoffe, dass er mit den Informationen irgendetwas anfangen kann.

Irgendwann wird das Schluchzen des Mädchens leiser, und es rollt sich in einer Ecke zusammen. Ich leuchte mir mit dem Licht des Handys ins Gesicht, damit sie mich sehen kann. „Ich bin Augie.“ Ich setze mich neben sie und leuchte nun sie an. Ihr Gesicht ist ganz fleckig, und sie gibt kleine Schluckaufgeräusche von sich und nuckelt am Daumen.

Sie zieht den Daumen aus dem Mund und sagt: „Ich bin Lucy“, bevor sie ihn wieder hineinsteckt.

Ich höre auf der anderen Seite der Tür jemanden weinen, aber es ist nicht P. J. „P. J.“, rufe ich durch die geschlossene Tür. „Geht es dir gut?“

„Ja, alles in Ordnung, war nur ein Versehen“, ruft er zurück, und ich sacke erleichtert auf dem Boden zusammen. Nur ein Versehen, denke ich.

„Die Polizei kommt“, sage ich zu Lucy und hoffe, dass es stimmt.

Lucy fängt an zu schniefen. „Was, wenn er wieder anfängt, zu schießen?“, fragt sie sich laut.

„Halt durch, in wenigen Minuten sind wir hier raus“, verspreche ich ihr. Ich schaue auf das Handy und sehe, dass der

Akku fast leer ist. Schnell tippe ich noch einmal die Nummer meiner Mutter ein, aber nach dem vierten Klingeln schaltet sich die Mailbox ein. „Mom", sage ich. „Ich bin's, Augie. P. J. geht es gut. Ich rufe dich später noch mal an." Ich will noch mehr sagen, weiß aber nicht, was. „Es tut mir leid", sage ich schließlich. „Es tut mir so leid."

Aus der Klasse kommt eine neue Stimme. Eine Frau. „Du bist das?", sagt sie laut, als könne sie es nicht glauben. „Warum?"

Es hat wieder angefangen zu schneien, aber nicht mehr so heftig. Der Sturm hat seine Kraft verloren, wie ein Kind in den letzten Zügen eines Wutanfalls, dachte Will. Als Holly klein gewesen war, hatte sie die schlimmsten Wutausbrüche gehabt. So frustrierend die auch gewesen waren, hatte Will doch oft lachen müssen, wenn Holly ihren Mund so weit aufriss, wie es ihr nur möglich war, und anfing zu heulen. Wie ein neugeborenes Kalb, das nach seiner Mutter rief. Sein Lachen fachte Hollys Wut natürlich nur noch mehr an, und dann hielt sie ihren Atem an, bis ihr Rücken sich durchbog und ihr Gesicht eine beängstigend blaue Farbe annahm. Marlys hatte sie dann immer in den Arm genommen und angefleht, zu atmen. „Ignorier sie einfach", hatte Will sie gescholten. „Je mehr Aufmerksamkeit du ihr gibst, desto öfter wird sie sich so verhalten." Will fragte sich jetzt, ob das stimmte. Vielleicht hätte er Holly liebevoll auf den Schoß nehmen und sie an seine Brust drücken, ihr ein halb vergessenes Wiegenlied aus seiner Kindheit vorsingen und sie sanft hin und her schaukeln sollen. Vielleicht wäre zwischen ihnen beiden dann alles anders geworden.

„Meine Güte", beklagte sich Will bei dem Rosenkranz aus Silber und Granat, der an seinem Rückspiegel hing und dessen Perlen leise gegeneinanderstießen. Genau diesen Rosenkranz hatte seine Mutter ihm in die Hand gedrückt, bevor er zur Grundausbildung abgereist war. Er erinnerte sich, den verzweifelten neugeborenen Kälbern vorgesungen zu haben, deren Mütter eine Gebärmutterdrehung oder einen Vorfall der Vagina erlitten hatten. Hätte er seiner Tochter nicht die gleiche Aufmerksamkeit widmen können? Er fuhr wie ein Henker durch die schneebedeckten Straßen, die dunkel und ausgestorben vor ihm lagen, zur Schule. Es war ihm egal, ob er die Blockade durchbrechen oder in die Schule einbrechen müsste. Er würde seine Enkelkinder nach Hause holen. Und dann zu seiner Tochter bringen.

Nachdem der Mann sie geschubst und mit der Waffe bedroht hatte, tat Mrs Oliver so, als wäre sie tot. Sie lag ausgestreckt auf dem Boden und versuchte, ihren Atem zu beruhigen und ihre Muskeln zu entspannen. *Evelyn*, hörte sie Cal schelten. *Was hast du dir dabei gedacht.*

Ich weiß es nicht, antwortete sie ihrem Ehemann in Gedanken. *Zum ersten Mal in meinem Leben weiß ich es wirklich nicht.* Sie erinnerte sich daran, mit Cal vor dem Fernseher gesessen und eine Sendung über eine Naturkatastrophe gesehen zu haben. Obwohl die Ereignisse weit weg stattfanden, waren ihr die Tränen über die Wangen gerollt. „Evie, wein doch nicht", hatte Cal gesagt. „Wir sind alle immer nur einen Atemzug vom Leben und vom Sterben entfernt. Manche Sachen passieren einfach." Sie fragte sich, was ihre Kinder auf ihrer Beerdigung sagen würden. Würden sie verbittert sein wegen all der Stunden, die sie mit den Kindern anderer Leute verbracht hatte? Verärgert über die schlaflosen Nächte, die ihr der gleichgültige Vater, die misshandelnde Mutter, die Leseschwäche oder die soziale Unbeholfenheit einer Achtjährigen verursacht hatten? Würden sie vor den mit Liebe gerahmten und aufgehängten Fotos im Haus ihrer Kindheit stehen und die Anzahl der Bilder vergleichen, auf denen ihre Mutter mit anderen Kindern und auf welchen sie mit ihrem eigen Fleisch und Blut posierte?

Eine Frau übertönte Charlottes Weinen, und das arme Mädchen verstummte sofort. „Du bist das?", fragte die Frau ungläubig. Mrs Oliver wagte es, ein Auge leicht zu öffnen, um zu sehen, was passierte. Der Mann hatte ihr den Rücken zugedreht. Die Waffe hielt er immer noch fest in der Hand, doch jetzt zeigte sie auf P. J. Unter großen Schmerzen hob Mrs Oliver den Kopf, um einen besseren Blick auf den Neuankömmling zu werfen. Es war Officer Barrett, Marias Mutter. War das die Person, auf die der Mann gewartet hatte? Das ergab keinen Sinn. Aber nichts an diesem grausamen Tag hatte bisher einen Sinn ergeben.

Charlotte und Ethan schauten ihre Lehrerin erwartungsvoll

an. Mrs Oliver wollte mit den Schultern zucken, wie um zu sagen, *ich weiß auch nichts*, doch ihr Körper tat zu sehr weh. Die Blicke der Kinder blieben jedoch fest auf sie geheftet. Sie warteten auf sie, warteten darauf, dass ihre Lehrerin irgendetwas tat.

„Stuart?“ Ich starre den Mann ungläubig an. „Was tust du da? Nimm die Waffe runter. Bist du verrückt?“

„Verrückt?“ Der Mann lacht freudlos auf. „Ich schätze, das könnte man so sagen. Und zum Teil ist das dir zu verdanken, Meg.“

„Was soll das heißen? Ich verstehe das nicht …“ Der Anblick von Stuart, wie er da im Klassenzimmer steht und einem kleinen Jungen eine Waffe an den Kopf hält, raubt mir den Atem.

„Hast du es noch nicht gehört? Hattest wohl noch keine Chance, heute die Zeitung zu lesen, hm?“, fragt Stuart leichthin, als unterhielten wir uns bei Häppchen und Bier.

„Nein, ich habe noch nichts gehört. Warum klärst du mich nicht auf? Ich bin gerade etwas verwirrt.“ Ohne meinen Blick von Stuart zu lösen, versuche ich, die Situation zu überblicken. Mrs Oliver liegt verletzt auf dem Fußboden. Ein Junge und ein Mädchen stehen zu meiner Linken, sie wirken unverletzt. Ein weiterer Junge wird durch Stuart mit der Waffe bedroht.

„Innerhalb weniger Monate habe ich meine Frau, meine Kinder und meinen Job verloren, und das habe ich alles nur dir zu verdanken, Meg.“ Stuart umfasst den Nacken des kleinen Jungen etwas fester und drückt den Lauf des Revolvers an seine Schläfe.

„Stuart“, sage ich so ruhig ich nur kann. „Lass die Kinder gehen, und dann erzähl mir alles. Bitte, sie haben hiermit nichts zu tun.“

„Ich hab dich ganz schön hinters Licht geführt, nicht wahr?“ Er lässt ein diabolisches Grinsen aufblitzen. „Du hast wirklich gedacht, dass dein Exmann hier drin ist, oder?“

„Nein“, erwidere ich. „Nicht für eine Minute habe ich geglaubt, dass Tim so etwas tun würde. Warum hast du mir gesagt, er wäre einer der Verdächtigen?“

„Weil er das war. Für ungefähr fünf Minuten. Meine Quelle …“ Er sieht den Zweifel in meinem Gesicht. „Ja, ich habe eine Quelle im Büro des Sheriffs, und die hat mir gesagt, dass deine

Schwiegermutter angerufen und erzählt hat, Tim wäre plötzlich verschwunden. Meine Quelle hat ihn daraufhin als Verdächtigen vorgeschlagen. Ich fand das irgendwie lustig."

„Tim würde so etwas nie tun", wiederhole ich und füge dann hinzu: „Und ich hätte nie gedacht, dass du zu so etwas in der Lage wärst."

„Meine Frau hat mich rausgeworfen. Weil sie hinter unsere Affäre gekommen ist." Stuart spricht einfach weiter, als hätte ich nichts gesagt. Ich will seine Behauptung geraderücken, will ihm sagen: *Nein Stuart, du hattest eine Affäre. Nicht ich. Ich wusste nicht, dass du verheiratet bist und drei Kinder hast, weißt du noch?* Aber ich schweige. Meine Aufgabe besteht darin, ihn nicht aufzuregen und ihn so lange am Reden zu halten, bis das Tac-Team sich in Position gebracht hat oder ich eine Chance habe, an meine Waffe zu kommen und einen Schuss abzugeben.

„Ich habe deiner Frau nicht von uns erzählt, Stuart. Großes Ehrenwort."

Stuart schnaubt abfällig. „Tja, außer uns hat es keiner gewusst, Meg. Also muss sie es von dir haben. Zweiundzwanzig Jahre Ehe, und jetzt hat sie mich rausgeworfen."

Ach was, hätte ich am liebsten gesagt, hebe aber stattdessen nur kapitulierend die Hände. „Es tut mir leid, Stuart, aber ich habe den Kontakt mit deiner Frau nicht initiiert. Sie ist zu mir gekommen."

„Meine Kinder reden nicht mehr mit mir. Ich wohne in einem miesen Hotel. Meine Frau hatte sich einen Anwalt genommen, der mir nur zu gerne die Eier abgeschnitten hätte, um zu kriegen, was sie …"

Dass Stuart in der Vergangenheitsform von seiner Frau sprach, jagt mir einen Schauer über den Rücken. „Stuart", frage ich, obwohl ich mich vor der Antwort fürchte, „was hast du getan? Was meinst du, wenn du sagst, deine Frau *hatte* einen Anwalt? Hat sie den Scheidungsantrag fallen lassen?" Stuart lächelt mich nur herablassend an und hebt die Hände, als wolle er sagen: *kann sein.*

„Als ich dann gestern in die Redaktion kam, wartete der

Chefredakteur schon auf mich. Offensichtlich hatte irgendwer eigene Recherchen angestellt."

„Stuart, ich habe keine ..."

„Halt die verdammte Klappe, Meg", brüllt er. Der Junge in seiner Gewalt fängt an zu wimmern. „Jemand hat herumtelefoniert und Fragen bezüglich meiner Arbeit gestellt. Sie haben beschlossen, dass ich die Wahrheit in meinem Artikel über das Mädchen, das vergewaltigt wurde, ausgeschmückt habe, und jetzt glauben sie, ich hätte mir die ganze Geschichte über meine Zeit in Afghanistan ausgedacht."

Während Stuart und ich uns unterhalten, hat der Junge, der als Geisel dient und den ich von Marias Winterkonzert an der Schule wiedererkenne, seinen Blick fest auf mich gerichtet gehalten. Seine Brille sitzt ihm schief auf der Nase, und seine Haare stehen in alle Richtungen ab, aber sein Blick ist unerschütterlich. „Stuart, wieso lässt du P. J. nicht los?" Ich rate einfach, dass es sich bei dem kleinen Jungen um Will Thwaites Enkel handelt. „Du weißt, dass seine Mutter schwer verletzt ist, oder? Sie hat sich bei einem Feuer schlimme Verbrennungen zugezogen. Komm schon, der Junge hat genug durchgemacht. Lass die Kinder gehen. Ich bin hier, das ist es doch, was du wolltest. Du glaubst, ich bin diejenige, die die Anrufe getätigt und damit dafür gesorgt hat, dass du gefeuert wurdest."

Während ich versuche, Stuart Vernunft einzutrichtern, bemerke ich, dass P. J.s Blick zu Boden geht, wo seine Lehrerin liegt. Sie versucht sich langsam, Zentimeter für Zentimeter, an Stuart heranzurobben. Mein Gott, denke ich, hoffentlich macht sie keine Dummheiten.

MRS OLIVER

Mrs Olivers gesamter Körper fühlte sich geschunden an. Jeder Atemzug schickte Stromstöße durch ihren Kiefer, und ihre verletzte Hüfte pochte vor Schmerz. Aber weitaus mehr schmerzte sie die Erkenntnis, dass es ihr nicht gelungen war, ihre Schüler zu beschützen.

Dieser grausame Mann, der seine Waffe jetzt an P. J.s Kopf hielt, hatte offensichtlich nicht vor, diesen Klassenraum lebendig zu verlassen, und es schien ihm völlig egal zu sein, wen er mit sich in den Tod nahm. Sie wünschte, sie hätte noch einmal die Gelegenheit, mit ihren Kindern und mit Cal zu sprechen. Sie sollten wissen, wie glücklich ihr Leben gewesen war, wie geliebt sie sich gefühlt hatte. Ihre Kinder sollten wissen, trotz des Zimmers zu Hause, das mit Artefakten ihres Lebens als Lehrerin gefüllt war – Fotos, selbst gemachter Wandschmuck, konzentriert gesetzte Buchstaben und sorgfältig gemalte Bilder von ihren Schülern der letzten vierzig Jahre –, war ihr die Liebe ihrer Kinder immer das Wichtigste gewesen.

Langsam und gezielt streckte sie unter Schmerzen ihren Arm auf dem Boden aus, bis ihre Fingerspitzen das kühle Metall des Tackers berührten.

Ich taste im Schrank nach einem Lichtschalter, stoße aber nur auf Stapel von Zeichenpapier und Körbe voller Buntstifte und Wachsmalkreiden. Mir läuft ein Schauer über den Rücken, als ich hinter mich greife und etwas wegwische, das bestimmt eine Spinne war. Dabei berühren meine Finger einen Faden, der von der Decke hängt. Ich ziehe daran, und eine Glühbirne leuchtet auf. Lucy bedeckt ihre Augen mit den Händen. Ich schaue mich im Schrank um, suche etwas, das uns hilft, hier herauszukommen, aber da ist nichts.

Die Stimmen in der Klasse werden lauter und lauter. „Das ist alles deine Schuld!“, ruft der Mann. „Mein Job, meine Frau, meine Kinder, alles weg!“

Ich kann nicht hören, was die Frau sagt, aber es muss den Mann noch wütender gemacht haben, denn er brüllt: „Einen nach dem anderen, Meg, und auch daran hast nur du Schuld.“

„Was heißt das?“, fragte das Mädchen mich. „Was will er machen?“

„Ich weiß es nicht“, gebe ich zu. Aber eines weiß ich – behalte es aber für mich: Wenn der Mann diese Schranktür öffnet, können wir uns nirgendwo verstecken. Ich schaue mich um und sehe ein großes Lüftungsgitter. Ich schaue Lucy an. „Ich glaube, ich habe eine Idee.“

Als Will auf den Schulparkplatz einbog, war alles so still und ruhig, dass er einen Moment glaubte, die Geiselnahme wäre vorüber und alle wären nach Hause gegangen. Im Näherkommen sah er jedoch, dass die Polizei noch in voller Stärke anwesend war, genau wie die Krankenwagen, die von einer Schneeschicht bedeckt waren. Will parkte neben dem Wohnmobil, stieg, die Zeitung mit dem Foto in der Hand, aus dem Truck und klopfte an die Tür der Kommandozentrale. Keine Antwort. Er schaute zur Schule hinüber. Auf dem Parkplatz war es merkwürdig still, und nirgendwo war eine Bewegung zu erkennen. Nur die aufsteigenden Abgase aus dem Auspuff des Krankenwagens verrieten, dass sich jemand darin aufhielt.

Irgendetwas war in der Schule los. Will holte seine Flinte aus dem Truck und lief zum Vordereingang der Schule. Verschlossen. Er suchte sich einen Weg um das Gebäude herum, versuchte es an jeder Tür, doch alle waren verschlossen. Er kam an einem Fenster im Erdgeschoss vorbei, bei dem das Fliegengitter herausgebrochen war. Vorsichtig legte er das Gewehr auf das Fenstersims und versuchte, sich mit zitternden Armen hochzuziehen. Seine Stiefel rutschten an dem glatten Mauerwerk ab, und er fand keinen Halt. Er wollte es gerade noch einmal probieren, als er das verräterische Klicken einer Pistole hörte, deren Hahn gespannt wurde.

„Stuart", sage ich leise, um ihn zu beruhigen. „Ich sehe, dass du wütend bist. Aber bitte, bitte lass es nicht an den Kindern und ihrer Lehrerin aus. Lass sie gehen."

„Weißt du, dass sie mir den Pritchard-Say-Preis aberkennen werden? Ich muss die hunderttausend Dollar zurückzahlen." Er schüttelt den Kopf. „Ich habe das Geld nicht mehr. Ich habe es in ein gottverdammtes Haus für meine Frau investiert."

„Stuart, bitte ..."

„Ich hatte gehofft, Maria wäre heute hier", sagt er verbittert. „Ich wusste, wenn Maria hier wäre, würdest du sofort kommen."

Bei der Erwähnung meiner Tochter zieht sich mein Herz zusammen. „Ich bin auch so gekommen", sage ich ruhig. „Siehst du, ich bin hier." Ich hoffe, dass unser Aushilfs-Tac-Team auf dem Weg ist.

„Ja, aber wenn Maria hier wäre und ich ihr eine Waffe an den Kopf halten würde, was würdest du dann tun?", fragt Stuart.

Ich schaue ihn ungläubig an, wähle meine Worte aber sorgfältig. „Ich würde genau das tun, was ich jetzt auch mache, Stuart. Ich würde versuchen, mit dir zu reden und dir zu helfen." Was ich eigentlich sagen will, ist: *Wenn du meiner Tochter eine Waffe an den Kopf halten würdest, würde ich dir dein verdammtes Hirn wegpusten, du wahnsinniger Hurensohn.*

Stuart schüttelt schnaubend den Kopf. „Nein, das würdest du nicht tun, Meg." Er klopft P. J. mit dem Lauf des Revolvers auf den Kopf.

„Wenn du ihn erschießt, wirst du den Rest deines Lebens im Gefängnis verbringen", sage ich. „Da sind Kindermörder nicht sonderlich gut gelitten, Stuart."

„Wir wissen doch beide, dass ich nicht mehr lebend aus dieser Sache herauskomme, Meg. Das einzig Gute wird sein, dass du mit dem Wissen weiterleben musst, alleinige Schuld am Tod dieser Kinder und ihrer Lehrerin zu haben." Das Ausmaß dessen, was Stuart da sagt, droht mich zu erschlagen. Er hat mich hierhergelockt. Er hat mich in dieses Klassenzimmer gelockt und will so viele Geiseln wie möglich töten, bevor ich meine Waffe ziehen kann.

„Warum?“, frage ich hilflos, derweil ich versuche, einen Weg zu finden, ihn auszuschalten, bevor er den ersten Schuss abfeuert.

„Weil ich es kann“, erwidert er kalt.

Ich nutze die Regalbretter, die in die Wände gedübelt sind, um zu dem Lüftungsgitter nahe der Decke zu klettern. „Gib mir mal eine Schere“, bitte ich Lucy, und sie durchwühlt eine der Kisten in dem Regal, bis sie eine Schere findet und sie mir anreicht. Ich versuche, eine der vier Schrauben zu lösen, mit denen das Gitter festgemacht ist, da höre ich den Mann etwas davon sagen, dass er die Kinder töten will. Ich lasse vor Schreck die Schere fallen. Lucy hebt sie auf und gibt sie mir wieder.

„Was machst du da?“, fragt sie.

„Wir werden dich darin verstecken“, erzähle ich ihr. Sie schaut mich zweifelnd an. „Hör zu, wenn er die Tür öffnet und mit der Waffe auf dich zeigt, willst du lieber hier oben sein, glaub mir.“ Sie nickt, und ich drehe weiter mit der Schere an den Schrauben. Sie lösen sich einfacher, als ich erwartet habe, und in wenigen Minuten habe ich sie alle vier herausgedreht. „Ich nehme jetzt das Gitter ab und reiche es dir herunter. Meinst du, du kannst es mir abnehmen?“

Sie nickt, und ich gebe ihr das Gitter. „Jetzt kletter zu mir rauf, Lucy.“ Sie wirkt immer noch nicht überzeugt, macht sich aber vorsichtig auf den Weg, bis sie schließlich neben mir steht. „Ich schiebe dich jetzt rein. Du kommst erst wieder raus, wenn ich es dir sage, okay?“

„Du kommst nicht mit?“, fragt sie. „Bitte komm mit mir.“ Sie sieht mich flehend an.

„Da passen wir nicht beide rein“, erkläre ich. „Du bist da oben in Sicherheit, versprochen. Er wird sich nicht die Mühe machen, da nach dir zu suchen.“ Lucy schenkt mir einen traurigen Blick, tut aber, was ich sage, und krabbelt in den dunklen, staubigen Lüftungsschacht hinein, bis ich nur noch die Sohlen ihrer Turnschuhe sehen kann. „Ich mach das Gitter nicht wieder vor, Lucy. Ich schiebe einfach nur diesen Stapel Papiere so hin, dass der Mann dich nicht sehen kann.“

„Okay“, höre ich ihre verängstigte Stimme.

„Denk daran, bleib so lange da oben, bis ich dir sage, dass es sicher ist." Ich schiebe einen Stapel buntes Malpapier vor den offenen Lüftungsschacht. Dann klettere ich nach unten und versuche, zu hören, was im Klassenraum vorgeht. Es ist ruhig. Zu ruhig. Ich muss es irgendwie schaffen, zu P. J. zu kommen. Ich drehe an dem Knauf und werfe mich gegen die Tür, bis der Stuhl sich ein kleines bisschen bewegt.

Von oben ruft Lucy: „Was ist los?"

„Alles in Ordnung, mach dir keine Sorgen." Ich lege mich flach auf den Boden, um durch den schmalen Spalt unter der Tür hindurchzusehen. Außer Stuhlbeinen kann ich nichts erkennen. Ich schaue mich noch einmal im Schrank um. Es muss doch irgendetwas geben, das ich benutzen kann, um hier herauszukommen. In der Ecke sehe ich ein langes dünnes Holzlineal und nehme es mir. Ich schiebe es unter der Tür durch und versuche, es gegen eines der Stuhlbeine zu drücken. Der Stuhl rutscht ein kleines Stück von der Tür weg. Ich mache das Gleiche noch einmal mit dem anderen Stuhlbein, und auch das bewegt sich einen Zentimeter. Abwechselnd schiebe ich das Lineal gegen das eine und das andere Bein, bis ich sehe, dass der Stuhl kippelt, aber zum Glück nicht umfällt, sondern nur wenige Zentimeter von der Tür entfernt auf allen vier Beinen landet. Vorsichtig drehe ich am Türknauf. Er bewegt sich. Die Tür stößt gegen den Stuhl, wird von ihm aber nicht mehr blockiert. Ich muss sie nur ganz aufdrücken, und schon bin ich raus aus dem Schrank und wieder bei P. J. im Klassenzimmer.

„Keine Bewegung“, ertönte eine Stimme hinter Will. „Lassen Sie die Waffe fallen, nehmen Sie die Hände hinter den Kopf und drehen Sie sich langsam um.“

„Ich versuche nur, meine Enkelkinder zu finden“, erklärte Will, während er tat, was man ihm befohlen hatte.

„Mein Gott“, sagte der Officer, als er Will erkannte. „Mr Thwaite, was zum Teufel tun Sie hier?“ Es war Kevin Jarrow, einer der Teilzeit-Officer in Broken Branch. Will wollte seine Hände herunternehmen, doch Jarrow hielt die Pistole weiter auf ihn gerichtet. „Behalten Sie die Hände oben“, befahl er.

„Ich versuche nur, Augie und P. J. zu finden“, setzte Will an. „Augie hat meine Tochter aus dem Inneren der Schule angerufen. Sie hat einen Schuss gehört.“ Will schaute Jarrow flehentlich an. „Ich habe es nicht mehr ertragen. Ich musste herausfinden, was hier vor sich geht.“

„Genau das versuchen wir auch gerade, und dabei können wir keine Störungen von außen gebrauchen. Meine Güte, ich hätte Sie erschießen können.“ Jarrow beugte sich vor und hob Wills Gewehr vom Boden auf. Er leerte die Kammern und ließ die Patronen in seine Jackentasche gleiten.

„Wirklich, Kevin, ich habe nichts Böses gewollt. Aber ich muss meine Enkel da rausholen.“ Will ließ zu, dass Officer Jarrow ihn abtastete. Zufrieden, weil Will keine weiteren Waffen dabeihatte, begleitete Jarrow ihn zum Streifenwagen, ließ ihn auf dem Rücksitz Platz nehmen und befahl ihm, sich nicht von der Stelle zu rühren. „Ich will Sie nicht in Handschellen legen, Mr Thwaite, aber wenn es sein muss, werde ich es tun. Ich muss mich auf die Vorgänge in der Schule konzentrieren und kann meine Zeit nicht damit verschwenden, den Babysitter für Sie zu spielen. Verstanden?“

Will nickte kläglich. „Tut mir leid.“

Jarrows Stimme wurde weicher. „Halten Sie sich einfach von weiterem Ärger fern. Wir tun alles, was wir können, um alle heil und gesund aus der Schule herauszuholen.“ Er drückte die

Wagentür energisch ins Schloss und ließ Will alleine zurück, der hilflos versuchte, aus den Fenstern zu schauen, die dick mit Schnee bedeckt waren und so keinen freien Blick auf die Schule zuließen.

Wills Handy vibrierte. Als er sah, dass es Marlys war, war er versucht, den Anruf zu ignorieren, aber er wusste, das konnte er seiner Frau nicht antun. Sie war genauso verängstigt und hungerte nach Informationen wie er. Er wusste nur nicht, wie er ihr erklären sollte, dass er eben beinahe wegen bewaffneten Einbruchs in die Schule verhaftet worden wäre, aber keinerlei Informationen über ihre Enkelkinder hatte. Er versuchte Selbstbewusstsein in seine Stimme zu legen und nahm das Telefon ans Ohr. „Hallo."

„Dad?", erklang die tränenerfüllte Stimme, und Wills Magen zog sich zusammen. „Bitte sag mir, dass es Augie und P. J. gut geht."

Mrs Oliver zog den schweren Tacker langsam zu sich; sein Gewicht unter ihrer Hand war irgendwie tröstlich. Sie nahm an, dass das hier ihre letzte Chance war. Wenn sie den Mann nur für eine Sekunde ablenken könnte, würde Officer Barrett ihre Waffe ziehen und diesem entsetzlichen Tag – und vielleicht sogar diesem entsetzlichen Mann – ein Ende bereiten können.

Unter großer Anstrengung stützte Mrs Oliver sich erst auf ihre Ellbogen, dann auf die Knie. Ihr erster Gedanke war, den Tacker so hart wie möglich gegen die Hand des Mannes zu schlagen, damit er die Waffe losließ, aber sie war nicht sicher, ob ihre Kraft dazu ausreichte.

„Stuart", flehte Officer Barrett, „lass P. J. gehen. Du musst keine unschuldigen Menschen töten, um zu bekommen, was du willst. Du willst Selbstmord begehen? Dann richte die Waffe gegen deinen eigenen Kopf. Du musst nicht darauf warten, dass ich dich erschieße."

Alles passierte so schnell, dass Mrs Oliver nicht einmal zucken konnte. Der Mann drehte sich um und drückte ohne zu zögern den Abzug. Der Tacker fiel ihr aus den Händen, und die Wucht des Schusses schleuderte sie nach hinten. Auf dem Rücken liegend schaute Mrs Oliver erstaunt auf ihre Hand, die mit einem Mal nutzlos geworden war, und auf den Blutstrom, der aus ihrem Arm floss. Genauso schnell drehte der Mann sich wieder um und richtete die Waffe erneut auf P. J.s Kopf. „Nein", versuchte sie zu rufen, aber ihr Mund hatte endgültig die Arbeit eingestellt, ihr ausgerenkter Kiefer hing nutzlos herunter. In Erwartung des nächsten Schusses schloss sie die Augen. Es tat ihr so leid, und ihr einziger Trost war, dass sie da wäre, im Tod, um die Kinder ins Licht zu führen oder wo auch immer sie hingehen würden.

Das Geräusch war nicht so laut, wie sie erwartet hatte, sondern eher gedämpft und wie aus weiter Ferne. Sie wagte es verrückterweise zu hoffen, dass das bedeutete, der Schuss hatte P. J. nicht so sehr wehgetan wie ihr.

AUGIE

Ich stolpere, als ich die Tür öffne, und im Fallen sehe ich einen Mann, der P. J. eine Pistole an den Kopf hält. Ich versuche, nach ihm zu rufen, aber meine Stimme bleibt in meiner Kehle stecken, während ich zu Boden stürze. Lucys Schreie dröhnen aus dem Luftschacht. Der Mann dreht sich um und richtet die Waffe auf mich. Ich sehe die Überraschung auf seinem Gesicht. Ich bedecke meinen Kopf mit den Händen, dann explodiert der nächste Schuss. Plötzlich kann ich nichts mehr sehen oder hören, außer dem Klingeln in meinen Ohren, und als ich mich nach P. J. umschaue, sehe ich überall nur Blut.

Ich habe mich so weit beruhigt, dass die Krankenschwestern mich in Ruhe lassen, und endlich habe ich meine Mutter davon überzeugen können, mir ihr Handy zu geben. „Dad?“, wiederhole ich und weiß anhand seines Schweigens, dass nichts in Ordnung ist. „Bitte“, flehe ich.

Mein Vater räuspert sich, bevor er spricht. „Ich weiß nichts Neues, Holly. Ich habe versucht, herauszufinden, was genau los ist, aber mir sagt niemand etwas. Es tut mir leid.“ Ich breche zusammen, als seine Stimme versagt.

Schweigend weinen wir beide eine Minute zusammen. Ich glaube nicht, dass ich meinen Vater jemals zuvor habe weinen hören. Ich habe ihn noch nie so hilflos erlebt. „Erzähl mir von ihnen“, flüstere ich schließlich. „Erzähl mir, was ich verpasst habe.“

Mein Vater schnäuzt sich ein paarmal, und als er spricht, ist seine Stimme belegt und voller Emotionen. „Oh Hol, du hast die besten Kinder der Welt“, fängt er an, und ich lehne mich in meinem Kissen zurück und nicke, während er spricht. Ja, das habe ich, denke ich. *Das habe ich wirklich.*

MEG

In der Sekunde, in der Stuart sich von mir wegdreht, greife ich nach meiner Glock und ziehe sie aus dem Holster. Ich sehe Marias Lehrerin zurückfliegen, als die Kugel sie in der Schulter trifft. Als Stuart sich wieder zu P. J. umdreht, rufe ich den Kindern bereits zu, sich auf den Boden zu legen, und P. J. lässt sich sofort fallen und krabbelt hinter das Lehrerpult. Hinter Stuart rumpelt etwas, und Augie Baker stolpert aus dem Schrank. Stuart hat das Mädchen sofort im Visier, und ohne zu zögern zielen wir beide und betätigen gleichzeitig den Abzug.

„Du hättest P. J.s Augen sehen sollen, als das Kälbchen herausgeplumpst ist“, erzählte Will seiner Tochter, während er auf der Rückbank des verriegelten Streifenwagens saß. Bei der Erinnerung musste er lachen. „Das Kind könnte gut und gerne Tierarzt für Großtiere werden.“

„Oder Farmer“, erwiderte Holly sanft.

„Ja, vielleicht.“ Will konnte die Freude an der Vorstellung nicht verbergen, dass P. J. vielleicht eines Tages Rinderzüchter würde. „Und deine Augie“, fuhr er fort. „Sie hat, seitdem sie hier ist, noch keinen Bissen Fleisch gegessen. Aber sie ist unglaublich clever. Ihr Lehrer hat mir letzte Woche erzählt, er hätte noch nie eine begabtere Schreiberin gesehen als Augie.“

„Wirklich?“, fragte Holly. „Das hat er gesagt?“

„Er ist sicher …“ Will hielt inne. „Warte kurz, Hol. Irgendetwas ist da los.“

„Leg nicht auf, bitte, leg nicht auf“, bettelte Holly. „Sag mir, was du siehst.“

„Ich bin mir nicht sicher. Ich kann es von hier nicht genau erkennen. Warte kurz.“ Will klopfte fest gegen das Fenster in der Hoffnung, dass der Schnee abfallen und ihm einen freien Blick gewähren würde.

„Was ist los?“, hörte er Holly durchs Telefon schreien. „Dad, sag mir, was geschieht“, wimmerte sie.

Der Schnee, der am Fenster geklebt hatte, fiel unter seinem Klopfen herunter, und Will sah einen Wirbel an Aktivitäten am Haupteingang des Schulgebäudes. Police Officer stürmten mit gezogenen Waffen hinein. „Guter Gott“, flüsterte Will.

„Dad!“, rief Holly. „Dad, bitte!“

Will nahm das Telefon wieder ans Ohr. „Es ist nichts, Holly. Falscher Alarm.“ In dem folgenden Schweigen waren nur Hollys leise Schluchzer zu hören. „Ja, und Mr Ellery hat auch gesagt, Augie solle in den Fortgeschrittenenkurs gehen, sobald sie auf die Highschool kommt“, fuhr Will ruhig fort, während Evelyn Oliver auf einer Trage aus dem Gebäude getragen wurde.

„Außerdem dachte ich, wenn du Lust hättest, uns im Sommer zu besuchen, könnte P. J. auf der Landwirtschaftsmesse ein Kalb vorführen. Er hat sich schon ein Prachtexemplar ausgesucht. Ein wunderschönes Hereford-Kalb."

Holly schniefte. „Ja, vielleicht. Ich denke, das würde P. J. gefallen."

„Ja, das glaube ich auch." Zwei Kinder traten aus der Schule in die graue Abenddämmerung. Kein P. J. Will hielt den Atem an. „Ich denke, Augie hätte auf der Messe auch Spaß. Vielleicht hätte sie Lust, ein paar Kaninchen aufzuziehen." Die Tür öffnete sich erneut, und drei Police Officer erschienen. Eine strampelnde Gestalt wand sich in ihrem Griff.

„P. J." Will stieß erleichtert den angehaltenen Atem aus. „Es ist P. J."

„Gott sei Dank", weinte Holly. Dann fragte sie. „Wo ist Augie?"

Ich berühre mein Gesicht, und als ich meine Finger ansehe, sind sie von Blut bedeckt. Sehr viel Blut. Aber ich fühle keinen Schmerz. Ich habe schon davon gehört, das liegt am Schock. Ich frage mich, ob ich sterben werde. Ich presse meine Lider zusammen und denke an meine Mom. Sie wird so traurig sein. Sie wird niemanden mehr haben außer meinen Großeltern, und auf einmal wünsche ich mir mehr als alles andere, dass sie meinem Grandpa vergeben kann. Dann ist jemand an meiner Seite, und ich beschließe, nicht leise zu sterben. Ich fange an, um mich zu treten und zu schreien. „Ist gut, ist gut!“, ruft ein Mann. „Ich bin Polizist!“ Ich höre auf zu strampeln und zu kreischen und wage es, meine Augen zu öffnen. Ein Polizist mit dem größten Schnurrbart, den ich je gesehen habe, steht über mir. „Es ist alles vorbei. Du bist in Sicherheit. Bleib ruhig liegen, wir wollen sehen, ob du verletzt bist.“

Ich ignoriere ihn und springe auf die Füße. „P. J.?“ Ich kann seinen Namen kaum sagen, weil mir so schwindelig ist. Ich sehe ihn nirgendwo. Der Officer hält mich am Arm fest, damit ich nicht umfalle.

„P. J. ist in Sicherheit und bereits aus dem Gebäude gebracht worden. Nachdem wir dich untersucht haben, bringen wir dich sofort zu ihm. Und jetzt leg dich wieder hin.“

Ich schaue mich im Klassenzimmer um. Überall Blut. „Das musst du dir jetzt nicht ansehen“, sagt der Polizist und versucht, mir die Sicht zu versperren. Ich kann nicht anders; ich setze mich auf den Boden und fange an, heftig zu weinen.

Durch das Fenster des Streifenwagens musste Will hilflos zusehen, wie P. J. sich weiter gegen die Polizisten wehrte, die ihn aus der Schule geleiteten. „Holly, ich rufe dich gleich zurück", sagte er zu seiner Tochter.

„Wag es ja nicht, aufzulegen, Dad", weinte sie. „Wenn du mich jemals geliebt hast, bleibst du jetzt am Telefon."

Will blinzelte überrascht. Ihm war nie in den Sinn gekommen, dass seine Tochter an seiner Liebe zu ihr zweifeln könnte. Es war doch immer andersherum gewesen. Will hatte nie wirklich herausfinden können, was er tun musste, um den Respekt und die Liebe seiner Tochter zu erringen. „Ich lege nicht auf, Hol", versprach er. „Bleib dran. Ich lege das Handy auf den Sitz neben mir und versuche, jemandes Aufmerksamkeit zu erringen." Vorsichtig legte er das Telefon beiseite und fing erneut an, gegen die Seitenscheibe zu hämmern. „Hey", rief er dem Deputy Sheriff zu, der gerade an dem Wagen vorbeiging. „Das ist mein Enkel!" Der Deputy sah ihn fragend an. „Mein Enkel", wiederholte Will und zeigte auf P. J., der immer noch versuchte, wieder in die Schule hineinzukommen.

Der Deputy hielt Rücksprache mit Officer Jarrow, der herüberkam und Will das Auto aufsperrte. „P. J." Will schnappte sich das Handy und eilte zu seinem Enkel, der sein Gesicht am Bauch seines Großvaters vergrub. „P. J. geht es gut", erklärte er Holly. „Er ist hier bei mir."

„Gott sei Dank", sagte Holly weinend. „Kann ich mit ihm reden?" Will drückte P. J. das Handy in die Hand und packte dann einen Officer, der gerade an ihnen vorbeilief, am Arm.

„Ich suche meine Enkeltochter. Können Sie mir helfen?"

„Tut mir leid, Sir." Der Officer schüttelte den Kopf. „Wir haben Hunderte von Kindern, die darauf warten, zu ihren Familien zurückzukehren. Sie müssen noch ein wenig Geduld haben."

Über die Schulter des Officers hinweg sah Will, wie sich die Tür der Schule erneut öffnete und Augies roter Haarschopf und ihr tränenüberströmtes Gesicht erschienen. An ihrer Seite war ein kleines, ähnlich verängstigt aussehendes Mädchen. Wills Herz zog sich zusammen, als er das blutige Tuch sah, dass sie sich gegen den Kopf drückte, die Blutflecken auf ihrem Gesicht, ihren Händen und ihrer Kleidung. Augies gehetzter Blick fiel auf ihren Großvater und dann auf P. J.

Will nahm seinem Enkel das Telefon aus der Hand und sprach mit zitternder Stimme zu seiner Tochter. „Augie geht es gut, Hol. Sie ist jetzt auch bei uns."

Will streckte die Hände nach seiner Enkeltochter aus. „Jetzt ist alles gut, Augie", sagte er und zog sie sanft in seine Arme. „Es ist an der Zeit, euch nach Hause zu bringen."

Gott sei Dank, dass Stuart kein guter Schütze ist. Er verfehlte Augie, aber die Kugel schlug in den Boden ein und wirbelte scharfe Splitter auf, die Augie ins Gesicht flogen. Sie musste genäht werden, aber das war nicht weiter schlimm. Obwohl ich es als Strategie nicht empfohlen hätte, lenkte Augies Ausbruch aus dem Schrank Stuart gerade lange genug ab, dass ich ihn niederstrecken konnte. Meine Schüsse waren gezielter als seiner, wenn auch nicht viel. Mit dem ersten schoss ich ihm das linke Ohr ab, und der zweite traf ihn in die Rippen. Es reichte nicht aus, um ihn zu töten, aber so wie er schrie und sich wand, wusste ich, dass es höllisch wehtat. Geschah ihm ganz recht.

In meinem Kopf gab es an diesem Tag viele Helden, und ich gehörte nicht dazu. Die Schüler aus Mrs Olivers Klasse hatten mehr Mut bewiesen, als ein Kind beweisen sollte. Augie Baker war so entschlossen gewesen, ihren Bruder zu retten, dass sie sich selber in höchste Gefahr gebracht hatte. Sie hatte außerdem die Geistesgegenwart besessen, das kleine Mädchen, das mit ihr im Schrank eingesperrt gewesen war, im Lüftungsschacht zu verstecken. Abgesehen von der Tatsache, dass sie keine Befehle befolgen kann, würde aus Augie eines Tages eine hervorragende Polizistin werden. Aber wer bin ich, um einen Vortrag über das Befolgen von Befehlen zu halten.

Drei Officer waren nötig, um P. J. Thwaite aus der Klasse, die Stufen hinunter und aus dem Gebäude hinauszubegleiten. Er rief die ganze Zeit nach seiner Schwester, aber wir mussten erst ihre Verletzungen untersuchen, bevor wir sie bewegen konnten. Ihm war es egal, dass einer der Officer versprach, sie würde bald auch rauskommen. Er tobte und wand sich weiter. Es war eine große Erleichterung, Augie und P. J. mit ihrem Großvater wiedervereint zu sehen. Ich habe sogar Twinkie, die Hündin der Craggs, die immer noch auf der Rückbank meines Streifenwagens ausgeharrt hatte, an Mr Thwaite übergeben. Er würde sie zu den Cragg-Mädchen bringen. Das ist nur ein kleiner Trost nach dem Selbstmord ihres Vaters, aber immerhin.

Mrs Olivers Verletzungen sind schlimmer als gedacht, und als die Sanitäter endlich bei ihr waren, hatte sie sehr viel Blut verloren, und ihr Atem ging ganz flach. Der Blick in ihr blasses Gesicht verriet mir, dass es ein Wunder wäre, wenn sie überlebt.

Der Lehrer der achten Klasse, Mr Ellery, wurde in einem Putzschrank gefunden. Er hatte eine böse Platzwunde am Kopf. Der Hausmeister lag gefesselt im Heizungskeller. Es gibt viele traumatisierte Kinder, aber abgesehen von Evelyn Oliver ist niemand ernsthaft verletzt worden.

Nachdem Tim gehört hatte, dass die Schule abgeriegelt worden war, hatte er seiner Mutter und Maria erzählt, er müsse zum Dienst, weil er sie nicht beunruhigen wollte. Die miserablen Wetterbedingungen ignorierend hatte er sich auf den Weg nach Broken Branch gemacht, um zu sehen, was an der Schule los war und ob er den anderen Sanitätern helfen könnte. Sein Auto ist auf dem Eis weggerutscht und kopfüber im Graben gelandet. Zum Glück waren Will Thwaite und Daniel Tucker an der Unfallstelle vorbeigekommen und hatten Tim gefunden. Er blieb ein paar Tage im Krankenhaus in Conway, wo seine Knochenbrüche und die Gehirnerschütterung behandelt wurden. Er wird wieder ganz gesund, und so lange bleibt er bei Maria und mir.

Obwohl wir sicher waren, dass Stuart alleine gehandelt hatte, vergingen noch Stunden, bis wir das ganze Gebäude durchsucht und sichergestellt hatten, dass es keinen zweiten Schützen gab und alle Kinder und Angestellte wohlauf waren. Zu dem Zeitpunkt, als Stuarts Wunden versorgt und er auf dem Weg ins Bezirksgefängnis gewesen war, hatten wir viel über seinen rapiden Abstieg in Erfahrung bringen können. Wie sich herausstellte, ist Stuart ein Betrüger, ein Lügner und ein Mörder. Ich habe aber auch ein Händchen … Ich werde nie wissen, ob Stuart mich gezielt angesprochen hatte, um Insiderinformationen über den Merritt-Fall und Zugang zu Jamie Crosby zu bekommen, aber es würde mich nicht wundern. Nachdem ich den Artikel über die Vergewaltigung gelesen und mit Jamie gesprochen hatte, war es klar, dass die Story nur so vor Ungenauigkeiten und Lügen strotzte. Ich hatte ein paar Anrufe getätigt und herausgefunden, dass viele von Stuarts Geschichten einer näheren Überprüfung nicht standhielten. Sie waren reine Produkte seiner Fantasie und seines kranken Ehrgeizes. Herausgekommen war das alles durch seinen Artikel über seine Zeit als Reporter bei der Iowa Army National Guard. Als ich nachfragte, konnte niemand wirklich bestätigen, dass er dort gewesen war, wo er behauptete, und niemand konnte sich an die verbotene Liebesgeschichte zwischen Specialist Rory Denison und dem jungen afghanischen Mädchen erinnern. Es gab überhaupt keinen Beweis dafür, dass es diese junge Frau je gegeben hatte.

Am Morgen des Vorfalls an der Schule hatte es im *Des Moines Observer* einen großen Artikel mit einem Foto von Stuart beim Empfang des Pritchard-Say-Preises gegeben. Der Artikel berichtete über Stuarts gefälschte Geschichten und dass er deswegen entlassen worden war. Das war der Tropfen, der das Fass hatte überlaufen lassen. Kurz nachdem Stuart verhaftet worden war, fand man die Leiche seiner Frau. Sie war nicht die perfekte kleine Ehefrau, die zu ihrem Mann stand, also brachte er sie um, bevor er zur Schule aufbrach. Ich hatte seinen perfekten Plan zerstört, Geschichten zu erfinden, die seine Karriere vorantreiben, seine Brieftasche füllen und seinem Ego schmeicheln. Nachdem das Kartenhaus zusammengebrochen war, beschloss er, mich auf die Art zu verfolgen, die mich, wie er wusste, am meisten treffen würde. Er drang in Marias Schule ein und lockte mich in der Hoffnung zu sich, vor meinen Augen ihr Leben zu bedrohen. Er wollte Maria umbringen, dann sich erschießen und mich allein und am Boden zerstört zurücklassen. Wenn alles so gelaufen wäre, wie er es geplant hatte, wäre er selbst im Tod die größte Geschichte gewesen, die Iowa je erlebt hatte. Stattdessen sitzt er jetzt mit nur noch einem Ohr im Gefängnis und wartet auf seinen Prozess. Irgendwo auf dem Weg hat Stuart seine Seele verloren. Ich hoffe, ich bekomme die Chance, mit ihm zu reden und herauszufinden, warum genau er getan hat, was er tat. Wieso er sich von dem netten, liebenswürdigen Mann in einen Lügner und Betrüger, in einen Mörder verwandelt hat.

Was mich angeht, ich hoffe, dass ich noch einen Job habe, nachdem ich mich Chief McKinneys Befehl widersetzte und allein in die Schule ging. Nachdem die Kinder sicher aus dem Gebäude gebracht und die Krankenwagen mit Mrs Oliver und Stuart abgefahren waren, erklärte der Chief mir, das wäre das Dümmste, was je einer seiner Officer getan habe. Danach hat er mich fest umarmt. Die Befragungen und die Erledigung des ganzen Papierkrams dauerten noch Stunden, doch diesen Preis zahlte ich gerne. Wenn ich so darüber nachdenke, glaube ich, es wird alles gut. Immerhin habe ich den Bösen erledigt.

Mrs Oliver war verwirrt, was sie unfair fand, schließlich hatten ihre kirchentreuen Eltern ihr versprochen, dass alles hell erleuchtet wäre, wenn sie an die Himmelspforte käme, und alle Geheimnisse des Lebens würden sich ihr offenbaren. Zuerst einmal hatte sie gedacht, es wäre wärmer und ihre Umgebung wäre in goldenes Licht getaucht. Aber sie zitterte, und als sie ihre Augen öffnete, sah sie nicht ihre verstorbene Mutter oder ihren Vater, nicht George oder gar P.J, von dem sie überzeugt war, dass er tot sei. Nein, Mrs Oliver erblickte Cal, der neben ihr stand. „Oh, er hat dich auch umgebracht", wollte sie sagen, aber sie hatte keine Stimme.

„Dein Kiefer ist verdrahtet", erklärte Cal und berührte sanft ihre Wange. „Du bist im Krankenhaus und hast beinahe zwei Tage durchgeschlafen. Eine Kugel hat dich in der Schulter getroffen, aber es wird alles wieder gut." Als er ihren besorgten Blick sah, drückte er ihren Arm. „Den Kindern geht es gut. Officer Barrett hat den Mann niedergeschossen, bevor er noch jemanden verletzen konnte. Georgiana ist hier, und die Jungs sind auf dem Weg."

Georgiana kam in ihr Blickfeld. „Hey Mrs Oliver", sagte sie und lächelte ihre Mutter aus Augen an, die genauso aussahen wie die von George. „Du konntest nicht einfach in Rente gehen wie jeder andere, oder? Du musstest im wahrsten Sinne des Wortes mit einem großen Knall abtreten." Mrs Oliver schenkte ihrer Tochter die Andeutung eines Lächelns und zuckte so gut es die Schmerzen zuließen mit den Schultern.

„Du hast dich großartig um die Kinder gekümmert, Evie." Cal zog sich einen Stuhl ans Bett. „Die Eltern schicken Blumen und Ballons. Sieh nur." Er zeigte auf eine Ecke des Raumes, in der sich Sträuße von sonnigen Narzissen, blauen Hyazinthen und rosafarbenen Rosen auf einem kleinen Tischchen drängten, über dem bunte Luftballons mit Genesungswünschen in der Luft schwebten.

„Sieht so aus, als würde Dad sein Büro aufgeben müssen, um

Platz zu schaffen für die ganzen Bilder und Briefe, die deine Schüler dir schicken." Wie zum Beweis hielt Georgiana einen Stapel Papier hoch. Mrs Oliver schüttelte den Kopf und stöhnte sofort schmerzerfüllt auf. Sie wollte ihrer Tochter so viel sagen, aber sie konnte nicht. „Ich weiß, Mom", sagte Georgiana mit einem leisen Lachen. „Ich weiß."

Sie war so unglaublich müde, dass sie ihre Tochter nur anblinzeln konnte.

„Ruh dich jetzt ein wenig aus, Evie", flüsterte Cal ihr ins Ohr, wobei er ihre Wange sanft mit den Lippen berührte. „Schlaf ein wenig. Wir sind da, wenn du wieder aufwachst."

Mrs Oliver spürte, wie ihre Lider immer schwerer wurden, und wollte nichts mehr, als in einen tiefen, traumlosen Schlaf zu versinken. Doch vorher hob sie mit ihrer gesunden Hand die Bettdecke an und runzelte die Stirn, als sie das Krankenhaushemd sah, das sie trug.

„Keine Sorge, ich habe dafür gesorgt, dass sie es nicht wegschmeißen", versicherte Cal ihr. „Die Krankenschwestern mussten es dir vom Leib schneiden. Georgiana hat es so gut es geht gewaschen, aber du wirst es nie wieder tragen können." Mrs Oliver nickte einmal, um zu zeigen, dass sie alles verstanden hatte.

„Und jetzt schlaf, Mom", flüsterte Georgiana und berührte mit ihren Lippen sanft die Stirn ihrer Mutter.

Von draußen vor dem Fenster ihres Krankenzimmers meinte Mrs Oliver das sanfte Tropfen der schmelzenden Eiszapfen zu hören, die in den letzten vier Monaten an allen Regenrinnen in Broken Branch gehangen hatten. Sie sah, dass es endlich aufgehört hatte zu schneien und die wässrigen Sonnenstrahlen sich bemühten, die hartnäckigen Schneewolken aufzubrechen, die inzwischen zu einem hellen Taubengrau verblasst waren. Mrs Oliver lächelte, als ihr der süße Geruch von Hyazinthen in die Nase stieg, und beinahe konnte sie die zärtliche Liebkosung eines warmen Frühlingswindes auf ihrer Haut spüren, bevor sie die Augen schloss und sich dem Schlaf ergab.

– ENDE –

DANKSAGUNG

Wie immer gebührt ein großer Dank meiner Agentin Marianne Merola für ihre Weisheit, ihre Führung, ihre Aufmerksamkeit und ihre Freundschaft. Außerdem geht ein Dank an Henry Thayer für seine Unterstützung hinter den Kulissen.

Meiner Redakteurin Miranda Indrigo möchte ich tausendmal danken, denn ihre Einsichten und Vorschläge treffen immer den Punkt. Dank auch allen anderen bei MIRA Books – vor allem Margaret O'Neill Marbury und Valerie Gray. Ich bin sehr stolz, MIRA mein Zuhause nennen zu dürfen.

Danke euch, John und Cathy Conway und Howard und Shirley Bohr, dass ihr mir während der Recherchen zu diesem Buch eure Häuser und Farmen geöffnet habt. Ich genieße es immer sehr, mit euch zusammen zu sein.

Mark Dalsing weiß hoffentlich, wie sehr ich ihn und seine Hinweise zum Vorgehen der Polizei schätze. Seine anfängliche Durchsicht des Manuskripts war für mich von unschätzbarem Wert.

Ein herzliches Dankeschön geht an meine Eltern Milton und Patricia Schmida sowie meine Brüder und Schwestern samt ihren Familien für ihre großzügige Unterstützung und ihren Enthusiasmus.

All meine Liebe für Scott, Alex, Anna und Grace – ohne euch wäre das alles nicht möglich.

DISKUSSIONSFRAGEN

1. *Ein Atemzug entfernt* spielt in einem überraschenden Schneesturm. Welche Rolle spielt das Wetter in der Geschichte – sowohl im wörtlichen als auch im übertragenen Sinne?
2. Stuart fragte: „Was ist denn das hier für eine Stadt? Weiß hier niemand, wer sein Vater ist?“ Welche Rolle spielen Väter in dem Roman? Diskutieren Sie die unterschiedlichen Beziehungen zwischen Vätern und ihren Kindern.
3. Welchen Einfluss hat das kleinstädtische Ambiente auf die Charaktere?
4. Die Geschichte wird aus mehreren Blickwinkeln erzählt. Was lernen wir aus der Sicht der Familienmitglieder über die verschiedenen Personen? Was erfahren wir durch ihren Vater über Holly? Durch ihren Großvater über Augie? Über Mrs Oliver durch Cal?
5. Der Eindringling stellt eine körperliche Gefahr für die Kinder aus Broken Branch dar, und verschiedene Personen sind entschlossen, die Kinder zu beschützen – Mrs Oliver, Meg, Augie. Auf welche Weise versuchen die Charaktere noch, einander zu beschützen? Wie erfolgreich sind sie dabei? Woran scheitern sie?
6. An dem Tag, an dem der Bewaffnete in die Schule eindringt, stehen auf Wills Farm die Geburten mehrerer Kälber an. Wie werden die Jahreszeiten und der Zyklus der Natur in diesem Roman heraufbeschworen?

INTERVIEW MIT HEATHER GUDENKAUF

Was war der Ursprung für „Ein Atemzug entfernt"?

Die Idee zu „Ein Atemzug entfernt" entwickelte sich über viele Jahre. Als ich Studentin im letzten Semester an der University of Iowa war, drang ein bewaffneter Exstudent in den Hörsaal ein. Er brachte fünf Menschen um und verletzte einen sechsten, bevor er die Waffe gegen sich selbst richtete. Zum Zeitpunkt der Schießerei war ich mit meiner Mitbewohnerin auf dem Campus. Es fing an zu schneien – ein wunderschöner, sanfter Schnee, der das gesamte Unigelände in ein weißes Wintermärchen verwandelte –, als wir in der Ferne Sirenen hörten. Sehr schnell erfuhren wir von der Tragödie und eilten in unser Wohnheim zurück, von wo aus wir Freunde und Familie anriefen, um ihnen zu sagen, dass wir in Sicherheit waren. So einen Vorfall mitzuerleben verändert die Art, wie man die Welt sieht, und kann dafür sorgen, dass man jegliches Gefühl von Sicherheit im Leben verliert. Ich denke oft an diesen schrecklichen Tag und frage mich, was ich getan, wie ich reagiert hätte, wenn ich in dem Hörsaal gewesen wäre.

Es hat seitdem viele Schießereien an Universitäten und Schulen gegeben – Columbine, Virginia Tech, West Nickel Mines School –, die uns ins Taumeln gebracht haben und uns mit der Frage zurücklassen, wie so etwas an unseren Schulen und Universitäten, denen wir unsere Kinder anvertrauen, passieren kann. „Ein Atemzug entfernt" erforscht dieses Thema und die Auswirkungen eines solchen Vorfalls auf den Zusammenhalt und das Auseinanderbrechen einer Gemeinschaft. Ich war selber zwanzig Jahre lang Lehrerin und weiß, dass unser Schulsystem und unsere Strafverfolgungsbehörden unermüdlich daran arbeiten, Richtlinien und Vorschriften zu erlassen, die die Sicherheit unserer Schüler so weit wie möglich gewährleisten sollen.

Neben Ihrer Karriere als Autorin haben Sie viele Jahre als Leh-

rerin und Beraterin im Schulsystem gearbeitet. Wie sehr haben die Erfahrungen aus dieser Zeit den Roman beeinflusst?

Ich entstamme einer langen Linie von Lehrern und aus einer Familie, der Bildung sehr am Herzen liegt. Über die Jahre konnte ich außerdem mit verschiedenen wundervollen Schulsystemen arbeiten und hatte die Möglichkeit, einige großartige Pädagogen kennenzulernen. Mrs Oliver, die Lehrerin der dritten Klasse aus „Ein Atemzug entfernt“, vereint viele Charakterzüge, die ich an meinen Kollegen schätzen gelernt habe: Hingabe, hohe Erwartungen, das aufrichtige Bedürfnis, aus den Kindern, mit denen sie arbeiten, bessere Schüler und bessere Menschen zu machen. Die Pädagogen, die ich kenne, arbeiten wie Mrs Oliver unermüdlich; sie bereiten ihren Unterricht vor, geben ihr eigenes Geld aus, um das Klassenzimmer zu verschönern oder Bücher zu kaufen, und gehen abends mit den Gedanken an die Kinder anderer Leute ins Bett. Sie würden sich ohne Zögern opfern, um ihre Schüler zu beschützen.

Sie schreiben oft über Kinder oder Jugendliche. Was finden Sie an diesem Lebensabschnitt so spannend?

Ich denke, dass Kinder viel weiser sind, als wir ihnen oft zugestehen. Als Mutter und Lehrerin wurde ich wieder und wieder daran erinnert. Die Jugendlichen, die ich kennengelernt habe, sind offen anderen gegenüber, setzen sich leidenschaftlich für Themen ein, die ihnen am Herzen liegen, und wollen unbedingt etwas in der Welt bewegen. Sie kümmern sich umeinander, haben viel Mitgefühl und müssen doch zäh und erfahren sein. Das ist nicht einfach. Wir erwarten von unseren Kindern so viel, und sie bemühen sich, diese Erwartungen zu erfüllen. Wenn ich mir die nachwachsende Generation so anschaue, muss ich lächeln. Ich denke, wir sind in guten Händen.

Jeder Einwohner von Broken Branch ist von dem Auftauchen des Geiselnehmers in der Schule auf die eine oder andere Art be-

troffen. Was hat Sie dazu veranlasst, den Roman in einer Kleinstadt spielen zu lassen?

Ich liebe Kleinstädte. Sie haben etwas beinahe Magisches für mich. Indem ich „Ein Atemzug entfernt“ in der fiktiven Kleinstadt Broken Branch in Iowa spielen lasse, wollte ich die Vertrautheit und Kameradschaft zeigen, die sich oftmals in so kleinen Gemeinden finden lässt. Dieses Gefühl der Solidarität kann in Krisensituationen erschüttert werden, aber meistens wird es eher noch stärker. Ich glaube, viele denken, in einer Kleinstadt weiß jeder jedes noch so intime Detail aus dem Leben seines Nachbarn, es gibt keine Geheimnisse. Aber der Leser lernt schnell, dass die Realität ganz anders aussieht. Wie in unseren eigenen Städten und Gemeinden lauern auch hier viele Geheimnisse hinter den zugezogenen Gardinen von Broken Branch, und wir wissen nie, was hinter geschlossenen Türen wirklich vor sich geht.

„Ein Atemzug entfernt“ spielt inmitten eines Schneesturms. Wie sind Sie auf die Idee gekommen?

Das ist das Tolle an Iowa: Das Wetter kann sich von einer Minute auf die andere ändern. Am einen Tag ist es sonnig bei fünfzehn Grad, und am nächsten tobt ein Blizzard übers Land. In „Ein Atemzug entfernt“ verdeutlicht der unerwartete Frühlingsschneesturm, wie schnell das Leben sich ändern kann. In der einen Minute kümmern wir uns um unsere alltägliche Arbeit, und dann wird unsere Welt aus heiterem Himmel durch einen lebensverändernden Vorfall in ihren Grundfesten erschüttert – ein Unfall, eine Krankheit, eine Naturkatastrophe. So etwas erinnert uns daran, dass wir auch in normalen, ruhigen Momenten unsere Liebsten um uns versammeln und ihnen sagen sollten, wie sehr wir sie lieben und schätzen.

„Ein Atemzug entfernt“ erzählt die Geschichte einer Kleinstadt aus fünf verschiedenen Perspektiven. Wie haben Sie die indivi-

duellen Stimmen für die Geschichte entwickelt?

Bevor ich überhaupt einen Stift aufs Papier setze, entwickle ich jeden Charakter so vollständig wie möglich in meinem Kopf. Ich stelle mir vor, wie er aussieht, klingt, sich bewegt, sein Mienenspiel. Dann schreibe ich die Einzelheiten für jeden Charakter auf: Geburtstag, Lieblingsfarbe, was ihm wichtig ist, die Tiere, die er in seinem Leben hatte. Ich schreibe alles auf, von dem ich denke, dass es im Laufe der Geschichte wichtig werden könnte. Ich liebe es, in die Köpfe meiner Helden hineinzukriechen und zu entdecken, wieso sie welche Entscheidungen treffen und warum sie sich so ausdrücken, wie sie es tun. Ich genieße auch die Herausforderung, die diese Art zu schreiben mit sich bringt – zu versuchen, jeden Charakter einzigartig und authentisch klingen zu lassen.

„Ein Atemzug entfernt" ist wie ein Puzzle, in dem jeder der fünf Erzähler wichtige Informationen zum Gesamtbild beisteuert. Wie haben Sie die Struktur der Geschichte entwickelt?

Die Ereignisse in dem Buch entwickeln sich rasend schnell während einer Zeitspanne von ungefähr acht Stunden. Jeder Charakter beschreibt mit seinen Worten und Taten diesen entsetzlichen Tag. Jede Perspektive wird auf einzigartige Weise von den individuellen Erinnerungen und Erfahrungen des Charakters eingerahmt. Meine Hoffnung war es, den Lesern einen Einblick zu geben, wie eine Lehrerin, ein Kind, eine Mutter, ein Großvater und ein Mitglied der Polizei auf ein und denselben schrecklichen Vorfall reagiert.

„Ein Atemzug entfernt" ist Ihr dritter Roman. Wie hat sich der Prozess des Schreibens bei Ihnen verändert und entwickelt?

In den letzten Jahren habe ich viel über mich und das Schreiben gelernt. Am Anfang eines jeden neuen Buchs steht immer noch der Kauf eines frischen Notizbuchs oder Ringhefts, und die ersten fünfzig Seiten schreibe ich mit der Hand. Ich habe gelernt, dass es überall möglich ist, zu schreiben – im Auto, im Wartezimmer eines Krankenhauses, am Ufer eines Flusses. Für mich ist das Wichtigste, meine Gedanken und Ideen aufs Papier zu bringen. Dann weiß ich, dass ich sie jederzeit nachschlagen und das, was ich geschrieben habe, redigieren kann.

Auch wenn ich zu Beginn eines neuen Projekts ein Gefühl dafür habe, wohin die Reise gehen wird, leiten die Charaktere mich doch oft in neue, überraschende Richtungen. Ich habe außerdem gelernt, dass es wichtig ist, meinem Bauchgefühl zu folgen und nur solche Bücher zu schreiben, die ich auch gerne lesen würde.

Erica Spindler

Der Tod kommt lautlos

Whistlestop, eine kleine Gemeinde am Rande von Charlotte: Als in kurzer Zeit mehrere Männer tot aufgefunden werden, wächst in der Polizistin Melanie May ein schrecklicher Verdacht. Diese Männer, die alle ihre Frauen, Töchter oder Freundinnen missbraucht haben, sind keines natürlichen Todes gestorben – sie wurden ermordet! Über die Köpfe ihrer Vorgesetzten hinweg beschließt das FBI, Melanie den brisanten Fall zu übergeben. Doch sie ist bei ihren Ermittlungen nicht allein: FBI-Agent Connor Parks soll das psychologische Profil des Täters erstellen – der erneut zuschlägt und den Mann von Melanies Schwester umbringt …

Band-Nr. 25649
7,99 € (D)
ISBN: 978-3-86278-505-6
eBook: 978-3-86278-370-0
400 Seiten

Erica Spindler

Die Angst im Nacken

Vor mehr als zwanzig Jahren hat Harlow Anastasia Grail einen wahren Albtraum überlebt. Ein Verrückter hat sie entführt und ihr den kleinen Finger abgeschnitten. Um die traumatische Vergangenheit vergessen zu können, hat Harlow ihren Namen geändert und alle Brücken hinter sich abgebrochen. Nun der Schock: Der Albtraum ist nicht vorbei – der Mann von damals lebt. Aus Angst um ihr Leben beauftragt die junge Autorin Detective Quentin Malone. Schon bald verbindet die beiden eine leidenschaftliche Affäre. Doch kann sie ihm wirklich trauen? Und welche Rolle spielt der attraktive Psychologe Dr. Ben Walker? Ein dramatischer Wettlauf um Leben und Tod beginnt …

Band-Nr. 25624
7,99 € (D)
ISBN: 978-3-86278-471-4
eBook: 978-3-86278-372-4
464 Seiten